I0708972

TAMBIÉN POR TINA FOLSOM

La Mortal Amada de Samson (Vampiros de Scanguards #1)
La Revoltosa de Amaury (Vampiros de Scanguards #2)
La Compañera de Gabriel (Vampiros de Scanguards #3)
El Refugio de Yvette (Vampiros de Scanguards #4)
La Redención de Zane (Vampiros de Scanguards #5)

Un Toque Griego (Fuera del Olimpo #1)
Un Aroma a Griego (Fuera del Olimpo #2)

Amante al Descubierto (Guardianes Invisibles #1)

Amante al Descubierto

Guardianes Invisibles #1

Tina Folsom

Siempre es más oscuro justo antes del amanecer.

Thomas Fuller (1650)

1

Aiden lanzó su daga hacia el demonio, intentando darle directo a su frente, pero el arma falló el blanco porque el hijo de puta giró a una velocidad sobrenatural. Girando a la izquierda, Aiden evitó lo que se le vino luego: un cuchillo antiguo volaba hacia su dirección, el cual acababa de dejar la diestra muñeca del demonio, casi tan rápido como la escoria del inframundo giraba sobre sus talones. El filo de la navaja pasó demasiado cerca. Forjado en los Días Oscuros, el arma podría incluso matarlo a él, un Guardián Invisible inmortal. Y él no estaba allí para morir. Estaba luchando contra el mal para salvar a su encargo, una mujer humana que le había sido asignada para protegerla de la influencia de los Demonios del Miedo, los mayores enemigos de la humanidad.

Aiden vio con horror como los tres demonios unían sus poderes y proyectaban un torbellino de niebla negra, envolviendo la entrada de un edificio de apartamentos en ruinas, sus tentáculos llegaban hasta los pies de su protegida mientras ella daba otro paso hacia ellos como si la tiraran por hilos invisibles.

Sonidos parecidos a un tornado ensordecían sus oídos, y sus gritos fueron tragados por el mismo mientras Sarah estaba siendo absorbida en sus profundidades. Seducida por las promesas de poder y riqueza de los demonios, avanzó hacia el oscuro portal que la llevaría a su mundo, convirtiéndola en uno de ellos.

-¡Sarahh! ¡Noooo!

Volvió la cabeza como si lo hubiese escuchado por encima del estruendo en el callejón. Pero sus ojos estaban vacíos. Como si ella ni siquiera pudiera verlo.

Sabía que la única manera de conseguir que se detuviera era destruyendo el portal, lo que significaba matar a los demonios que lo habían creado. Al instante, se volvió para recuperar el cuchillo que el demonio le había lanzado. Al igual que esa arma podía matarlo a él, también podría matar a un demonio. Ellos eran tan vulnerables a las herramientas forjadas en los Días Oscuros, como lo eran los Guardianes Invisibles.

La mirada de Aiden se dirigió al callejón hacia la intersección, pero ninguno de sus hermanos venía por su ayuda. Cuando se dio cuenta de que lo superaban en número, de inmediato llamó a su segundo en mando, Hamish. Sin embargo, su compañero Guardián Invisible no se encontraba por ninguna parte. Como si se hubiera desvanecido en el aire.

Su código de ética dictaba que el Guardián Invisible segundo en mando, estaría cerca en todo momento para responder rápidamente en situaciones como estas… situaciones de vida o muerte. Aiden había sido a menudo el segundo para Hamish, y aunque el término "segundo" implicaba rango, un cambio entre ser centinela y segundo ocurría en cada misión. Aseguraba un constante refinamiento de sus habilidades, de estar cómodos tanto dando órdenes como siguiéndolas.

Eran hermanos, si no en sangre al menos unidos por un objetivo común: proteger a la raza humana de la influencia de los Demonios del Miedo y de promover el bien en este mundo.

De reojo, percibió un movimiento y se dio cuenta al instante que dos de los demonios habían salido de la protección del vórtice, claramente para acabar con él en combate cuerpo a cuerpo.

Aiden expulsó una risa amarga. Les esperaba una sorpresa. El combate cuerpo a cuerpo, era su especialidad.

-Vengan por mí-, los tentó, abriendo los brazos para invitarlos. Una ráfaga de viento sopló a través de su capa, lo que hizo que los extremos se agitaran frenéticamente detrás de él.

La risa burlona de los demonios zumbaba por encima del ruido, y por un momento, fue todo lo que Aiden escuchó. La mirada suplicante hacia Sarah se perdió en sus ojos vacíos. Ella movió la cabeza lentamente de lado a lado mientras daba otro paso hacia adelante. No era más que un débil ser humano, la influencia que los demonios tenían sobre ella, era demasiado fuerte para resistirse.

Apretando los dientes, y agarrando fuertemente la hoja del antiguo cuchillo en su puño, Aiden saltó hacia el primer demonio, una criatura humanoide en apariencia, pero con deslumbrantes ojos verdes, señal inequívoca de maldad en su interior. Chocó contra su oponente, quien tenía un físico tan masivo como un tanque. Lo cual no disuadió a Aiden en lo más mínimo. Aunque no era tan fuerte como el demonio, era más ágil y más rápido. Era su ventaja en el combate cuerpo a cuerpo.

Gruñendo como una bestia, el demonio dirigió una daga hacia su pecho, pero Aiden la eludió en un abrir y cerrar de ojos, y se catapultó a sus espaldas. De un golpe limpio, pasó el cuchillo por el cuello del demonio, abriéndose el corte de izquierda a derecha. En medio de los gruñidos de sorpresa de la criatura muriéndose, la sangre verde brotaba hacia la calle. Aiden metió la rodilla en la espalda del demonio vencido y lo arrojó al suelo.

Pero él no tuvo oportunidad de respirar. Con un gruñido feroz, el segundo demonio se le fue encima, haciéndolo caer. El impacto robó todo el aire de sus pulmones por un momento, inmovilizándolo.

Mientras yacía en la superficie húmeda y con la enorme criatura aplastándolo, tuvo la oportunidad de echar un vistazo al vórtice. Sarah estaba casi sobre él, y sus pasos eran menos vacilantes ahora. Aiden podía escuchar los susurros seductores del tercer demonio que estaba persuadiéndola para que viniera hacia él. Y débil como era, ella se acercó.

Sin embargo, Aiden no se lo permitiría. Reuniendo toda su fuerza, liberó una pierna y pateó fuertemente entre los muslos del demonio. Por suerte, los demonios también tenían bolas. Y por los sonidos que el hijo de puta estaba haciendo ahora, eran tan sensibles como las de un humano.

Con un empujón, Aiden empujó al doliente demonio de su pecho. Sus ojos buscaron el cuchillo que había dejado caer, mientras el idiota lo había obligado a aterrizar. Mientras lo hacía, el demonio recuperó su fuerza y se levantó, el brazo firmemente agarrado de la daga mientras la embestía hacia el cuello de Aiden. Se rodó hacia un lado, evitando la hoja mortal por una fracción de segundo, y se puso de pie en el mismo instante.

Pero el demonio fue igual de rápido y pasó una pierna contra él, catapultándolo a la pared detrás de él.

Tenía una costilla rota pero el poder que habitaba en su cuerpo, se aseguró de que Aiden no sintiera ningún dolor. Como ser inmortal, su tolerancia al dolor era muchas veces mayor que de un simple ser humano, aun cuando su cuerpo era enteramente humano en apariencia. Aunque bajo la piel y los músculos, se encontraban las experiencias colectivas de todos los Guardianes Invisibles que habían caminado alguna vez por esta tierra. *Virta*, como ellos lo llamaban, les prestaba el poder para luchar contra los demonios y de camuflarse a sí mismos y a los seres humanos, como si hubieran arrojado una capa de invisibilidad sobre ellos. Se les había otorgado poderes que desafiaban la física... poderes que los seres humanos verían como sobrenaturales... si es que supieran que existían los Guardianes Invisibles. Sin embargo, su existencia había sido ignorada durante siglos. Desde su comienzo en los Días Oscuros.

Mientras Aiden intentaba ponerse de pie, su mano rozó la daga que había tirado antes en la frente del demonio. Él la agarró y se lanzó de nuevo hacia delante contra su atacante, aterrizando el cuchillo en el estómago del sinvergüenza.

Mientras los ojos del Demonio del Miedo se agrandaban con incredulidad, Aiden tiró la daga hacia arriba, cortándolo y abriéndolo como un cerdo. Las vísceras y la sangre verde se derramaban de él, haciendo que el hedor inundara el aire fresco de la noche, antes de que su cuerpo se desplomara.

Sin perder un segundo, Aiden giró y corrió hacia su encargo. En un intento desesperado de salvarla, su cuerpo se sacudió con tensión, su larga capa negra se batía a los costados, y volaba hacia atrás por la fuerza del remolino de aire y la niebla. Llevando las manos hacia adelante para tratar de tirar de ella hacia él, concentró toda su energía en un solo pensamiento: salvar a esta mujer de las garras del mal.

La cólera hervía en él como en una caldera a punto de desbordarse. No podía permitir que se la llevaran. Cada alma que los demonios llevaban hacia su lado, los hacía más fuertes. Pronto ellos se levantarían otra vez desde sus guaridas en lo profundo de los infiernos y dominarían a la humanidad una vez más. La desolación de esta imagen, lo hacía estremecerse hasta los huesos.

Un grito a sus espaldas le hizo girar la cabeza, haciéndolo perder la concentración por un momento. Vio a una mujer con un niño en sus brazos tocando frenéticamente el timbre de una puerta en uno de los edificios de apartamentos, son sus ojos desorbitados de horror.

¡Mierda! No le hacían falta testigos para lo que estaba sucediendo allí. Pero no había nada que pudiera hacer ahora. Su primera prioridad era salvar a Sarah.

Reuniendo el antiguo poder que estaba dentro de cada Guardián Invisible, permitió que surgiera a través de su cuerpo y recargara sus células. Él se tambaleó hacia adelante, cargas eléctricas bailaban en sus manos como pequeñas llamas, y llegó a ella.

Ella lo empujó hacia atrás, la ira brillaba en sus ojos. Detrás de ella, divisó el tercer demonio mientras su mano se acercaba a través del vórtice, con una daga en su mano. Susurrándole algo a ella, el demonio puso en su mano el arma antigua.

Con temor, Aiden se dio cuenta de cómo ella lo aceptaba y movía la muñeca como si hubiera sido entrenada para hacerlo. El demonio controlaba su cuerpo ahora.

Todo lo que Aiden pudo hacer, fue girar hacia un lado para evitar el cuchillo.

Luego sus ojos se volvieron de color verde. Al ceder a la demanda del demonio, se había convertido en uno de ellos.

Otro grito llevó su atención a la mujer detrás de él. Lo que vio le revolvió el estómago. La daga de Sarah había golpeado al niño en la cabeza. La sangre fluía de la herida hacia el pequeño suéter blanco y hacia las manos de la madre, que estaba tratando desesperadamente de salvar a su hijo.

¡Maldita sea! Tendría que haber matado a Sarah en el momento en que se dio cuenta de que no podría ser salvada. Ahora ella había matado a un inocente. Y él tenía la culpa, por no haber actuado con suficiente rapidez. La había dejado vivir, porque había esperado poder salvarla.

Había vuelto a fracasar. Sintiendo que su pasado lo alcanzaba, obligó a que los dolorosos recuerdos de su primer y único otro fracaso se alejaran, y concentró su energía en su presente encargo. Sin vacilar, apuntó. La antigua daga se instaló en el cuello de Sarah, deteniendo sus movimientos. La sangre salió a borbotones de la herida fatal, y ella cayó hacia el vórtice.

El llanto de frustración del demonio llenó el callejón, y las descargas de luz iluminaron la oscura noche. Un momento después, el aire y la niebla detuvieron su rotación, y todo quedó en silencio, salvo por los sollozos de la mujer cuyo hijo yacía muerto en sus brazos.

Aiden la miró, sus ojos se humedecieron al sentir su dolor. -Lo siento-, susurró, su corazón lleno de compasión.

Cuando llegó al lugar donde Sarah había caído, estaba vacío. El vórtice la había tragado. Sólo su puñal ensangrentado quedaba como evidencia de que él la había matado. No había tenido más remedio que hacerlo. Era mejor que permitir a los demonios usarla. Mejor para ella y para este mundo. Era la razón por la que no podía arrepentirse de su acción. Lo único que lamentaba era el haber retrasado lo inevitable y no haber actuado antes.

Nunca más volvería a dudar en matar a un ser humano que tenía razones para creer que se había convertido en peligroso. Era mejor que un ser humano muriera, que permitir a los demonios que capturaran otra alma o que un inocente sufriera, como lo había hecho este pequeño... y su madre. La próxima vez, su daga daría en el blanco en el momento en que sospechara que un demonio estuviera influyendo a su protegido. No dudaría de nuevo.

Los seres humanos eran demasiado débiles. Debían ser eliminados tan pronto como representaran un peligro. El Consejo estaba equivocado al tratar de protegerlos cuando claramente se volverían en contra de sus protectores, contra los Guardianes Invisibles que sólo querían lo mejor. Sarah no era la única que le había probado eso.

Viejos recuerdos, y sin embargo más frescos que nunca, le recordaban una vez más que nunca podría permitirse flaquear de nuevo. Sus dudas le habían costado muy caro, hace muchos años atrás. Como resultado, toda su familia había sufrido, habían perdido un ser querido, y fue su culpa. Su corazón se estremeció dolorosamente, mientras resurgía la culpa de su error en el pasado. Él nunca podría cometer el mismo error otra vez. Tenía que erradicar el mal rápidamente, sin importar de qué forma se presentara: demonio o humano.

2

Leila oyó un golpe urgente en la puerta de su laboratorio y levantó la cabeza del microscopio.

-¿Dra. Cruickshank? ¿Todavía está ahí?

Se alisó su bata de laboratorio y vio su reflejo en la caja de vidrio sobre la mesa de trabajo en donde estaba encorvada. Todavía llevaba su pelo largo y oscuro en una cola de caballo, pero varios mechones se habían soltado y ahora se enroscaban alrededor de su cara. Parecía casi como si un estilista se hubiese esforzado mucho para arreglarle el pelo así. Por supuesto, eso no era posible. Ella no había estado en un salón de belleza en meses. ¿Cómo iba a perder su precioso tiempo preocupándose por su apariencia cuando tenía un trabajo tan importante que hacer?

Durante los últimos meses había hecho un enorme progreso. Los ensayos clínicos eran prometedores, y parecía que no habría más que un ajuste de precisión necesario hasta que la droga hiciera exactamente lo que quería: detener el avance de la enfermedad de Alzheimer, una enfermedad que estaban sufriendo sus padres. La droga, incluso parecía mostrar cierta promesa de ser capaz de revertir algunos de los efectos de la enfermedad, a pesar de que las posibilidades de erradicar todo el daño que el Alzheimer ya hubiese causado, eran escasas.

Para sus padres, era una carrera contra el tiempo. Había momentos en los que parecían estar perfectamente bien, pero en otras ocasiones, sus fallos de memoria eran evidentes, y ella podía sentir que se alejaban. Si no terminaba su investigación pronto, el daño en las neuronas de sus cerebros se volvería demasiado grave, incluso para que su maravillosa droga lo revirtiera. Cuanto antes les administrara el fármaco, mayor sería la posibilidad de una cierta recuperación de la función cerebral. A pesar de que se daba cuenta de que sus padres tal vez nunca se podrían recuperar, ella se aferraba a la esperanza de que al menos parte de su función cerebral pudiera ser restaurada a su estado anterior.

A los treinta y seis años, ella debería tener hijos y una familia propia, pero nunca había tenido más tiempo para otra cosa que para su trabajo. Después de terminar la facultad de medicina, ella había querido seguir cirugía plástica, atraída por los elevados ingresos que la especialidad ofrecía. Sin embargo, cuando primero su padre y luego su madre habían mostrado los primeros signos de la enfermedad, rápidamente había cambiado de carrera.

Leila se había dado cuenta de repente que todo el dinero de sus padres no significaba nada cuando estaban perdiendo lo que más amaban: el uno al otro. Después de su beca de investigación, el Inter Pharma había mostrado interés en su investigación y le ofreció un trabajo. Ahora dirigía su propio laboratorio, supervisando tres asistentes de laboratorio y dos jóvenes investigadores.

Le encantaba manejar su propio laboratorio, el orden de su trabajo le atraía. Todo tenía su tiempo y su lugar. Así era como se las arreglaba para lidiar con la crisis: manteniendo las cosas en orden y siempre sabiendo lo que venía después, siempre teniendo un plan. Le daba seguridad, algo que había anhelado desde que sus padres se habían enfermado. Y esa necesidad de seguridad, impregnaba todo su trabajo.

Mientras su equipo de laboratorio ejecutaba muchas partes diferentes de su investigación, Leila era la única que tenía acceso al conjunto total de datos y la fórmula completa de la droga, tal como existía en esos momentos. Mantener sus datos seguros, era de suma importancia para ella.

Era una de las razones por las que no utilizaba la red informática que Inter Pharma le proporcionaba, sino que utilizaba su propia computadora portátil codificada. Hacía copias de seguridad de sus datos en un dispositivo de memoria que disfrazaba como un colgante de diamante incrustado, y llevaba colgado en un collar alrededor de su cuello dondequiera que iba.

Había habido incidentes anteriores, donde los datos de otro investigador habían sido robados por un empleado y más tarde reaparecieron en otra compañía farmacéutica, que luego los vencía con el descubrimiento. Un nuevo medicamento significaba grandes cantidades de dinero para Inter Pharma, pero para Leila significaba tener de vuelta a sus padres y ver el reconocimiento iluminar sus ojos una vez más antes de que fuera demasiado tarde y ya se hubiesen ido para siempre.

-¿Dra. Cruickshank?

Leila se levantó de golpe de su silla y se dirigió a la puerta, abriéndola con la llave. Se había acostumbrado a cerrar la puerta con llave cada vez que estaba sola en el laboratorio. Mientras la abría, miró la cara sonrojada de la asistente personal del director general, Jane.

-Ah, bueno, todavía estás aquí. No estaba segura-, balbuceó.

Leila asintió con la cabeza preocupada. Su personal ya se había ido esa noche, pero a pesar de que eran pasadas las ocho, no estaba lista para irse. Siempre había más datos que analizar.

-Jane, ¿qué necesitas?- Preguntó ella, esperando que todo lo que la despistada secretaria quisiera, fuera un paquete extra de azúcar o un saquito de té porque había olvidado una vez más pedir suministros para las oficinas ejecutivas.

-El señor Patten me ha enviado. Me preguntó si dispones de un minuto para hablar con él.

-¿Ahora? Pensé que se había ido a casa hace mucho tiempo-. Era raro que nadie más que ella y el tipo de seguridad trabajaran hasta tarde.

-Me gustaría. Pero él tuvo una reunión hasta tarde, y no hace mucho acaba de terminar. Por supuesto, él me hizo quedar-. Jane dejó escapar un suspiro de fastidio.

-Así que, ¿puedes? Me refiero, ¿ir a verlo en su oficina?

Leila asintió distraídamente a pesar de que odiaba la interrupción.

-Ah, ¿y te queda algo de azúcar? Se me terminó.

Bueno, eso explicaba por qué Jane no había utilizado el teléfono para llamarla a la oficina.

Leila se volvió rápidamente para agarrar un puñado de paquetes de la taza en la parte superior del refrigerador y las colocó en las manos extendidas de Jane. Asegurándose que la puerta se cerrara detrás de ella, caminó por el largo pasillo seguida por la asistente de Patten.

La llave alrededor de su cuello tintineaba contra su colgante, haciendo un extraño sonido en el corredor vacío.

-Siempre he admirado tu collar-, conversó Jane. -¿Te acuerdas en dónde lo compraste?

-Lo pedí por encargo-, dijo Leila, ignorando el repentino picor en la nuca. Rápidamente se fijó por encima del hombro, pero no vio nada, sólo el suelo de linóleo brillante y las paredes blancas estériles.

-¿Por encargo?

Ella asintió con la cabeza a Jane. -Sí, hice que un joyero lo hiciera para mí-. Para ocultar su lápiz de memoria de sesenta y cuatro GB y mantener su investigación cerca de su corazón, literalmente. Pero nadie sabía eso. Tal vez era paranoia o tal vez se trataba simplemente de sentido común, pero quería asegurarse de que jamás ninguno de sus datos se perdiera.

-Es hermoso. ¿Dónde queda la joyería? Me encantaría tener algo similar.

-Me temo que cerró-, Leila mintió y le ofreció una sonrisa forzada.

Ella no quería revelar el nombre del joyero, en caso de que él pudiese hablar de que el colgante era hueco por dentro y del tamaño perfecto para un lápiz de memoria. Nadie debía saber que ella llevaba sus datos con ella. De hecho, el no haber guardado sus datos en el computador conectado en la red de su laboratorio, había sido una señal de alarma y le valió una reunión con el director general. Sin embargo, una vez que ella había demostrado su punto, que estaba preocupada acerca del robo de la investigación, Patten había concedido llegar a un acuerdo mutuo: cada noche, cuando ella trabajara con su investigación, haría una copia de seguridad de los datos en una unidad de disco externa que colocaría en una caja fuerte. Sólo la huella digital de su pulgar o la de Patten, podían abrir la pieza especialmente diseñada, asegurándose de esa manera que nadie que no estuviese autorizado pudiera acceder a ella.

Al parecer, su jefe era casi tan paranoico como ella. ¿Y por qué no habría de serlo? La investigación farmacéutica era un negocio feroz. La primera compañía en desarrollar un nuevo medicamento tendría una enorme ventaja con la cual ninguna otra empresa podría competir. Ser el primero lo era todo en ese negocio.

Su computadora portátil estaba armada con un software especial que iniciaba una secuencia de destrucción de todos los datos en el disco duro, cuando alguien la manipulaba indebidamente. Era un mecanismo de seguridad.

-...así que elegí el rojo en su lugar. ¿Qué piensas tú?- Jane señaló sus uñas, las cuales estaban pintadas de un color naranja horrible. Era evidente que la joven era daltónica, a pesar de que el daltonismo era un fenómeno masculino.

-Lindo-, logró decir Leila, preguntándose de qué otra cosa Jane había estado parloteando, mientras ella había tenido la cabeza en las nubes otra vez. Sucedía muy a menudo últimamente: ella se desconectaba pensando en una cosa u otra y no se daba cuenta de que había otras personas a su alrededor, o incluso que estaban hablando con ella.

En la siguiente curva del corredor, giraron a la izquierda. Leila pulsó el botón del ascensor. Las puertas de inmediato se separaron, y ella entró, seguida por Jane. Su colega pulsó el botón de la planta ejecutiva, y las puertas comenzaron a cerrarse. Cuando estaban medio cerradas, algo sonó y las puertas se abrieron de nuevo.

-¿Qué demonios?- Maldijo Jane y pulsó el botón nuevamente. -No puedo creer con estos estúpidos ascensores. La mitad de la semana están fuera de servicio supuestamente siendo arreglados, y la otra mitad están averiados.

Leila sacudió la cabeza. -No lo sabría. Yo normalmente voy por las escaleras.

-Bueno, eso es fácil cuando vas al tercer piso, pero trata de ir al octavo y estarás sin aliento en cuestión de segundos.

Leila no pudo evitar de mirar los tacones de poco más de siete centímetros de Jane.

Sí, o romperse un tobillo.

Pero se abstuvo de hacer algún comentario. No era su problema el que Jane estuviera fuera de forma. Ella corría por lo menos cuatro veces a la semana, tratando de mantenerse saludable y en forma. Como así también delgada. Había notado la cantidad de peso que su madre había aumentado cuando se había roto una pierna hace unos años y no había podido ser capaz de moverse mucho. Leila sabía que tenía el físico de su madre... pequeña y fornida, en lugar de alta y delgada... y sabía que si se dejaba estar, un día se inflaría como un globo. Por lo tanto, corría y subía las escaleras cada vez que tenía la oportunidad de hacerlo.

Cuando llegaron al octavo piso, Jane se volvió hacia la cocina, instruyendo a Leila antes de irse, -Ve a verlo de inmediato. Él te está esperando.

Leila acomodó su bata de laboratorio y sacudió un pelo de la tela blanca. Aclarándose la voz, levantó la mano y golpeó los nudillos contra la puerta.

-Pase-. La orden fue inmediata y con una autoridad inconfundible.

Ella no perdió tiempo, abrió la puerta y entró en la oficina de Patten. La habitación estaba envuelta en penumbra. Patten, un hombre cerca de los sesenta, canas en las sienes y calvicie en la parte superior, estaba sentado tras un escritorio ancho que estaba iluminado por una luz halógena de gran tamaño. Sin embargo, las luces fluorescentes del techo estaban apagadas.

-Entre, entre doctora Cruickshank. Disculpe la falta de luces, pero se quemaron justo cuando mi visitante estaba aquí antes. Maldición, es vergonzoso también. Será mejor que los de mantenimiento lo arreglen de inmediato.

-Buenas noches, Sr. Patten-, respondió ella simplemente, a sabiendas de que no esperaba una respuesta a su problema acerca de las luces. -¿Usted quería verme?

-Eh, sí. Es correcto-. Él volvió a acomodar un mechón de pelo canoso detrás de la oreja, haciendo concientizarla de que al igual que ella, necesitaba un corte de pelo. Parecía un tanto desaliñado.

Ahora que ella lo miraba más de cerca mientras se acercaba y tomaba el asiento de visitas frente al escritorio, se daba cuenta de que su cara se veía gris y cansada. Como si hubiera estado trabajando de sol a sol, al igual que alguien que ella conocía: *esta servidora*. Bueno, él probablemente no era el único adicto al trabajo en el Inter Pharma. Nadie llegaba a la cima sin tener que sacrificar algo.

-Siéntese... Ah, está sentada... bien, bien...

Leila arrugó la frente con preocupación. Nunca había visto a su jefe tan nervioso. Esperaba que no estuviera teniendo un derrame cerebral, ya que a pesar de tener un título en medicina, estaba mal equipada para hacer frente a una emergencia médica. La última vez que había visto a un paciente, se encontraba en su residencia en el Mass General, y parecía que había ocurrido hace una eternidad.

-¿Se encuentra bien?- Se sintió obligada a preguntar, su lado maternal en evidencia.

Sus ojos de repente se centraron, y parecía tan lúcido como siempre lo había estado.

-Por supuesto, ¿por qué no habría de estarlo?... Bueno, yo quería hablar con usted porque he tenido la visita de un accionista.

Leila se inclinó hacia delante en su silla, descruzando las piernas. ¿Por qué Patten querría hablar con ella acerca de un accionista? Ella no estaba involucrada en las operaciones o en ninguna de las finanzas de la empresa. Además de ser responsable de su propio presupuesto del laboratorio, todo lo demás que hacía, era pura investigación.

Una corriente de adrenalina pasó por ella con rapidez. Sabía que el precio de las acciones habían bajado recientemente. ¿Podría esto significar que los accionistas no estaban contentos, y proponían eliminar los programas? ¿Posiblemente eliminar su investigación?

-Mi presupuesto está ya muy limitado como está-. Las palabras salieron antes de que pudiera pensar más allá. ¡Rayos! Por la forma en que actuaba, ella nunca lo hubiera logrado en el cuerpo diplomático. Y si continuaba soltando ese tipo de comentarios, su carrera como investigadora con su propio laboratorio pronto podría aterrizar en un terreno resbaladizo también.

Patten le dio una mirada confusa. -¿Cómo?

-Lo siento, continúe, decía usted que un accionista lo había visitado.

-Sí. Al parecer, el Sr. Zoltan compró una gran cantidad de nuestras acciones cuando el mercado bajó. Ahora posee el 36% de nuestras acciones, y mientras que no le da el control absoluto de la empresa, lo convierte en el mayor accionista.

Leila levantó la mano de su regazo. -Eh, señor Patten, como usted sabe, yo no estoy involucrada en ese lado de la empresa. Mi investigación…

-A eso voy, Dra. Cruickshank.

Ella asintió con la cabeza rápidamente, para no molestarlo más. Algo claramente lo había sacudido hoy en día, y no estaba interesada en resultar herida en el fuego cruzado. Era mejor mantener la boca cerrada y dejar que hablara. Tal vez sólo necesitaba a alguien para desahogarse, y aparte de Jane y el guardia de seguridad en el vestíbulo, ella era la única que quedaba en el edificio.

Leila suspiró para sus adentros. *¡Grandioso!* Ahora su jefe estaba descargando algunas cosas inútiles en ella cuando podría aprovechar mucho mejor su tiempo, terminando el análisis de los datos a los que aún no habían llegado.

-Como ya le he dicho, el Sr. Zoltan ahora es dueño de una gran cantidad de esta empresa y le da ciertos poderes. Probablemente entiende que no sería prudente enojar a este hombre y negarle lo que desea-. El Sr. Patten se limpió una gota de sudor de la frente antes de continuar, -Él podría forzar un voto y prácticamente reorganizar el consejo, echarme... eh, ya ve, realmente no tengo mucha elección en el tema.

Sus ojos la miraban nerviosamente. A su vez, ese mismo nerviosismo se extendía en ella, dándole un hormigueo en la piel con el malestar y haciéndola sentir las palmas húmedas. Nerviosa, se movió en su asiento, pero se abstuvo de decir nada, dándose cuenta de que él no había terminado de hablar.

-Él simplemente quiere asegurarse de que su inversión es segura, ya sabe. No es diferente de un nuevo propietario que inspecciona su fábrica y vigila el proceso de producción. Bien, es así como tenemos que considerar esto.

¿Vigilar el proceso de producción? ¿Estaba diciendo lo que pensaba que estaba diciendo? Él no podía permitir que... no, eso nunca podría suceder.

-Señor Patten, yo...yo-, balbuceó ella, su mente estaba demasiado alborotada para ser capaz de formar una frase coherente.

-El señor Zoltan regresará el lunes y estará presente en su laboratorio.

-¿En mi laboratorio?

Patten asintió con la cabeza, evitando su mirada, y en su lugar se quedó mirando la oscuridad más allá de su ventana. -Ha solicitado aprender acerca de su investigación. Por lo que entendí, él tiene un título de médico también, y quiere evaluar la viabilidad del producto en el que estamos trabajando.

Leila se levantó de un salto. -No puede permitir eso. Mi investigación... es un secreto. Ningún extraño puede...

-El señor Zoltan no es un extraño. Prácticamente es dueño de esta empresa.

La incredulidad brotó en ella, haciendo que sus piernas se tambalearan. -Pero usted dijo que sólo poseía el 36% de las acciones, eso no quiere decir que él sea nuestro dueño.

-En el mundo corporativo, le da suficiente poder sobre nosotros para que prácticamente pueda pedir cualquier cosa que él quiera. Ni siquiera sabemos qué otros recursos tiene a su disposición. Por lo que sabemos, puede comprar otro quince por ciento, dándole el control total.

Leila se inclinó sobre el escritorio. -Por favor, señor Patten, usted tiene que detener esto. No puedo tener a un extraño mirando sobre mi hombro. Este es un trabajo delicado. Si alguien consigue mi fórmula, la puede robar. No es seguro tener a alguien en el laboratorio que podría...

-Entiendo sus sentimientos doctora Cruickshank, pero no tengo otra opción. Mis manos están atadas. Su investigación pertenece a esta empresa. No es de su propiedad. Si le digo que usted tiene que permitirle el acceso, entonces usted hará lo que yo digo-, él dijo con los dientes apretados. -¿Nos entendemos?

Leila se echó hacia atrás, la decepción corriendo por sus venas. -Entiendo-. Apretó la mandíbula. -¿Eso es todo por hoy?

Él asintió con la cabeza, una mirada cansada en sus rasgos faciales. -Váyase a casa doctora Cruickshank. Con el tiempo verá que las cosas no son tan malas como pensaba.

Se dio la vuelta sin decir una palabra y volvió a su laboratorio, conteniendo lágrimas de frustración hasta que cerró la puerta y le puso el seguro detrás de ella. Dejándose caer en su silla, se cubrió la cara con las manos y dejó que las lágrimas afloraran.

Esto no era justo.

Ella había trabajado tanto tiempo y tan duro para esto, y ahora algún rico accionista con título de médico, quería abatirse sobre ella y meter su nariz en todo su trabajo. ¿Y si eso no era todo lo que quería hacer? ¿Y si tenía la intención de hacerse cargo de la investigación y llevarse el crédito por ello? Había visto suceder cosas como esas antes, donde uno de los investigadores era expulsado en medio del proyecto y algún novato que había asumido el control, reclamaba el crédito por el resultado final.

¿O qué pasaría si él era incompetente y destruía el progreso que ya había logrado? Si eso ocurriera, sus padres nunca mejorarían.

No podía permitir que eso sucediera. Nadie podría saber lo suficiente acerca de su investigación para poder tomar el control. ¡Esto era la obra de toda su vida!

-No podrás sacarme esto, Patten-, murmuró, secándose las lágrimas de sus mejillas.

Mientras ella se levantaba de la silla raspándola contra el suelo, el sonido resonó en el laboratorio vacío. Sus piernas la llevaron a la caja fuerte en la pared. Ella presionó su pulgar contra la pantalla táctil que activaba un escáner. Entonces escuchó el clic del mecanismo. Un sonido acompañado de una luz verde señaló que su autorización había sido aceptada.

Leila tiró de la gruesa puerta abriéndola y miró hacia el oscuro interior. Tenía que hacer lo que tenía que hacer.

3

Aiden irrumpió por la puerta del recinto. No hubo necesidad de abrirla. Su cuerpo simplemente se desmaterializó para pasar a través del material sólido y se re-materializó del otro lado, un proceso demasiado rápido para que el ojo humano lo analizara. Todo lo que verían sería a un hombre caminando directamente hacia una puerta o pared, el proceso detrás ello seguiría siendo un misterio. Era un poder único de los Guardianes Invisibles, ningún demonio que conocieran tenía una habilidad similar.

Corrió por el pasillo. El enorme edificio constaba de tres pisos sobre el suelo y dos abajo. Sus muros eran gruesos, como los de un castillo inglés antiguo, construidos de la misma forma en que sus antepasados habían construido sus propias fortalezas. Su pasado se había impreso en la estructura: ruinas antiguas decoraban las paredes y suelos, y amuletos para alejar el mal colgaban sobre cada puerta y ventana.

Los Guardianes Invisibles tenían muchos complejos habitacionales repartidos por todo el mundo, lugares donde los hermanos y las pocas hermanas vivían juntos. Todos los complejos estaban protegidos por el poder colectivo de los Guardianes Invisibles, su *Virta*, que también los hacía invisibles. Un antiguo hechizo casi hipnótico se aseguraba de que los edificios pasaran desapercibidos por los seres humanos.

A los seres humanos no les era permitido ingresar. Ni siquiera los encargos de los Guardianes Invisibles podrían ser de confianza para mantener su paradero en secreto. Siempre había la posibilidad de que uno de ellos se volviera en su contra y al final los traicionara entregándolos a los demonios.

Dentro de las paredes del recinto, los Guardianes Invisibles podían recargar su energía después de cada misión, energía que gastaban mientras camuflaban a sus encargos para no ser detectados por los demonios.

Armas olvidadas hace mucho se almacenaban en las bóvedas subterráneas, grandes armas que podían matar incluso, a un Guardián Invisible inmortal. Si bien ningún arma humana como una pistola o un cuchillo podía lesionar de forma permanente a Aiden o a sus hermanos y hermanas, cualquier arma forjada durante los Días Oscuros tenía el poder de matar tanto a los Guardianes Invisibles como a los Demonios del Miedo por igual.

Mientras Aiden ingresaba a la gran cocina que estaba en el centro, y de hecho en el corazón de la casa a la cual llamaba su hogar, sus ojos recorrieron con rapidez a la concurrencia. Manus estaba ocupado asaltando el refrigerador, vestido sólo con un par de pantalones ajustados de cuero, el pecho con cicatrices desnudo, mientras que Logan se servía un trago. Su cabello oscuro suelto caía sobre los hombros y parecía como si acabara de levantarse.

Enya, la única mujer en el recinto, descansaba en una esquina del sofá grande en la gran sala adyacente. Su largo pelo rubio estaba trenzado y estaba sujeto en círculos en la parte posterior de su cabeza. Ella rara vez lo llevaba suelto, y Aiden sólo podía sospechar que ya había crecido hasta la cintura. En lugar de ver el partido de fútbol que retumbaba desde el televisor gigante en la pared, tenía la nariz pegada en un libro.

Aiden maldijo. -¿Dónde demonios está él?

Las cabezas se volvieron hacia él. Manus cerró con fuerza la puerta del refrigerador y tiró un montón de bolsas de plástico con fiambres sobre el mostrador de la cocina.

-Me temo que mi capacidad de lectura de la mente no vale la pena una mierda, así que danos un nombre, ¿sí?- Manus intercambió una mirada con Logan quien se tomó su bebida de un trago.

-Alguien está de mal humor hoy-, añadió Logan como si quisiera provocarlo.

Aiden sintió los ánimos enardecerse y enderezó su cuerpo.

-Tal vez Manus tiene razón-, dijo de repente Enya sin siquiera levantar la vista de su libro.

-¡Estoy hablando del jodido de Hamish!- Aiden sintió el aire escaparse de sus pulmones, el enojo por el fracaso de respaldarlo de su segundo al mando crecía a cada momento.

Logan sonrió y levantó la botella de whisky una vez más. -¡No tenía idea de que ustedes fueran *tan* cercanos! Pero bueno, si quieres coger a Hamish, ve...

Aiden había tomado a Logan por el cuello antes de que pudiera terminar la frase y lo estrelló contra la puerta del horno. -No estoy de humor para tus bromas de mierda. Te lo preguntaré una vez más: ¿dónde mierda está Hamish?

Su cautivo empujó contra él, sacándose las manos con más gracia del que un hombre de físico tal pareciera ser capaz. Mientras Logan cuidadosamente se arreglaba la camiseta y la acomodaba en sus hombros, lo fulminó con la mirada.

-No he visto a Hamish en dos días. Se suponía que debía estar contigo. Así que vete al carajo, y déjame disfrutar de mi partido.

Logan se dio la vuelta y caminó hacia el sofá, dejándose caer en la esquina opuesta a Enya. Cuando el peso con que se había dejado caer la sacudió y casi le hizo perder el control sobre su libro, ella sólo levantó una ceja.

-Testosterona-, murmuró en voz baja.

Logan entrecerró los ojos. -Y tú sabes exactamente qué hacer acerca de eso, ¿no? Pero no, no abrirás las piernas para ninguno de nosotros, ¿verdad?

-¡Cállate!- La respuesta de Manus llegó incluso antes que Enya pudiera alcanzar la daga que siempre llevaba en la cadera, aun cuando ella estuviera descansando.

-Idiota-, susurró ella.

Manus miró a Aiden. -En cuanto a Hamish. Si él no está contigo, tal vez le tendieron una trampa.

-Entonces, deberíamos rastrear su celular y encontrarlo-, agregó una voz desde la puerta a lo que dijo Manus.

Aiden giró la cabeza hacia el recién llegado: Pearce.

-Él no descuidaría sus deberes-, continuó Pearce cuando entró por completo en el salón.

Aiden asintió con la cabeza. Pearce estaba en lo cierto.

-Fui superado en número.

Una mano suave le tocó el brazo. Su cabeza cayó hacia la derecha. Enya se había acercado sin que se diera cuenta. -¿Qué pasó hoy?

Aiden apoyó una mano contra el mostrador de la cocina. Cerró los ojos. -Llamé a Hamish pero no apareció. No pude mantenerlos a raya por más tiempo. Maté a dos de ellos, pero el tercero se mantuvo dentro de la protección del vórtice. Era demasiado fuerte. Él tenía poder absoluto sobre ella-. Tanto fue así que ella había tratado de matarlo, y en su lugar... -Mi protegida mató a un niño inocente. Tuve que matarla.

-¡Mierda!- Maldijo Manus.

-¡No otro!-, añadió Logan.

-Maldita sea, ¿qué demonios hacías Aiden, durmiendo en el trabajo? ¿Por qué no estaba camuflada?- Dijo Manus entre dientes.

Aiden permitió que la furia brillara en sus ojos cuando se enfrentó a Manus. -¡La protegí lo mejor que pude!

-¡Si la hubieras camuflado correctamente, no la hubieses perdido!

-¿Qué estás diciendo?- Dijo Aiden.

-¡Sabes lo que estoy diciendo!-, respondió Manus y continuó -Si querías que ella estuviera debidamente camuflada, hubieras estado tocándola todo el tiempo.

Aiden sabía exactamente de lo que estaba hablando Manus. Él y sus compañeros guardianes tenían dos formas de camuflar a los seres humanos: por el poder de su mente, o por el tacto. El primero necesitaba más energía, pero al igual que una señal de teléfono celular podía ser interceptada o interrumpida, era posible interrumpir la conexión y sin querer anular el camuflaje de un encargo. La segunda traía consigo otros problemas. El toque de un Guardián Invisible podría ser percibido como íntimo, incluso cuando no tenía tal intención.

-¿De la misma forma en que *tú* las tocas? ¿Pretendiendo sentir algo por ellas para que confíen en ti? ¡Eso no es protegerlas! Va en contra de todas las reglas del libro-, gruñó Aiden.

-No me importa nada acerca de las reglas de mierda. Las reglas son para las personas que no pueden pensar por sí mismas.

-Y tú las rompes a todas-. Aiden sintió un peso en su pecho. Él no podía ser como Manus, que fingía amar a cada mujer que tenía que proteger, por lo que tendría el éxito seguro de que la mujer estuviera en todo momento camuflada. Él, por otro lado, prefería no tocar los seres humanos cuando podía evitarlo. A parte de tener sexo ocasional con una mujer humana, no estaba interesado en ellos. Ya no. No después de lo que un ser humano le había hecho a su familia.

-¡Tú las coges para no tener que gastar ninguna energía extra!

La acusación sólo le valió una sonrisa de Manus.

-Yo no diría exactamente eso. Estoy gastando suficiente energía haciéndolo.

Antes de que Manus pudiera alejarse, Aiden le lanzó un golpe a la cara, borrando la sonrisa de su rostro.

¡Maldita sea, se sentía tan bien golpear a alguien!

Se sentía liberador moler a palos a la mierda de Manus, el dar rienda suelta a su ira y frustración sobre él. Tal vez calmaría su mente.

Un gancho a la barbilla hizo que la cabeza de Aiden se echara hacia atrás. El sabor de la sangre le llegó al instante, pero lo ignoró para responder el golpe de Manus. Usando su pierna derecha contra el mostrador de la cocina, un taburete de la barra se estrelló contra el piso mientras Aiden giraba en contra de su compañero Guardián Invisible. El golpe tiró a Manus contra el refrigerador, haciéndolo gemir con el impacto.

-Imbécil- escupió Manus. -Esto no se trata de qué reglas he quebrantado. No pretendas que no lo has pensado tú mismo... lo dulce que es romper una regla de vez en cuando-. Él le dio una sonrisa pícara.

-¡Púdrete!- Había un montón de mujeres que estaban dispuestas en los bares que frecuentaba Aiden. No le hacía falta coger con sus encargos. El sexo era sexo... y siempre y cuando la mujer estuviera lo bastante caliente, ¿qué le importaba quién fuera ella? No tenía ningún interés en involucrarse con un encargo. Él mantenía su distancia de ellas, emocional y físicamente, a sabiendas de que podría llegar el día en que tendría que matar a una de ellas, al igual que esta noche. No podía permitir que sus emociones se interpusieran en el camino.

-¡Y deja de culparme por tus fracasos! No estoy jugando al chivo expiatorio-, gruñó Manus, interrumpiendo los pensamientos de Aiden y haciendo que se concentrara en el tema en cuestión.

Sólo podía culparse a sí mismo por lo que había sucedido esta noche. Bueno, y a Hamish. Pero una vez que localizara a su segundo en mando errante, habría mucho que pagar.

Hacer picadillo a Manus, no traería de vuelta a su protegida, no revertiría lo sucedido.

-¡Ah, mierda!- Maldijo Aiden y bajó su puño. -Fallé-. Alzó los ojos para encontrarse con la mirada de Manus, pero en lugar de una mirada burlona, reconoció un destello de compasión.

Manus se empujó del refrigerador y pasó junto a él. -Acostúmbrate.

Aiden lo tomó por el hombro y le dio la vuelta. -¿Qué quieres decir?

-¿No has visto los informes que vienen de los otros complejos?

-¿Y cuándo crees que habría tenido tiempo de leer los estúpidos informes?- Había estado en esa misión durante varias semanas y apenas tuvo tiempo de apresurarse a volver al recinto para enterarse de las novedades urgentes.

Aiden limpió la sangre de su boca y miró a los otros en la sala.

Pearce se aclaró la voz. -Los demonios están cada vez más fuertes. Los otros complejos están informando de más… y más pérdidas.

Aiden sacudió la cabeza con incredulidad. -¿Cómo?

-De algún modo ellos parecen saber dónde están nuestros protegidos. A pesar de que estén camuflados, los encuentran.

-Eso no es posible-, protestó Aiden y miró a Logan y Enya. -Ellos no tienen esas capacidades. No pueden detectar nuestros encargos cuando están camuflados.

Enya asintió solemnemente. -Eso es correcto, ¿pero y si no necesitan esos sentidos? ¿Qué pasa si ellos tienen otra forma de saber dónde están nuestros encargos?

Como no quería seguir el razonamiento de Enya, Aiden tomó aire para estabilizarse. -No puedes decir eso.

Logan resopló. -Y ¿por qué no? Nuestras emociones no son tan diferentes a las de los seres humanos que estamos protegiendo. Entonces, ¿qué te hace pensar que todos podemos resistir la tentación?

-Pero eso es para lo que estamos capacitados...- la voz de Aiden se perdió. Él tragó la sequedad de su garganta. Su siguiente pensamiento surgió de la nada. -Sin embargo, Hamish. No puedes decir que... y los demonios...

-Él no estuvo allí para apoyarte. ¿Y cómo encontraron los demonios a tu protegida de todos modos cuando dices que la camuflaste?-, preguntó Logan.

-Quién mejor para saber dónde estás en todo momento que tu segundo en mando-, añadió Manus.

-¿Un traidor? ¿Crees que Hamish me vendió a los demonios?

Cuando las palabras salieron de sus labios, su corazón se apretó dolorosamente. Aiden buscó apoyo en la encimera de la cocina, con las rodillas cediendo ante la presión. No podía ser posible. Hamish era como un hermano para él. Un hermano con el que a menudo discutía, pero un hermano de todas maneras.

-Tenemos que encontrarlo-. Él miró a Pearce. -Hay que encontrar su celular. Tal vez él está herido en alguna parte. Puso todas sus esperanzas en las últimas palabras. Era mejor pensar que la razón por la que Hamish no había aparecido para ayudarlo era que estaba herido. La otra posibilidad, de que se había pasado con los demonios, era demasiado terrible para contemplarla.

4

Barclay dejó caer el mazo y llamó al orden en la cámara del consejo. El murmullo de sus compañeros miembros del consejo disminuyó gradualmente. Cuando finalmente estuvieron en silencio, miró hacia los rostros de los hombres y mujeres que se sentaban alrededor de la mesa, construida en un semicírculo. Todos ellos eran Guardianes Invisibles experimentados, siete hombres y dos mujeres con un gran conocimiento y habilidad, que habían servido bien a su gente durante muchos siglos. Habían sido seleccionados individualmente para formar parte del Consejo de Nueve, el cuerpo gobernante de su antigua raza. Juez, jurado y verdugo en uno, el consejo llevaba una pesada carga. Sin embargo, cada miembro se hacía cargo de su deber con orgullo.

Rodeada de antiguas runas grabadas en las paredes de piedra de las cámaras, y protegidas por los poderes colectivos de los Guardianes Invisibles, este era el santuario interior, un lugar donde a pocos guardianes se les permitía poner un pie. Las decisiones importantes se tomaban dentro de estas paredes, las decisiones que podrían significar la vida o la muerte para los seres humanos y para los Guardianes Invisibles por igual.

Cada vez que se sentaba en el centro de la mesa, Barclay, como *primus inter pares*, el primero entre iguales, sentía el peso de la responsabilidad en el pecho. Sentía los vientos de cambio, y sabía que su mundo estaba al borde de algo nuevo… algo que cambiaría toda su vida para peor, si él y sus compañeros Guardianes Invisibles no podían detenerlo. Si sólo él supiera lo que era.

Barclay se aclaró la voz y asentó los ojos en el hombre alto, cuyos ojos color avellana parecían ansiosos y cuyo pelo color marrón oscuro parecía más desaliñado que de costumbre.

-Geoffrey, convocaste esta reunión. El consejo está ansioso de escuchar tu informe.

Geoffrey se puso de pie. -Hermanos, Hermanas, Primus…-, él asintió con la cabeza hacia Barclay. -…he recibido informes inquietantes de nuestro *emisarii*. La información es que los demonios han descubierto un suero que puede hacer más susceptible a los seres humanos a su influencia.

Un suspiro colectivo recorrió la asamblea. Barclay contuvo el aliento, la idea de que tal cosa fuera posible le sorprendió hasta la médula. ¿Era éste el cambio que había estado sintiendo últimamente?

-Los demonios no son capaces de brujería-, protestó ruidosamente Finlay.

-¡Nunca escuché hablar de tal cosa!- Riona, una de las dos mujeres concejales, intervino lanzando sus manos en un gesto dramático. -Además, las brujas son *nuestras* aliadas, no de ellos.

Barclay golpeó el martillo sobre la mesa. -¡Orden! ¡Orden!

Sus compañeros miembros del consejo se quedaron en silencio mientras lanzaba una mirada enojada hacia ellos. A continuación, volvió la vista hacia Geoffrey. -Continúa hablando.

Mirando directamente a Finlay, Geoffrey entreabrió los labios. -No es brujería. *En eso* estamos de acuerdo, mi amigo.

Barclay estaba plenamente consciente de que Geoffrey y Finlay rara vez estaban de acuerdo entre ellos en alguna cosa. Había tenido que mediar muchas peleas entre los dos guardianes, que eran tan tercos a más no poder. Por una vez, esperaba que tal pelea no surgiera en esta reunión. Las circunstancias eran demasiado graves como para perder el tiempo en una inútil batalla de exceso de testosterona, como si ambos fueran jóvenes adolescentes inmaduros y no los hombres curtidos que habían luchado a su lado durante siglos.

-Sin embargo, no estoy hablando de brujería. Estoy hablando de ciencia.

-¿Ciencia?- Repitió Finlay, claramente sorprendido.

Un severo movimiento de cabeza marcó la respuesta de Geoffrey. -Ciencia farmacéutica. La Dra. Leila Cruickshank- Pasó una imagen de ella alrededor, -...es una investigadora de gran talento en el Inter Pharma. Los últimos años, ha dedicado su vida a encontrar una cura para la enfermedad de Alzheimer.

-Muy admirable. Pero, ¿qué tiene eso que ver con nosotros?- Wade interrumpió, entrelazando los dedos por su pelo rubio oscuro. -Además, muchos otros lo han intentado antes que ella, y nadie ha tenido éxito.

-¿Lo ha logrado esta doctora Cruickshank?-, preguntó Finley, agitando la mano hacia la imagen que llegaba a Barclay en ese momento.

La mirada de Barclay cayó sobre el rostro de la joven. La foto había sido tomada a través de una ventana desde una distancia considerable. A pesar de ello, el objetivo había sido capaz de captar su esencia: sus rasgos agradables, aun así determinados; su nariz recta y ojos penetrantes acentuaban lo que Geoffrey había dicho. En su bata blanca de laboratorio, estaba sentada frente a una computadora, mirando hacia la pantalla con fascinación. Su cabello largo y oscuro estaba atado en una cola despeinada, unos mechones se habían suelto del mismo, enmarcando sus rasgos clásicos, suavizándolos.

-Nuestro *emissarius* informa que ella está al borde de un descubrimiento. De acuerdo con los informes de laboratorio a los cuales había tenido acceso, los primeros ensayos clínicos sugieren que el suero parece... liberar la mente.

-¿Liberar?- Barclay repitió. -Explica.

-Con la enfermedad de Alzheimer, las neuronas y las sinapsis en el cerebro se destruyen, cerrando la mente, bloqueando y alejando los recuerdos y experiencias, haciendo que la gente ni siquiera recuerde a sus seres queridos. Si este suero hace lo que pensamos que hace, entonces es probable que pueda llegar a revertir algunos de estos efectos.

-Bueno, eso es algo bueno entonces-, estuvo de acuerdo Deirdre y se apartó el pelo largo y rubio detrás de la espalda. -Así que ¿tengo que asumir que quieres que sea protegida?

Geoffrey sacudió la cabeza y miró alrededor, con una expresión solemne. -Por el contrario. Quiero eliminarla.

Finlay se disparó de su asiento. -¿Qué?

-Hemos jurado proteger a los seres humanos y ayudar a promover el bien en el mundo-, agregó Deirdre, colocando una mano sobre el brazo de Finlay e instándolo a que volviera a sentarse. -¿Y tú quieres hacer lo contrario?

-Será mejor que tengas una buena explicación para eso-, espetó Wade.

Mientras Norton, Ian, y Cinead, tres miembros del consejo que habían hasta ahora permanecido en silencio, se aclararon la voz, Barclay se levantó e hizo un gesto para que todo el mundo se callara. Luego se volvió hacia Geoffrey.

-A mí también me gustaría escuchar su razonamiento detrás de esto. La enfermedad de Alzheimer ha plagado a la humanidad desde hace muchos años, y negarle a los seres humanos una cura para esta enfermedad...- Él sacudió la cabeza. -Habla.

Las mejillas de Geoffrey parecían sonrojadas cuando continuó. Era evidente que ese tema era muy querido en su corazón. -Al igual que el suero puede detener la enfermedad de Alzheimer y revertir algunos de sus efectos mediante la reparación de algunas de las neuronas dañadas y permitir que los recuerdos fluyan libremente de nuevo, también abrirá la mente para permitir que los demonios tengan fácil acceso. La resistencia natural que poseen los seres humanos contra la influencia de los Demonios del Miedo desaparecerá. No habrá bloqueo, no habrá puerta. La mente humana estará tan abierta como una puerta de escuela en un día de graduación. Y si el Inter Pharma decide no sólo usar este medicamento para tratar a los pacientes que tengan Alzheimer, sino también usarlo como una vacuna...

Geoffrey no tuvo que terminar la frase. Todo el mundo en la sala sabía lo que esto significaba. Desde muy temprana edad, todos los seres humanos serían invitaciones caminando para que los demonios se apoderaran de sus mentes y los controlaran para cumplir sus órdenes.

-Nadie sería capaz de resistir-, dijo Cinead con gravedad, poniéndose de pie mientras lo decía. Él asintió con la cabeza hacia Barclay. -¿Puedo hablar?

Barclay mostró su acuerdo con un gesto de su mano. Cinead, el escocés que había estado en el consejo más tiempo que cualquiera de ellos, sin embargo nunca había aceptado un nombramiento como Primus, era el más sabio entre ellos, siempre mirando todos lados de un tema, antes de tomar una decisión.

-Geoffrey, dices que tu *emissarius* ha visto los informes de laboratorio. ¿Están disponibles para revisarlos?

-Puedo conseguirlos, si no creen en mis palabras-. Parecía molesto por la petición de Cinead.

-Me gustaría ver y estudiar los datos por mí mismo. No puedes eliminar cruelmente a un ser humano basado exclusivamente en el informe de un *emissarius* que puede que no tenga los conocimientos pertinentes que se necesitan para evaluar este tema. Nunca hemos actuado a partir de rumores o suposiciones. No hay necesidad de empezar ahora.

Geoffrey resopló. -Voy a conseguir el maldito informe, pero te digo, no hay tiempo que perder. Si se permite que el medicamento llegue al mercado, tendrá el potencial para aniquilar a la raza humana y a nosotros en el proceso.

-Estoy de acuerdo-, dijo Riona. -Por lo menos, el acceso al mismo tiene que estar restringido hasta que sepamos más. Si los demonios se apoderan de él, pueden muy bien ser capaces de reproducirlo y distribuirlo entre la población humana.

-Aún tendría que ser administrado por inyección, ¿supongo?-, preguntó Norton, mientras sus cejas se juntaban en un ceño fruncido.

Geoffrey se encogió de hombros. -No todas las vacunas se reciben por una aguja. Si los demonios se apoderan de ella, ¿qué te dice que no podrán infiltrarlo en la alimentación humana o en el abastecimiento de agua? Tienen que ser detenidos antes de que lleguen tan lejos. Tendremos que destruir todos los rastros de la investigación de la Dra. Cruickshank y todas las muestras de la droga.

-Si la droga realmente hace lo que tú dices-, reconoció Norton. -Sin embargo, hasta entonces, estoy con Cinead: no vamos a interferir hasta que los hechos hayan sido confirmados.

-Los hechos parecen estar lo bastante claros para mí-, expresó Ian. -Su investigación es peligrosa. Hay que ocuparse de ello ahora. Cada minuto que estamos aquí sentados discutiendo esto, los demonios se acercan a ella, si es que aún no la han encontrado.

-Así que esto es lo mucho que valoras la vida humana-, comentó Riona. -¿Y si fuera tu vida?

-Yo soy inmortal-, contestó Ian.

-Incluso tú puedes morir-, dijo Riona en voz baja, -con las armas adecuadas.

Barclay hizo rechinar los dientes, no tenía interés en escuchar más disputas entre los dos. -O sus comentarios se mantienen al margen, o lleven sus desacuerdos afuera. ¿Qué harán?

Ante su severa mirada, ambos presionaron sus labios.

Wade dirigió un vistazo a los dos, luego se enderezó en su asiento. -Si lo que Geoffrey dice es verdad, creo que la raza humana está en grave peligro. Y realmente hay una sola manera de hacer frente a una amenaza como ésta. No somos simplemente guardianes, somos también guerreros, daños colaterales son de esperarse.

Barclay apretó la mandíbula. Wade había cometido siempre el error de atacar primero y hacer preguntas después, y esta ocasión no parecía ser diferente. Él dio a su compañero miembro del consejo una firme mirada. Un encogimiento de hombros fue la respuesta de Wade.

Geoffrey le dirigió a Barclay una mirada suplicante. -Primus, apelo a ti. No podemos permitir que esto continúe. El peligro es demasiado grande, las consecuencias podrían ser desastrosas.

Barclay entrecruzó los dedos, soplando el aliento entre ellos. Por un momento, cerró los ojos. Esta no era su decisión, sin importar lo mucho que temiera que Geoffrey tuviera la razón. Una droga que convirtiera la mente humana en un buffet libre para los Demonios del Miedo levantaría una ola de maldad sobre este mundo. Con más y más humanos actuando bajo las malas influencias de los demonios, las guerras azotarían la tierra, y la miseria y el dolor se extenderían. El miedo se multiplicaría, y los demonios se alimentarían de todo ello, sobre todo del miedo. Y se harían más fuertes con cada ser humano que trajeran a su redil.

Pronto, el mundo estaría invadido por el mal: incluso más personas morirían de enfermedades y de hambre. Cada país estaría lleno de guerras y conflictos, no habría guardianes de la paz, no habría imposición del cumplimiento de la ley, no habría organizaciones que prestaran ayuda humanitaria. Todo el mundo estaría por sí solo. Sería el Armagedón.

Barclay levantó los párpados. -A continuación los votos. Aquellos que crean que la mujer debe tener asignado a un Guardián Invisible para protegerla por ahora, digan "sí"; y aquellos que quieran eliminar la amenaza mediante la muerte de la científica y sus investigaciones, digan "no".

Uno por uno los "si" y los "no" resonaron contra la pared de la cámara.

Barclay contuvo la respiración hasta que todos habían votado.

~ ~ ~

Aiden se paseaba por el largo pasillo que conducía a la cámara del consejo, echando un vistazo a la puerta cerrada cada pocos segundos. Parecía como si los miembros del consejo hubieran estado allí una eternidad, o tal vez simplemente era porque se sentía ansioso por terminar con esto. Ya el consejo no estaría contento con el resultado de su última misión, pero tener que acusar a un compañero Guardián Invisible de traición al mismo tiempo, no le permitiría ganarse la simpatía de nadie.

Sus amigos del recinto le habían advertido sobre hacer la acusación y le sugirieron dejar que el consejo sacara sus propias conclusiones, bastaba con presentarle los hechos que él y sus hermanos habían descubierto al buscar a Hamish. Sin embargo, Aiden se conocía demasiado bien. Él era tan impulsivo como Logan, incluso si no hacían alarde de romper las reglas del consejo de la manera que Manus lo hacía. La mayor parte del tiempo, él las seguía. No hacerlo podría ganarle un severo castigo por parte del consejo.

La única razón por la que las transgresiones de Manus no habían llegado a oídos del consejo, era debido a que su grupo en el recinto era particularmente unido. Nadie quería ser conocido como un soplón. Su regla no escrita era arreglar las cosas entre ellos sin la participación del consejo.

Mientras que Manus no tenía reparos en seducir a las mujeres de su cuidado, Aiden no disfrutaba el amargo sabor que tal aventura dejaba atrás. Sí, buscaba aventuras sexuales fuera del recinto, con mujeres mortales, pero sin pretensiones, nunca dormía con la misma mujer dos veces, limitándose a una sola noche... con el fin de no perder la concentración en su misión o involucrarse emocionalmente.

Rara vez tenían algún tiempo de inactividad durante el cual se podía involucrar en una relación que fuera más allá del habitual "Pum, pam, gracias mi dama". No es que él se quejara. No estaba interesado en una relación. ¿Y el sexo? Siempre podía conseguir sexo cuando realmente lo necesitara, pero últimamente, incluso la emoción de echarse un polvo con una virtual desconocida, no pudo ahuyentar el vacío que había empezado a sentir en sus entrañas. Se preguntó si era el cambio que se avecinaba lo que le causaba esos sentimientos extraños. Él estaba a punto de celebrar su ducentésimo cumpleaños, y con ello lo que los Guardianes Invisibles llamaban *rasen*, la temporada de apareamiento. Sus hormonas se elevaban para encontrar una pareja, sin embargo, había pocas opciones.

La razón de que tan pocos Guardianes Invisibles mujeres estuvieran disponibles para el apareamiento, era por el gen dominante masculino, que favorecía que se produjeran más hombres que mujeres en su especie, inclinando el equilibrio en su mundo. Durante siglos, los Guardianes Invisibles hombres, tenían que buscar en el mundo humano a sus parejas. La difícil tarea estaba llena de peligros: si un Guardián Invisible elegía un ser humano como su compañera, en lugar de una de las pocas mujeres Guardianes Invisibles, los dos estarían en peligro de perder sus vidas. Sólo un amor puro de corazón hacía una unión entre un Guardián Invisible y un ser humano posible. Aiden no creía que ese amor existía. ¿Podría un Guardián Invisible alguna vez amar a una criatura tan intrínsecamente débil?

Y si el amor no era verdadero y puro, el ritual de apareamiento, el cual unía a los dos amantes, les robaría sus vidas. Sus muertes no serían inmediatas, pero el saberlo sí lo sería. La inmortalidad de un Guardián Invisible se drenaría como la arena en un reloj de arena. Al igual que su pareja, se marchitaría en pocos meses, tiempo suficiente para arrepentirse de sus acciones y ver su propia muerte. Hamish casi entró en una unión similar, y sólo por pura suerte se había dado cuenta de que su compañera había sido objeto de una trampa tendida por los demonios.

El índice de éxito para encontrar pareja era por lo tanto baja, con pocos Guardianes Invisibles disponibles de sexo femenino. Él prácticamente había crecido con Enya, que vivía en el mismo recinto con él, y la consideraba como una verdadera hermana. No había atracción física entre ellos. Conocía a la mayor parte de las otras mujeres Guardianes Invisibles en los EE.UU., debido a que había pocas de ellas, pero ninguna lo movía de la forma en que una mujer debía atraer a un hombre. Tal vez simplemente no estaba hecho para una relación.

Aiden sabía lo que se esperaba de él y no quería decepcionar. Sin embargo, complacer a su madre y su padre así como a su comunidad, no estaba en la vanguardia de sus pensamientos. Él era un guerrero en primer lugar, encontrar una pareja y ayudar a su raza a procrear, estaba en un distante segundo lugar. Tal vez podría suprimir los deseos que el *rasen* forzaba en él. Era de carácter fuerte... las malditas hormonas no lo mandarían.

-Guardián-, una voz lo llamó. -El consejo lo verá ahora.

El guarda, quien parecía haber aparecido de la nada, estaba parado frente a la puerta de la cámara del consejo.

-Un momento-, pidió, -por favor, coloque todos sus dispositivos electrónicos aquí-. Señaló un espacio tallado junto a la puerta.

Aiden hizo lo que le pidió y luego permitió que el guarda pasara una varilla hacia arriba y abajo de su cuerpo. Era una medida de seguridad para que los dispositivos de grabación no pudieran ser introducidos de contrabando en la cámara del consejo, y así mantener todos los procesos en secreto.

Cuando Aiden finalmente entró hacia el interior, la puerta se cerró detrás de él con un fuerte ruido.

-El consejo le da la bienvenida, Guardián-, lo saludó la voz de Primus.

Aiden lo miró de frente para responder su bienvenida. Él inclinó la cabeza. -Doy las gracias al consejo por haberme recibido, Primus.

Dejando las formalidades atrás, era el momento para darles la noticia. No podía detenerla por más tiempo. -Traigo malas noticias. Mi última misión terminó en una derrota. Mi protegida sucumbió a los demonios. Tuve que eliminarla.

Suaves murmullos salían de los reunidos.

-Por mucho que lamentamos este incidente-, dijo Geoffrey, -no es una cuestión para molestar al consejo. Tú no eres el único que ha perdido a un encargo en las últimas semanas. Los informes han...

-He oído hablar de los informes-, interrumpió con impaciencia Aiden.

Cuando Geoffrey y varios de los otros miembros del consejo se quedaron boquiabiertos, él sabía que había actuado en contra del protocolo al interrumpirlo. Sin embargo, ya había desperdiciado el tiempo suficiente. No podría soportar el sermón.

-Y lo que tengo que decirles, podría estar relacionado con eso.

Cuando Geoffrey trató de hablar, Primus levantó la mano. -Déjenlo hablar.

Tomando un largo suspiro, Aiden contó lo que había salido a la luz en su complejo.

-Hamish ha desaparecido. Al principio pensamos que podría haber caído en una emboscada, pero luego rastreamos su teléfono celular y encontramos sus cosas.

-¿Qué quieres decir?- Primus preguntó con curiosidad.

-Hemos encontrado su teléfono celular en un contenedor de basura, junto con toda su ropa. Cuidadosamente doblada.

Varias cejas se levantaron. Deirdre habló. -¿Qué estás alegando?

Aiden tragó, tratando de quitarse el sabor amargo de la boca. -Cuando yo estaba en mi última misión, superado en número por los demonios, llamé a Hamish. Era mi segundo. Él no se presentó. Tengo razones para creer que nos abandonó-. Las siguientes palabras le dolieron decirlas, su corazón se estremeció ante la pérdida que había experimentado.

-Creo que se ha ido del lado de los demonios.

Él deseaba que estuviera equivocado, pero todo apuntaba a eso.

Jadeos indignados llenaban la cámara del consejo.

Cinead se levantó de la silla. A Aiden siempre le había gustado el escocés y sabía que podía esperar una justa decisión de él. -Esas son acusaciones graves, Aiden. Hamish es un valioso miembro de nuestra sociedad, un luchador feroz. No creo que sea capaz de traicionarnos. Él tiene una mente fuerte, uno de los guardianes con menos probabilidades de ser influenciados por los demonios.

-Entonces explíquenme por qué no ha venido a mi ayuda, por qué hemos encontrado la ropa y el teléfono celular. Se deshizo de todo lo que hubiera hecho posible para nosotros poder seguir su rastro-. Aiden fulminó una mirada acusadora a Cinead. Tal vez el miembro del consejo no quería creer que un compañero escocés, fuese capaz de tal cosa.

-¿Por qué los demonios encontrarían a mi encargo cuando yo la había camuflado? Sólo Hamish podría haber sabido dónde estábamos.

Ian levantó la mano. -Ah, eso no es del todo cierto, me temo.

Aiden levantó una ceja en pregunta, mientras varias cabezas se movían hacia el miembro del consejo que había hablado.

-Como todos ustedes saben, todo el mundo que se sienta en el consejo es consciente de cualquier misión que se entregue. Cada uno de nosotros podría haber conocido el paradero de su encargo. ¿Nos estás llamando traidores también?

-No, ¡por supuesto!- Se apresuró a contestar.

-Entonces debería conceder a su compañero guerrero Hamish la misma cortesía. Podría haber un gran número de razones por las que desapareció. Tal vez fue capturado.

-¿Desde cuándo los agresores doblan la ropa que despojan de sus víctimas?- Gruñó Aiden en voz baja. Sólo el mismo Hamish podría haberse encargado con tal cuidado de su preciada ropa de marca.

Cinead asintió con la cabeza a Ian. -Enviaremos guerreros a buscarlo-. Hizo una seña hacia Geoffrey. -¿Pueden notificarle a los *emissariis*? Tal vez puedan ayudar.

Geoffrey asintió con la cabeza.

-Quiero estar en el equipo de búsqueda-, pidió Aiden.

-No creo que sea prudente. Estás demasiado involucrado emocionalmente-, le negó Cinead.

Aiden lanzó una mirada suplicante al líder del consejo. -Primus, apelo a ti.

El movimiento lento de su cabeza, anuló cualquier esperanza de poder llegar a Hamish antes que nadie y sacarle la verdad.

-Padre, te lo suplico-, insistió, con la esperanza que si hacía hincapié en que él no era sólo su Primus, sino más importante, su padre, podría hacerlo razonar.

Él y su padre intercambiaron una larga mirada. El pelo oscuro del hombre de mayor edad, mostraba algunos mechones errantes plateados, y su rostro anguloso estaba lleno de líneas expresivas. Los ojos marrones lo estudiaron por debajo de oscuras pestañas. Aiden sabía que él había heredado muchos de los rasgos de su padre, y uno al lado del otro, muchos hubieran pensado que eran hermanos en lugar de padre e hijo.

Al igual que todos los Guardianes Invisibles, su padre envejecía de forma mínima en comparación con los seres humanos. Mientras que los hijos de los Guardianes Invisibles crecían de la misma manera que los humanos, una vez que alcanzaban su vigésimo quinto cumpleaños, su envejecimiento se reducía a la velocidad de un caracol. Incluso el hombre más viejo de su especie, un Guardián Invisible de más de 1.500 años de edad, parecía un hombre de casi sesenta años. El tiempo era bondadoso para su especie.

Finalmente, Primus negó con la cabeza. -Me temo, hijo, que eso no es posible. Te necesitan en otra parte. Tenemos una misión para ti.

5

En su estado camuflado, Aiden se paseaba fuera de las instalaciones de Inter Pharma. Después de salir de la cámara del consejo, había mirado dentro de la carpeta de manila que contenía los detalles de su misión y lo leyó de principio a fin. Había formado su opinión sobre este caso para cuando había llegado a la última página, en secreto cuestionó la decisión del consejo. Teniendo en cuenta los datos expuestos en el informe, él hubiera decidido eliminar al ser humano en cuestión. Sería la única forma más segura y confiable de garantizar que los demonios no tuvieran acceso a esta peligrosa droga.

Sin embargo, cuando hubo sacado la foto de la Dra. Cruickshank, que estaba metida en un sobre y colocada en la parte posterior de la ficha, de manera curiosa, había sentido un vuelco en el corazón. Había esperado que fuese diferente... mayor... no tan... hermosa. Pero no era sólo su belleza lo que había creado una reacción física en él. Era la mirada determinada en sus ojos que la cámara había sido capaz de capturar. Lo que leyó en ellos lo atraía más que nada: fuerza. Una mujer humana que era fuerte y decidida, no débil e impresionable, no fácil de seducir. ¿Sería lo suficientemente fuerte como para resistir a los demonios, una vez que la encontraran?

Se dio la vuelta, molesto consigo mismo por permitir que una imagen influyera en él, en su convicción. Cómo se veía no importaba. No influiría para nada la forma en cómo la tratara: con total seriedad. Así como trataba a todos los demás. Y si fuera necesario de matarla, no lo dudaría.

La mirada de Aiden se desvió hacia la calle. El área era una mezcla de edificios residenciales y comerciales. Las tiendas habían cerrado hace ya mucho tiempo, pero un par de restaurantes calle abajo, todavía estaban abiertos. Algunas de las ventanas de los edificios de oficinas cercanos estaban iluminadas, y en los edificios de apartamentos veía a la gente ocupándose de sus cosas, preparando la cena, viendo la televisión. Siempre se sentía como un ladrón cuando veía a otros de esa manera. Sin embargo, se había convertido en una segunda naturaleza. Todos los Guardianes Invisibles lo hacían.

La curiosidad siempre había sido uno de sus rasgos. Incluso a principios de su formación, le había gustado ver a los seres humanos, observar cómo vivían. En muchos sentidos eran tan diferentes de su propia vida de deber y de servicio. Dentro de esos apartamentos que miraba, la gente amaba y vivía. Criaban niños, tenían carreras, compartían risas y lágrimas. Y un día, se morían. Un extraño anhelo se apoderaba de él cada vez que pensaba en sus vidas.

Aunque su vida en el recinto les permitía vivir con las mismas comodidades que los seres humanos, la vida era muy diferente allí. Para empezar, pasaba muy poco tiempo en el complejo habitacional, y era raro que todos los habitantes estuvieran allí al mismo tiempo. Uno u otro siempre estaban en alguna misión. No se celebraba ni cumpleaños, ni Navidad, Pascua, o ningún otro día de fiesta. Todos los días eran lo mismo. No había fines de semana, donde la gente se relajara y descansara. Los demonios no descansaban los sábados o domingos, y tampoco lo hacían los Guardianes Invisibles. El peligro estaba siempre despierto. Nunca dormía.

Aiden desvió la mirada del el edificio de apartamentos y continuó inspeccionando el área. Pocos coches pasaban. Un autobús se detuvo en la cuadra siguiente, dejando a una mujer con un niño pequeño. A lo lejos, una puerta se cerró y se abrió otra. Los sonidos normales de un barrio.

Sin embargo, sus sentidos estaban sólo parcialmente activados, sus pensamientos regresaron a su nueva protegida, Leila. La seguiría a su casa esta noche y evaluaría dónde era más vulnerable un ataque de los demonios. No era que él creyera que iban a montar un ataque directo: querían lo que tenía, la droga. Ellos tenían más probabilidades de encontrar algo en su vida para hacer un trato.

El sonido de pasos y voces distantes, evidentes debido a sus sentidos sobrenaturales, le hizo volverse hacia atrás, hacia el edificio Inter Pharma. A través de los grandes ventanales que encerraban el vestíbulo, vio a Leila cruzar la puerta, intercambiando unas pocas palabras amables con el vigilante nocturno. La foto que le habían dado no le hacía justicia. En realidad, se veía aún más encantadora que en la foto blanco y negra. Su estómago se tensó ante la vista, dándole una reacción visceral a la cual no estaba acostumbrado cuando se trataba de un encargo. Era tan diferente a cualquier otra persona que había tenido que proteger.

Aiden atribuyó su reacción al hecho de que esa mujer era extremadamente peligrosa: si los demonios la seducían a su lado, tendrían un brillante científico trabajando para ellos. Se había dado cuenta de todo eso en su expediente. ¿Quién sabía qué otros pequeños sueros podría inventar, tal vez uno que dejara a los Guardianes Invisibles sin poder? Sí, razonó consigo mismo, lo que sentía en sus entrañas ahora tenía todo que ver con el conocimiento de que una mente brillante como la de ella, estaba atrapada en un cuerpo humano que finalmente sucumbiría a los demonios, porque a pesar de la fuerza que había visto en sus ojos, ella nunca sería lo suficientemente fuerte como para resistirse a ellos.

Y su reacción a ella no tenía nada que ver con el hecho de que la había encontrado más embriagadora que cualquier mujer que hubiera conocido.

Leila sonrió al guardia de seguridad antes de salir al aire de la noche fresca. Era septiembre, pero el día había estado nublado y hacía más frío de lo normal para la temporada. Se dio la vuelta a la izquierda y caminó por la cuadra.

Aiden la siguió, permaneciendo en su estado camuflado, y consciente de que a pesar de que su cuerpo era invisible, aún podría escucharlo. Su respiración, sus pasos, nada de esto podría ser ocultado por su capa. Era una de las razones por las que él y todos sus compañeros Guardianes Invisibles, llevaban zapatos diseñados especialmente de suela suave cuando estaban en alguna misión. Absorbían casi todo el sonido de sus pasos sobre el pavimento. Además, había aprendido a caminar bien suave, como un gato, o como un ladrón. Si se quedaba lo suficientemente lejos, su encargo nunca lo notaría.

Sin embargo, él rompió el protocolo y se acercó, caminando a solo un paso detrás de ella, lo suficientemente cerca como para tocarla, si él lo deseara. Un leve olor a rosas la rodeaba. Era tan exquisito que por un instante le hizo olvidar la razón por la que estaba allí.

Llevaba una chaqueta corta sobre su blusa. Detrás de ella su delicioso trasero, encerrado en esos pantalones hechos a medida, lo agitaba de un lado a otro en un ritmo tentador que podría hacer que cualquier hombre se tornara blando en la cabeza y duro en otros lugares. Su cabello lo llevaba en una cola alta ajustada, y se preguntaba qué se sentiría liberarlo de su atadura y enterrar su cara en él. Sumergirse en su olor, sentir la suavidad de seda de sus cabellos, al mismo tiempo en que se retorciera debajo de él con evidente éxtasis.

Dejó escapar un fuerte suspiro con el inesperado pensamiento.

Un instante después, Leila giró sobre sus talones. Ella se habría estrellado en él si no fuera por la velocidad sobrenatural de su especie con la que estaba agraciado. Se balanceó apartándose y contuvo el aliento.

Sus ojos miraron en la oscuridad, líneas de tensión se formaron en su frente, los labios se entreabrieron. Él se dio cuenta de su pulso fuerte en el cuello. Metió su mano en el bolso, claramente agarrando algo con fuerza en su puño. ¿Un cuchillo? ¿Un arma de fuego? Pero ella no lo sacó, sus ojos y su rostro se relajaron lentamente mientras miraba a sus alrededores. Sus hombros se relajaron y se dio la vuelta, continuando en la misma dirección que antes.

Aiden comenzó a respirar de nuevo. Era mejor no concentrarse en el cuerpo tentador de Leila, o incidencias como éstas, seguirían sucediendo. Y la próxima vez, podría chocar contra él y darse cuenta de que algo andaba mal. No podía arriesgarse, aunque no le importaría saber cómo su cuerpo se sentiría apretándose contra él, sentir sus curvas rendirse ante sus fuertes músculos.

Mierda, ¿por qué se concentraba en eso, en lugar del hecho de que ella representaba un peligro para la humanidad? No estaba tan hambriento de sexo como para olvidar que involucrarse con una encarga, sólo daría lugar a un montón de problemas. ¡Él tenía más control que eso!

Sus ojos se posaron de nuevo en esas curvas que tan inocentemente ella exhibía justo en frente de él sin saber siquiera lo que estaba haciendo. ¿Frenaría esas caderas oscilantes si supiera el efecto que esos movimientos tenían en él? ¿O seguiría tentándolo con su cuerpo pecador? Porque era una tentación.

Un destello de luz de repente le hizo girar la cabeza de su trasero. Con horror, fue testigo de un coche deslizándose hacia ella en la intersección a la que acababa de llegar. A punto de pisar en el paso de peatones que mostraba una señal de "CRUCE" para ella, Leila se sacudió hacia atrás, pero su tacón quedó atrapado en una alcantarilla.

Aiden se lanzó hacia delante, se apoderó de ella y la alejó de la trayectoria del vehículo fuera de control. Perdió el equilibrio, cayendo sobre la acera, rodando hasta la puerta de una tienda con Leila en sus brazos. Su corazón martilleaba en su pecho, y su instinto se activó revelándolo en una fracción de segundo. Su grito de sorpresa fue amortiguado contra su capa.

-¿Estás bien?- Se las arregló para decir mientras contuvo el aliento y trató de incorporarse sin soltarla.

Este incidente claramente estaba considerado como una emergencia, y revelarse ante ella, era por lo tanto, necesario. No quería decir que tenía que saber quién era. Ella nunca tendría que saber que no era humano, y que poseía poderes que simplemente la asustarían demasiado. Lo mejor era para ella no saberlo, porque no sabía cómo podría reaccionar.

Parecía aturdida y no hizo ningún intento por librarse de su abrazo. Su cuerpo tan cerca al de él se sentía embriagador. Olía como una fruta madura lista para la cosecha, sus curvas mostraban la combinación perfecta de suave abandono y firmeza de posición. Él saboreó el momento, sabiendo que una vez que se hubiera recuperado, ella lo rechazaría. Después de todo, era un extraño, ya era de noche y había pocas personas alrededor. El instinto le diría que fuera cautelosa, a pesar del hecho de que la había salvado de ser atropellada por un coche.

Aiden miró hacia la intersección, pero el coche ni siquiera se había detenido. Un conductor ebrio, lo más probable. Sin embargo, no podía quitarse de encima la idea de que esta no era una coincidencia. Hacía tiempo que había dejado de creer que las cosas sucedían al azar.

-Estoy bien-, murmuró, con la mano empujando contra él para mantener el equilibrio.

Mientras se las arreglaba para sentarse y levantar la cabeza, lo miró, evaluándolo para averiguar si se podía confiar en él.

-Gracias. No vi... el coche se pasó un semáforo en rojo.

Él asintió con la cabeza. -Me alegro de que yo estuviera allí.

-No te vi-, le dijo, su voz estaba llena de precaución, mientras ahora se alejaba de él. -No había nadie detrás de mí. Te hubiera escuchado.

Humana perceptiva. -Yo estaba cruzando desde allá. Los faros del coche, probablemente te cegaron, por lo que no pudiste verme.

Se levantó lentamente y llevó una mano hacia ella.

Leila le dirigió una mirada dudosa. -Gracias-. Ella hizo un movimiento para levantarse, rechazando su mano, pero en el momento en que su pierna derecha tocó el suelo, dobló la rodilla y ella gritó de dolor.

Aiden no dudó y la ayudó, poniendo un brazo alrededor de su cintura, por lo que se inclinó contra él. El calor de su cuerpo se filtró en el suyo, encendiendo sus células al instante.

-Apóyate sobre mis hombros-, le indicó poniéndose en cuclillas. Sus elegantes manos se apoyaron en sus hombros.

Extendió la mano hacia el pie. -Voy a comprobar si está quebrado, ¿de acuerdo?

-Está bien-, susurró.

Poco a poco, acarició las manos por encima de su tobillo y puso a prueba su rango de movimiento. Ella hizo una mueca de inmediato.

-¡Ay!

-Lo siento. Será sólo un segundo-, le aseguró mientras él permitía que sus sentidos sobrenaturales, penetraran la piel y llegaran hasta el hueso. Estaba intacto. No había lesión, sólo un esguince. Aliviado, exhaló. -No está quebrado.

-¿Cómo lo sabes? ¿Eres un médico?- Leila lo miró con curiosidad en sus ojos.

Aiden soltó su pie y se levantó, asegurándose de seguir sosteniendo su peso. -No, yo no soy médico. Pero sólo se te torció el tobillo. Tienes mucha suerte.

-Gracias de nuevo.

-Deberías poner un poco de hielo de inmediato.

-Lo haré cuando llegue a casa.

-No, quiero decir ahora mismo. Incluso un retraso de media hora lo hará peor-. Señaló hacia el final de la cuadra, donde las luces de un pub irlandés parpadeaban tentadoramente. -Deberían tener un poco de hielo allí.

¿Qué demonios estaba haciendo? Él no debía involucrarse más con ella de lo que ya lo había hecho. Si fuera inteligente, la dejaría ahora mismo. Pero al parecer esta noche su mente estaba ocupada con otras cosas, lujuria era una de ellas, la necesidad inexplicable de llegar a conocerla, era otra.

-Eso no va a ser necesario. Conseguiré un taxi que me lleve a casa.

Miró hacia ambos lados de la calle. -No encontrarás un taxi por aquí a esta hora de la noche. Podemos llamar a uno desde el pub... luego de haber puesto un poco de hielo en el tobillo.

Y de haber agradecido a tu salvador.
Él claramente podía imaginarse qué tipo de gracias preferiría: un beso de esos labios coquetos. El pensamiento lo sobresaltó. Nunca antes había esperado ningún tipo de agradecimiento de parte de sus encargos, sin importar cuántas veces hubiera salvado sus vidas. Era lo que hacía, lo que había nacido para hacer. No esperaba ningún tipo de pago.

-Bueno, creo que puedo caminar hasta allí-, Leila finalmente accedió.

-¿Caminar?- Sacudió la cabeza. No mientras estuviera ahí para echarle una mano. -No creo que debas caminar.

Haciendo caso omiso de sus protestas, él la levantó en sus brazos y se dirigió hacia el bar.

-Pero...

Cuando él la miró en sus ojos azules como el océano, sus párpados revolotearon de repente, y los bajó rápidamente. El color sonrojó sus mejillas.

Con cada paso, su cuerpo se frotaba contra el suyo, y a pesar de la ropa que los separaba, sintió una descarga de entusiasmo través de él. El contacto fue intenso y real, la compensación una tortura, como el bulto en sus jeans podría dar fe.

Se dio cuenta de cómo estudiaba su cuello y los músculos que se flexionaban debajo de su camiseta apretada. Parecía que no quería levantar los ojos para estudiar su rostro de manera tan evidente. No es que no le importara ser estudiado por ella. Diablos, no había nada que se le ocurriera ahora que le importara que ella le hiciera.

Con el pie, Aiden empujó la puerta de la taberna, al abrirla se alegró de que el lugar estuviera medio vacío. Haciendo caso omiso de las miradas inquisitivas de los pocos clientes, bajó a Leila en un banco junto a la ventana y levantó la pierna sobre la misma.

-Quédate aquí, voy a conseguir un poco de hielo-, le instruyó y se fue a la barra.

El barman miró primero a Aiden, y luego atrás. -¿Pasa algo?

-Mi amiga se torció el tobillo. ¿Podría usted darme un poco de hielo picado y un repasador limpio?-, le preguntó y puso un billete de veinte en el mostrador. -Y dos Jamesons, solos.

-Sí, las mujeres y los tacones-, respondió él y tomó una toalla de atrás, llenándola de hielo.

-Sus tacones no tuvieron la culpa. Un coche se pasó una luz roja y casi la mata-. Se estremeció mientras las palabras salían de sus labios.

-Malditos conductores ebrios-, susurró el cantinero. -Le diré una cosa, cuando veo que uno de mis clientes habituales ya ha tenido demasiado, confisco las llaves de su coche. No importa lo mucho que me maldigan por ello-. Le entregó la toalla. -Tome. Llevaré los Jamesons a su mesa.

-Gracias.

Aiden tomó la toalla llena de hielo y regresó hasta su protegida que estaba sentada con la espalda recta, apoyada en la pared con paneles de madera, su pierna estaba estirada sobre el banco. Se sentó a sus pies.

-Esto debería hacer que te sientas mucho mejor pronto.

Enrolló la toalla en un tubo largo y la puso alrededor de su tobillo, amarrándola en los extremos para que se mantuviera en su lugar. Cuando miró hacia arriba, chocó con su mirada.

-Has hecho esto antes-, ella afirmó.

Él le guiñó el ojo. -Solía caerme mucho cuando era más joven.

Los Guardianes Invisibles niños no sanaban automáticamente como los Guardianes Invisibles adultos lo hacían. Necesitaban ser atendidos de la misma manera que los niños humanos. Eran, sin embargo, inmunes a las enfermedades humanas, tales como el sarampión y las paperas, pero huesos rotos, cortes y contusiones, dejarían marca de la misma manera que lo hacían en los niños mortales.

-Aquí están los dos Jamesons que ordenó, solos-, anunció el camarero y puso dos vasos con el líquido ámbar en la pequeña mesa al lado de ellos. -Salud.

Aiden le asintió con la cabeza luego miró a Leila, señalando el whisky. -Para hacer olvidar el shock.

6

Leila tomó el vaso que su salvador le entregó y vaciló. ¿Era una decisión sabia? Ella tenía poca tolerancia cuando se trataba de bebidas alcohólicas, y este hombre era un completo desconocido. *Un desconocido muy guapo*, se corrigió. El que le había salvado la vida por lo que notó. Si no la hubiera empujado fuera de camino de manera tan rápida, el coche la hubiera golpeado de lleno y hubiera sido el titular de mañana: *"Investigador prometedor, muerto en accidente de atropello y fuga"*. Ella se estremeció por dentro.

Tal vez sí necesitaba una copa, ahora que la realidad era evidente.

-Mi nombre es Aiden-, dijo el sexi hombre. Un nombre que le convenía.

-Leila.

Él entrechocó su copa con la suya. -Beberemos por la buena suerte, ¿sí Leila?

-Por la buena suerte-. Ella tomó un sorbo del whisky. Mientras pasaba por su garganta, su piel comenzaba a arder, pero no era lo suficientemente desagradable para que ella se arrepintiera. Una calidez se extendió por su cuerpo, haciéndola sentir mucho mejor al instante, a pesar de su palpitante tobillo.

Cuando se inclinó hacia la mesa para apoyar su vaso, Aiden lo tomó de ella, sus dedos la rozaron en el proceso. Ella lo sorprendió mirándola, al mismo tiempo. Su mirada era intensa, sus ojos oscuros parecían aún más oscuros que cuando él había regresado de la barra con la toalla en la mano. Raro como el color de ojo de una persona, podía cambiar de esa manera.

Al mismo tiempo, ella fue incapaz de romper el contacto. Su boca se secó mientras su mirada se posó sobre sus labios entreabiertos. Nunca se había sentido tan consciente de otra persona. Él estaba justo ahí, sin embargo, demasiado lejos como para tocarlo, mientras que él podía poner su mano sobre su pierna en cualquier momento si lo deseaba. ¿Lo haría? Se sacudió el pensamiento errante. ¿Qué pasaba con ella? Estaba claro que el shock de casi ser atropellada por un coche le había revuelto su mente. De lo contrario, ¿por qué, de repente, fantasearía acerca de besar a un desconocido?

¿Y por qué su corazón latía más rápido, palpitando fuertemente en su pecho, y su lengua serpenteaba para humedecer sus labios secos?

Como si anticipara algo delicioso que le hacía agua en la boca. El nudo en su estómago en sintonía con su respiración, también esperaba algo delicioso. Sus palmas se sentían sudorosas, pero se abstuvo de frotarlas en sus pantalones, para no llamar la atención sobre su traicionero estado. Si ella no se equivocaba, diría que se estaba comportando como una chica de secundaria que había visto al mariscal de campo de su equipo de fútbol, salir del vestuario en nada más que una toalla envuelta alrededor de sus caderas.

Aiden estaba completamente vestido, sin embargo, tenía el mismo efecto en ella. Su reacción hacia él le era extraña. Nunca había sido alguien que le gustara la idea de una aventura de una noche, pero con este hombre, echaría la precaución por la borda, solo esta vez.

-Gracias de nuevo-, dijo ella rápidamente, sin querer que el silencio entre ellos se extendiera aún más y se volviera incómodo. Ya era bastante malo que estuviera babeando por él. Como si nunca hubiera salido con un hombre guapo.

¿Guapo? Más bien pecaminosamente hermoso, se corrigió.

Su pelo oscuro era corto y lacio. Por su aspecto, era grueso, y ella estaba segura de poder confirmar su hipótesis, si sólo pudiera entrelazar sus dedos en él. Tal vez, al mismo tiempo, podría poner a prueba la suavidad de sus labios y lo que se sentiría frotar sus dedos sobre la cicatriz por encima de su frente o en la barba que crecía adornando su barbilla.

-Parece que tu color está regresando.

Echó un vistazo a sus mejillas, y ella se dio cuenta de lo sonrojada que estaba. ¿Estaba ruborizada? A su edad, ella debería ser la última en reaccionar tan inmaduramente, pero un vistazo rápido para atrapar su reflejo en la ventana, reveló que su cara parecía de hecho un poco sonrojada.

Ella encontró un chivo expiatorio muy rápidamente y no tuvo ningún problema de pasarle la culpa. -El whisky-. Leila señaló el vaso sobre la mesa. -No estoy acostumbrada a él.

-Debería haberte preguntado si querías otra cosa, pero teniendo en cuenta el impacto que tuviste, pensé que el whisky ayudaría. Siempre me ayuda a mí-. Aiden tomó un sorbo de su vaso, claramente saboreándolo antes de tragar.

-Sí, el shock-, se apuró Leila a estar de acuerdo.

Su mano seguía temblando cuando se alisó un mechón de pelo detrás de la oreja que se había desprendido de su cola de caballo, pero ella ya se sentía mejor. El hielo tenía un efecto adormecedor sobre su tobillo. Por desgracia, la hermosura de su compañero había reducido al centro de habla de su cerebro a producir solamente simples frases cortas.

No podía permitir que esto continuara. Era ridículo. Era una doctora, una mujer inteligente y capaz de hablar con un hombre guapo en oraciones complejas. Ella sólo tenía que calmarse, tener la misma confianza en sí misma como siempre.

-Estaba trabajando hasta tarde-, murmuró ella, aclarándose la voz para prestarle a su voz más fuerza. Funcionó. -Bueno, trabajo hasta tarde la mayoría de las noches-. ¿Qué otra cosa iba a hacer? Ella no tenía prácticamente nada de vida social.

-No deberías de caminar sola en la calle por la noche. Hay todo tipo de cosas que podrían sucederte.

Ella se encogió de hombros, sorprendida ante la mirada preocupada de su rostro. -Sólo estaba caminando pocas cuadras hasta el metro.

-El metro más cercano está a cinco cuadras de aquí, *largas y muy desiertas cuadras*, si se me permite añadir-. Él chasqueó la lengua. -Es arriesgado.

-No estoy preocupada. Estoy armada-. Ella había crecido en la ciudad y sabía que tenía que estar preparada.

Levantó una ceja sorprendido. -¿Un arma?

Ella buscó en su bolso y sacó su arma de elección, agitándola triunfalmente. -Gas pimienta.

Sin embargo, Aiden parecía poco impresionado, negando con la cabeza en aparente desaprobación. -¿Sabes lo fácil que es para un hombre que sabe lo que está haciendo, arrancártelo de tu mano y usarlo contra ti?

Ella no le hizo caso. -Yo sé cómo usarlo-. Había estado llevando el aerosol por años.

-¿Lo sabes?- Había un brillo extraño en sus ojos cuando hizo un movimiento brusco. Antes de que pudiera reaccionar, le arrebató el gas de su mano y lo levantó.

Una sensación de shock corrió por ella, y de reojo vio que el camarero se detuvo en medio del movimiento. Una sensación de pánico se apoderó de ella, a pesar de que había otras personas en el bar.

-¿Ves?-, preguntó Aiden. -¿Ves lo fácil que fue para mí desarmarte?

Con su corazón todavía latiendo con fuerza, ella lo miró con los ojos muy abiertos. Esto no había estado en su lista de previsibilidad. -Pero... pero yo no estaba preparada en este lugar. Estamos en un bar.

Él negó con la cabeza y colocó la lata de gas pimienta de nuevo en la palma de su mano. -Puede ocurrir en cualquier lugar. Siempre tienes que estar preparada.

Su voz reflejaba un tono de insistencia como si quisiera asegurarse de que ella no se olvidara la lección que le acababa de enseñar.

Siempre había pensado que estaba preparada, pero este extraño le había acabado de mostrar que ella no estaba ni cerca de hacer frente a lo impredecible. Hizo una nota mental para trabajar en ello; cómo, ella no estaba muy segura. -Tuviste una ventaja porque te lo mostré.

Ella sintió la necesidad de defenderse, porque no quería parecer una mujer débil que necesitaba la protección de un hombre. En particular, no delante de Aiden. Cuando ella lo miró, sintió la extraña sensación de tener que demostrarle que era fuerte, que no necesitaba a nadie... aunque no sabía qué.

Él sonrió y puso su mano sobre la suya. Instintivamente ella apretó los dedos alrededor de la lata.

Aiden asintió con la cabeza con admiración. -Bueno, estás aprendiendo. Porque cualquiera podría ser un atacante.

-¿Incluso tú? ¿A pesar de salvarme la vida?- Ella no tenía ni idea de por qué le preguntaba eso, sus labios formaban palabras sin su permiso.

Brevemente le apretó la mano, y luego rompió el contacto, una mirada extraña estaba en su rostro. -No tienes nada que temer de mí.

Leila levantó la barbilla. -¿Entonces me estás diciendo que puedo confiar en ti?- ¿Podía confiar en él? ¿O se estaba dejando engañar por su apariencia atractiva?

Él se le acercó y le tomó la mano libre. Sus ojos la penetraron, como si estuviera tratando de ver profundamente en ella. Cuando sus labios se abrieron, lo hizo sólo para susurrar en voz tan baja que apenas pudo escucharlo, -Tal vez no deberías hacerlo.

Luego atrajo su mano a los labios y le dio un beso cálido en la parte posterior de la misma. Cuando la soltó, una sonrisa se dibujó en sus labios. Su vientre sintió un revoloteo en respuesta. Ahora ella entendía. Todo había sido una broma. Él sólo le estaba tomando el pelo.

Respiró aliviada. A medida que exhalaba, una risita se escapó de sus labios.

Él la miró con sorpresa. -¿Qué es tan gracioso?

-Tú. Estabas tratando de asustarme, pero no pudiste mantener una cara seria. ¿Siempre haces esto para encantar a las mujeres?

-¿Yo, encantador?

Ella prefirió no responder a esa pregunta.

Aiden sonrió. -Supongo que me has descubierto-. Por un momento, ella pudo ver en él al niño que debió haber sido una vez. -¿Intuición femenina?

Ella inclinó su cabeza, estudiándolo. -Tal vez.

Nerviosamente, ella extendió su brazo para tomar el vaso nuevamente, pero él anticipó su movimiento y se lo pasó. Cuando tomó otro trago, otra oleada de calor se extendió por su cuerpo, pero no estaba segura si era el alcohol lo que estaba causando esta reacción o el hecho de que sus ojos estaban fijos en ella. Devolviendo su intensa mirada, se dio cuenta de que estaba coqueteando con él. Todo lo femenino en ella floreció en un instante.

-¿Y qué más hay que saber sobre ti?- ella preguntó antes de que el valor pudiera abandonarla.

-Odiaría aburrir a una mujer hablando sobre mí.

-Por lo que prefieres permanecer misterioso-, ella argumentó.

-¿Eso es lo que soy para ti, misterioso?- Sus pestañas bajaron unos milímetros, el calor ardiendo en sus ojos. -¿Misterioso bueno o misterioso malo?

Ella tragó saliva rápidamente. -No lo he decidido todavía.

-¿Qué te podrá ayudar con esa decisión?

-Tendría que saber más sobre ti.

Dejó escapar una carcajada. -Eso no ayudará al propósito de permanecer enigmático. Si te digo todo sobre mí, no quedará nada misterioso sobre mí.

-¿Sería eso tan terrible?

-Me encontrarás aburrido y poco interesante.

-Ella se echó a reír, -Lo dudo mucho-. Hizo una pausa por un momento, sus ojos de repente fijándose en la cicatriz arriba de su ceja. Ella lo señaló. -Dime cómo te lo hiciste.Él se pasó el dedo sobre la cicatriz. -¿Ésta? La tengo de hace mucho tiempo. De cuando era un niño.

-¿Y, qué pasó?- Ella lo animó a continuar.

-¿De verdad lo quieres saber?

Leila asintió con la cabeza.

-Mi hermana gemela y yo éramos unos pequeños vándalos. Siempre recorríamos por el bosque desapareciendo durante horas y horas. Volvíamos locos a nuestros padres.

Ella sonrió. -¿Recorrían por el bosque? Mis padres se hubieran muerto de preocupación.

Él sonrió. -Teníamos diez años, y créeme, mis padres estaban alegres de tener unas horas para sí mismos. Estaban muy ocupados con nosotros.

-Lo creo-, ella murmuró, notando el entusiasmo que brillaba en sus ojos.

Él fingió estar sorprendido. -¡Yo no era el problema! Mi hermana lo fue. Ella era la más salvaje.

-Claro-. Leila se rio para sí misma, disfrutando de él reviviendo las aventuras de su niñez.

-Escuché eso-. Le guiñó el ojo. -Julia siempre pensó que podía hacer cualquier cosa. Pero… ella se resbaló y se cayó. Había una cueva, y ella estaba colgada, a punto de caerse adentro.

-Oh, Dios mío, ¿cuán profunda era la cueva?

-Profunda. Yo estaba aterrado, pero reaccioné por instinto. Mi mano le rodeó su muñeca, sosteniéndola mientras apoyé mi pie contra una raíz gigantesca que estaba sujeta en el suelo. La saqué, pero el momento que ella estaba a salvo, la raíz se quebró bajo nuestro peso y me pegó. Por poco erró mi ojo.

Leila dejó escapar el aliento. -Salvaste a tu hermana.

Él asintió con la cabeza, una mirada triste de repente en su rostro. -Esa vez, sí-. Luego sonrió, cambiando de tema. -Entonces, ¿cómo se siente tu pie?

Ella lo miró. -De hecho, ni siquiera he pensado en ello en los últimos minutos. Eres un trabajador milagroso.

-No lo creo.

-Gracias por ayudarme.

-Es mi trabajo.

Ella estudió su rostro. -Pero dijiste que no eras un médico.

-No lo soy.

Sorprendida de que no tomara la iniciativa de hablar sobre su trabajo, algo que la mayoría de los hombres disfrutaba, ella indagó un poco más. -Entonces, si no es la medicina, ¿a qué te dedicas?

-Temas de la seguridad.

-¿Quieres decir como un asesor de seguridad?

-No exactamente.

-¿Militar?- Dios, esperaba que no.

Vaciló por un momento, como si contemplara qué decirle.

-Si no me quieres decir, está bi...

-Soy un guardaespaldas.

Por sí solos, los ojos de ella recorrieron su cuerpo al instante. Sí, era alto, y cuando la había cargado, le había parecido que no hacía ningún esfuerzo. Ella había sentido cómo sus músculos se flexionaban debajo de ella. Sin embargo, no era sólo músculos y fuerza. También tenía velocidad. La rapidez con la que él la había tomado y sacado fuera del camino del coche a toda velocidad había sido imperceptible.

Entusiasmo y decepción se estrellaron en su interior. Él era un hombre con un trabajo peligroso, tan diferente de ella, de su vida ordenada. Un hombre con el cual no debía involucrarse, sin importar qué tan caliente estuviera y lo mucho que le debía. No tenía necesidad de añadir otra persona a su vida de quien preocuparse. Le preocupaban lo suficiente sus padres. Eso le llevaba toda su energía. No quedaba nada para un hombre que habría desaparecido durante varios días, probablemente sin decir una palabra. No, ella nunca sería capaz de hacer eso.

La aventura de una noche que había contemplado sólo unos minutos antes había perdido su atractivo. Ella no quería caer en la tentación de querer más. Debido a que cosas sucedían, ¿y si una noche se convertía en dos noches, una semana o un mes? Era la misma razón por la que nunca tenía citas con un policía, bombero, o cualquier persona que estuviera en el ejército. Un guardaespaldas caía en la misma categoría.

Con pesar, ella dejó que sus labios formaran sus siguientes palabras. -Ya es tarde. Debería llamar a un taxi.

Por un momento se mostró sorprendido por su respuesta. Luego vació el último sorbo de su copa y miró su vaso. -Me aseguraré de que llegues a casa bien.

7

Aiden insistió en esperar el taxi con ella. Mientras la ayudaba a entrar en el mismo, su estado de ánimo era sombrío.

¿Por qué le molestaba que Leila hubiera repentinamente acortado su pequeño encuentro? Él debería sentirse aliviado. Pero después de contarle sobre Julia y sus aventuras juntos, había sentido la extraña sensación de ser franco, cuando en realidad nunca hablaba a nadie sobre su hermana.

¿Por qué había cambiado el estado de ánimo de Leila cuando le dijo que era un guardaespaldas, lo cual era lo más cercano a la verdad? No tenía ni idea. Su rechazo debería parecerle bien, pero por alguna razón no le gustaba. Intelectualmente, sabía que cuanto mayor distancia pudiera mantener entre él mismo y ella, mejor sería para todos. No eran amigos, y ella nunca debería cometer el error de verlo como tal. Tampoco él tenía que esperar otra cosa de ella, que no sea el cumplimiento de sus órdenes, para que él pudiera protegerla. Fin de la historia.

No, es sólo el principio, su voz interior insistió, mientras que su ritmo cardíaco se aceleraba en acuerdo.

Como no quería que sus pensamientos viajaran más lejos por ese camino, vio el taxi desaparecer en la siguiente esquina y sacó su teléfono celular. Marcó el número de Manus y comenzó a caminar en la dirección en que estaba estacionado su coche.

-¿Sí?-, respondió su segundo de inmediato. De todas las personas, el consejo le había asignado a Manus.

-Necesito que verifiques una placa por mí. Mi encargo fue casi atropellada por un coche esta noche.

-No me digas.

-Podría ser una coincidencia...

Manus resopló. -¿Desde cuándo crees en coincidencias?

Manus estaba en lo cierto. No lo creía.

-¿Cuál es el número de placa?

Aiden lo recitó de memoria. -No vi el último número. Había un poco de suciedad en la placa, oscureciéndola-. Lo único que había tenido, era una fracción de segundo para leer la placa, ya que el coche había zumbado junto a él. Sin embargo, sus sentidos sobrenaturales habían recogido lo que pudieron de todos modos.

-¿Qué clase de coche era?

-Toyota, parecía un Corolla-. Un coche muy común, al igual que millones de otros.

-Dame unas horas. Te enviaré un mensaje de texto de lo que encuentre.

-Bueno, voy a casa de Leila ahora.

-Ah, ahora es: Leila. Interesante.

Mientras Aiden apretaba su teléfono, la ira aumentaba. -Al departamento de la Dra. Cruickshank-, se corrigió entre dientes.

-¿Cómo es ella?

-No es tu tipo-, Aiden le contestó, una vez más sus pelos se le ponían de punta. Sería un día frío en el infierno antes de que le permitiera a Manus protegerla en su lugar. Ella era su misión. Su responsabilidad.

-Ah, así que es así ahora.

-¿De qué mierda estás hablando?

-La quieres... Leila, ¿no?... para ti mismo-, adivinó Manus.

-¡Mentira! Ella es mi encargo, eso es todo. Yo no me meto con mis encargos-. Él obedecía las reglas. Incluso si su cuerpo quería algo diferente esta vez. Algo que no sólo rompería las reglas de los Guardianes Invisibles, sino su propio código de ética.

-Verás la luz algún día, créeme.

-¡Simplemente haz tu trabajo!

Aiden desconectó la llamada y miró hacia el oscuro callejón en la entrada donde había estacionado su Ferrari negro. Era el mismo tipo de callejón donde sólo unos días antes había perdido a su protegida. Sacudiendo el desagradable recuerdo, abrió el coche y se escabulló en el asiento del conductor.

El motor aulló segundos más tarde, y el vehículo salió disparado a la calle. El tráfico era ligero, por lo que fue fácil volver a caer en sus pensamientos a pesar de que no quería hacerlo.

Obligó a que sus pensamientos se alejen de Leila, y se volvieran a su mejor amigo. ¿Mejor amigo? Ya no tenía un mejor amigo: Hamish se había ido, y por lo que parecía, seducido al lado oscuro por los demonios. ¿Era eso lo que había sucedido? ¿Se habría vuelto hacia el mal? Si eso era cierto, entonces la próxima vez que se encontraran, serían como enemigos, chocarían sus espadas.

Era una perspectiva terrible, que por un momento incluso ahogó sus pensamientos acerca de Leila. Aiden sintió el cuchillo que estaba alojado al costado de su bota derecha, una daga forjada en los Días Oscuros. ¿Tendría que usar esa arma en contra de Hamish algún día? Sintió pesar en el corazón al pensar en ello, pero sabía que tendría que hacerlo.

Al ser un Guardián Invisible, Hamish sabía demasiado. Era consciente de los portales que conectaban hacia todos los demás complejos habitacionales. Al igual que los agujeros de gusano, permitían a los de su especie entrar en un portal de un complejo y salir, segundos más tarde, en el de otro, aunque fuera a miles de kilómetros de distancia. Hacía que el viaje entre sus fortalezas, un juego de niños. Pero si los demonios se enteraban alguna vez de la ubicación de sus instalaciones y por lo tanto, de los portales, podrían destruir a los Guardianes Invisibles desde dentro. Una perspectiva aterradora, y la razón por la cual no se permitía jamás a los protegidos dentro de las paredes de ningún complejo, a pesar de que sería el lugar más seguro para ellos.

Aiden estacionó el coche enfrente del pequeño edificio donde Leila vivía. Su apartamento estaba en el segundo piso y daba a la calle, por lo que era fácil de ver desde el exterior. Las luces de dos habitaciones estaban prendidas, las de la sala de estar y su dormitorio. Más temprano, antes de que él hubiera ido al Inter Pharma, había entrado en su apartamento, pasando por la puerta cerrada como si fuera aire, y había revisado su vivienda. Él no había encontrado nada malo, no había rastros de actividad demoníaca, nada inusual.

Sus estantes estaban repletos de libros de texto médicos, su mesita de café llena de revistas médicas, y su refrigerador vacío. Sabía que el Inter Pharma tenía un comedor, y asumió que ella comía allí en lugar de cocinar en casa. El apartamento estaba limpio, pero carecía de los detalles que había encontrado en las casas de otras mujeres.

Su sensibilidad auditiva recogió el sonido de un horno microondas, y momentos más tarde la vio cojear de nuevo en la sala de estar con el plato en la mano.

Aiden tamborileó los dedos sobre el volante, contemplando la posibilidad de subir y sentarse con ella. Él sabía que no era necesario, debido a que por la corta distancia en la que estaba, no tenía problemas para camuflarla con su mente. Ella sería invisible a cualquier demonio en los alrededores. Sin embargo, algo inexplicable le hizo querer acercarse.

La decisión fue tomada por él cuando escuchó sonar el timbre de la puerta en el apartamento de Leila y la vio levantarse. Giró rápidamente su cabeza hacia la puerta principal del edificio, pero no había nadie.

Se catapultó desde el coche y se desplazó por la calle, precipitándose a través de la puerta y escaleras arriba. Giró en la esquina después del primer tramo de escaleras y miró hacia arriba a la siguiente plataforma, justo cuando Leila abría la puerta al joven que rondaba allí.

-Hola, Jonathan-, ella lo saludó con una sonrisa cansada, pero una sonrisa de todas maneras.

¿Quién demonios era ese tipo? ¿Su novio? Aiden lo examinó rápidamente: físico alto, delgado, pelo corto y rubio, con los brazos detrás de la espalda, hoyuelos en las mejillas cuando sonreía. Lo cual hacía ahora. De verdad, él le sonrió también.

-Hola, Leila. Escuché que habías regresado. No quise perdérmelo.

Aiden notó como ella se apoyaba contra el marco de la puerta, la pierna lesionada ligeramente levantada del suelo. Caray, este tipo no debería de molestarla. ¿No veía que estaba cansada y necesitaba descansar?

-Yo estaba a punto de irme a...- Bueno, parecía que no estaba de humor para hablar con este intruso.

Se llevó las manos adelante, y Aiden al instante se puso en alerta, en caso de que estuviera a punto de tocarla. Sin embargo, en sus manos llevaba una caja cuadrada de unos veinticinco centímetros de largo en cada lado, envuelta en papel de colores, una cinta y un moño alrededor de ella. -Sólo quería ser el primero en darte un regalo de cumpleaños.

-Ohh-, susurró ella. -No debiste-. Sin embargo, tomó la caja de sus manos.

Ahora piérdete, Aiden quería gruñir.

Jonathan levantó el dedo. -Pero no estás autorizada a abrirlo hasta mañana. No es tu cumpleaños todavía.

Ella le devolvió la sonrisa. -Lo prometo-. Luego hizo una pausa. -Te invitaría a pasar, pero...

¡No!

Aiden dio unos pasos hacia adelante, hacia ellos para intervenir si era necesario.

-No, no, no te preocupes, puedo ver que estás cansada. Podemos pasar un tiempojuntos en otro momento-. Luego se inclinó hacia ella y la besó en la mejilla. -¡Feliz cumpleaños!

¡Vete a la mierda!

-Buenas noches, Jonathan, y gracias de nuevo.

Ella se volvió y desapareció de nuevo en su apartamento. Aiden vio como Jonathan esperó hasta que la puerta se cerrara detrás de ella, y luego subió las escaleras. Así que ese idiota vivía en el mismo edificio. Esto no era bueno. Eso significaba que tenía que quedarse con Leila noche y día, no había manera de evitarlo. No podía permitir que ese tipo se deslizara más allá.

Puso a Jonathan en su lista mental de las personas a controlar. Por lo que sabía, el hombre podría estar trabajando para los demonios. Él era claramente un humano, pero eso no significaba nada. Los demonios tenían un montón de seres humanos en su nómina, seres humanos que ni siquiera sabían para quienes estaban trabajando.

El idiota la había besado, sólo en la mejilla, pero sin embargo fue un beso. Leila no había parecido sorprendida por ello tampoco, como si lo hubiera hecho antes. ¿Lo había hecho?

Aiden se miró las manos hechas puños, como si quisiera golpear a alguien, preferiblemente a Jonathan. ¿Qué demonios lo hacía tan agresivo?

Sabía que no podría poner en peligro esta misión y llamar la atención hacia sí mismo, por lo que se obligó a relajarse y aflojar sus puños. Si el consejo se enteraba de su comportamiento errático, lo quitarían de la misión. Ni siquiera su condición de hijo del Primus actual, le ayudaría entonces. No es que alguna vez lo hubiera ayudado: ahora que lo pensaba, nunca había recibido ningún tratamiento preferencial a causa de ello. Por el contrario, a veces sentía que estaba siendo tratado más duramente sólo por ser el hijo del Primus. Bueno, no le importaba. Lo que sea que le arrojaran, él podía manejarlo.

Sin pensarlo dos veces, entró en su apartamento. Lo que sea que lo impulsaba, no le importó analizarlo.

8

Aiden podía oler su excitación.

Leila había tomado una ducha breve después de terminar su cena, una ducha que se había obligado a sí mismo a no mirar. Ya era lo suficientemente inexplicable lo mucho que la deseaba. Ver como el agua caliente corría por su cuerpo desnudo habría roto su control como una ramita en el camino de una manada de elefantes. Simplemente el imaginar perlas de agua deslizándose sobre su piel lozana le hacía desear un chapuzón en un lago helado para enfriar su cuerpo sobrecalentado.

Ahora ella estaba en la cama, desnuda, las sábanas tendidas a un lado.

Echó un vistazo a su cara, pero tenía los ojos cerrados. Ella no dormía todavía y no lo estaría por un rato, porque sabía lo que se venía después. La anticipación lo puso duro y luchó contra la culpa que sentía crecer en su pecho. Porque lo que estaba haciendo era deshonroso. Él debería darle privacidad, pero no podía despegarse. Un mejor hombre habría dejado su dormitorio y se habría ido a la sala, cuidándola desde ahí. Tal vez era tan depravado como Manus. ¿No era eso lo que su segundo había aludido unos pocos días antes? ¿Que con la mujer adecuada, no tendría en cuenta las normas del consejo de la misma manera en que Manus lo hacía?

O tal vez el *rasen* lo estaba controlando, a pesar del hecho de que él estaba luchando contra su influencia.

Aiden permitió que sus ojos hambrientos viajaran sobre la figura desnuda de Leila: desde su elegante cuello y de la pequeña hendidura en la base de la garganta, la piel de alabastro se extendía sobre músculos bien tonificados por sus bíceps fuertes hacia sus delgadas muñecas. Las curvas que componían su delicioso torso, eran más que un poco tentadoras. A pesar del poco calor en la habitación, esos pezones oscuros asentados en los senos perfectamente redondos estaban sudando. Duros y exigentes sobre la abundante carne pedían a gritos ser acariciados.

Mientras su mirada descendía, deslizándose a través del profundo valle entre sus magníficos pechos, él baboseó. Desde más abajo, donde un oscuro dosel guardaba un tesoro que él quería saborear, su aroma llegó hasta él con mayor intensidad ahora. Sin tener que mirar, sabía que ella estaba mojada allí abajo. Si abría las piernas, vería la dulce miel que brillaba en su piel color rosa.

En la unión de sus muslos, piernas fuertes se reunían, con las que podría envolver a un hombre y hacerle olvidar todo. Esas piernas tonificadas podrían cruzarse en la espalda y apretarlo para poder traerlo más cerca de ella, mientras la penetrara. Con su fuerza, podría obligarlo a ir más profundo, llevarlo más fuerte, más rápido.

Aiden se limpió las perlas de sudor de la frente, pero no pudo respirar hondo como lo necesitaba. Sino Leila lo escucharía. Sólo bocanadas cortas de aire entraban en sus pulmones, y no hacían nada para aliviar el calor en su cuerpo o calmar su corazón desbocado. Todo lo que podía hacer era admirarla. Ella era perfecta, su cuerpo el de una diosa.

Cuando sus manos se movieron, enderezó su postura, dando a su creciente apéndice más espacio entre sus piernas. Se sentía como una liberación, pero no tuvo tiempo de disfrutarlo, porque las manos de Leila, ahora se extendían sobre sus pechos.

Con movimientos lánguidos, los masajeaba lentamente, con los dedos redondeaba sus pezones erectos. Parecían aún más duros que antes. Si pudiera deslizar su lengua caliente sobre ellos, podría saber exactamente cuán duros estaban.

¡No! Él no debía pensar en eso. Debería salir de la habitación ahora, dándole la privacidad que merecía y dejando de ver lo que él no tenía derecho a ver. Pero por más que trató de ordenarle a sus piernas que se movieran hacia la puerta, se quedaron congeladas donde estaban. Él no tenía control sobre su cuerpo. Como si algo o alguien lo estuviese controlando. ¿Era el *rasen* lo que se había apoderado de su cuerpo, o era simplemente el deseo que sentía por ella? Un deseo tan irracional y aun así tan poderoso, que no sabía cómo combatirlo. Este no era él: no era un hombre que buscaba este tipo de emoción prohibida. Por el contrario, se enorgullecía de su honor, su ética y el desapego emocional con la que trataba a sus encargos. ¿Por qué no podía hacer lo mismo con Leila?

Nuevamente trató de hacer que sus piernas se movieran hacia la puerta, pero su silenciosa orden permaneció sin respuesta.

En vez de salir, volvió la mirada hacia ella nuevamente. Sus labios se separaron y emitió un suave suspiro, como si hubiera esperado bastante tiempo para hacerlo. ¿Se tocaría así todas las noches? ¿Era esto lo que le hacía liberar el estrés de su trabajo? Y como su protector, ¿iba a tener la tentación de presenciar esto noche tras noche? ¿Tendría que pasar por esta tortura todas las noches, donde una parte de él, le instaba a concederle la privacidad y la otra lo obligaba a mirar?

Cuando se pellizcó sus pezones, ella gimió de nuevo, esta vez más fuerte. Al mismo tiempo, sus piernas se abrieron y por primera vez, vio la carne color rosa que estaba oculta allí. El pequeño haz de luz de un poste que penetraba en la sala por debajo de las cortinas, era suficiente para iluminar lo que él quería ver, y su visión nocturna superior hacía el resto.

Aiden dio un paso más cerca instintivamente, incapaz de separarse del tentador suspiro. El olor se hizo más intenso cuando se acercó, y sólo aumentó su hambre. Casi como si lo estuviese drogando con su aroma.

Con fascinación embelesada, vio cómo su mano vagaba hasta el estómago y llegó entre sus piernas, mientras su otra mano seguía amasando su pecho.

Su cuerpo se retorcía y se doblaba con cada movimiento de sus dedos, mientras que sus gemidos cortaban a través del silencio en intervalos cortos. Cuando la segunda mano se unió a la primera, ella abrió las piernas aún más, dándole una vista que casi lo catapultó por encima del borde. Metió un dedo dentro de su brillante canal, mientras que el pulgar acariciaba el bulto hinchado de carne en la base de sus rizos.

Con sus suaves suspiros y gemidos que llenaban la habitación, cerró los ojos por un momento, sorprendido por la intensidad de las emociones que le agobiaban. Esta no era la primera vez que había visto una mujer darse placer a sí misma, pero esta era la primera vez que lo excitaba al punto del dolor. Mantener su control nunca había sido tan difícil. Pero no podía permitirse actuar por su deseo. Ella era su protegida, se recordó. Debería irse de la habitación ahora y olvidarse de lo que había visto.

Su ritmo se aceleró, y podía sentir cómo su respiración se convertía en respiros cortos.

-Oh, Aiden-, murmuró ella de forma inesperada.

Sus palabras hicieron que su corazón se detuviera, mientras una onda de choque recorría su cuerpo.

¿Sabía que él estaba allí?

Su mirada se disparó hacia su rostro, pero tenía los ojos cerrados, y ella estaba demasiado absorta en sus propias emociones para sentirlo. Pero si ella no sabía que él estaba en su dormitorio, entonces ¿por qué lo había llamado por su nombre? ¿Habría escuchado mal debido a que tanto quería que lo llamara, o gritara su nombre mientras acababa?

-Aiden-, susurró otra vez.

Esta vez lo oyó claramente: su nombre. Ella *estaba* llamándolo. Eso sólo podía significar una cosa: ¡mientras ella se complacía a sí misma, estaba fantaseando con *él*! Pero entonces, ¿por qué lo rechazó antes?

¿Era simplemente porque ella no confiaba en él? Era un extraño para ella, pero muchas mujeres se iban a la cama con extraños, y había visto un interés en sus ojos al principio.

Otro gemido lo sacó de sus meditaciones, por lo que volvió su mirada hacia sus manos que con tanto ahínco acariciaban su sexo. Su dedo se hundió con mayor profundidad dentro de ella, y su otra mano frotaba su clítoris cada vez más rápido.

-Más adentro... sí, tómame... hazme acabar...- Ella expulsaba las palabras en cortos jadeos, su piel ahora cubierta con una ligera capa de sudor, el olor del cual casi lo enloqueció.

Cuando sus rodillas golpearon contra el colchón, se dio cuenta de que había cruzado la distancia que quedaba entre ellos. Desde el pie de la cama todo lo que tenía que hacer era deslizarse sobre ella y estaría acostado entre sus piernas, su boca en su dulce concha. Podría lamerla y llevarla al clímax, sentir sucumbir a su orgasmo, un placer que le daría a ella.

¡Hazlo!

Sus manos se cerraron en puños a los costados, su erección palpitante le instaba a tomar lo que quería. Ella nunca sabría que era él. Todo lo que ella sentiría sería su tacto, sus dedos, su boca, su lengua. Si él lo mantenía lo suficientemente suave, tal vez simplemente asumiría que sus fantasías eran más poderosas que nunca, más reales. Y aunque ella sospechara que alguien estaba en su dormitorio, no vería nada, sólo aire a su alrededor. Sería un sueño muy vívido mientras que ella no lo tocara y se diera cuenta de que había un cuerpo invisible en su cama, porque aunque invisible, su carne se sentiría tan real como siempre.

Nadie se enteraría. Pero él lo sabría, y se odiaría por ello. Cuando la tocara, quería que ella supiera que era él, para que lo llamara por su nombre, que lo mirara a los ojos. Sin embargo, se le hacía agua en la boca, imaginando qué sabor tendría ella, cuán dulce sería su miel, y cuán suave su piel.

Como si ella supiera que él estaba allí, luchando contra su yo interior, susurró: -Sí-. Sus manos siguieron jugando con su piel delicada, y su respiración entrecortada, se dio cuenta que ella estaba cerca.

Su mano se extendió.

Un fuerte ruido que sonó como una explosión detuvo su acción. Su cabeza giró hacia la puerta.

¡Mierda! Corrió a la puerta justo cuando Leila se irguió de su posición, igual de sorprendida.

A continuación, el detector de humo comenzó a sonar.

-¡Oh, no!-, gritó ella.

Aiden pasó a través de la puerta del dormitorio sin abrirla. Desde el pasillo que conducía a la cocina y sala de estar, una nube de humo se elevaba por debajo del techo, y procedente de la cocina, vio las llamas que salían por la puerta abierta. Un violento incendio estaba en su apogeo, y él sabía lo suficiente acerca de incendios para darse cuenta de que éste se extendería rápidamente.

Detrás de él, la puerta del dormitorio se abrió.

Un grito de sobresalto casi le atravesó el tímpano. Se volvió hacia Leila, que estaba junto al marco de la puerta, desnuda.

Ella lo miró directamente a él, sus ojos bien abiertos, sus labios se prepararon para gritar una vez más.

¡Ella lo vio! *¡Mierda!* En su pánico, sin darse cuenta, se había expuesto.

-¿Cómo has entrado aquí?- Se envolvió con sus manos para cubrir su desnudez, pero fue en vano, sus pequeñas manos no podían cubrir sus abundantes curvas.

-Leila, no puedo explicarte. Más tarde. El fuego, tenemos que salir de aquí-. Lanzó una mirada de preocupación hacia la cocina, donde las llamas envolvían toda la puerta y estaban abriéndose camino en el pasillo, la nube de humo por debajo del techo era cada vez más intensa.

Sólo entonces su mirada pareció caer a sus pantalones, donde su erección creaba una protuberancia visible.

Sus ojos se agrandaron, y el verdadero miedo brilló a través de su iris. -¡Oh, Dios mío, viniste a violarme!- Corrió de vuelta a la habitación y cerró la puerta. Oyó cerrar la puerta con llave.

¡Mierda! ¡Él realmente la había cagado! Pero no había tiempo para explicaciones ahora. El fuego se acercaba rápidamente, consumiendo cualquier material combustible en su camino. Ya en este momento, el pasillo estaba intransitable y tendrían que encontrar otra salida.

No había tiempo para rogarle que abriera la puerta de la habitación, no había tiempo que perder pateándola. Ellos tendrían a esa puerta como una barrera contra el fuego. Al darse cuenta de que tenía que exponer lo que era, pasó a través de la puerta.

Un grito lo recibió, con la mano agarraba el teléfono y estaba marcando un número. 9-1-1, era lo que él suponía. Se lo arrebató de la mano y apretó el botón de apagado antes de tirarlo a un rincón.

Su rostro palideció. -¿Qué eres?

9

Leila golpeó la parte de atrás de sus rodillas contra el armazón de la cama y automáticamente tomó la almohada para presionarla contra su cuerpo.

¡Como si eso le proporcionara algún tipo de protección!

Pero cubrir su desnudez no era su mayor preocupación. Lo que acababa de ver no podría haber ocurrido. Aiden, si ese era realmente su nombre, había pasado por la puerta del dormitorio cerrada, como si estuviera hecha de aire y no de madera maciza. Una mirada de reojo a la puerta confirmó que aún estaba cerrada con llave.

Ella sacudió la cabeza. ¿Estaba en el medio de una pesadilla? ¡No! Eso era imposible. Sabía que estaba completamente despierta. De hecho, nunca había ido a dormir. Entonces se le ocurrió en un instante.

-¡Me drogaste en el bar!-, gritó. Era por eso que estaba alucinando. -Me seguiste.

-No, Leila, no es verdad.

Ella no le creyó.

-Te lo explicaré todo más tarde-. Dio un paso hacia ella. -Pero no tenemos tiempo ahora.

Por sí solos, sus ojos se dirigieron a los jeans de él. El bulto era ahora notablemente más pequeño, pero todavía lucía una erección.

-¡Aléjate de mí!

-Necesitas ponerte algo de ropa, ya-. Sus ojos recorrieron la habitación y se encontraron con un par de jeans y un suéter. Él los quitó de la silla en donde estaban.

Mientras él se le acercaba nuevamente, ella trató de alejarse, pero con la cama detrás, ella no tenía adónde ir.

-Ahora, Leila-, dijo con una voz que no admitía rechazo.

Cobarde como era, tomó las ropas que le entregó. Cuando ella trató de ponerse los pantalones, mientras que se protegía a sí misma con la almohada, la sacó de las manos y la dejó caer sobre la cama detrás de ella. El calor bañaba sus mejillas.

-Maldita sea, Leila, no hay tiempo para ser modesta. El fuego...- Se refirió a la puerta, donde el humo comenzaba a arrastrarse desde la parte superior.

Se vistió con más rapidez que nunca, el miedo le dio alas. Esto no podía estar pasándole a ella. No sólo estaba allí para violarla, también había prendido fuego en su apartamento para poder raptarla. Y ella ni siquiera podía protestar: o se iba con él o moriría por la inhalación de humo. Ella tenía un título en medicina, sabía lo rápido que podía pasar.

-Por favor no me hagas daño-, suplicó.

Hubo un destello de incredulidad en sus ojos. Él la miró fijamente, los segundos pasaban. -Yo nunca te haría daño. Estoy aquí para salvarte.

A continuación, sus brazos la atrajeron hacia él y toda su fuerza la abandonó. Ella no podía hacer nada para protestar. -Déjame ir-. Sin embargo, su demanda apenas fue un gemido.

Ella no reaccionaba muy bien con el peligro y el pánico. Esta era una situación para la que no estaba preparada, no encajaba en su ordenada vida.

Su mano se conectó con su mejilla, pero el toque fue casi una caricia, pasó suavemente los nudillos sobre la piel. -Nunca, Leila. Estoy aquí para protegerte.

¡Oh, Dios, no! Él era un acosador obsesionado. Por lo que sabía, tal vez había estado siguiéndola incluso antes de esa noche, antes de que hubieran terminado en la barra.

De reojo, vio la pintura formándose como ampollas en la puerta. El olor a humo era cada vez más fuerte, mientras se deslizaba a través de las grietas a lo largo del marco de la puerta. Ella sabía que era sólo cuestión de tiempo hasta que la puerta cediera, permitiendo que el fuego entrara en su dormitorio. Eso la ayudó con la decisión: se iría con él, por ahora, pero tan pronto como ella hubiese escapado de este infierno, gritaría para pedir ayuda y escaparía.

Asintió con la cabeza y lo vio exhalar con alivio.

-Tenemos que salir por la ventana.

Lo miró fijamente. -No puedo ir por allí. Está demasiado alto-. Su tobillo estaba torcido. No había manera de que pudiera aterrizar en él. Lo más probable es que tendría un esguince o se rompería la otra pierna también, tratando de absorber el impacto de la caída con ella. Caer en mala posición podría dar lugar a todo tipo de lesiones.

Ella trató de quitarse de sus brazos, pero él no la dejó ir.

-Tú no vas a saltar. Lo haré yo.

Su frente se arrugó. -Pero, ¿cómo voy a...?- ¿La dejaría ahí, después de todo para que pereciera en las llamas?

Aiden la soltó y empujó las cortinas a los lados, sin embargo, no abrió la ventana.

-Tenemos que salir antes de que el fuego consuma la puerta-, explicó.

-Oh, Dios-, susurró ella, el horror haciendo que se helara la sangre de sus venas.

Cuando sintió los brazos de Aiden a su alrededor, casi se sintió segura: intercambió un mal por otro. Él la apretó contra él, su cuerpo extrañamente era cálido y reconfortante.

-¡Espera! Mi bolsa-. Ella salió de sus brazos y agarró tanto su bolso como el collar de la mesita de noche. Su collar era una cosa que no podía dejar que pereciera en el fuego. Tan pronto como se metió el colgante en el bolsillo de sus jeans y se colgó el bolso en diagonal a través de su cuerpo, Aiden la atrajo de vuelta hacia él.

-Pon tus brazos y piernas alrededor de mí-, le ordenó.

El miedo la hizo cumplir sin protestar. Ella se aferró a él como velcro, sintiendo su tibio aliento en la oreja.

-No te sueltes de mí. Voy a saltar, y te prometo que estarás a salvo.

Algo en su voz calmó sus fuertes latidos del corazón y desaceleró su respiración. Por un momento recordó cuando él le contó cómo había salvado a su hermana cuando era un niño y eso la consoló. ¿O esa historia había sido una mentira? Pero aunque parezca mentira, pensó que había escuchado ternura en sus palabras. Debería estar loca si suponía eso. -Sí.

Leila cubrió su rostro en su cuello, cuando lo sintió patear la ventana con un pie.

Al mismo tiempo, las llamas irrumpieron a través de la puerta, la fuerza de la explosión los catapultó hacia fuera. Se preparó para el inevitable impacto duro en la acera, pero nunca sucedió. O estaba muerta o Aiden había aterrizado sobre sus pies.

-Puedes abrir los ojos.

Vacilante, apartó su rostro de su cuello y parpadeó. Como si no hubiera pasado nada, de repente estaban parados en la acera frente a su edificio sin presentar ni un solo rasguño. Ella tenía que estar todavía drogada, porque un aterrizaje como este era imposible, sobre todo después de que prácticamente fueron lanzados a través de la ventana por la explosión.

-¿Cómo…?

Pero ella no llegó a completar su pregunta, porque sus labios le impidieron hablar. Como si hubiera hecho esto cientos de veces antes, su boca se deslizó sobre la de ella. Su beso fue uno de pura posesión, exploración y deseo.

Para su sorpresa, ella le respondió sin pensar. Culpó el hecho de que acababa de escapar de un apartamento en llamas. O las drogas, que de alguna manera habían logrado poner en la bebida en el bar irlandés. Tal vez estaba en shock. No había otra razón del por qué en su sano juicio besaría a un hombre que había irrumpido claramente en su apartamento, prendiéndole fuego, y estando a punto de secuestrarla.

Cierto, no había ninguna razón sensata, aparte del hecho de que él sabía a masculinidad tan viril. Con las manos en su espalda, la apretó contra su pecho duro como piedra, donde sentía que su corazón latía tan rápido como el de ella, mientras su lengua se abría paso en la boca, devorándola como si no hubiese besado a una mujer en años, y muriéndose de hambre por probarla. De la misma forma en que ella se moría de hambre, porque no podía dejar de acariciar su propia lengua contra la suya, en duelo con él, explorándolo como él la exploraba. Era una locura y estaba mal en muchos niveles.

Pero su cuerpo no escuchaba a su cerebro, quien trataba de decirle que lo alejara. Por el contrario, tal como se había sentido excitada cuando había fantaseado acerca de él antes, el calor líquido ahora se juntaba en la unión de sus muslos. Y probablemente podía sentir el calor a través de su ropa. Era una locura.

La sirena distante de un camión de bomberos la hizo entrar en razón nuevamente y la hizo tirar la cabeza hacia atrás, rompiendo el contacto. Él la miró, sus ojos entornados, sus labios rojos y húmedos por el apasionado beso que habían compartido.

Entonces, de repente giró la cabeza como si recién ahora oyera la sirena. -Tenemos que irnos.

Por encima de su cabeza, ella vislumbró las llamas que salían de la ventana de su apartamento. Trató de librarse de él, dejando caer las piernas al suelo y empujando contra él, pero él era más fuerte. -Déjame ir-, suplicó.

Él negó con la cabeza, su expresión sombría. -No. Alguien trató de matarte dos veces esta noche. Estaría loco si te dejara fuera de mi vista.

¿Qué había dicho?

-¿Matarme?-, fue lo único que pudo repetir, lanzando miradas nerviosas a su alrededor, esperaba ansiosamente que el camión de bomberos se asomara a la vuelta de la esquina, así ella podría encontrar ayuda en ellos o en la policía, que seguramente llegaría al instante.

-Te lo explicaré todo más tarde, pero tenemos que irnos ahora. No estás a salvo. Ellos saben dónde te encuentras.

Haciendo caso omiso de sus protestas, él la llevó hasta un coche estacionado al otro lado de la calle. Con un clic las luces del coche brillaron brevemente, indicando que las puertas ya estaban sin llave. Sin ceremonia alguna, la tiró en el asiento del pasajero y cerró la puerta detrás de ella. En la oscuridad, sus dedos buscaron a tientas la manecilla, su temblor era perceptible ahora. Antes de que pudiera abrir la puerta del coche, él ya estaba en el asiento del conductor y tiró de su mano hacia él.

Sus ojos oscuros se clavaron en ella. -Tal vez no confíes en mí en este momento... Dios lo sabe, las circunstancias no me favorecen... pero si quieres vivir, tienes que quedarte conmigo.

Sin esperar respuesta, arrancó el motor del coche y salió a la calle. Por el retrovisor, ella vio el camión de bomberos cruzando la esquina. Por fin habían llegado para salvar el edificio de la destrucción total, pero ya era demasiado tarde para ella. Estaba a merced de Aiden ahora. Y quién sabe cuáles eran sus planes.

Leila miró a su lado, con los ojos posándose una vez más sobre su ingle. El bulto en sus pantalones era apenas perceptible ahora. No es que fuera algún consuelo. Una vez que detuviera el coche en alguna parte, una vez que hubiera llegado a cualquier destino que tuviera en mente, haría lo que había planeado todo el tiempo. Obligarla a...

¿Reaccionaría de la misma forma que había reaccionado a su beso? ¿Se limitaría a dejar que sucediera sin oponer ninguna resistencia? ¿Le permitiría tomarla sin poner una pelea? Maldición, había permitido besarla, no sólo permitido, había participado con más entusiasmo de lo que nunca había besado a un hombre antes. Sólo podía ser la droga la que le había hecho reaccionar así, botando sus defensas, para que él pudiera hacer con ella lo que quisiera.

-¿Qué drogas usaste conmigo?- Tal vez si ella sabía lo que era, de alguna manera podría luchar contra sus efectos.

Él no quitó los ojos de la calle mientras se abría paso a través del tráfico. -No te he drogado.

-La copa en el pub irlandés-, insistió.

Él negó con la cabeza. -Fue whisky puro. El camarero lo sirvió para ti. Lo viste. Él te dio el vaso. Yo no pude haber puesto nada en él, incluso si hubiera querido-. Hizo una pausa y le dio una mirada de reojo. -Lo cual no quiero. Te quiero en posesión de todas tus facultades.

¿Así ella sentiría el dolor? ¿Humillación? -¿Por qué me secuestraste?

-No lo hice.

-¿En serio?-, murmuró en voz baja. Sus labios temblando nerviosamente.

-Escuché eso.

-¿A dónde me llevas?

-A un lugar seguro.

De repente, quitó la mano del volante y la apretó sobre la de ella. Todo su cuerpo se giró con tensión. ¿Iba a acariciarla en el coche? Entonces tal vez ella podría agarrar el volante y causar un accidente. Le daría ocasión para escapar.

Sí, si es que sobrevives al accidente.

Mierda, ¿por qué era tan cobarde?

-Leila-, dijo en voz baja, ella giró la cabeza para mirarlo, tratando de asegurarse de que seguía siendo el mismo hombre, porque según ella, esto podría ser una alucinación. Como había pasado antes, cuando pensó que lo había visto pasar a través de la puerta cerrada.

Parecía como si quisiera decir algo, pero no lo hizo. En cambio, presionó un botón en su volante. Oyó el tono, luego el sonido de una marcación rápida. La llamada fue contestada al primer timbre.

-¿Aiden? ¿Qué necesitas?- Una voz masculina llegó a través de los altavoces.

-El apartamento de mi protegida ardió en llamas-, explicó Aiden.

¿Protegida?

-¡Mierda!- Maldijo el hombre.

-Escucha, Manus-, Aiden continuó: -No creo que sea una coincidencia. ¿Alguna novedad sobre el coche?

-Negativo, Pearce está revisando las placas en estos momentos. Otra media hora más o menos.

-Bueno. Necesito que estés al tanto del departamento de bomberos. Acaban de llegar a la escena y están apagando el fuego. Necesito saber cuál piensan que fue la causa. Mi conjetura es incendio intencional.

Leila sintió como si un puño apretara su corazón. ¿Incendio intencional? ¿Alguien quería matarla? No, eso no podía ser cierto.

-Me encargaré de ello. ¿Está herida?

-No, gracias a Dios la saqué a tiempo.

Él la había salvado, sí, realmente lo había hecho. Así que, ¿quería decir esto, que él no era el que había causado el incendio en su apartamento? ¿Podía confiar en lo que escuchaba ahora?

-¿A dónde la llevas?

-A un lugar seguro.

-Llámame cuando llegues allí-, dijo el otro hombre.

-Más tarde.

Apretó un botón y desconectó la llamada.

-¿Qué eres? ¿FBI? ¿CIA?

Él sacudió la cabeza lentamente. -No exactamente.

Si él no estaba con el gobierno, tenía que ser otra cosa, algo más peligroso.

-¿Mafia?

Sabía que en su voz se escuchaba miedo. Aiden también lo había escuchado, porque él le dirigió una mirada larga antes de que sus labios se abrieran una vez más para hablar.

-Por la vida de mis padres, te prometo una cosa: nunca voy a hacerte daño.

Con sus palabras, un sollozo salió de su pecho. Ella había olvidado por completo a sus padres. Oh, Dios, ¿qué pasaría con sus padres si ella no estaba? ¿Quién se aseguraría de que siguieran recibiendo la atención que necesitaban? ¿Quién se aseguraría de que los cuidadores no los maltrataran? Ella tenía que luchar para escapar. Sus padres la necesitaban. Contaban con ella, a pesar de que en sus días malos no siempre supieran quién era. Sin embargo, aún había una oportunidad para que al menos recuperaran parte de lo que la enfermedad de Alzheimer les había robado, si sólo ella fuera capaz de terminar su investigación a tiempo.

Tenía que pelear por ellos. Además, no era lo suficientemente valiente para enfrentarse a la muerte. Había muchas cosas más que tenía que hacer, mucho más de la vida que no había experimentado. No, ella no podía permitir que este extraño la secuestrara y la llevara lejos de todo lo que era querido para ella. Tenía que negociar con él.

10

Detrás de un contenedor de basura en un callejón desierto, Aiden estacionó el coche. Sentada en el asiento del pasajero, Leila sentía que su cuerpo se retorcía por la tensión, los labios apretados, como si luchara consigo misma para no llorar. Dadas las circunstancias, ella había reaccionado con mucho menos histeria de lo que él hubiera esperado de cualquier persona en su situación.

Aiden se dio cuenta de que se había equivocado al besarla después de todo lo que había sucedido, pero no había podido detenerse a sí mismo. El fuego había estado tan cerca, y el miedo había hecho espesar su sangre a una consistencia de gel, haciendo que su corazón casi se detuviera con el pensamiento de que ella pudiera salir lastimada. Nunca había tenido tanto miedo por nadie. Nunca había temido perder a alguien como él temía perderla a ella. A pesar de que no tenía derecho a poseerla, en primer lugar.

Pero había necesitado ese beso. Lo necesitaba para asegurarse de que estaba sana y salva. Como una liberación, lo había anhelado, y cuando ella se había dejado llevar, él casi había acabado en sus pantalones como un adolescente inmaduro. La forma en que lo había abrazado con tanta fuerza y su lengua había jugado con la de él, como si estuvieran destinados a estar juntos, había borrado todo pensamiento sensato de su mente. Incluso ahora, todavía podía sentirla cómo si hubiera impreso en él su aroma para toda la eternidad.

Con sus manos ajustadas sobre el volante como si su vida dependiera de ello, se dirigió a ella sin mirarla, -Te lo prometo, todo estará bien. Nadie te hará daño. Mataré a cualquiera que lo intente.

Sus palabras parecieron tener efecto porque levantó la cabeza y se giró para mirarlo. Cuando él la miró, vio el miedo dominar sus ojos.

-Por favor, déjame ir. Haré lo que quieras. No voy a pelear contigo. Pero, por favor, déjame ir. Mi familia...

Apenas escuchó el resto de sus palabras, porque él no estaba muy seguro de haber oído bien. *¿Ella haría lo que él quería?* ¿Significaba lo que él pensaba que significaba?

-¿De verdad crees que vine a tu departamento para violarte?

¿Y por qué no pensaría eso? Había irrumpido, por falta de una palabra mejor, y la primera vez que había puesto los ojos en él, había tenido una erección del tamaño de un bate de béisbol. Por supuesto, ella llegaría a esa conclusión.

Cuando ella no dijo nada y sólo lo miró con ojos temerosos, él estiró su mano hacia la de ella, pero retrocedió al instante cuando se dio cuenta de lo que estaba haciendo. Mierda, debería mantener su distancia. El tocarla haría las cosas aun peor.

-Leila, yo soy tu guardaespaldas. Estoy encargado de protegerte. Estaba en tu apartamento para velar por ti.

Se pasó la mano por el pelo. ¿Cómo iba a explicarle por qué lo había encontrado en un estado de excitación?

-¿Mi guardaespaldas? Yo sabría si hubiera contratado a un guardaespaldas.

Expulsó una bocanada de aire tenso, incómodo de que tenía que revelar quién era él. Sólo se hacía en las peores circunstancias, y esta situación probablemente contaba como una.

-No soy el tipo de guardia que puedes contratar. Me asignan personas. No hago preguntas, yo hago mi deber-. La mayoría de las veces. Con Leila, había hecho un poco más que su deber. Verla masturbarse y besarla después de que él la rescató, no era parte del código de conducta de un Guardián Invisible. Tampoco su código personal.

-No te creo.

Era de esperarse. Él asintió con la cabeza. -¿Te acuerdas que cerraste con llave la puerta de tu dormitorio después de que te encontraste conmigo en el pasillo?

-Sí-. Ella levantó la barbilla en señal de desafío. Por extraño que pareciese, a él le gustaba ese gesto. No era fácil de convencer.

-Un momento después, me encontré en tu dormitorio. Viste cómo entré.

Ella sacudió la cabeza. -No. Yo todavía estaba medio dormida. Estaba soñando. No puede ser.

Aiden se centró en un mechón de pelo que quería mover de su rostro. Parecía mucho más femenina con el pelo suelto y no recogido con una cola. -No estabas soñando. Ni siquiera estabas dormida aún.

Ella emitió un grito ahogado y abrió los ojos con horror.

¡Oh, mierda!

Él no había querido hacerle saber que él había estado en su habitación antes, que la había visto. Simplemente se le había salido.

La boca de Leila se abrió con incredulidad mientras se revolvía hacia la puerta para alejarse lo más posible de él. -¿Estabas en mi habitación?

-Leila, lo siento... yo no quise... yo... lo siento.

-Oh, Dios, no. ¿Cómo pudiste?

Se había hecho la misma pregunta, sin embargo, todavía no tenía respuesta para ello. Él había violado su privacidad y no había excusa para ello.

Volvió la cabeza y miró hacia la oscuridad. -¿Pensaba que dicha idea era absolutamente repugnante? No fue mi intención… yo…

-¿Me observaste? ¿Todo el tiempo? Todo el tiempo mientras yo...- Ella cerró los ojos con fuerza.

-¡Tú no tenías derecho a verme!

-No, no lo tengo-, dijo pensándolo bien. -Lo siento. No sé qué me pasó. No tengo excusa-. Y no inventaría ninguna ahora. Sólo él tenía la culpa. Él y una lujuria incontrolable que incluso ahora corría por sus venas.

Cuando él la miró, ella evitó su mirada.

-Y todavía no creo tu estúpido comentario de caminar a través de las puertas. ¿Por qué simplemente no lo reconoces? Me drogaste, me miraste... y luego incendiaste mi hogar para secuestrarme.

-Está bien. Supongo que necesitas una pequeña demostración.

Presionó el mecanismo de cierre automático. -Tal como puedes ver, he cerrado las puertas.

Luego, se concentró y salió del coche como si la puerta estuviese abierta de par en par, permitiendo que su cuerpo pasara a través del vidrio y el metal sin dejar de ser visible todo el tiempo. No había necesidad de revelarle que también podía hacerse invisible. Sólo sería invitar a más preguntas y suscitar más dudas.

Desde el exterior del coche la vio por la ventana y se dio cuenta cómo Leila golpeaba la mano sobre su boca, sus ojos proyectaban una mirada sorprendida. Pero también vio cómo la aceptación se extendía en sus facciones.

Él volvió a entrar en el coche de la misma manera que había salido, dejándose caer de nuevo en su asiento.

-¿Me crees ahora?

Ella asintió con la cabeza. Poco a poco, bajó la mano de sus labios. -¿Qué eres?

-Soy un inmortal, un guardián, un guerrero que fue enviado para protegerte.

-¿Un ángel?- Repitió ella.

Le dio una sonrisa torcida. -No, no somos exactamente ángeles, y yo menos-. Estaba bastante seguro de que los ángeles no se ponían duros con sus encargos. -Somos los Guardianes Invisibles, y estamos aquí para proteger a los humanos de los Demonios del Miedo.

Puso su mano sobre la de ella, y sintió cómo la apartó tras su contacto.

-Por favor, no me toques.

~ ~ ~

Mortificada, Leila lo miró. Ella lo había visto pasar a través de la puerta cerrada del coche, y le creía. Eso no quería decir que tenía que gustarle… o cumplir lo que él quería de hecho. Por el contrario, había algo muy inquietante en sus palabras. Él seguía siendo un extraño, alguien que la había seguido, entrado a su casa sin su permiso, y prácticamente la había secuestrado. El que fuera una especie de superhéroe, no cambiaba todo eso en lo más mínimo.

Se había llamado a sí mismo un *Guerrero Inmortal*.

Aiden era un hombre peligroso, con un trabajo peligroso, a pesar de que un *guerrero* probablemente no era considerado un trabajo como tal. Su mera presencia significaba problemas. Qué tipo de problemas, no tenía ni idea, pero ella sentía que estaba en muchos. Incluso si estaba diciendo la verdad y era realmente una especie de guardián o protector... de lo cual ella no estaba del todo convencida... ¿qué quería de ella? La única protección que necesitaba, era a alguien que la protegiera de él. Porque despertaba un lado en ella que pensaba que no existía. Un lado que ansiaba entusiasmo, pasión, incluso peligro. Un lado que le daba miedo a muerte.

Pero eso no era todo: él la había observado darse placer. Lo que esto significaba ella ni siquiera quería empezar a contemplar. No ella tenía que hacer que su mente se concentrara en otra cosa.

Mierda, estaba tan completamente jodida. Ya era hora de tratar de entender todo esto y averiguar lo más que pueda, evaluar la situación en que estaba, y luego intentar escaparse.

-¿Demonios?-, preguntó. -¿Igual que en el exorcista?

-No. Los demonios de los que estoy hablando son de carne y hueso. Están cerca. Están observando, y quieren hacerte daño. Es por eso que he sido enviado.

¿Por qué alguien querría hacerle daño? Ella no tenía enemigos. Trataba a la gente educadamente, pagaba sus cuentas y sus impuestos, y donaba a obras de caridad. ¿No tenía lo suficiente con preocuparse por sus padres? Ella sólo quería que la dejaran tranquila con su investigación.

Instintivamente, ella apretó la mano alrededor del colgante que llevaba en el bolsillo. Todavía estaba allí, a salvo. Lo que fuera que se había quemado en su departamento, podría ser remplazado. El objeto en su bolsillo no.

-Parece que estás haciendo un trabajo bárbaro-, dijo ella, incapaz de evitar el sarcasmo de su voz. Desde que lo había conocido, había estado a punto de ser atropellada por un coche, y su departamento se había envuelto en llamas. Tal vez era él el que llevaba el peligro con él. Tal vez lo seguía *a él*.

-Supongo que este gatito tiene garras-, respondió.

-No soy un gatito. Soy una muy respetada investi...

-Yo sé todo sobre ti, doctora Cruickshank. No hay necesidad de informármelo-. Su voz de repente sonó tensa.

¿Ahora era la doctora Cruickshank? Después de verla masturbándose... Dios mío, qué horrible y al mismo tiempo, increíblemente emocionante pensamiento... y besarla, encontraba que era necesario ser formal. Muy bien. Podría ser de esa manera también. Era mejor así. Mientras que ella pudiera mantenerlo a distancia, tal vez podría salir de esto ilesa.

-¿En qué clase de peligro me encuentro, *Sr. Guardián Invisible*?

Ella se fijó cómo él retiraba su mirada de ella, una clara indicación de que no le gustaba la pregunta, ni la forma en que se dirigía a él.

-De la clase en que hacen que la gente se muera.

Ella se estremeció involuntariamente. -Yo puedo con la verdad.

-¿Estás segura?-, preguntó. -Porque hay alguien ahí afuera que quiere un pedazo de ti.

Ella se estremeció ligeramente, el brillo en sus ojos depredadores indicaba que él quería un pedazo de ella. Y a decir verdad, en este caso no estaba segura si iba a tener la fuerza de voluntad para resistirse a él, si llegaba a tomar lo que quería. De repente tenía la garganta seca, como papel de lija. Ella tragó con rapidez, inhalando aire extra. Sus fosas nasales se llenaron de su fragancia masculina, un aroma tan potente, que le hubiese hecho doblar sus rodillas si no estuviera sentada. Pero ella no le daría la satisfacción de mostrarle el efecto que tenía sobre ella.

-Tengo derecho a saberlo.

Aiden le dirigió una mirada por un largo rato. -Supongo que sí.

Luego de estudiar la zona exterior como si pudiera ver a través de la oscuridad que los envolvía en el callejón oscuro, llevó la mano a la llave de contacto. -Aquí no es seguro.

Un momento después, el motor rugió de nuevo con vida.

-No iré a ninguna parte contigo, si tú no...

Su protesta murió cuando la rápida aceleración del coche deportivo la presionó en el asiento. Haciendo caso omiso a las normas de tráfico, salió a la siguiente calle.

-Tú...

Él le lanzó una mirada que no presagiaba nada bueno para su futuro inmediato.

-Tendrás tus respuestas cuando lleguemos a nuestro destino.

Ella sólo esperaba que su destino no estuviera lejos, porque no estaba segura de cuánto tiempo podría mantener su lengua bajo control, mientras que su llamado rescatador, se comportaba como el hombre de las cavernas. Eso la irritaba a más no poder, haciéndola querer pelear con él cuando nunca le habían gustado las confrontaciones. Pero esto era diferente. Este patán estaba tratando de tomar control de su vida. Sin siquiera decir por qué. Era inaceptable.

Cualquiera fuera esta estúpida amenaza, estaba segura de que la policía podría encargarse. Tan pronto como se enterara por él de qué se trataba, se desharía de él e iría a la policía. Entonces se encargarían de cualquiera que fuere el problema, y ella podría volver a su bien organizada vida y continuar con su investigación. Este interludio desagradable sería más que un vago recuerdo, siempre y cuando ella no pensara en ello.

11

Aiden no dijo una palabra hasta que llegaron a su destino unos minutos más tarde. La encerró en el coche mientras conseguía una habitación en un deteriorado motel de dos pisos en una de las zonas más pobres de la ciudad, sin darle oportunidad de escapar.

Mientras cerraba la puerta detrás de él, Leila examinó la habitación escasamente amueblada. Sus ojos de inmediato se centraron en la cama: sólo había una. ¿De verdad creía que ella compartiría la cama con él? Instintivamente, cruzó los brazos sobre el pecho. No había manera de que ella se quedaría ahí con él.

-¿Tienes frío?- Llegó su ronca voz por detrás de ella.

Sus hombros se tensaron involuntariamente. Ella ignoró su pregunta. -Me ibas a decir lo que está pasando.

La alfombra gastada absorvió el ruido de sus pasos mientras caminaba a su alrededor. Abrió la puerta del baño y miró en su interior como si quisiera asegurarse de que en realidad estaban solos. Cuando se volvió hacia ella, pasó sus ojos hacia arriba y abajo de su cuerpo. Luego apuntó hacia la cama.

-Siéntate.

-Yo no soy un perro-, le espetó ella.

-Haz lo que quieras.

¿Qué había hecho para merecer este comportamiento descortés? -Si yo hiciera lo que me conviene, estaría de vuelta en casa ahora mismo.

-Bueno, tu apartamento se incendió, por lo que no es una opción.

Él tenía razón en eso. Pero eso no significaba que tenía que admitirlo. -Todavía estoy esperando una explicación.

Aiden entrecerró los ojos. -Si piensas que puedes soportarla-. Hizo una pausa por un momento y se pasó la mano por su oscura cabellera.

Sus ojos se dirigieron a la ventana que estaba obstruida por las pesadas cortinas que había cerrado al ingresar. -La maldad está allá afuera. Cosas que no podrías imaginar.

-Pruébame-. Leila se armó de valor para su explicación.

Dejó escapar una risa amarga.

-He sido enviado para protegerte de los Demonios del Miedo.

Ella asintió con la cabeza. -Eso ya lo dijiste antes. Pero eso no me dice nada-. Tendría que ser un poco más específico sobre el supuesto peligro en el que se encontraba.

-Quieren seducirte a su lado, así harás su voluntad.

-¿Cómo dices?- Ella no era una persona que se dejaba seducir fácilmente, y por supuesto nunca haría la voluntad de un demonio. Además, -¿Qué es lo que hacen estos llamados demonios?

-¿Qué hacen? Te diré lo que hacen: propagan el caos en este mundo. Incitan a las guerras, crean descontento.

La información aún no era suficiente para ella. ¿Realmente creía que podía tirarle un par de líneas, y ella estaría feliz con eso? -¿Qué más hay de nuevo? Ya hay un montón de guerras.

-Si piensas que lo que este mundo está pasando ahora mismo es malo, si piensas que las atrocidades que ocurrieron durante la Segunda Guerra Mundial eran malas, si piensas que lo que ocurrió en los campos de concentración en Alemania fueron un horror, o lo que hizo Pol Pot a la población de Camboya estuvo mal, no has visto nada todavía. Los demonios son capaces de mayor mal que ese.

Sus palabras la sorprendieron. -¿Cómo? ¿Cómo lo hacen?

Había una clara inseguridad en él, de la misma forma en que había dudado en el bar irlandés, cuando ella le había preguntado qué hacía para ganarse la vida. No había mentido abiertamente sino, sólo le había dicho una verdad a medias.

-Se acercan a los seres humanos más talentosos y prometedores y los tientan con cosas fuera de su alcance a cambio de su alma. A continuación, se aseguran de que todo lo bueno que ésta persona iba a hacer, sea usado para el mal en sus manos. Y están tras de ti ahora.

La inquietud se deslizó por su espalda. -De alguna manera no me siento halagada por ello.

-No deberías estarlo. Pero lo estarás. Todos lo hacen con el tiempo. Y al final, muchos ceden a ellos. Así es como los demonios se hacen más fuertes.

-¿Atrapando almas humanas? Lo siento, pero ese es un concepto demasiado abstracto. No se puede separar el alma del cuerpo. Científicamente eso es...

Dio dos pasos rápidos para cruzar la distancia entre ellos, poniéndose demasiado cerca de ella. -No tiene nada que ver con la ciencia, al menos, no la ciencia que conocemos. Esto es sobrenatural, algo que no entenderías.

Leila expulsó un furioso jadeo. La hacía parecer como una imbécil. -No soy una mujer estúpida que no tiene dos dedos de frente, algo que no podría decir de...

Dijo con hostilidad. -¡Dilo y te inclinaré por encima de mis rodillas ya mismo!

Su boca se abrió con su ridícula amenaza. ¿Haría realmente tal cosa? ¡Como si ella fuera una colegiala traviesa! Ella puso las manos en sus caderas y se dio cuenta demasiado tarde de que esta acción, prácticamente empujó sus senos contra su pecho.

Aiden bajó los párpados, y no había duda de que él estaba mirándole las tetas. Instintivamente, ella dio un paso atrás para crear un poco más de distancia entre ellos y para evitar que los pezones se endurecieran si se frotaban contra sus músculos duros una vez más.

El idiota respondió con una sonrisa autocomplaciente en su boca. -¿Se acobardó, Dra. Cruickshank? Eso es tan raro en usted.

¡Como si tuviera alguna idea de cómo era ella! Y él seguía manteniendo esa ridícula seudo-formalidad de llamarla *Dra. Cruickshank*, cuando ella sabía lo que realmente quería decir: *perra*.

Ella levantó su barbilla, haciendo caso omiso de su expresión burlona. -¿Qué quieren esos demonios de mí?

La palabra *"demonios"*, dejó un extraño sabor en su lengua. Se sentía tan extraña al decirlo, cuando su cerebro no podía comprender estos datos. Como científico, necesitaba más que solo la palabra de alguien. La existencia de los demonios era muy poco probable y no se respaldaba por ninguna evidencia verificable. Las extraordinarias afirmaciones requerían extraordinarias pruebas. Sin pruebas, todo lo que tenía era la declaración de un desconocido… o una mentira.

-¿Realmente necesitas preguntar? Pensé que eras más inteligente-, continuó burlándose de ella.

Estaba a punto de replicar cuando de repente cayó en la cuenta: sólo había una cosa lo suficientemente valiosa como para que alguien pudiera querer robársela. Su trabajo de investigación. Su barbilla cayó.

-Ah, por fin-, dijo con calma. -¿Entiendes ahora por qué tienes que quedarte conmigo? No estás segura por tu propia cuenta. Estoy aquí para protegerte de ellos.

-Si crees que alguna vez daría mi investigación a algún demonio, estás muy equivocado-. Ella protegería esa información con su vida. Por su investigación, estaba dispuesta a hacer cualquier cosa. Esta era la obra de su vida. No había nada en este mundo que alguien pudiera ofrecerle para desprenderse de ello.

-Todo el mundo tiene un precio. Incluso tú.

Leila sacudió la cabeza. -Tú no me conoces. No me conoces en absoluto.

-Yo sé todo lo que necesito saber-. Él la fulminó con la mirada.

Durante un largo rato, ella se enfrentó a él. Mientras miraba sus ojos color chocolate, un pensamiento le llegó de la nada. ¿Y si él mismo era un demonio y con la excusa de querer ayudarla se ganaba su confianza y por ende acceso a su investigación? Había visto su habilidad sobrenatural de pasar a través de materiales sólidos. Por lo que sabía, podía ser un demonio y no el guardián inmortal que decía ser.

-¿Cómo lucen estos demonios?

Aiden se encogió de hombros. -Son de apariencia humanoide, y sólo una vez que utilizan sus poderes demoníacos se les reconoce por sus ojos verdes.

Tragó saliva. Esto no era bueno. Por su descripción, cualquiera podría ser un demonio, aún él. Tenía que alejarse de él. Ahora.

-Tengo que tomar una ducha.

~ ~ ~

Aiden observó cómo Leila envolvía sus brazos alrededor de su cintura como si tratara de meterse en un capullo, como protegiéndose del peligro del que le había advertido. Tal vez ahora lo entendía.

-Te diste una ducha antes-, dijo sin pensar.

Su mirada indignada confirmó que no debería haberle recordado que él había estado observándola en su apartamento. Otro movimiento estúpido de su parte.

Con la mandíbula apretada, lo fulminó con la mirada. -Me siento sucia.

¡Grandioso! ¿Cómo había arruinado esta situación tan rápidamente? Le había llevado un total de una hora convertir a su protegida en su contra. Eso tenía que ser un récord, incluso para él.

Pero cada vez que Leila había expresado una protesta o hecho una pregunta, había sentido como que tenía que defender sus acciones. Su carácter combativo lo estaba irritando, y se sentía incapaz de mantener su temperamento bajo control cuando estaba cerca de ella. Todo había comenzado cuando ella le había dicho en el coche que no la tocara. A pesar de que merecía su rechazo, sus palabras lo habían herido. Tendría que haber sido capaz de dejar que pasaran sobre él como una ola insignificante, pero sus palabras le habían golpeado tan duro como si ella lo hubiera abofeteado en la cara.

-Está bien. Toma una ducha.

Mientras pasaba junto a él, el aroma de su piel llegó a su nariz. ¿Se sentía sucia? Él estaba con el estado de ánimo adecuado para mostrarle lo que realmente significaba sentirse sucio. Apretó los puños para obligarse a no acercarse a ella y tirarla sobre la superficie plana más cercana y demostrarle lo que él llamaba sucio.

Cuando abrió la puerta del cuarto de baño, remordimiento por su comportamiento se apoderó de él. No estaba enojado con ella, sino consigo mismo, por su falta de control con respecto a ella.

-Leila, por favor, lo…

Ella cerró la puerta con fuerza sin prestarle atención. El clic a continuación confirmó que había cerrado la puerta con llave.

Aiden se dejó caer sobre la cama, entrelazando sus dedos detrás de su cabeza mientras miraba el techo. Temía la noche que se venía, una noche que tenía que pasar a solas con Leila. Como si estar cerca de ella no fuera lo suficientemente malo. No, si él quería asegurarse de que estuviera completamente camuflada mientras tomaba un par de horas para dormirse, tendría que tenerla en sus brazos toda la noche. Durante el sueño, el poder de un Guardián Invisible de camuflar con su mente dejaba de funcionar, y sólo permanecía la habilidad de camuflar con su toque.

Él ni siquiera había abordado el tema con ella todavía. Debido a que ya podía adivinar su reacción. Ella pelearía con uñas y dientes con él, cuestionando la necesidad del mismo, la ciencia detrás de ello, los pormenores de cómo funcionaba. Maldición, él no estaba de humor para dar una conferencia sobre los poderes especiales de los Guardianes Invisibles. De hecho, debería decirle lo menos posible. Ya era lo bastante malo que él hubiera tenido que decirle acerca de los demonios y mostrarle su poder de caminar a través de objetos sólidos.

Cualquier otra cosa, y bien podría darle un recorrido por su complejo y enseñarle cómo los portales funcionaban.

Mierda, no era la persona adecuada para este trabajo. Todo acerca de esta misión estaba mal. Estaba involucrado emocionalmente, y eso nunca era una buena cosa. Su conciencia le dictaba que entregara la tarea a otra persona que tratara con Leila de una manera más profesional de lo que él era capaz de hacerlo. Ella lo estaba afectando, moviendo una parte de él que preferiría dejar oculta. Estaría más segura con otra persona. Él estaba demasiado distraído por su deseo por ella para ser un buen guardaespaldas. Con el tiempo, cometería un error. ¿Y luego qué? ¿Leila tendría que pagar el máximo precio por su fracaso? Esto era inaceptable. Era mejor si entregaba esta misión y se asegurara de que ella tuviera otro protector que no estuviera en tanto conflicto como él. En el estado en que se encontraba en este momento, no podía confiar en sí mismo.

Sacó su celular. Mientras la llamada se conectaba, Aiden respiró hondo. -Padre, tenemos que hablar.

-Aiden-, su padre respondió con sorpresa. -Pensé que estabas en tu misión.

-Así es. De eso es lo que tenemos que hablar. Yo no soy el hombre adecuado para esto-. Nunca antes había rehuido un desafío, pero esto era diferente.

-Aiden, tú sabes que tenemos fe en ti. Fuiste entrenado para esto-, respondió la tranquila voz de su padre.

Tratar de convencer a su padre que lo dejara fuera de la misión, no sería fácil. Tendría que confesar sus debilidades. -He perdido un encargo sólo hace unos días. Yo no debería ser el que proteja a este encargo. Este es un caso muy importante.

-Desafortunadamente, a veces las cosas malas suceden. Los demonios están cada vez más fuertes. Todos los informes lo indican. Incluso el mejor de entre nosotros ha perdido a sus protegidos, más de lo habitual. Ni siquiera tu historial casi perfecto, puede quedar intacto. Es por eso que lo necesitas ahora. No has tenido que lidiar con el fracaso en un tiempo muy largo. Si no lo enfrentas ahora, crecerá en tu mente y te seguirá para siempre. No puedes permitir que te cause daño como una herida infectada.

La imagen de su última asignación se reprodujo en su mente, y Aiden no pudo detectar ningún error evidente que pudiera haber hecho. Por mucho que se culpara de su fracaso, no habría nada que hubiese hecho de otra manera, excepto matar a Sarah antes de que ella matara al niño inocente.

-Tú no entiendes-. ¿Y cómo podría su padre saber realmente lo que estaba pasando dentro de él? El hecho de que no pudiera proteger a Leila como se suponía que debía, porque la quería como el desierto anhelaba el agua.

-Lo siento por tu pérdida, Aiden. Yo sé lo que se siente perder un encargo. Todos hemos estado allí, pero vas a superar eso. Hemos sobrevivido a cosas mucho peores.

Aiden negó con la cabeza, queriendo reprimir los malos recuerdos que resurgieron con las palabras de su padre. Él no quería que se le recordara su mayor fracaso. -Sería un uso más eficiente de mi tiempo el darle a este encargo a otra persona y buscar a Hamish.

-Nosotros nos encargaremos de Hamish. ¡Tú concéntrate en tu trabajo!-, la orden fue clara.

Aiden se irguió de su posición en la cama, con una creciente frustración. -Por favor, reconsidéralo.

Hubo una breve pausa, y sólo escuchó la respiración de su padre. -¿De qué se trata esto en realidad?

Aiden se frotó los ojos con la mano libre. -Yo no creo que pueda protegerla-. No cuando la lujuria lo controlaba de esta manera. Una mujer como Leila se merecía algo mejor.

-¿Estás diciendo que no *quieres* protegerla?- Preguntó su padre de nuevo.

-Sí... no... No sé. Lo que quiero decir es, ¿qué pasa si fallo como antes? O peor, ¿y si no puedo hacer lo que se debe porque yo...- Su voz se apagó. No podía decirle a su padre. No podía admitirle que había algo que ocurría en su interior que le molestaba. Que parecía como si el *rasen* se hubiera apoderado de él y causara que sus actos fueran impredecibles.

-¿Estás cuestionando la decisión del consejo en asignarte a este caso? ¿Me estás diciendo que nos equivocamos al confiar esto a ti?

-Las circunstancias cambian.

-¿Y qué circunstancias son esas, Aiden?

-Ya me escuchaste antes: perdí una protegida. Ella mató a un niño inocente antes de que la eliminara. Si la hubiera matado antes, eso no habría sucedido. Sabíamos que era débil y susceptible a la influencia de los demonios. Sabíamos lo mucho que la querían por sus habilidades. Debiste haber votado para eliminar a Sarah, no para protegerla. A algunos seres humanos no vale la pena protegerlos. Ellos representan demasiado peligro. Se vuelven en contra de nosotros y de su propia especie. Pueden ser fácilmente seducidos.

Y ellos podrían hacer cosas para poner en peligro a los Guardianes Invisibles. Ya había ocurrido antes. Pero esto era solamente la verdad a medias, la otra mitad, no podía confesárselo a su padre.

-Eso no es nada nuevo. Siempre hemos sabido acerca de los riesgos. Así que, ¿por qué estás haciendo de esto un problema ahora?

Aiden saltó de la cama y caminó hacia la ventana. -Estoy allí afuera todos los días. Veo lo que está pasando. Tú mismo sabes lo que está sucediendo en todos los complejos habitacionales. Más encargos se están perdiendo. Los demonios están cada vez más fuertes. No creo que tengamos el lujo de preservar la vida de un ser humano, si eso significa poner en peligro a millones a causa de ello. Tenemos que aceptar esa posibilidad.

Sin embargo, incluso mientras lo decía, sabía que si se le daban la orden de matar a Leila, no sería capaz de ejecutarlo. Y esa era la razón por la que tenía que entregarle esta misión a otra persona.

-Tienes que darle a los humanos una oportunidad. ¿No pueden redimirse ante tus ojos? Cada vida vale la pena salvar-, dijo su padre.

Antes de que Aiden pudiera evitar que las palabras salieran. -Así era Julia.

En el otro extremo de la línea, su padre inspiró de manera audible. -No pongas a tu hermana en esto. No se trata de ella.

-Sí lo es. Siempre se ha tratado de ella. Nada ha cambiado-. Julia estaría viva hoy si él no hubiera fracasado. Si hubiera actuado antes. Si él no hubiera dudado en matar a su protegida. Tenía la sangre de su hermana en sus manos. Sus manos aún estaban manchadas, incluso después de todos esos años. Y lo acechaba día y noche.

-Entonces te sugiero que hagas un esfuerzo para cambiar. Es hora de seguir adelante y dejar que el pasado permanezca donde pertenece. Todos lo sufrimos, pero eres el único que nunca ha cerrado ese capítulo.

-¿Y cómo pretendes que siga adelante? Soy el responsable de su muerte-. Aiden sintió un antiguo dolor brotar en su pecho. -En mi interior sé que le fallaré.

Hubo un momento de silencio en el otro extremo antes que su padre volviera a hablar. -¿Fallarle a Julia o a tu encargo?- Su padre suspiró. -Creo que esta misión es exactamente lo que necesitas. No luches contra ello. Sea lo que sea lo que tu instinto te diga, síguelo. No le fallarás a ella, a ninguna de las dos-. Aiden abrió la boca para preguntar a su padre lo que quiso decir, pero no tuvo la oportunidad.

-Buenas noches hijo.

El clic en la línea confirmó que su padre había desconectado la llamada.

¿Por qué no tuvo las agallas de decirle a su padre abiertamente que él no podía ser imparcial cuando se trataba de Leila? ¿Sería porque en el fondo no quería que se lo quitara de esta misión después de todo? ¿Debido a que quería seguir protegiéndola porque quería estar cerca de ella? ¿Cómo haría para sobrevivir esta noche, ni mucho menos la tarea de protegerla, sabiendo que su cuerpo ansiaba pero su código de ética prohibía?

Al igual que una descarga eléctrica, un pensamiento lo sacudió de repente. Levantó la cabeza y escuchó. La ducha estaba aún prendida. De un tirón, se trasladó a la puerta del baño. Él había estado en ese motel antes. Estaba viejo y deteriorado, pero servía para su propósito. Sin embargo, el suministro de agua en este lugar, dejaba mucho que desear. Aiden miró su reloj. Había estado en la ducha durante media hora. No había posibilidad de que todavía quedara agua caliente.

-Leila-. Él llamó para que lo escuchara aún con el agua corriendo. -¿Estás bien?

No hubo respuesta. Se esforzó para escuchar si ella podría estar llorando, pero aparte del sonido del agua, su sensibilidad auditiva no podía discernir ningún otro ruido.

-¡Leila!-, gritó de nuevo.

¿Qué pasa si se había hecho daño? ¿O había oído su conversación con su padre? Maldita sea, tenía que entrar allí y asegurarse de que estuviera bien. Probablemente se enojaría con él por irrumpir en la ducha, pero podía vivir con eso.

Pasó a través de la puerta y entró en la sala llena de vapor. Sus ojos se acostumbraron al instante y se enfocaron en la ventana por encima del inodoro. Estaba abierta.

-¡Estúpido, estúpido, estúpido!- Se maldijo y se precipitó fuera del cuarto de baño vacío.

Había caído en el truco más viejo del mundo. Y sólo él tenía la culpa.

12

Leila se había dado cuenta de la señal de una estación del metro cuando Aiden había conducido hasta el hotel. Llevaba su bolso de mano aferrado con fuerza a su cuerpo, sus piernas le temblaban por el frío de la noche. Corrió, o más bien, cojeó hacia la entrada lo más rápido que su tobillo adolorido le permitía. Buscó a tientas algunas monedas de veinticinco centavos y las dejó caer en la máquina expendedora de boletos. Las monedas sonaban mientras caían a través de la máquina, haciendo eco en el área vacía de la entrada.

Dirigió una mirada por encima del hombro, explorando sus alrededores, con la esperanza de que Aiden todavía estuviera en el motel, creyendo que estaba en la ducha.

Sus ojos trataron de penetrar en la oscuridad, pero no pudo. No vio a nadie y esperaba que estuviera sola.

Una moneda cayó de sus temblorosos dedos. Se agachó para recogerla y la insertó en la ranura. A lo lejos se oyó una voz por el altavoz.

-El próximo tren suburbano llega en un minuto. Plataforma dos.

Leila presionó el botón "comprar el boleto", pero no pasó nada. Desesperadamente, apretó el botón de nuevo, pero el billete no salía de la ranura.

-¡Mierda, mierda, mierda!- Ella maldijo.

Pasos detrás de ella le hicieron buscar en su bolso y tomar la lata de gas que aún conservaba allí mientras giraba sobre sus talones, dispuesta a defenderse. El corazón le latía en la garganta, atragantándose con el aire para respirar, cuando vio una figura oscura acercarse. Tan pronto como la luz de la estación lo expuso, ella lanzó un suspiro entrecortado.

Un adolescente alto vestido con una sudadera con capucha y jeans gastados, de encorvada postura, entró en el área de entrada. Él la miró antes de fijarse en la barrera, y luego saltó sobre ella, ni siquiera fijándose si un empleado de la estación estaba mirando o no.

Mientras se dirigía despreocupado hacia las escaleras, centró su atención de nuevo en la máquina. Había puesto la cantidad correcta de monedas, así que ¿por qué esa maldita cosa no le daba su boleto? Enojada, le dio una patada con la esperanza de que la maldita máquina estuviera simplemente atascada. De repente, todas las monedas que había insertado aterrizaron en el pequeño recipiente del cambio.

-¡Hola!- Una voz profunda detrás de ella la sobresaltó.

Leila sacó la lata de gas de su bolso en un instante y se dio la vuelta hacia su posible atacante. Nunca se había sentido tan nerviosa en toda su vida.

Un tipo alto negro del tamaño de un jugador de fútbol dio un paso deliberado hacia atrás, levantando las manos en el proceso. -Oye, hermana, no pasa nada-. Él hizo un gesto con la cabeza hacia la máquina detrás de ella. -La maldita cosa está rota de nuevo. El viaje es gratis esta noche.

Luego, lentamente, se dirigió hacia la barrera, mirándola mientras lo hacía.

Leila bajó su lata de gas, ahora respirando de nuevo, y vio como él también saltaba por encima de ella.

-*El tren se aproxima hacia la plataforma dos*-, anunció el altavoz.

-Ah, mierda-, murmuró para sí misma y corrió hacia la puerta, levantándose a sí misma sobre la barrera con mucho menos elegancia que el hombre antes de ella. No tenía tiempo que perder. Si no tomaba ese tren, quién sabía cuándo vendría el siguiente. Por lo que sabía, podría ser el último de la noche.

Bajó corriendo las escaleras, apoyándose en la barandilla para mantener el peso de su pie lesionado, y vio que el tren ya había abierto sus puertas.

-*Las puertas se cierran*-, sonó el próximo anuncio.

-¡Alto ahí!- Ella gritó y corrió tan rápido como pudo, ignorando el dolor punzante de su pierna.

Presa del pánico, vio las puertas cerrarse y se abalanzó sobre ellas. Una mano salió del tren, empujando entre las puertas que se cerraban. Pitidos estridentes sonaban mientras las puertas se volvían a abrir.

Leila se precipitó en el interior, pasando al lado del hombre negro que había ayudado a mantener la puerta abierta, el mismo que le había dicho que la máquina estaba rota. Mientras ella tomaba el aliento para estabilizarse, volvió la cabeza hacia él. -Gracias.

Se limitó a asentir. -Por nada.

Ella se escabulló en un asiento junto a la puerta, dándose cuenta recién ahora que su corazón latía como un martillo neumático y su aliento, una vez más, la había abandonado. Pero lo había logrado, lo reconoció con alivio. Ahora que estaba en el tren, estaría a salvo.

Por unos momentos se relajó y permitió que el sonido estruendoso del tren la adormeciera con un sentido de seguridad. Las luces parpadeantes cuando cambiaba las pistas y se movía de un túnel a otro, se sentía casi relajante, reconfortante. Era algo que conocía, algo familiar. Algo tan distinto de lo que había sucedido esa noche.

Ella se envolvió fuertemente con sus brazos, tratando de detener el temblor de su cuerpo. Tal vez había estado en shock durante todo ese tiempo, pero de repente las cosas daban en el blanco: Aiden, un desconocido, la había seguido a su casa e irrumpió en su apartamento. Él la había visto haciendo... eso... y luego la secuestró. Las cosas que él le había dicho acerca de los demonios y guardianes, seres sobrenaturales e inmortales, parecían tan surrealistas ahora, eran totalmente increíbles.

Sin embargo, ella no podía negar que lo había visto pasar a través de la puerta de su dormitorio y del auto. Pero eso no significaba que todo lo que había dicho era verdad. Podía ser un demonio, lo mismo que él pretendía advertirle. Ya no sabía qué pensar. Si él era realmente un guardaespaldas inmortal como había afirmado, ¿por qué no se lo había dicho cuando se conocieron? ¿Por qué se había inmiscuido en su apartamento a mitad de la noche? Sin embargo, al mismo tiempo, ella tenía que admitir que él no la había dañado a pesar de que había tenido un montón de ocasiones para hacerlo.

Pero, ¿significaba eso que podía confiar en él? ¿O se trataba simplemente de una estrategia para ganar su confianza? Él estaba jugando sucio, utilizando la atracción sexual que emanaba entre ellos para burlar sus defensas.

Sus mejillas aún ardían con la idea de que él la observaba. La besaba. ¡Oh, Dios! y había estado tan entumecida cuando habían escapado de su apartamento en llamas, que le había correspondido como una mujerzuela cualquiera. Esta no era ella. Ella no era así: licenciosa, lujuriosa, imprudente. Pero ese hombre, ese desconocido, la había convertido en una persona que no conocía. Una persona que no quería ser.

Mentirosa, una pequeña voz en su cabeza le susurró. *Te gustó.*

Ella trató de protestar, pero toda la fuerza parecía haberse escurrido de su cuerpo y de su mente cansados. Derrotada, bajó la cabeza en sus manos, tratando de ocultarse del mundo, y más aún de sí misma.

En el momento en que ella levantó la vista unos minutos después, el tren se acercaba a su parada. Estaba a punto de levantarse cuando se dio cuenta de una cosa: no podía bajarse allí. Su apartamento estaba en cenizas, y no había manera de que pudiera quedarse allí esa noche. Ella se dejó caer en su asiento nuevamente. ¿Dónde podría esconderse por esa noche?

La casa de sus padres estaba en las afueras de la ciudad, y no había tren que saliera tan tarde en la noche. Sin un coche, no podría llegar hasta allá, no esa noche de todos modos. Sólo quedaba un lugar para que ella se escondiera, un lugar con buena seguridad: su oficina.

A pesar de que se daba cuenta de que Aiden podría caminar a través de las paredes y puertas, no le ayudaría: Max, el guardia de seguridad en el vestíbulo del Inter Pharma, lo vería. No habría manera de que Aiden pudiera conseguir pasar más allá de él. No con las cámaras de seguridad que estaban montadas en cada pasillo. Al menos por esta noche, estaría a salvo. Mañana resolvería qué hacer. Tal vez después de unas pocas horas de sueño, su cerebro podría funcionar mejor, y se le ocurriría un plan de cómo proceder.

La policía pensaría que estaba loca si ella les decía acerca de los demonios y los inmortales, y quién sabía, tal vez la enviarían para una evaluación psiquiátrica si decía una historia como esa. No, ella tenía que inventar una historia creíble antes de irse a la policía y hacer la denuncia.

Sus manos jugaban nerviosamente con las tiras de su bolso, mientras que el tren se dirigía a la siguiente estación, y luego a otra. Finalmente, después de lo que pareció una eternidad, se acercó a su parada.

Ella fue la única que se bajó del tren. Paranoica de que alguien la siguiera, mantuvo la mano prendida a la lata de gas mientras salía de la estación y se fue cojeando las largas cinco cuadras hacia el Inter Pharma. Las calles estaban desiertas. Incluso el pub irlandés estaba ahora cerrado. Leila se apresuró a pasarlo, sus pies moviéndose cada vez más rápido.

Cuando ella vio la luz en el vestíbulo del edificio, dejó escapar un suspiro de alivio. A través de las paredes de cristal, vio a Max sentado tras su escritorio, recorriendo con la vista los monitores delante de él.

Corrió hacia la puerta. A pesar de la autorización de acceso que tenía, todas las puertas exteriores estaban cerradas con llave después de las 9 de la noche, y no había otra manera de entrar a menos que el guardia de seguridad te dejara ingresar.

-Max-, dijo en voz alta al llegar a la puerta de vidrio y lo llamó.

La cabeza de Max dio la vuelta para mirarla, una expresión de sorpresa en su rostro. Luego sonrió y se levantó.

Un momento después abrió la puerta y le indicó que pasara, cerrándola con llave tras de ella.

-Eh, Dra. Cruickshank. ¿Alguna emergencia?

Se obligó a una dulce sonrisa en los labios. -No, no, Max. Pero tú me conoces. No podía dormir y estaba pensando en uno de los experimentos en los que estaba trabajando, así que pensé que vendría y miraría algunos de los datos.

Sabía que no le resultaría demasiado extraño que ella apareciera tan tarde. Él sabía que era una adicta al trabajo.

Él negó con la cabeza con una leve reprimenda. -Está trabajando demasiado duro. El Sr. Patten debería aumentarle el sueldo. Ese hombre realmente no sabe lo que tiene con usted.

-Realmente no me importa. Me encanta mi trabajo.

-Bueno, una cosa es amar su trabajo, y otra es que tenga algo de tiempo libre.

-Una vez que esta parte del proyecto de investigación termine, tomaré un tiempo libre, no se preocupe-, lo apaciguó y espió detrás de ella, explorando la oscuridad más allá del edificio.

-Si usted lo dice.

-Iré al laboratorio. Ah, y Max, nadie ha estado aquí esta noche buscándome, ¿verdad?

Él le dirigió una mirada confusa. -¿Estar aquí para buscarla? ¿Por qué alguien la buscaría?

-Oh, por nada... de todos modos, sólo quería asegurarme de que no me molestaran mientras estoy trabajando-, le dijo.

-No hay problema.

Aliviada, se dirigió hacia el ascensor y entró. En el momento en que llegó a la puerta de su laboratorio unos minutos más tarde, ya se sentía mejor. Max se aseguraría de que nadie pudiera entrar en el edificio. Incluso si Aiden caminaba a través de las paredes fuera de la vista del lobby, con el fin de llegar a su laboratorio, él tendría que pasar por varias cámaras de seguridad. Max lo vería en los monitores y activaría la alarma contra intrusos. La policía llegaría al instante. Por esa noche, ella estaría a salvo. Podría dormir en el sofá viejo de su pequeña oficina justo al lado del laboratorio.

Buscó las llaves en su bolso de mano, agradecida de haber tenido el ánimo para agarrarlas cuando había tenido que huir de su apartamento en llamas. Instintivamente, se llevó la mano al bolsillo de sus jeans, donde su colgante creaba una pequeña protuberancia. Su investigación estaba a salvo. Eso era lo único que importaba. Ella sacó el collar de su bolsillo y se lo puso alrededor de su cuello. Cuando sintió el colgante sobre su piel una vez más, una sensación de alivio la inundó.

Tan pronto como ella había abierto la puerta, se metió en el oscuro laboratorio. Sólo cuando dejó que la puerta se cerrara detrás de ella, alcanzó el interruptor de la luz, y lo prendió. La habitación de inmediato se inundó de los tonos ásperos de la luz fluorescente.

Dio un paso más en la habitación y miró a su alrededor. Su mirada se posó sobre su mesa de trabajo donde su computadora portátil estaba... estaba abierta. Estaba segura de que la había cerrado antes de salir esa noche.

Con una extraña sensación de aprensión en su interior, se acercó a la mesa y miró el monitor. En una pantalla en negro el cursor brillaba siniestramente. Todo lo que decía era: "c :/".

Su corazón dio un vuelco.

-Oh Dios, ¡no!-, susurró para sus adentros, sabiendo muy bien lo que el cursor parpadeante quería decir. Pero ella no quería creerlo.

Pulsó la tecla *enter*, pero todo lo que hizo la computadora fue mostrar otro "c :/". Y otro. Sentándose en su silla, sus dedos volaban sobre el teclado, entrando todos los comandos con los que estaba familiarizada para tratar de reiniciar el sistema. Nada funcionó.

Confirmó sus sospechas: alguien había intentado acceder a los datos de su portátil codificada, y el sistema de seguridad habría iniciado la secuencia de autodestrucción y el disco duro se limpió. Ni siquiera un byte de datos quedó en él.

No podía dejar de sospechar que este incidente estaba relacionado con los acontecimientos de esa noche: el coche, que había estado a punto de atropellarla, su apartamento en llamas, el secuestro. Alguien estaba tratando de llegar a su investigación. No había otra explicación para ello.

¿Será que Aiden había sido enviado por una compañía rival farmacéutica para robar sus datos? ¿Era eso de lo que se trataba todo esto?

Tenía que tener la certeza de ello. De un tirón se levantó de su silla, y corrió hacia su oficina. Si alguien había forzado su seguro, entonces sabría a ciencia cierta que esto era lo que buscaban, quienesquiera que fuesen.

-Demonios, ¡mentiras!-, murmuró. -¡Más bien espías de la industria!

Leila tiró la puerta de su oficina abriéndola y se volvió hacia su izquierda, donde su caja fuerte estaba construida en la pared. Se detuvo en seco. La puerta de la caja fuerte estaba abierta de par en par.

Dio un paso tentativo hacia ella. No se veía como si alguien hubiese roto el mecanismo de cierre o utilizado explosivos, no, la caja fuerte había sido simplemente abierta. Y la única otra persona que podía hacerlo era Patten, su jefe.

¿Por qué?

¿Habría sido pagado por alguien para robar sus datos para otra compañía? Ella sacudió la cabeza, tratando de deshacerse de la decepción que emergía en su interior. Extendió la mano hacia la caja fuerte mientras daba un paso más. Su pie pisó algo, por lo que retrocedió instintivamente.

Bajó la vista y se quedó mirando el suelo.

A sus pies, un dedo pulgar estaba en un pequeño charco de sangre, descartado como una herramienta inútil.

Su boca se abrió para gritar, pero el grito nunca salió de su garganta, mientras una mano le tapó la boca para impedir que su voz entrara en pánico.

13

Aiden puso la palma de su mano sobre la boca de Leila, asegurándose de que no gritara. Su otro brazo serpenteaba alrededor de su cintura, tirándola con fuerza contra él.

No había sido difícil encontrarla. Ella realmente había tenido sólo dos opciones: su apartamento o su laboratorio. Claro, ella podría haber ido a cualquier hotel, pero teniendo en cuenta lo que conocía acerca de su vida, lo que había leído en su expediente, supuso que elegiría un lugar familiar, un lugar donde se sintiera segura. Había imaginado que elegiría el laboratorio por razones obvias. Una de ellas era porque su apartamento era inhabitable en estos momentos, la otra era que consideraba su oficina segura contra intrusos. No lo era.

Él no había tenido ningún problema de pasar a escondidas el guardia de seguridad. En su estado camuflado era invisible para el hombre desprevenido.

Aiden acercó su boca al oído de Leila, un mechón de su cabello le rozó la mejilla en el proceso. -Tranquila Leila.

Él sintió que su cuerpo se sacudía al darse cuenta de que era él quien la mantenía cautiva una vez más. Una palabra ahogada que no se entendió, rebotó contra la palma de su mano. Su cálido aliento casi lo incinera, enviando una llama a su ingle.

-Así es, soy yo. Fue muy estúpido que huyeras. ¿No te dije que te protegería?- Sintió enfadarse de nuevo. -¿Permanecerás en silencio si aparto mi mano de tu boca ahora?

Ella movió la cabeza hacia arriba y hacia abajo en acuerdo.

Poco a poco levantó la mano y la volvió hacia él en la misma instancia. Sus labios se separaron de inmediato, endureciéndose su garganta. Claramente, ella no iba a cumplir con sus deseos. Sólo había una cosa que podía hacer ahora.

Con una maldición en voz baja, tiró de ella al ras contra él y deslizó sus labios sobre los de ella, capturando su boca en un beso ardiente, uno que había estado deseando toda la noche.

Mierda, esto no era como se suponía que ocurriera. Todo lo que debería hacer era recoger su culo insolente y transportarla de regreso a un lugar seguro, mirándola como un halcón. Y ¿qué estaba haciendo, idiota como era? ¡Besándola!

Y no era un beso ordinario. Devoró su boca, saqueó su deliciosa caverna, enredándose con su renuente lengua hasta que un sonido… parte sollozo y parte suspiro… se escapó de ella. Sin embargo, no se detuvo. Por el contrario, el pequeño sonido que había hecho lo impulsó, aún más, le hizo enredar los dedos por el pelo para sostenerla con más fuerza. Todo el tiempo los puños de ella golpearon contra sus hombros en un vano intento de conseguir que se detuviera.

Deslizando su otra mano hacia la dulce curva de su culo, con las palmas de sus manos la apretó contra su creciente erección. Quería castigarla por haber escapado de él. Tal vez esto le enseñaría a escucharlo. Un encargo que no hacía caso a su guardaespaldas estaba más muerto que vivo. Y esa era una perspectiva que no le gustaba. Con la idea de que Leila fuera herida, o peor aún, que estuviera muerta, sintió una mano fría como hielo apretar su corazón, exprimiendo la vida fuera de él. Sólo hubo una vez antes que se sintió así: cuando Julia había muerto. No podía permitir que eso volviera a suceder. Tenía que encontrar una forma para que Leila confiara en él.

¿Qué pasaría si se hubieran conocido en otras circunstancias? ¿Moldearía su cuerpo pecaminoso al suyo, presionando sus suaves curvas en sus músculos duros con abandono, como si fueran amantes? El pensamiento rebotó en su mente. ¿Podría alguna vez hacerla entender al punto que tal cosa fuera posible?

Aiden la dejó en libertad, aunque a regañadientes.

Leila lo miró fijamente, respirando con dificultad. Sus labios se veían enrojecidos por el beso. Sus ojos se desviaron hacia la puerta que él bloqueaba, pensamientos de escape estaban claramente grabados en su rostro como si él estuviera leyendo su mente.

-¿Cómo te atreves? ¿Cómo llegaste aquí?-, el tono cortante enfatizó su ira, y la forma en que se limpió los labios con el dorso de su mano fue tan deliberada, que sabía que el gesto estaba destinado a decirle que su atención física no era buscada.

-De la forma en que siempre lo hago, a través de las paredes.

-El guardia de seguridad te debe haber visto en las cámaras. Ya debe haber alertado a la policía.

-Él no me vio.

Dio un paso lento atrás y chocó contra la caja fuerte detrás de ella. Sus ojos fueron atraídos al instante hacia el interior oscuro. Hizo un gesto con la cabeza hacia ella. -¿Qué pasó aquí?

-¿Por qué no me lo dices tú?- Le espetó ella. -Abriste la caja fuerte. ¡Tú hiciste esto!

Él dio un paso instintivo en su dirección, haciéndola volverse atrás. -¿Y cuándo lo habría hecho, Leila? Estuve contigo toda la noche. Tenías casi media hora de ventaja. Así que dime, cómo podría haber entrado en tu laboratorio cuando llegué después de ti.

Su ceño se frunció mientras tiraba el labio inferior entre los dientes, mordiéndolo. Y maldición, si ese no era un gesto con el que le daba ganas de tirarla de nuevo entre sus brazos y asegurarle que todo estaría bien.

-¿Por qué debería creerte?

Una vez más sus ojos se desviaron de él. Si ella todavía estaba esperando que la policía o el guardia de seguridad llegaran, tendría una profunda decepción.

-Porque eres una mujer inteligente-. Tal vez si recurría a su intelecto, llegaría a algún lado. -Si lo ves lógicamente, verás que es imposible. Yo estuve contigo todo el tiempo hasta que te fuiste a tomar una ducha en el hotel-. Él se burló. -Bueno, creo que caí en ese viejo truco. Sin embargo, ¿realmente crees que te hubiera dejado sola en el hotel, mientras yo creía que estabas en la ducha?- Se quedó mirándola.

Durante unos segundos, ella lo miró fijamente y luego finalmente negó con la cabeza.

-Entonces, ¿quién hizo esto si no fuiste tú?- Dijo, y señaló hacia el suelo.

Aiden siguió su dedo extendido y vio lo que estaba mostrando. En el piso frente a la caja fuerte había un pulgar humano, un pequeño charco de sangre alrededor de él. Le dirigió una mirada confusa. -¿Qué carajo?

Las lágrimas llenaron sus ojos en ese momento. Todavía señalando el pulgar humano con sangre, con voz temblorosa ella le contestó: -La única manera de abrir la caja fuerte es con la huella del pulgar, ya sea la mía...- Su voz se quebró.

Instintivamente, sus ojos buscaron sus manos a pesar de que sabía lo que iba a encontrar: dedos intactos, perfectos.

-¿O de quién?-, le exhortó.

Tragó saliva. -Del señor Patten. Mi jefe. Es la única otra persona que podría haber abierto...- Una lágrima solitaria rodó por su mejilla. -Dime que no lo hiciste. Dime que no estoy en las garras de un loco-, le rogó a través de los sollozos que ahora se iniciaban.

Él le levantó la cabeza con el pulgar y el dedo índice. -Yo no lo hice. Tienes que creerme.

Luchó contra el impulso de tomarla en sus brazos. No había tiempo para eso ahora. Miró detrás de ella en la caja fuerte. -La caja está vacía. ¿Qué es lo que normalmente guardan en ella?

Leila vaciló, mordisqueando su labio una vez más. -Un disco de copia de seguridad de los datos de mi investigación.

Una maldición salió de sus labios. -¿El fármaco para el Alzheimer?

Su cabeza se levantó y sus ojos se agrandaron. -¿Cómo...?

Ella lo esquivó, tratando de llegar a su escritorio, claramente con el fin de poner distancia entre ellos.

-No importa. ¿Era la droga de la enfermedad de Alzheimer?

Sus ojos miraron hacia la puerta, la esperanza del rescate desapareciendo de ellos. A regañadientes, ella asintió con la cabeza.

-¡Mierda!- Él corrió una mano temblorosa por el pelo. Había llegado demasiado tarde. -Ahora los demonios lo tienen. Por favor, dime que los datos por sí solos no les ayudarán a recrear la droga-. Si se era todo lo que necesitaban, había vuelto a fracasar.

-¿Los demonios?

¿Finalmente estaba comenzando a creer en él? Esperaba que así fuera.

-¿Por qué quieren mi investigación? ¿Por qué?

Él vio el horror en sus ojos. -Lo necesitan para consolidar su poder sobre los seres humanos. Les ayudará a tener el poder. El medicamento en el que has estado trabajando los ayudará a influir en los seres humanos y los llevará de su lado.

-Oh, Dios mío-. Entonces ella volvió la mirada hacia la caja fuerte. -No estaba allí-, murmuró en voz tan baja que casi no la oyó. Parecía confundida.

Tal vez toda la noche había sido demasiado para ella. Después de todo, ella era un ser humano, y no era mucho lo que podría aguantar antes de que se desmoronara. Él debía ser indulgente debido a ello.

Hizo un gesto hacia la caja fuerte abierta. -Bueno, por supuesto que no, está vacía, se lo llevaron. Los demonios se lo llevaron.

Leila sacudió la cabeza. -No estaba allí. El disco.

Centró su atención de nuevo en sus palabras. -¿Qué quieres decir?

-Hace un par de días, lo saqué y lo borré.

¿Podía confiar en sus oídos? -¿Hiciste qué?

Sus ojos, azules como el océano, lo miraron, grandes, bellos, todavía brillantes por las lágrimas. -He destruido el disco de copia de seguridad. Tenía una sensación extraña... Simplemente sentí que no estaba seguro allí. Así que lo tomé y borré los datos.

-¿Dónde están los datos originales?- Si esto era sólo la copia de seguridad, tenía que haber otra unidad. ¿Habrían llegado a la misma cuando se habían dado cuenta de que la caja estaba vacía? Si todavía estaba aquí en alguna parte, sólo había una cosa que hacer, ahora que los demonios se habían puesto lo suficiente descarados como para atacar directamente.

-Muéstrame dónde está. Vamos a tener que destruirlo.

~ ~ ~

El corazón de Leila casi dejó de latir por un momento. -¿Destruirlo?

Ella sacudió la cabeza con incredulidad. No podía ser verdad. Había dedicado años de su vida a esto y no podía simplemente hacer desaparecer su trabajo como si nunca hubiera existido.

Cuando ella vio un verdadero susto en sus ojos en el momento en que le había dicho que una copia de seguridad con sus datos se mantenía en la caja fuerte, ella se dio cuenta de que él no era el que la había roto para abrirla. Sin embargo, el revelarle que él quería destruir sus datos, no mejoraba la situación en lo más mínimo.

-Tú no entiendes. Esta es mi investigación. Voy a curar la enfermedad de Alzheimer.

Y tendría a sus padres de vuelta. Tendrían la oportunidad de recuperar lo suficiente de sus facultades para recordar que la amaban y se amaban entre sí.

Aiden la tomó por los hombros con fuerza. Sus ojos marrones se clavaron en ella.   -Entiendo. Pero esto es más importante.

¿Más importante que curar una horrible enfermedad? -¡No!- Ella se sacudió de sus manos y dio un paso atrás. No podía estar hablando en serio. Instintivamente, su mano se levantó queriendo tocar su colgante. Ella se esforzó a bajarla otra vez a su costado, con la esperanza de no haber llamado la atención sobre el mismo. Proteger la última copia de los datos de su investigación era vital ahora, porque no sólo los demonios la querían... ella creía eso ahora... ahora Aiden quería destruirlo.

-Si este medicamento es lanzado al mercado, abrirá las mentes de los seres humanos y los harán más susceptibles a la influencia de los demonios. Será un juego de niños el que puedan infiltrarse en sus mentes, jugar con ellos, manipularlos. ¿No lo ves? Tu medicamento podrá causar esto. No podemos permitir que esto suceda.

Leila se estremeció ante la determinación en su voz. No quería escuchar sus argumentos. Sólo había una cosa que podía hacer: mentir.

Ella asintió con la cabeza, fingiendo que estaba de acuerdo con su razonamiento. Había perdido la esperanza de que Max viniera a rescatarla. -La otra única copia está en mi portátil cifrada-. Dijo, y señaló hacia la puerta. -En el laboratorio.

Aiden se volvió, y ella lo siguió.

-¿Dónde?-, le preguntó.

Ella pasó a su lado y se fue a su asiento en donde pocos minutos antes había confirmado que su computadora había sido completamente borrada. Todo lo que necesitaba ahora era cierta habilidad de actuación para convencerlo de que el último conjunto de datos de la investigación estaba también destruido. Tal vez entonces la dejaría en paz, pensando que no había nada más que los demonios pudieran tomar. Y ella recuperaría su vida.

-¡Oh, no!-, gritó, esperando sonar convincente.

Ella se dejó caer en la silla y se quedó mirando el monitor donde la ominosa "c :/" todavía parpadeaba en silencio.

-¿Qué pasa?

Ella lo miró, obligando a las lágrimas salir de sus ojos. -Ellos trataron de ingresar a los programas de mi portátil.

-¡Mierda!- Maldijo. -¿Pudieron hacerlo?

Sacudiendo la cabeza, continuó su farsa. -No, pero activaron la función de auto-destrucción.

-¿Qué quieres decir?-, le preguntó, mirando sobre su hombro, cerniéndose ahora muy de cerca.

-Yo tenía un programa de seguridad en mi computadora. Si alguien intentaba acceder a mis datos y había más de dos intentos fallidos de inicio de sesión, el programa se iniciaría, borrando por completo el disco duro.

-¿Quieres decir que no hay datos que queden en la máquina?

Ella sacudió la cabeza. -Ninguno-. Con la sensación de que debía mostrarle desesperación por la pérdida de su investigación, ella volvió la cara y dejó escapar un sollozo. No fue demasiado difícil de producirlo. La idea de encontrar el dedo pulgar con sangre en el piso de su oficina, le daba motivos suficientes para llorar a lágrima viva. De la nada se le ocurrió: el dolor que su jefe debió haber sufrido.

-¡Oh, Dios! Patten. Tengo que encontrarlo. Él necesita un médico. ¡Oh, Dios, esos hijos de puta!

Se levantó de golpe y casi tropezó con Aiden, que inmediatamente la sujetó con una mano en la cadera.

-¿Dónde está su oficina?

-En el octavo piso.

-Vamos-, ordenó.

Mientras se precipitaban hacia la puerta y la abrieron, una fuerte alarma sonó en el pasillo. Las luces estroboscópicas brillaron.

Aiden le lanzó una mirada inquisitiva.

-Es el cierre del edificio por emergencia-. Y ella podía adivinar lo que eso significaba.

14

Con Aiden a su lado, Leila corrió hacia el ascensor, pulsando impacientemente el botón de llamada.

-Vamos, vamos-, ella rogó, pasando su peso de una pierna a la otra, la preocupación por su propia seguridad se eclipsaba ante la preocupación por su jefe. Ella podría haber tenido un desacuerdo con él la última vez que habían hablado, pero eso no significaba que no le importaba su bienestar. Y no podía dejar de pensar que parte de esto era culpa de ella.

Aiden la agarró del codo haciéndola mirar hacia él. La expresión sombría en su rostro confirmaba que tenía la misma sospecha que ella y temía lo peor. No era para calmar sus nervios exactamente.

Un sonido anunció la llegada del ascensor. Tan pronto como se abrieron las puertas, ella entró de forma rápida y pulsó el botón para el octavo piso.

No hablaron mientras el ascensor subía. En su lugar, Leila fijó su mirada en el tablero que mostraba el movimiento de piso a piso. Se sentía como si se moviera a paso de tortuga. El autobús local podría haberlos llevado hasta allí más rápido.

-Deberíamos haber tomado las escaleras-, murmuró.

Entonces sintió la mano de Aiden en el brazo apretándolo para que se tranquilizara. Ella lo miró y vio un destello de compasión en ellos. Desapareció tan rápido como había aparecido. Tal vez ella había visto simplemente lo que quería ver, a pesar de que pensaba que el hombre insensible a su lado no tenía capacidad para tal emoción. Demonios, con toda frialdad le había exigido que destruyera su propia investigación, sin siquiera parpadear. Si alguien podía hacer eso, a sabiendas que iba a privar a miles sino a millones de personas de una cura para una enfermedad tan devastadora, ¿de qué más sería capaz?

Leila dejó escapar un suspiro de alivio cuando por fin se abrieron las puertas hacia la planta ejecutiva. Ella salió corriendo en dirección a la oficina de Patten. Cuando se acercó, se encontró con la puerta abierta de par en par.

Ella irrumpió en la oficina, Aiden sobre sus talones.

La habitación estaba iluminada, las luces fluorescentes iluminaban el espacio, la pequeña lámpara que normalmente estaba en el escritorio de Patten estaba quebrada en el suelo delante de él, junto al cuerpo de Patten.

Un grito ahogado intentó salir de su garganta, pero no lo logró. Su respiración la abandonó. Pero sus pies la llevaron más cerca, casi como si una parte perversa de ella quisiera atracarse con la vista. Necesitaba saber cómo había muerto.

Leila se quedó mirando el cuerpo sin vida a sus pies. La sangre brotaba de su cuello, habiendo empapado la camisa y la corbata. La herida se veía recta, casi... perfecta, como si el asesino supiera lo que estaba haciendo. Su mirada se desvió a las manos de Patten. Y allí, como si necesitara una confirmación, un pulgar faltaba cortado de su mano derecha.

Un sollozo se abrió camino desde el pecho pasando el nudo en la garganta que le impedía hablar. Ella había visto cadáveres antes: en la escuela de medicina, y durante su tiempo como médico residente. Pero esto era diferente. Esto no era clínico, no se lo esperaba. Este era un crimen brutal.

¿Todo esto así alguien podría llegar a su investigación? ¿No la hacía a ella la culpable de esto?

Los sonidos desde el pasillo le hicieron levantar la cabeza. Los ojos de Aiden rebotaron hacia la puerta, y luego de regreso a ella.

-Alguien viene. Ni una sola palabra, prométeme, no digas una sola palabra-, le ordenó.

Ella asintió con la cabeza de forma automática. Como si pudiera decir algo mientras luchaba contra el ataque de náuseas que se formaba en su estómago con el olor metálico de la sangre que llegaba hacia sus fosas nasales.

Aiden la llevó a un lado, lejos del cuerpo, y ella no tenía la fuerza para luchar con él esta vez. De alguna manera, su cerebro ya se había dado cuenta de que no le haría daño, a pesar de que sabía que no podía confiar del todo en él y nunca podría decirle que una última copia de los datos de su investigación aún existía.

Tiró de ella hacia él, mientras de repente varias personas ingresaban en la habitación. La primera de ellas, reconoció al instante: Máx. Detrás de él, otros tres hombres irrumpieron.

-Aquí mismo, oficial-, señaló Max el cuerpo de Patten. -Yo estaba haciendo mi ronda cuando lo encontré.

La policía, se dio cuenta al instante, aliviada de que finalmente hubieran llegado.

Mientras dos de los hombres se arrodillaban junto al cuerpo, el hombre corpulento al cual Max se había dirigido, dijo: -¿Es usted el único en el edificio, señor Flanagan?

Max sacudió la cabeza. -No, la Dra. Cruickshank todavía está trabajando, en realidad... debería ver cómo está en su laboratorio, asegurarme de que está bien.

¿Por qué Max necesitaba verla en su laboratorio cuando ella estaba ahí? Leila abrió la boca, para poder hablar, pero la mano de Aiden le tapó para evitar que lo hiciera. Antes de que pudiera protestar, su boca estaba en su oído, su aliento cálido acariciaba su piel, mientras le susurró tan bajo que apenas lo escuchó.

-No hagas ruido. Te lo explicaré más tarde.

La confusión hizo que sus cuerdas vocales se contrajeran. ¿Por qué Max o las otras personas no notaron su presencia o el hecho de que Aiden estuviera sosteniendo su mano sobre su boca? ¿Eso no se vería sospechoso para ellos? ¿Qué tipo de detectives eran estas personas que no podían ver lo que estaba justo en frente de ellos?

-Kowalski-, uno de los oficiales junto al cadáver llamó. -Parece ser un corte limpio a través de la garganta. Probablemente murió al instante.

-El equipo forense debería estar aquí en un momento-. La mirada del oficial Kowalski recorrió la habitación, sin detenerse en el lugar donde estaba Leila y Aiden, como si él no los viera en absoluto.

-¡Mierda!- El otro oficial exclamó de pronto. -Mira eso-. Señaló hacia la mano de Patten.

Kowalski se acercó más. -Dios mío, el asesino cortó su dedo pulgar. ¿Qué...?- Luego se volvió hacia Max con una mirada inquisitiva. -¿Sabe usted lo que podría significar?

La cara de Max se volvió casi tan blanca como un papel, mientras se agarraba el estómago. Oh, Dios, si él comenzaba a vomitar, Leila no estaba segura de poder aplacar sus propias náuseas por más tiempo.

-Oh, Dios, la caja fuerte. Hay una caja fuerte en l-la oficina de la Dra. Cruickshank...- la voz de Max tartamudeó, y luego se detuvo.

La boca de Aiden estaba en su oído otra vez. -Vamos. Ahora.

Él le dio un tirón hacia la puerta, el movimiento brusco la hizo tropezar con sus pies.

-¿Has oído eso?-, preguntó Kowalski.

-Oír, ¿qué?- Uno de los oficiales respondió.

Kowalski se frotó la nuca. -Nada. Entonces, estabas diciendo algo acerca de una caja de seguridad...

Aiden la guio al exterior, las voces detrás de ella se perdieron en la distancia, mientras caminaban por el pasillo.

-¿Las escaleras?-, susurró.

Hizo un gesto con la cabeza hacia ellas. Cuando llegaron a la puerta, la abrió y la empujó a través de ella, cerrándola sin hacer ruido detrás de ellos.

Adormecida por la confusión, el horror y las náuseas, le permitió arrastrarla hacia abajo por los pisos interminables de escaleras, el sonido de sus zapatillas de tenis resonaban en la escalera. El sonido era espeluznante y sólo acrecentaba su sentido de devastación.

En el lapso de unas pocas horas, toda su vida había dado un vuelco: su apartamento se había quemado, su creencia en el orden de este mundo se había debilitado, su trabajo de investigación casi se había destruido, y su jefe había sido asesinado. No sabía si podría aguantar más. Pero de alguna manera sabía que esto no era el final.

¿Y por qué la policía o Max no la habían visto cuando estaba allí mismo, en la misma habitación con ellos? ¿Por qué habían hablado de ella como si ni siquiera estuviera ahí? Algo no estaba bien. ¿Estaba soñando todo esto? ¿Estaba alucinando?

Aiden tiró de ella hacia la salida, abriendo una puerta, y luego otra, hasta que el aire frío de la noche la envolvió.

Afuera, sonaban las sirenas de la policía y varios vehículos de la policía se detuvieron ruidosamente junto al que ya estaba allí. Más policías, algunos vestidos de civil y otros en uniforme, saltaron de sus vehículos y se dirigieron hacia el edificio.

Todos ellos los ignoraron a ella y a Aiden permitiéndoles pasar, cuando deberían haberlos detenido, preguntándoles qué estaban haciendo allí, en medio de la noche.

-¿Por qué?- Murmuró.

Aiden la arrastró a la vuelta de la esquina, y finalmente se detuvo y tiró de ella hacia la entrada de un café.

Ella lo miró fijamente. -¿Por qué no nos detuvieron? ¿No... no nos vieron?

Le apartó un mechón de pelo de la cara y lo empujó detrás de la oreja, un gesto tan dulce, ella debió haberlo soñado.

-Nos he camuflado. Estábamos invisibles para ellos.

-¿Invisibles?- Eso era imposible. Iba en contra de las leyes de la física. No podía ser. -Pero...

-Es uno de los poderes de los Guardianes Invisibles. Con nuestro toque, podemos hacer a los seres humanos invisibles para los demás. Lo usamos para ocultar nuestros protegidos de los demonios. Es por eso que no nos vieron. Pero aun nos pueden escuchar. Es por eso que tuve que hacerte callar.

-No puede ser. Eso no es posible. En la física... no hay tal ley... nadie puede hacer...-Esto era muy loco, pero tenía que ser verdad: ni Max ni la policía la habían visto. De hecho, habían mirado a través de ella como si fuera invisible. Además, había visto a Aiden caminar a través de las paredes. Volverse invisible no era más extraño que caminar a través de objetos sólidos.

-Yo fui invisible-, susurró para sí.

Él asintió con la cabeza. -Sí, esa era la única manera de sacarnos de allí. No podemos darnos el lujo de involucrarnos con la policía. Ellos no serían capaces de mantenerte a salvo. Yo lo haré.

-Mataron a Patten.

-Tenemos que partir de inmediato-. Él echó un vistazo hacia la dirección en que habían venido. -No estamos a salvo aquí. Los demonios todavía podrían estar en la vecindad.

Por primera vez, estuvo de acuerdo con él. Si estas criaturas eran capaces de matar a sangre fría a Patten y cortar su dedo pulgar, podrían hacer lo mismo con ella si la encontraban. Era evidente que la seguridad en el edificio no era suficiente para mantenerlos fuera. De alguna manera habían pasado a escondidas de Max, tal vez de la misma manera que Aiden lo había hecho. Ahora que ella sabía que podía tanto caminar a través de las paredes como hacerse invisible, no había duda de cómo habían entrado allí. Los demonios habían entrado de la misma manera. Era mejor ir con él ahora. Él era el único que podía mantenerla a salvo de los demonios.

-¿Vas a hacerme daño?

Sus ojos se abrieron y sus labios se separaron. Su aliento se sintió contra su piel.

-Nunca.

15

El estómago de Aiden se retorcía mientras la llevaba a Leila hasta donde estaba el coche estacionado.

Le había dicho que él nunca le haría daño. ¡Qué mentiroso! Si su misión lo exigía, tendría que matarla. Si el consejo alteraba su voto y decidía en un momento posterior que Leila debía ser eliminada para mantener a la humanidad a salvo, tendría que seguir sus órdenes, sabiendo de que si no lo hacía, ocurrirían dos cosas: que estaría castigado por desobediencia y los seres humanos estarían en graves problemas. La primera consecuencia la podía manejar; la segunda era inaceptable.

Sin embargo, ¿realmente lo haría? ¿Sería capaz de atravesar el cuchillo en su dulce cuerpo y drenarle la vida, cuando lo que realmente quería era verla vivir, reír, respirar, y sobre todo, amar? ¿Vacilaría en su deber al final porque ella significaba algo para él?

Trató de deshacerse del pensamiento, pero solamente trajo otro problema en evidencia.

Le había dicho que al tocarla la podía hacer invisible. No le había dicho una mentira por completo, pero sí había omitido que también podía hacerla invisible con el simple poder de su mente. No sería necesario el tocarla. Le dejó creer que si quería permanecer invisible a los demonios, tenía que permitirle que la tocara. Debería corregir esta omisión ahora mismo.

Dudó por un instante. Si ella creía que necesitaba permanecer físicamente cerca de él para estar camuflada, al menos sería más fácil protegerla. No se escaparía otra vez. Y le ahorraría el tener que divulgar aún más información sobre los Guardianes Invisibles de lo que quería contar. Pero tenía el derecho de saber la verdad. Corregiría sus suposiciones tan pronto como llegaran a un lugar a salvo donde tuviera tiempo de explicarle todo a ella, exponer las reglas básicas, y contestar las muchas preguntas que sin dudas ella debería tener.

-¿A dónde vamos?- Le tembló la voz mientras se apresuraba a seguir el ritmo de sus zancadas.

-A una casa de seguridad.

Habían varias en la ciudad: discretas y con personal humano fieles a su causa, seres humanos los cuales les debían algo.

Aiden sacó su teléfono inteligente del bolsillo de su chaqueta y marcó un código. Un momento después, una aplicación se cargó. Ingresó otro código, y dejó que el sistema hiciera la calculación. Mientras conocía todas las casas de seguridad en esta ciudad, ya que eran su base de operaciones, no sabía si alguna de ellas ya había sido elegida. Estaría en contra del protocolo ir a una casa de seguridad cuando otro Guardián Invisible ya tenía a uno de sus encargos allí. Sólo pondría en peligro a otros.

Cuando el mapa apareció, sólo un punto rojo parpadeaba: la única casa segura a su disposición. Puso el dedo sobre él para reclamarlo y, de esa manera alertarlos de su inminente llegada. Un globo de diálogos apareció en la pantalla, el cual decía: *¿notificar al segundo?* Presionó: *sí*, entonces apagó el teléfono, para que nadie más pudiera seguirle la pista.

-Vamos.

Él llevó a Leila al coche, y ella obedeció sin protesta. Tal vez al ver el cadáver de su jefe le había hecho finalmente darse con la realidad y le hizo comprender que tenía que confiar en él si no quería encontrarse con la misma suerte. Aiden encendió el motor y pisó el acelerador, dejando al Inter Pharma y a la policía en su espejo retrovisor.

-Háblame de los demonios.

Él le lanzó una mirada de reojo, sorprendido por la pregunta. Había pensado que querría bloquear todo lo que había visto y no hablar de ello. Al parecer se había equivocado acerca de ella. Tal vez era más fuerte de lo que él sospechaba.

Mientras se unía al tráfico, pensó brevemente acerca de por dónde empezar. -¿Qué quieres saber?

-Todo: qué aspecto tienen, su motivación, fortalezas, debilidades, dónde se esconden, cómo trabajan...

-Espera, espera, eso es más que suficiente para empezar. Además, no tengo respuestas a todas tus preguntas.

-¿Cómo puedes todavía esconder cosas de mí después de todo lo...- Ella hizo ademán con la cabeza hacia la ventana, indicándole lo que habían dejado atrás. -...que ocurrió allí?

Él la miró, su ritmo cardíaco acelerándose con la acusación. ¿Por qué le importaba siquiera lo que pensaba de él? Sin embargo, no podía negar que sí le importaba. No quería que ella pensara de él como su enemigo.

-No estoy escondiendo nada. No tengo todas las respuestas. ¿De verdad crees que no hubiera derrotado los demonios si supiera dónde están escondidos? Mantuvo la voz calma a pesar de la tormenta que se estaba armando en su interior.

-Oh-. Ella envolvió sus brazos alrededor de su torso y miró hacia delante.

-Entonces, ¿y con respecto a todas las otras cosas?

Levantó una mano del volante y la pasó por el pelo. -Ellos han estado presentes desde los Días Oscuros. Nadie sabe cómo...

-¿Qué son los Días Oscuros?- Ella le interrumpió...

Respiró hondo. -Estoy llegando a eso. Paciencia-. Cuando él la miró, se dio cuenta de la fuerza con que apretó los brazos sobre sí mismos. En ese mismo instante, una preocupación se apoderó de todo su cuerpo. -¿Qué pasa?

-¿Qué pasa? ¿No es lo bastante claro? Los demonios mataron a mi jefe, y ahora están detrás de mí. ¿Qué pasa si nos encuentran y me ven? Ya no soy invisible.

Él abrió su boca para corregirle, pero antes de que pudiera emitir las palabras correctas, ella le dio una mirada rogándole.

-Por favor-. Su mano se deslizó sobre sus muslos, -Necesito permanecer invisible.

El calor que emanaba de su mano quemaba su piel. Se sentía bien, demasiado bien para admitirle ahora que ella había estado camuflada desde el principio, desde que la había alcanzado en su laboratorio. Él debería decirle la verdad ahora y no dejarla con esta falsa creencia, decirle que no era necesario que ella lo tocara.

-Leila...

-Los demonios...- le solicitó.

Aiden se aclaró la voz, pero fue incapaz de que una confesión saliera de sus labios. ¿Era el *Rasen* lo que le hacía reaccionar así cuando en realidad debería decirle la verdad acerca del camuflaje? Sin embargo, no pudo hacerlo. Se lo admitió a sí mismo: era débil. Y cuando Leila lo tocaba, no podía pensar con claridad.

-Los demonios...-, contestó en su lugar, -viven en un lugar que llamamos Inframundo por la falta de un término mejor. Entran y salen a través de portales, pero no sabemos si estos llamados portales son estacionarios o no, o dónde se encuentran. Sólo los hemos visto cuando luchamos contra los demonios, pero nunca hemos sido capaces de pasar por uno, y al parecer se desvanecen cuando los demonios desaparecen.

Él la miró, asegurándose de que no la había perdido con su historia. -¿Alguna vez has visto *Stargate*?

Ella asintió con la cabeza.

-Es un poco así. Los demonios pasan a través de ellos y desaparecen. Es de suponer que a su guarida en el Inframundo-. Deliberadamente no mencionó una sola palabra sobre el hecho de que él y los suyos también tenían portales. Era mejor que ella no supiera nada de eso. Nunca llegaría a verlos, y había tal cosa como demasiada información.

-¿Así que salen a su antojo?

-Así es.

-¿Cómo se puede luchar contra ellos?

-Ellos son inmunes a las armas humanas-, continuó y la oyó murmurar en voz baja.

-Era de imaginarse.

-Sin embargo, los Guardianes Invisibles tienen armas contra ellos. Cualquier arma, cuchillo, daga, espada o similar que se forjaron en los Días Oscuros, tiene el poder de herir o matar a un demonio. Es a lo único que son vulnerables.

De reojo se dio cuenta de que sus labios se abrían y de inmediato supuso lo que ella quería preguntar.

-¿Los Días Oscuros? Era cuando los Guardianes Invisibles empezaron a existir. Nuestra raza es descendiente de una tribu en las Hébridas Exteriores, cerca del continente de Escocia. Eran caballeros, guerreros que protegían sus islas de intrusos, envolviéndolos en una densa niebla que sus ojos no podían penetrar. Todos los probables invasores simplemente pasaban navegando junto a ellos, sin saber que había alguna tierra a la vista.

Leila inspiró ruidosamente. -¿Es eso lo que haces tú? ¿Ocultar la gente en una nube de niebla?

Aiden le lanzó una rápida sonrisa. -No. Nuestros poderes han evolucionado a lo largo de los siglos. Ya no necesitamos la niebla para ocultarnos ni a las personas que nos rodean. Nosotros simplemente los hacemos invisibles.

Y podría hacerlo de manera selectiva. Si lo deseaba, podía mantenerla camuflada de los demonios, pero visible para los seres humanos.

-¿Qué es lo que quieren los demonios?

Suspiró. Leila era una verdadera cascada de preguntas. Sabiendo que ella era un científico, debería haber adivinado que así sería. -¿Qué es lo que todos quieren? Poder, dominio, sobrevivencia.

Ella hizo un movimiento impaciente de la mano, ignorando su respuesta. -No, ¿qué es lo que realmente quieren? Deben tener una agenda, una misión.

-Esa *es* su misión: Ganar poder sobre los seres humanos, seducirlos para que cumplan sus órdenes, para alimentar el miedo en este mundo para que puedan alimentarse de él.

-¿Se alimentan del miedo?

-Eso es lo que los hace más fuertes. Cuanto más miedo haya en este mundo, más fuertes se hacen los demonios. En tiempos de guerra e incertidumbre, crecen más potentes. Durante la crisis de los misiles en Cuba teníamos las manos llenas. Sólo las acciones de un líder decisivo fueron capaces de revertir la situación.

-¿Los Guardianes Invisibles calmaron la crisis?-, preguntó.

-Sólo indirectamente. Nosotros no interferimos en tu mundo directamente. Sólo estamos ahí para proteger a los seres humanos que pueden de alguna manera ayudar a su propia raza a hacerse más fuertes otra vez. Protegimos varias figuras claves en el gobierno de los EE.UU., que fueron fundamentales para llegar a un acuerdo con los rusos para poner fin a la crisis. Nos aseguramos de que los demonios no tuvieran ninguna influencia sobre ellos.

-¿Quieres decir que de alguna manera los pueden detener?

Aiden negó con la cabeza. No fue tan fácil. -Todo lo que podemos hacer es ocultar a los seres humanos de quienes su raza no puede prescindir, y ayudarles a lograr su propósito en la vida, ya sea para actuar como un guardián de la paz, un brillante inventor, o un científico. Sin embargo, el resto depende de los seres humanos. Nosotros sólo podemos guiarlos por el camino correcto, no podemos obligarlos a permanecer en él.

Él la miró. Sus miradas se encontraron, y se dio cuenta de que finalmente había entendido.

-¿Qué pasa cuando el ser humano que se está protegiendo no puede luchar contra la influencia de los demonios?

Aiden apretó los labios. No había esperado que ella le hiciera esa pregunta. Y él no estaba preparado para responderla.

-Dime. ¿Qué sucede con aquellos que hacen lo que los demonios quieren?

Clavó su vista en él, y sabía que no descansaría hasta que él le diera una respuesta. Y por primera vez, él no pudo mentir.

-Nos vemos obligados a eliminarlos.

Antes de que maten a uno de los nuestros, quiso añadir. Como habían matado a su hermana. Pero no podía confiarle eso a Leila. Y no debería sentir esta necesidad de explicarle su razonamiento a ella. Pero por alguna razón inexplicable, él quería que ella entendiera por qué tenía que hacer lo que tenía que hacer. Y no le gustaba esa sensación de vulnerabilidad que evocaba en él.

16

El corazón de Leila seguía latiendo fuera de control cuando Aiden detuvo el coche. Sus palabras resonaban en sus oídos. La determinación en su voz, la había dejado horrorizada. Incluso si había cosas que no podía creer todavía, reconoció la verdad de esas palabras. *Eliminar* él le había dicho, cuando ella sabía que él quería decir *matar*. De una forma clínica, una fría forma de decirlo, como si la vida no significara nada para él. Tal vez no significaba nada.

Después de todo lo que él le había dicho acerca de los demonios, ella entendió lo peligrosos que eran, y que dependía de ella luchar contra ellos si alguna vez la encontraran. Sabiendo lo cobarde que era y que perdería cualquier pelea con los demonios en dos segundos, una cosa se convirtió en más importante que cualquier otra: nunca podría permitir que la encontraran. Si eso significaba que tenía que permanecer invisible hasta que esta amenaza hubiese pasado y perdieran el interés en ella, entonces haría exactamente eso. Incluso si eso significaba atarse a sí misma a un Guardián Invisible, en quien tampoco podía confiar. Sin embargo, él era el menor de ambos males. Era un Guardián Invisible hacia quien sentía una inexplicable atracción, a pesar del peligro que él representaba.

-Llegamos-, anunció Aiden y sacó su celular para digitar algo en él.

Un fuerte sonido como zumbido la hizo volver rápidamente los ojos a la zona de delante de ellos. La luz comenzó a emerger mientras una puerta de garaje se levantaba delante de ellos. El coche avanzó un poco y se deslizó en uno de los lugares que revestían la pared del fondo.

-Vamos-, le ordenó y saltó del coche, rompiendo su contacto.

Raro, todavía había tenido la mano en el muslo, y se había sentido casi como una extensión natural de su propio cuerpo. La había calmado al mismo tiempo que la había emocionado.

Rápidamente, se bajó del coche y ella caminó alrededor para llegar al lado de Aiden. Pero él ya estaba caminando hacia la puerta del garaje abierta. Ella lo alcanzó y lo agarró del brazo.

Giró la cabeza hacia ella, mirando su mano que sostenía en su antebrazo. Sus ojos centellearon hacia ella, haciéndola tropezar con sus propios pies. Cuando él la atrapó, ambas manos se hundieron en sus bíceps. El calor en sus ojos la hizo sonrojar a pesar del aire fresco de la noche que le acariciaba la piel.

-¿Qué pasa?-. Una preocupación marcaba su voz.

-Yo... Yo...-, balbuceó, y luego se tragó su miedo. Ella no era demasiado orgullosa para pedir. Cualquier cosa para sentirse segura. -Por favor, tienes que mantenerme invisible.

Lentamente sus rasgos faciales se calmaron y aflojó el control sobre sus brazos. Sus manos acariciaron sus brazos, sus movimientos eran deliberados y constantes. Un escalofrío le recorrió por la espalda. Ella sabía que lo que hacía era sólo para calmarla, pero eso no le impidió percibir su toque como sensual, como una caricia.

Cerró los ojos, incapaz de soportar su intensa mirada por más tiempo. Sólo intensificaba su aroma que la envolvía como un capullo protector. O tal vez era simplemente lo que se sentía ser invisible: caliente, protegido, consciente de todo a su alrededor. Antes, cuando habían estado en el Inter Pharma, había estado en shock y había sido incapaz de entender lo que le estaba sucediendo. Incluso en el coche cuando ella había puesto su mano sobre su muslo para permanecer camuflada, se había concentrado más en sus palabras que en el efecto que su cuerpo tenía en ella.

Pero ahora... ahora todas las distracciones se habían ido, habían quedado a la distancia, y lo único que sentía era su presencia. El poder que bailaba en su piel, la fuerza que brotaba de sus músculos, y el calor que irradiaba hacia el exterior.

Con un suspiro, levantó sus párpados, su mirada chocó con la suya.

Su rostro estaba a pocos centímetros de ella, sus labios separados, su aliento rebotaba contra el suyo. Nerviosa, se humedeció el labio inferior y notó que sus ojos se fijaban en su acción. Oh, Dios, si él intentaba besarla ahora, ella no sería capaz de resistirlo. Por el contrario, ella presionaría su cuerpo contra él descaradamente, rogándole que la tomara. La ayudaría a olvidar todo por lo que ha pasado, olvidar el peligro en el que se encontraba, aunque fuera por un corto tiempo.

-Tenemos que ir adentro-, dijo de pronto y dio un paso atrás, tomando su mano al mismo tiempo.

Aturdida, lo siguió fuera del garaje, que se cerró tras de ellos. Al doblar la esquina, miró por la calle. Señales de neón de color amarillo, naranja, y rojo parpadeaban en casi todos los edificios. Sus ojos se acostumbraron a leer las señales.

Sus pies se congelaron. -Este es el barrio rojo-. Señal tras señal, ofrecían servicios personales, en los cuales se leía: *chicas o masajes*, e incluso vio uno donde se anunciaban *chicas desnudas*.

Aiden se encogió de hombros y la siguió llevando. -Estoy consciente de eso.

Mientras pasaban junto a una mujer de aspecto promiscuo... claramente una prostituta... Leila instintivamente caminó dejando amplio espacio a su alrededor. La mujer le dirigió una sonrisa lasciva, mirándola de arriba hacia abajo.

-¿Qué tal una cita?

Leila le dio una mirada sorprendida ante dicha proposición.

La prostituta sonrió como si disfrutara de su incomodidad. -¿Un trío entonces, dulzura? Cincuenta dólares y me comeré tu concha mientras tu hombre te coge por detrás.

Leila se quedó boquiabierta ante el obvio insulto. Nunca había estado tan muda en toda su vida.

-Tal vez en otro momento-, respondió Aiden y la apartó.

Leila encontró su voz de nuevo. -¡Oh, Dios mío! No puedo creer que hayas dicho eso-. ¿Estaba realmente considerando un acto tan atroz?

-Eso es lo que te pasa por mirar fijamente-, se rio a su lado.

¿Estaba sugiriendo que ella había provocado la oferta de la prostituta? -Yo no la miré...

-Me temo que sí. Y esa es exactamente la razón por la que ella te fastidió-. Hizo una pausa y le dio una mirada de reojo.

En ese momento ella se dio cuenta de algo.

-¡Oh, no!- ¿Cómo podían siquiera verla? Una corriente de adrenalina pasó a través su cuerpo, haciendo que los latidos de su corazón llegaran hasta su garganta. -¿Por qué no soy invisible?

-Relájate. Sigues siendo invisible para los demonios. Pero opté por dejar que nos vean los seres humanos.

-¿Puedes hacer eso?- Su pulso se estabilizó un poco.

-Sí.

-¿Pero por qué? ¿No sería más seguro si nadie nos viera?

-Se necesitaría una gran cantidad de energía para camuflarnos tanto de los seres humanos, como de los demonios. Prefiero conservar la mía cuando no hay necesidad.

Bueno, al parecer, incluso un inmortal tenía sus limitaciones. -Pero, ¿qué verían los demonios, entonces?

Se encogió de hombros. -Sólo una prostituta hablando consigo misma.

-Oh.

Un momento después, se detuvieron delante de un edificio de tres pisos. Leila miró el letrero de neón en la ventana. *Masaje tailandés*, se anunciaba.

-¿Qué estamos haciendo aquí?

-Es nuestra casa de seguridad.

Tenía que ser una broma.

-Nos quedaremos aquí esta noche.

La puerta se abrió y apareció una mujer que parecía de unos sesenta años. No, se corrigió Leila, una *madam* apareció. ¿No era así como los propietarios de este tipo de establecimientos se llamaban? A ciencia cierta, esta mujer había pasado su mejor momento. Tal vez hace quince años todavía había trabajado como prostituta, pero, ¿quién la querría ahora? Leila se reprendió a sí misma por sus ideas maliciosas, atribuyéndolas a su propio cansancio. Necesitaba dormir, descansar y olvidar lo que había sucedido esa noche.

-Entren-, la mujer se limitó a decir, y los invitó a entrar en la casa.

El interior, era sorprendentemente limpio y... hogareño. Leila dejó que sus ojos divagaran mientras la mujer los conducía hasta el segundo piso, más allá de una larga hilera de puertas con números en ellas. Se estremeció ante la idea de lo que estaba pasando detrás de esas puertas. No había vergüenza en admitir para sí misma que ella había llevado una vida un tanto protegida, lejos de la suciedad y el vicio de los excesos humanos.

Ella nunca había estado dentro de un burdel, demonios, nunca había estado en esa parte de la ciudad antes, y confiaba en que después de esa noche, nunca tendría que volver a ese lugar. Su único consuelo era que allí las posibilidades de encontrarse alguien que conociera, eran nulas. Por lo menos, nunca tendría que explicarle esto a nadie.

El corredor tenía varios giros y vueltas, como si estuvieran entrando en un laberinto, las cambiantes obras de arte asiática en las paredes; eran única indicación de que no estaban caminando en círculos. Bajo sus pies, alfombras suntuosas amortiguaban sus pasos. El aroma de aceites impregnaba el aire, casi como si estuviera en un spa. Era evidente que el dueño estaba tomando el nombre de *masaje tailandés* un poco demasiado literalmente, como si pudiera engañar a alguien sobre lo que realmente estaba pasando en este establecimiento.

Una puerta se abrió a su derecha, una mujer joven, vestida con una colorida bata tipo kimono, salía. Ella inclinó la cabeza en señal de saludo y sonrió. Leila desaceleró sus pasos, volviendo la cabeza para mirar a la chica mientras caminaba en dirección contraria. Ella no se parecía en nada a la zorra prostituta que había visto en la calle. La muchacha era bonita, de rasgos suaves y agradables. Si la hubiese visto en la calle, nunca hubiera imaginado lo que ella hacía para ganarse la vida.

Un tirón en su mano hizo que siguiera dando el paso. Aiden le dirigió una mirada de reprimenda.

-¿Mirando otra vez?

-No, yo...- No terminó la frase, cuando se dio cuenta que una sonrisa aparecía alrededor de sus labios. ¿Le parecía divertido, en realidad, su incomodidad en ese lugar? Ella resopló y apretó la mandíbula.

En la esquina siguiente, la mujer finalmente se detuvo frente a una puerta. Ella la abrió, y luego le dio la llave a Aiden.

-Gracias, Coralee-, le dijo.

La anciana se limitó a asentir y pasó por delante de ellos. Con paso pesado, la *madam* la rosó, su mirada recorrió el cuerpo de Leila, a continuación, se fijó en su rostro. ¿Estaba estudiándola como carne fresca para su burdel?

Luego lanzó un vistazo de nuevo a Aiden. -Bonita-, le dijo antes de desaparecer por el pasillo.

Una vez dentro, cerró la puerta con llave detrás de ellos. Estaba sola con él de nuevo.

La habitación era más cómoda de lo que había esperado. Había una sala de estar, un armario y una cómoda con un espejo sobre ella, y una cama. Sólo una. Grande, pero eso no cambiaba el hecho de que se tratara de una sola. Ella miró el sofá.

-Hay que dormir-, dijo. -Hay ropa en el baño a tu medida.

Ella bajó la mirada hacia sus manos unidas. -¿Voy a estar bien por un par de minutos sin estar camuflada?

Él asintió con la cabeza. -Les tomará más de un par de minutos localizar tu presencia, incluso si están en algún lugar cerca. A menos que tengan contacto visual contigo. Entonces será un reconocimiento instantáneo. Pero estamos en el interior, y las cortinas están cerradas.

Se tragó su miedo y abrió la puerta hacia el cuarto de baño privado. -Sólo será un minuto.

17

Aiden observó la puerta del baño cerrarse detrás de ella. Acababa de perder otra oportunidad perfecta para decirle la verdad. ¿Por qué no lo había admitido? ¿Era porque esta noche no importaba de todos modos, ya que ella no tendría más remedio que permitirle tocarla mientras ambos dormían? Puesto que durante el sueño, sólo su toque podría camuflar un ser humano. Sin embargo, explicarle eso a Leila provocaría muchas preguntas en su mente inquisitiva. Y él estaba demasiado cansado para jugar a veinte preguntas en ese momento. Y no estaba listo para enfrentarse a su ira por el engaño de antes. Le explicaría todo a ella mañana.

Cuando escuchó que la puerta del baño se abrió, giró la cabeza en esa dirección. Leila salió con cautela, con los ojos bajos, la mitad de su rostro oculto por su cabello largo. Pero sus ojos no se concentraron en eso. Ya que viajaron hacia arriba y abajo de su cuerpo, o lo que podía ver de él.

¿Realmente tenía que vestirse con los pijamas más amorfos que pudo encontrar en ese armario? Estaba seguro que Coralee mantenía una buena selección de camisones y batas allí. Sin embargo, Leila había decidido ponerse el pijama de franela de gran tamaño que ocultaba todas sus curvas. El grueso material ni siquiera insinuaba la sensualidad de la mujer.

¿Estaba tratando de esconderse de él? Sin decir una palabra, pasó junto a ella para dirigirse hacia el cuarto de baño. Dejó que se cerrara la puerta detrás de él.

El impulso de tocarla nunca había sido más fuerte que ahora. Sabiendo que en pocos minutos iba a estar durmiendo en sus brazos, hizo que su deseo por ella creciera. Sabía que no debería querer eso, porque no estaba bien: ella era su protegida, no su amante. Por otra parte, Leila no lo quería a él... Ninguna mujer que deseara ser seducida se pondría pijamas de franela.

Dejó que su última conversación se reprodujera en su mente. Tal vez le había dicho cosas que no quería oír. Enterarse de que tendría que eliminarla si era seducida hacia el lado de los demonios, probablemente no la haría encariñarse con él exactamente. Tal vez debería haberse negado a responder a esa pregunta o haberle dicho una mentira en su lugar.

Mientras se preparaba para ir a la cama y se desvistió, sintió los acontecimientos de las últimas horas empezar a afectarlo. El agotamiento lo invadió, a pesar de que noches como éstas eran la norma. Él no debería sentirse cansado, no como lo estaba en esos momentos. Tal vez era mejor así: tal vez su deseo sexual estaría arrasado por el cansancio y evitaría que hiciera algo estúpido.

Vestido sólo con su bóxer, su pene semi-erecto, regresó a la habitación, encontrando iluminada sólo la luz de noche junto a la puerta. Dejó su ropa en una de las sillas para tenerlas cerca en caso de emergencia.

Debajo de las sábanas, la forma de Leila era visible, las sábanas la cubrían hasta el cuello. Se había vuelto hacia la pared opuesta, y sólo podía asumir que ella ya estaba dormida.

Aiden miró el reloj en la mesita de noche. En menos de una hora saldría el sol. Era mejor conseguir un par de horas de sueño antes de decidir el próximo curso de acción. Con los pies descalzos, se acercó a la cama y levantó las sábanas, deslizándose debajo de ellas en silencio.

Sintió el calor de su cuerpo y se acercó más cuando se dio cuenta que estaba aguantando la respiración. Ella no estaba dormida como él había supuesto.

Con movimientos lentos, llegó a ella. -Sólo para que estés camuflada-, le susurró.

-Sí-. Su voz ronca apenas se escuchó.

Serpenteando un brazo por su cintura, la atrajo hacia la curva de su cuerpo. Cuando su trasero dulce se conectó con la ingle, se apretó la mandíbula para evitar emitir un gemido en voz alta.

¡Mierda! Nunca sobreviviría esa noche. Era mejor si le decía la verdad ahora y no continuara con este engaño.

-Leila-, empezó.

Pero su siguiente movimiento lo detuvo: ella puso su mano sobre la de él, presionándolo firme contra su torso. Con tres latidos del corazón, su cuerpo bombeó más sangre hacia su pene, poniéndolo más duro como nunca antes lo había estado.

-Tengo miedo.

-Estás a salvo por ahora-. Le dio un beso suave sobre su cabello.

Leila contuvo el aliento. Su cuerpo se puso tenso.

-Lo siento, no tienes nada de qué temer en cuanto a mí. No haré nada que no quieres que haga-. Se apresuró a decir.

Seguro, ¿dónde había escuchado eso antes? Como si él fuera capaz de detenerse una vez que comenzara.

Entonces no empieces nada, le advirtió su mente.

-Aiden…

¿Acaso su voz sonaba un poco excitada, o era simplemente su propio deseo el que le hacía pensarlo así? ¿Y era su dulce trasero el que se estaba acercando a él?

-Leila, hay algo que deberías saber-, él intentó decirle otra vez, su conciencia mostraba cierto remordimiento.

-Ya no quiero hablar más-, ella le susurró. -Solo quiero olvidarme de todo lo que ha pasado.

-No hay manera de hacerte olvidar. No tengo ese tipo de poder.

-Sólo por un momento-, ella le rogó.

-Desearía poder ayudarte-. Dio otro suave beso sobre su cabello, pero esta vez ella se volvió hacia él.

Aun en la oscuridad, podía ver cómo sus ojos lo estudiaban. Cuando sus labios se movieron, su aliento se cernió sobre su rostro. Sin pensarlo, movió su cabeza más cerca de la de ella. Ella parpadeó.

-No deberíamos-, él murmuró aun cuando sus labios se encontraban a sólo unos centímetros de los de ella.

-Pero se siente tan bien.

Aiden deslizó sus labios sobre los de ella a pesar de que sabía que estaba mal. En algún lugar en el libro de reglas de los Guardianes Invisibles así estaba escrito, pero por alguna razón, las reglas no significaban nada para él en ese momento.

Tal vez así era como Manus seducía a sus encargos: con palabras dulces y caricias tiernas. Pero el susurrarle cosas dulces al oído no era mentirle, porque las cosas que quería decirle se sentían reales, verdaderas.

Ella suspiró y se relajó contra él, sus labios abriéndose apenas bajo los suyos. Él le dio un suave beso antes de alejarse.

-Leila, ¿recuerdas lo que hiciste hace un rato cuando estabas en tu propia cama?

Un jadeo se le escapó, pero ella no se alejó de él. -Sí.

-Fue hermoso verte.

Plantó besos a lo largo de su cuello. Luego dejó que su mano se moviera. Sus dedos encontraron la cintura de sus pijamas y se deslizaron por debajo.

-Quería participar en ello antes. Tú me excitas-. A paso de tortuga, la mano empezó a descender. -Déjame que te dé placer ahora. Di que sí-, le exhortó mientras sus dedos se zambullían más bajo y se adentraban en el nido de rizos que custodiaban su sexo.

-Aiden...- balbuceó al mismo tiempo que sus caderas se inclinaban hacia su mano.

-Di que sí, y te ayudaré a olvidar.

Al igual que él necesitaba olvidar el peligro del que ella había escapado esta noche, solo el sentirla temblar en sus brazos lo haría olvidar. Lo que quería confesar solo momentos antes había quedado atrás.

-Sí, olvidar, ella repitió.

Él no perdió un segundo en capturar sus labios y lacerarlos con un beso apasionado. Le dio la vuelta sobre su espalda y acarició con los dedos su húmeda hendidura, casi levantándola de la cama en el proceso.

-Tranquila, hermosa-, advirtió. -Te daré lo que necesitas.

Su húmedo dedo se arrastró hacia arriba y se encontró con su hinchado clítoris. Lo rodeó, y luego acarició suavemente sobre él.

-¡Oh!

No se atrevía a encender la luz. Con el amparo de la oscuridad, parecía sentirse a salvo con él. Por lo menos su visión nocturna superior le daba una idea de la expresión en su cara, sin que ella se diera cuenta.

-¿Fantaseaste conmigo cuando te tocaste antes?

Aiden pasó su pulgar sobre su sensitiva piel y movió su dedo por debajo de donde la humedad brotaba de ella.

-Dímelo-. Enfatizó su demanda deslizando un grueso dedo en su estrecho canal.

Ella empujó contra su mano, tomándolo más profundo. -Sí-, admitió finalmente. -Estaba pensando en ti.

-Cuéntame más.

La oyó tragar saliva como si estuviera avergonzada de decírselo. Pero él sabía cómo lograr sacar esas palabras de ella. Su pulgar trabajó más duro, pintando pequeños círculos sobre su clítoris, acariciándolo con más presión, aumentando su ritmo.

-Ahora, preciosa, dímelo.

-Me imaginé que me tocabas, así... y tu boca sobre mí.

Dios, sí, quería eso, quería comer su hermosa concha y beber su néctar. -¿Quieres mi boca sobre tu concha?

Metió el dedo más profundamente en ella, cogiéndola en serio ahora. Dentro y fuera, mientras que el pulgar le acariciaba el clítoris sin interrupción.

-Sí-, gritó ella.

-Bien, porque cuando hayamos terminado aquí, cuando te haya hecho terminar con mis dedos, te haré terminar en mi boca.

-¡Oh, Dios!

-¿Hay algo más con lo que estabas fantaseando?- ¿Ella quería su pene en ella? ¿Quería que le diera con fuerza hasta que se desplomara por debajo de él?

Su aliento se contuvo. -Yo... quiero...- su agitada respiración convirtió su oración en una lista de palabras sueltas.

-Qué, Leila, ¿qué quieres?- Él necesitaba saber.

-Tu... pene... adentro...- Su voz se apagó mientras su cuerpo se tensaba.

-*¡Aiden!*

El susto le hizo detener sus movimientos. La voz que lo había llamado no era de Leila. Y no había llegado desde el interior de la habitación.

-*¡Aiden!*.

-¡Mierda!- Siseó cuando reconoció la voz de Manus.

Junto a él, Leila se alejó con dificultad.

Extendió la mano hacia ella. -Está bien. Él es mi amigo.

Cuando encendió la luz un segundo más tarde, vio que ella evitó mirarlo y se puso la sábana hasta el cuello. No necesitaba ser un genio para darse cuenta de que estaba avergonzada.

-¿Me dejarás entrar o no?- Dijo la voz de Manus de nuevo.

Saltó de la cama y abrió la puerta. Su segundo al instante recorrió sus ojos sobre la mitad del cuerpo desnudo de Aiden, concentrándose en el notable bulto en su bóxer. Una ceja levantada y la sonrisa alrededor de los labios de Manus confirmaban que el estado del pene de Aiden no había escapado a su atención.

-Bueno, espero no interrumpir nada-. Sonrió y dio un paso por delante de él para entrar en el dormitorio.

Aiden cerró la puerta detrás de él, decidido a no responder a la pregunta de Manus. Se dio cuenta de que su segundo se fijó en la cama con Leila en ella, más tiempo del necesario.

-Bueno, parece que por fin has decidido encubrir a tu protegida tocándola y dándole a tu mente un descanso.

-Manus, tu...

-¿Qué dijo?- Leila, se sentó en la cama ahora, la sábana apretada contra su pecho mientras lo miraba.

¡Oh, mierda! ¡Manus y su bocota!

18

Leila miró la cara de culpabilidad de Aiden, luego trasladó su mirada hacia el guapo desconocido que los había interrumpido.

Manus le devolvió la mirada con una sonrisa tímida, y luego miró a Aiden que arrebató los pantalones de una silla y rápidamente los deslizó por encima de sus muslos.

-Nada-, contestó Manus.

Se dio cuenta de que los dos hombres intercambiaron una mirada. -Dijiste algo acerca de que Aiden me camuflara con su toque. ¿Qué hay de malo en ello?

-No hay nada malo con eso-, murmuró.

-¿Pero?-, preguntó ella, prestando a su voz un tono más cortante para que quedara claro que no iba a aceptar cualquier mierda.

Manus fingió interés en sus zapatos, evitando su pregunta.

-Te he preguntado: ¿qué quieres decir con eso?

Levantó la cabeza, le dio a Aiden una mirada de disculpa. -No hay necesidad de tocar.

-¿Qué?

-Él... podría haberte camuflado con su mente, pero por la noche es recomendable...

-¡Maldito idiota! ¡Me mentiste!- Le gritó a Aiden, que estaba allí, la culpa escrita por todo su rostro. ¡Ese hijo de puta la había engañado con el fin de acostarse con ella!

-Muy bien, Manus, eso es grandioso-, dijo Aiden en un tono seco, dando a su amigo una mirada de reojo.

-Lo siento, hombre. Yo no quise... pensé que ella sabía.

-¡Bueno, lo sé ahora!- espetó.

Aiden se encontró con su mirada de odio. -Iba a decírtelo pero no me diste la oportunidad. Quería explicártelo, pero entonces tú...

-Yo, ¿qué? Oh, Dios mío, ¿estás sugiriendo...

Ella no pudo terminar su oración, porque él tenía razón: ella le había pedido a él que la tocara. Ella había sido la que le había incitado a él. Oh no, ¡se había convertido en una cualquiera!

El calor sofocó sus mejillas. Pero tenía que defenderse, no podía permitir que esta acusación permaneciera en el aire. -Tú no me...

-¿Detuviste? No, no lo hice. ¿Cómo iba hacerlo?- La interrumpió, un extraño brillo de dolor en sus ojos.

Ella podía verlo en sus ojos ahora, él lo había querido, la había deseado a ella. Y ella lo había deseado a él, y él lo sabía.

La vergüenza ahogó su habilidad de hablar. Casi había tenido sexo con un extraño a quien había conocido solamente unas pocas horas. ¿Qué le estaba ocurriendo? ¿Qué le había hecho reaccionar de esta manera?

Dios, hasta habían hablado de sexo, algo que nunca había hecho antes. Al recordar ese momento le daba ganas de hundirse en un agujero en el suelo. Por desgracia no había una zanja pre-excavada cuando lo necesitaba.

-¿Debería de darles un minuto?- Manus interrumpió el proceso de su razonamiento, obviamente incómodo por estar en medio de su intercambio.

-¡No, no te molestes!

Leila saltó de la cama y se dirigió hacia la puerta, queriendo alejarse de allí, incapaz de enfrentar a Aiden y su amigo ahora.

-No irás a ninguna parte-, le ordenó Aiden y la agarró del brazo.

-¡No puedes detenerme!- Ella apretó los dientes, dando vuelta la cara para no mirarlo.

-No te irás de esta casa.

-Pero me iré de este cuarto, y no puedes impedirme hacer eso.

-Hay una cocina en el pasillo-, sugirió Manus. -Estoy seguro de que Coralee tiene algo de café preparado allí.

Ella arrancó el brazo de su agarre y salió furiosa del dormitorio, cerrando la puerta con fuerza tras de sí.

Oyó que la puerta se abría de nuevo un momento después, pero siguió caminando.

-¡Coralee sabe que no se te permite salir de la casa!- Aiden gritó tras ella.

Leila lo ignoró y siguió por el corredor, tratando de encontrar la cocina que Manus le había mencionado. Le caería bien una taza de café en esos momentos, sabiendo que no tendría ni un poco de sueño de todos modos, no cuando se sentía fuera de quicio.

Sus ojos examinaban las puertas a su paso, haciendo caso omiso de las que tenían números en ellas. Era evidente que esas eran las habitaciones que las prostitutas utilizaban. Dando la vuelta en la esquina, llegó a un callejón sin salida. Tres puertas sin números estaban cerradas. Ella percibió un ligero aroma a café y supuso que una de ellas tenía que ser la cocina, tal como Manus le había dicho.

Ella prestó atención para ver si escuchaba algún sonido, pero estaba silencioso. Al llegar a la primera puerta, giró el picaporte y empujó la puerta hacia adentro.

La penumbra la recibió y la dejó helada en su lugar. Claramente, esta no era la cocina, ya que el plato que estaba servido en la mesa de masaje en el centro de la habitación era demasiado empalagoso para su gusto.

Un hombre desnudo yacía de espaldas, mientras que una mujer joven vestida con nada más que un camisón transparente, se agachaba entre sus piernas dobladas lamiéndole la crema batida de su pene. Al mismo tiempo, otra mujer se inclinaba sobre su cabeza, con sus pechos, que también estaban cubiertos con crema batida, colgando sobre su boca.

Cuando el hombre chupó un pecho en la boca y mamaba de ella con mucho gusto, un jadeo se le escapó. Al instante, las dos mujeres giraron sus cabezas en dirección de Leila.

Con manos temblorosas, ella cerró la puerta. Sus mejillas ardían de vergüenza, y su corazón se aceleró ante la idea de lo que el trío estaba haciendo.

Maldita sea, este no era un lugar en donde quisiera estar. Esta no era su vida.

Detrás de ella se abrió una puerta. Se dio la vuelta, ya con los nervios de punta. Una mujer joven salió de la habitación con una humeante taza de café en sus manos. Ella sonrió brevemente y pasó por delante sin decir una palabra.

Leila suspiró con alivio y entró en la habitación de donde había salido. Por lo menos, había encontrado la cocina. Tal vez se sentiría mejor después de una taza de café.

La habitación era sorprendentemente acogedora y bien equipada. Sobre el mostrador había una cafetera de gran tamaño con tazas alineadas junto a ella. Se sirvió una y agregó leche. Mientras se sentaba a la mesa redonda en el centro de la habitación, notó la televisión que estaba en un rincón. Estaba prendida, pero alguien la tenía en silencio.

Leila tomó un sorbo de café caliente y dejó que el calor se extendiera por sus miembros agotados. Ella no había pasado toda una noche en vela desde su residencia y sintió que su edad se estaba mostrando ahora. En su adolescencia y su juventud, ella no había tenido problemas para mantenerse despierta toda la noche, pero ahora sentía la tensión física.

Cuando levantó la cabeza de la taza de café, su mirada se desvió de nuevo a la televisión. Una raya roja se desplazaba en la parte inferior de la misma. Decía *Últimas Noticias*. Entonces un periodista apareció delante de un edificio al que reconoció al instante: Inter Pharma.

Leila saltó de su silla y corrió hacia la televisión, buscando desesperadamente el botón para levantar el volumen.

~ ~ ~

Manus se frotó la nuca. -Eso no fue bien.

-Como siempre, llegas en un muy mal momento-, respondió Aiden.

-Oye, te dije que lo siento, y traté de explicarle que por la noche era justo lo que necesitaba hacer para descansar un poco, pero ya viste cómo me cortó. Además, ¿cómo iba a saber que estabas recurriendo a trucos baratos para conseguir llevar a tu encargo a la cama? En todo caso, te hubieras limitado a utilizar tu encanto-. Le dio una sonrisa a medias. -Para mí funciona.

-Ella lo quería.

Su segundo levantó los brazos. -Oye, oye, no lo voy a negar. Era bastante obvio por la forma en que ella se sonrojó, pero tienes mucho que aprender acerca de las mujeres.

Como si él no hubiera notado eso ya. -No necesito un sermón. Yo me encargo de esto-. Cómo, no tenía idea. Los dos eran adultos, ella sabía en lo que se estaba metiendo, y aun así lo dejó continuar. ¿No era ella la que había comenzado? ¿No era ella la que le había pedido que le hiciera olvidar? No obstante, tenía que hacer que de alguna manera lo perdonara.

Aiden se aclaró la voz. -Ahora dime lo que has descubierto.

Manus se dejó caer en el sofá y puso los pies sobre la mesa de sala. -El coche que casi atropella a tu protegida fue robado ayer a la noche.

-Eso no es una buena señal.

-Estoy pensando lo mismo. Alguien lo pudo haber robado con el único fin de matarla con él.

Mientras que Aiden estaba de acuerdo con esta opinión, una cosa no tenía sentido.

-¿Pero por qué los demonios querrían matarla? Ella está en las etapas finales de su investigación. Si la matan ahora y el medicamento no funciona, se han cortado el brazo por su cuenta. Sería estúpido.

-¿Existe la posibilidad de que ya tengan una muestra de la droga y que esté funcionando?-, preguntó Manus. -Tal vez no la necesitas más.

-No lo sé. Vamos a tener que preguntarle acerca de esa posibilidad. ¿Qué pasó con el incendio?

-¡Ah, el incendio! Yo fui con el camión de bomberos y me hice pasar por una mosca en la pared. Parece que se sospecha que el incendio fue provocado, posiblemente fue de algún artefacto incendiario. Encontraron algo en la cocina, donde comenzó el incendio. Podría haber sido un contador de tiempo.

Aiden se frotó la sien. Si alguien había deliberadamente incendiado la casa después de fallar con el atropello, entonces no podría atribuirle a ninguno de estos eventos como una coincidencia o simplemente mala suerte. Dos atentados contra su vida en una noche no se podrían explicar tan fácilmente.

-Escuché un sonido fuerte. Podría haber sido algún tipo de explosión. ¿Y si algo no funcionaba bien en su cocina? Había un montón de aparatos eléctricos que podrían haber tenido un cortocircuito y provocado un incendio. O podría haber sido la cocina de gas.

-El jefe de bomberos no lo cree así. Sin duda no fue la cocina de gas, y era el único aparato en la cocina que podría haber producido el sonido de una explosión si eso es lo que escuchaste. Todavía es temprano en la investigación, pero él parecía muy convencido de que había sido un incendio premeditado, y me inclino a estar de acuerdo con él. Eché un vistazo a la cocina. No había ningún cable eléctrico o enchufe a la vista donde se creyera que comenzó el incendio: sobre el mostrador.

Aiden asintió con la cabeza. -Tenemos que averiguar quién pudo haber traído algo en su apartamento sin que ella o yo nos diéramos cuenta. Yo estaba allí antes de que ella llegara a casa. No vi nada sospechoso.

Manus se encogió de hombros. -Entonces alguien debió haber puesto algo más adelante.

-Imposible. Yo estuve en el apartamento la mayor parte de la noche. Nadie podría haber llegado sin que me diera cuenta.

Su amigo curvó uno de los lados de su boca. -¿Así que estuviste observando la puerta toda la noche?

El calor le atravesó el pecho. ¿Acaso Manus sabía que él había estado en la habitación de Leila, mirándola darse placer a sí misma?

-Cómo hago mi trabajo, no es asunto tuyo-, le espetó.

Manus se levantó del sofá y se enfrentó a él. -¿En serio? ¿Eso es porque no quieres admitir que eres igual a mí? ¿De que coger a una protegida te excita? ¿De que Leila te excita?

Aiden gruñó bajo y profundo.

-¿No puedes simplemente admitirlo?

-No hay nada que admitir.

-¿No lo hay?

Aiden apretó los puños, tratando de domar su furia. Aunque nunca antes había cogido con un encargo, por desgracia, el resto de las acusaciones de Manus estaban bastante acertadas. Leila lo excitaba, y él la deseaba.

Manus dio un paso atrás, asintiendo con la cabeza. -Bueno, supongo que será mejor que hablemos con Leila sobre su droga. Además…-, sacó una cajita del bolsillo de su chaqueta. -...tengo un regalo de cumpleaños para ella. A ella le encanta el chocolate suizo, ya sabes.

Aiden miró a su segundo. -Su cumpleaños.

-Por supuesto, pensé que habías leído su expediente.

La comprensión inundó sus sentidos. ¿Cómo podía haberse olvidado de eso? Ya había ocurrido justo en frente de sus propios ojos. -Es su cumpleaños. Por supuesto. Eso es.

Luego se volvió hacia la puerta.

-¿De qué estás hablando?- Oyó decir detrás de él a Manus.

-Ven.

19

Lo primero que notó cuando Aiden entró en la cocina seguido de Manus, fue que el rostro de Leila parecía como si hubiera visto un fantasma. Lo segundo que notó fue que sus ojos estaban fijos en la pantalla del televisor.

Inmediatamente siguió su mirada en blanco y se enfocó en el sonido que provenía del programa.

-*...no hay signos del investigador que falta. La policía no ha revelado si la Dra. Cruickshank es considerada sospechosa del brutal asesinato de su jefe, sin embargo, la han llamado una persona de interés, ya que ella era la única otra persona en el edificio en el momento del asesinato, además del guardia de seguridad.*

La periodista de repente miró hacia un lado y escuchó a alguien fuera de cámara. Un momento después, volvió a mirar a la cámara.

-*Me acaban de informar que el apartamento de la Dra. Cruickshank, fue destruido completamente por un incendio temprano a la noche. Los investigadores de incendios no han anunciado una conclusión sobre la causa, pero sospechan incendio premeditado. Todavía no se sabe si estos dos incidentes estén relacionados o no. Desde aquí Deborah Winters, WOTK Noticias.*

Aiden se acercó a la televisión y la apagó. Había esperado esto, sin embargo, había esperado evitar que Leila lo viera.

-Ellos piensan que yo lo hice-, murmuró como si hablara para sí misma.

-No lo sabes.

Su cabeza se levantó, y ella lo miró fijamente. -Ellos creen que yo maté a Patten. Ellos me están buscando.

-La prensa está sólo tiene conjeturas. Sabemos que no lo hiciste.

-*Nosotros*, sí, pero ¿qué hay de la policía? ¿Cómo podré volver ahora?

Manus se sentó a su lado. -Escucha, Leila, no puedes pensar en eso ahora. No es importante. Lo importante es mantenerte a salvo. Toma, feliz cumpleaños-. Él colocó la pequeña caja de chocolates en la mesa delante de ella. -Tus favoritos: trufas de chocolate negro.

¿Su compañero Guardián Invisible de verdad creía que podría distraerla con *trufas*?

Extendió la mano hacia la caja, pero ella sólo la miró sin abrirla. -Gracias.

-Hay algo más de lo que tenemos que hablar-, comenzó Aiden y dio un paso indeciso para acercarse a la mesa. Después de su enfrentamiento más temprano pensó que era prudente no acercarse demasiado. Por lo que sabía, todavía podía sacarle los ojos. Y él ni siquiera la culparía por hacerlo.

Cuando ella volvió la mirada hacia él, de repente notó el cansancio en sus ojos, como si resignación se hubiera instalado en ellos. -¿Qué más hay que hablar? Mi vida está prácticamente terminada. Todo por lo que he trabajado para...

-Lo siento-, respondió Aiden, buscando una manera suave de llevar la conversación a lo que tenía que preguntarle. -Pero hay cosas importantes que tenemos que averiguar. Y necesitamos tu ayuda.

Manus le dio unas palmaditas en el antebrazo, por lo que Aiden quiso gritar como una bestia. -Por mucho que odio estar de acuerdo con él, tiene razón. Hay algunas cosas que no tienen sentido.

-¿Cómo el hecho de que hay demonios en este mundo?- Se burló ella.

Aiden cambió de posición de un pie al otro. -No. Por desgracia, eso tiene mucho sentido. Pero no entendemos por qué quieren matarte cuando quieren lo que tienes.

Leila levantó los ojos y le lanzó una mirada inquisitiva.

-El Departamento de Bomberos cree que el incendio que se desató en tu apartamento fue un incendio premeditado.

-¿Cómo? Tú estabas allí. ¿Hubieses visto si alguien hubiera iniciado un incendio?

Aiden trató de pensar en otra cosa, para no recordar en ese momento cómo la había visto acostada en su cama. -Fue un artefacto incendiario, una pequeña bomba, probablemente con un contador de tiempo.

-¡Oh, Dios mío! ¿Los demonios hicieron eso?

Aiden se rascó la nuca. -En realidad, no estoy seguro.

-¿Por qué no? Tú me dijiste que los demonios están detrás de mí. ¿Y ahora estás diciendo que no lo están?

Manus levantó la mano. -Eso no es lo que quiso decir Aiden. Lo extraño es por qué los demonios te matarían cuando no tienen la fórmula de tu medicamento o una muestra de él en sus manos todavía. ¿No lo ves? ¿Por qué matarían a la gallina de los huevos de oro? Tú eres valiosa para ellos. No te matarían hasta que hayan conseguido lo que quieren.

-Pero entonces, ¿por qué mataron a Patten?

-No estoy seguro de que hayan sido ellos los que lo mataron-, respondió Aiden, haciendo que ella volviera su mirada hacia él. -Dime una cosa. Sabemos que no obtuvieron la fórmula de tu medicamento, ya que había sido borrada del disco de copia de seguridad, y los datos en la computadora portátil estaban fritos. Pero, ¿existe la posibilidad de que los demonios pudieran haber puesto sus manos en una muestra del suero en sí?

Leila al instante sacudió la cabeza. -Imposible. Los ensayos clínicos se llevan a cabo en la clínica satélite ambulatoria del Inter Pharma.

-¿Qué significa eso?

-Bueno, los ensayos clínicos normalmente tienen lugar en clínicas de hospitales y centros médicos, pero queríamos mantener la confidencialidad y evitar cualquier posibilidad de que nuestros datos se filtraran. Por lo que se requirió que los sujetos de prueba vinieran a nuestra propia clínica, donde los médicos les administrarían la droga bajo nuestra supervisión. Era la única manera de asegurarnos de que nadie más tuviera las muestras de la droga. Nosotros sólo les dimos una dosis a la vez y supervisamos la administración de la misma. Nadie podría haber tomado una muestra.

Su voz había adquirido un tono tranquilo y eficiente, y se dio cuenta de que había vuelto a ser lo que le resultaba más cómodo, brillante investigadora.

-¿Y estás segura que no hay otra copia de los datos en algún otro lugar?- Buscó su mirada.

Leila parpadeó, sus dedos jugaban con su colgante de diamantes incrustados. -Estoy segura.

Manus dejó escapar un largo suspiro. -Entonces no tiene sentido que los demonios hayan tratado de matarte. Todavía te necesitan, porque la única manera que ellos tienen para llegar al mismo, sería obligarte a reproducirlo de memoria.

Su colega estaba en lo cierto. Que a su vez invitaba a otra pregunta. -¿Qué sabes acerca de Jonathan?-, preguntó Aiden.

-¿Quién?- Frunció el ceño ante la confusión.

-Tu vecino del piso de arriba.

Su boca se abrió. -¿Qué tiene que ver con todo esto Jonathan?

-Él plantó el artefacto incendiario.

-Eso es imposible. Él nunca... es un buen tipo.

Aiden negó con la cabeza. Los seres humanos podían dejarse fácilmente ser engañados por una cara amable. -Él te dio un regalo para tu cumpleaños. La bomba tiene que haber estado allí.

Con incredulidad, Leila movió la cabeza de un lado al otro. -Pero... pero no lo creo.

¿Por qué estaba tan vehementemente negando lo obvio? ¿Tenía algún sentimiento por ese tipo?

-Él incluso te dijo que no lo abrieras antes de hoy.

-¿Cómo...?- Se interrumpió, con la comprensión inundando sus inteligentes ojos. -Estabas observando incluso entonces.

No había necesidad de negarlo.

-Aun no significa que haya sido él. Lo conozco desde hace más de un año. ¿Por qué de repente trataría de matarme?

Manus tamborileó los dedos sobre la mesa, llamando su atención lejos de Leila.

-¿Podemos ir al grano aquí?- Cuando Leila lo miró, él continuó: -De acuerdo con el Departamento de Bomberos, el fuego comenzó en la cocina. ¿Hay alguna posibilidad que dejaras el regalo de cumpleaños que él te dio sobre el mostrador de la cocina?

Los ojos azules de Leila se abrieron al mismo tiempo que su boca. Finalmente aceptó su sospecha. Tras una larga pausa, cerró los ojos, luego volvió la mirada hacia ellos. -¿Por qué haría eso? Parecía tan agradable.

Manus se encogió de hombros. -Lo averiguaremos. Alguien debe haber llegado a él.

-A menos que él no supiera qué te estaba entregando-, agregó Aiden. -Es humano, lo sé a ciencia cierta. Y si los demonios no influyeron en él, que no creo que lo hayan hecho, otra persona podría haberlo usado, ya sea con Jonathan consciente de ello o de forma encubierta.

-¿Y Patten? Él no podría haber matado a Patten también.

Aiden contempló la idea por un momento. -Es poco probable. El entrar en el edificio de Inter Pharma sin ser detenido por el guardia de seguridad, requiere de cierta habilidad. De alguna manera dudo que sea capaz de eso. Sin embargo...-, miró a Manus. -...necesitamos cerciorarnos de él. Manus, averigua todo lo que puedas acerca de él: lo que hace, en qué trabaja, a quién conoce, quién lo visitó en los últimos días o con quién se ha reunido.

-Sé el procedimiento-, interrumpió Manus.

-Tenemos que averiguar quién está detrás de esto.

Manus se levantó. -Me encargaré de ello.

-¿Y la policía?- Leila le dio una mirada inquisitiva.

-¿Qué pasa con ellos?-, preguntó Aiden.

-¿Cómo vamos a decirles que no estoy involucrada? Tienen que saber que soy inocente.

Dio un paso hacia ella, tomándola de sus hombros con sus manos. -Ellos no pueden averiguar dónde te encuentras. Nadie puede.

Organizaremos a nuestra gente para hacer que parezca que has muerto. Estarás más segura entonces.

-¿He muerto?- Dijo con voz ronca. -No puedes hacer eso. Mi... mi...

-Es la mejor solución-, Manus dijo detrás de él. -Lo arreglaré. Buscaremos un cuerpo en la morgue que se ajuste a tu descripción.

-No te olvides de los dientes-, advirtió Aiden.

-No te preocupes, voy a conseguir un molde de yeso de su dentista y le diré a nuestro equipo que trabaje en los dientes del cuerpo para que coincidan.

-¿Cómo?- Dijo Leila sorprendida.

Aiden se volvió para mirarla y la encontró mirándolo fijamente con incredulidad.

-Sí, ya sabes-, Manus continuó, -limarán los dientes haciendo empastes donde los tuyos están. Son expertos en eso. Se puede crear una dentadura igual a la tuya...

-No se puede... eso no es... pero...- Las lágrimas se juntaron en sus ojos, a punto de estallar en llanto una vez más.

-Hazlo-, ordenó Aiden a su amigo sin apartar los ojos de Leila.

Una mirada de pánico de repente cruzó su rostro cuando su segundo se dirigió a la puerta. ¿Estaba preocupada por estar a solas con él de nuevo? ¿O simplemente preocupada por lo que Manus iba a hacer? Fuera lo que fuera, ella se apartó de él, haciéndole soltar sus hombros.

-Oh, casi lo olvido-. Manus se volvió hacia él. -Te he traído un coche menos visible. Me temo que tu coche deportivo se verá fácilmente si estás tratando de hacer una escapada rápida.

Aiden asintió con la cabeza. Era consciente de ello, lo cual significaba que rara vez podía conducir su auto lujoso. Apenas tenía cinco mil millas en él, y lo había tenido durante dos años ya. Se palpó los bolsillos de los jeans en busca de la llave, y se dio cuenta de que estaban vacíos.

-Mis llaves están en la habitación-. Miró a Leila. -Vuelvo en un minuto.

Dio media vuelta y siguió a Manus fuera de la cocina.

~ ~ ~

Leila contuvo las lágrimas y trató de controlar el temblor de sus manos, pero el saber lo que ambos Guardianes Invisibles estaban planeando hacer, hizo que la sangre se helara en sus venas. Ellos estaban tratando de hacerle creer a todos que estaba muerta.

Sus padres estarían devastados una vez que lo descubrieran. A pesar de que ambos estaban enfermos de Alzheimer, sus mentes estaban todavía suficientemente claras como para reconocerla en sus días buenos y saber quién era. Si veían la noticia en la televisión, se vendrían abajo. Ella no podía causar que sus padres tuviesen tanto dolor innecesario. Sería cruel.

Tenía que advertirles y decirles que no creyeran nada de lo que escucharan en la televisión. Decirle a la que los cuidaba, que no los dejara ver la televisión no sería suficiente. Era su pasatiempo. Nada podía evitar que dejaran de ver ese aparato que les proporcionaba el entretenimiento en sus vidas monótonas. Además, los periódicos publicarían la historia también. Había demasiadas formas en que podían enterarse de la terrible noticia. Maldición, los vecinos llegarían con tarjetas de condolencia y flores.

Leila miró el reloj de la máquina de café y esperaba que no fuera demasiado tarde todavía. Con algo de suerte, el cuidador apenas los estaría levantando y no habría mencionado nada a ellos acerca de su desaparición todavía. Eso por sí solo, podría hacer que su padre tenga palpitaciones y que su madre tuviera presión alta.

Sabiendo que no podía volver a la habitación para buscar el teléfono celular de su bolso, miró alrededor de la cocina. Un teléfono fijo estaba adherido a la pared al lado del refrigerador. Tenía que tomar una decisión rápida. Aiden estaría de vuelta en breve. Era ahora o nunca.

Echando una mirada sobre su hombro, descolgó el teléfono y marcó el número. Con un oído escuchaba el sonido en el otro extremo y con el otro escuchaba los sonidos provenientes desde el pasillo. Sonó tres veces, cuatro. Si nadie lo contestaba, el contestador automático lo tomaría en un momento.

-¿Hola?

Leila dejó escapar un suspiro de alivio cuando reconoció la voz baja en el otro extremo. -Mamá, es Leila.

-¿Hola?-, respondió ella.

-Mamá, ¿me oyes? Es Leila-, repitió una fracción más fuerte, preguntándose si los audífonos de su madre estaban prendidos.

-Oh, hola. Ahora puedo oírte.

Su corazón dio un salto de alegría. La mente de su madre parecía estar cristalina como el agua. Tal vez este era uno de sus días buenos.

-Es Leila, mamá-, repitió ella, sólo por si acaso.

-Buenos días, Leila.

-Es muy bueno escuchar tu voz. Oye, mamá, no tengo mucho tiempo, pero quiero que sepas algo-. Hizo una pausa para asegurarse de que su madre le hubiese entendido.

-Adelante, siempre me gusta hablar. Nancy es una persona amargada en estos días. Raras veces hablamos.

Bueno, ellas hablarían de Nancy, la cuidadora, otro día, pero ahora tenía cosas más importantes que hacer.

-Mamá, vas a ver cosas en la televisión acerca de mí. Van a decir que desaparecí, o incluso que morí. Pero no creas nada de eso. Estoy bien. Todo está bien-. Demonios, ¿a quién quería engañar? -Sólo tengo que salir por unos días. Hay cosas que están sucediendo en el trabajo que no puedo explicarte en este momento. ¿Entiendes eso?

-Por supuesto, querida. Tienes que irte.

-Sí, mamá. Pero no quiero que tú y papá se preocupen por mí. Estoy a salvo donde estoy. Nada puede pasarme. Sólo me preocupan tú y papá.

-No hay necesidad de preocuparse por nosotros. Estamos bien.

Fue un alivio oírle decir eso.

-Y no te preocupes por Nancy. Cuando esté de vuelta, le diré que se siente con más frecuencia y converse contigo, así no te sentirás demasiado sola.

-¿Quién se siente sola, querida?-, respondió su madre.

¿Acaso unos segundo antes no se había quejado que Nancy no conversaba con ella? -Pero, dijiste que Nancy...

-¡Nancy!-, su madre llamó de repente, sonaba más distante como si estuviera sosteniendo el teléfono alejado de la boca.

-*¿Sí, Ellie?*-, reconoció Leila la voz de la cuidadora en el fondo.

-Hay alguien que quiere hablar contigo.

-No, mamá-, trató de detenerla, pero la madre claramente no la oyó.

-*¿Quién es?*

-Oh, es la niña del vecino. Creo que está un poco loca.

¡Oh, no! Su madre no la había reconocido. -¡Mamá!-, gritó en el teléfono.

-Nancy te volverá a llamar más tarde.

Luego hubo un clic en la línea, y la llamada se desconectó. Sorprendida, ella volvió a colgar el receptor en la base. No había sido uno de los días buenos de su madre. No había escuchado en realidad ni una sola palabra de lo que Leila le había dicho.

Sentía ganas de gritar por su frustración. Agarrando el receptor, una vez más, sabía que tenía que intentarlo de nuevo. Quizás esta vez Nancy lo tomaría y podría explicarle todo a ella. Oh, Dios, eso esperaba.

Su mano se congeló en el receptor cuando escuchó que la manija de la puerta se daba vuelta.

20

Aiden vaciló antes de abrir la puerta de la cocina. ¿Cómo Leila reaccionaría ante él ahora que su intermediario Manus se había ido? Resultó que no tenía que preocuparse por ello. Cuando abrió la puerta, ella seguía mirando el televisor, viendo las mismas noticias. Él sabía lo suficiente sobre ella para darse cuenta de que no la haría sentir mejor, así que se acercó a la televisión y la apagó.

-Deberías descansar.

Para su sorpresa, ella asintió con la cabeza y no protestó cuando la condujo de vuelta a su habitación. Aiden cerró las cortinas para que Leila estuviera más cómoda al dormir, mientras que el sol brillaba fuera. Ella ahora estaba acurrucada en la cama… completamente vestida en esta ocasión. Al parecer, no quería que él la tocara nunca más.

Frustrado y sintiéndose algo más que un poco culpable por su engaño de antes, se tumbó en el sofá, sabiendo que su presencia en la cama no sería bienvenida. Este hecho no hizo nada para calmar su creciente deseo por ella. Tampoco el de pensar en ella durante horas mientras dormía sólo a metros de distancia de él.

Cuando Coralee les trajo alimentos en la habitación ya bien pasado el mediodía, Aiden puso la bandeja sobre la mesa y abrió las cortinas antes de caminar hacia la cama. Leila se veía vulnerable con los ojos cerrados, su cabello suelto y extendido a su alrededor como una aureola. Sintió la tentación de tomarla en sus brazos, para protegerla y asegurarle que estaría a salvo. Pero él no podía hacer eso. Ni ella quería que él la tocara, ni tampoco él le estaría diciendo la verdad si le decía que ella estaba a salvo. Sólo estaría a salvo una vez que él y sus compañeros Guardianes Invisibles pudieran engañar a los demonios y hacerles pensar de que estaba muerta y con ella, todas las posibilidades de recrear nuevamente la droga.

Incluso una vez que lo hubiesen conseguido, tendrían que controlarla. Y ella tendría que asumir una nueva identidad, como si estuviera en un programa federal de protección a testigos. No era diferente de eso. Pero necesitaban su cooperación para ello, lo que significaba que Aiden tenía que empezar a reparar lo que había arruinado. Cuanto más rápido mejor.

-Leila-, la llamó en voz baja, pero ella no se movió. Lo intentó de nuevo, pero no recibió respuesta, así que con cuidado sacudió su hombro.

Ella se levantó con una mirada asustada en su cara y se movió lejos de él. -¿Qué quieres?

Al instante se echó atrás, dándole espacio para que ella no lo percibiera como una amenaza. -Quiero pedirte disculpas-. Nervioso, se pasó una mano por el pelo, despeinándolo incluso aún más de lo que ya estaba. -Yo no debería haber...- Su voz se apagó. Maldición, nunca había aprendido a pedir perdón a nadie. Esto era más difícil que luchar contra dos demonios en un callejón oscuro con una mano atada detrás de su espalda.

Sus ojos azules como el océano se bajaron para evadir su mirada. -No quiero hablar de ello.

¿Se lo imaginaba, o se apareció un suave rubor en las mejillas? Por extraño que pareciese, no parecía que ella estuviera enfadada con él, a pesar de sus palabras. Parecía más bien... tímida. ¿La Dra. Cruickshank, segura de sí misma y determinada, era tímida cuando se trataba de intimidad? ¿Podría ser la razón por la que había reaccionado con tanta vehemencia cuando habían sido interrumpidos por Manus?

-Tengo que explicar una cosa. Por favor.

Ella hizo un gesto casi imperceptible.

-Gracias... Había una cosa que Manus estaba tratando de explicarte: mientras un Guardián Invisible duerme, su capacidad para camuflar a un ser humano con su mente desaparece. Sólo su toque sigue siendo eficaz. Tenía que tocarte si quería dormir. Pero...-Él le lanzó una mirada cautelosa, dándose cuenta de que ella lo miraba de cerca. -...no tengo excusas para tocarte como lo hice, aparte del hecho de que me siento atraído por ti. Lo siento. Debería de habértelo explicado y sólo haberte pedido tomar tu mano mientras dormías.

Sus ojos lo evaluaron por un largo rato. -¿Es eso lo que haces con las otras mujeres que proteges?

-¡No!- Su protesta fue instantánea. -No... No es así. Cuando necesito dormir, llamo a mi segundo, Manus o uno de los otros, para que pueda hacerse cargo mientras duermo un par de horas.

Buscó sus ojos. -Yo no... toco a mis protegidos cuando puedo evitarlo. Pero tú...- Dejó caer la cabeza. -Lo siento. Estuvo mal de mi parte.

Cuando ella no respondió inmediatamente, hizo una seña con la cabeza hacia la mesa de café. -Coralee nos trajo algo de comida. Debes tener hambre.

Ella asintió con la cabeza y se levantó de la cama.

Cuando se sentó en el sofá y tomó uno de los platos, él se dejó caer en el sillón. Por lo menos le había dicho lo suyo, sólo esperaba que con el tiempo lo comprendiera y le perdonara sus faltas.

-¿Cuánto tiempo tenemos que quedarnos aquí?-, le preguntó.

Aiden agarró un plato. -Tal vez dos o tres días. Para entonces Manus debería haber iniciado todo para aparentar tu muerte.

Se dio cuenta que un escalofrío pasó por ella con su última palabra.

-Lo dices como si eso sucediera todo el tiempo.

-No es así. Sin embargo, en ocasiones, no tenemos otra opción para conseguir que los demonios dejen de perseguir a nuestros encargos. Ellos sólo se rinden una vez que piensan que han perdido. Y en tu caso, simplemente asegurarnos de que no puedan llegar a tu investigación, no es suficiente. Si llegan a ti, ellos pueden hacer que lo reproduzcas para ellos-. Se metió un tenedor lleno de Pad Thai en la boca.

Ella sacudió la cabeza. -Yo no haría eso. Nunca trabajaría para los demonios-. Su cuerpo se tensó visiblemente. -No después de todo lo que me pasó a causa de ellos.

Aiden puso su tenedor en el plato y masticó, contemplando sus siguientes palabras. ¿Cómo debería explicarle a ella que al igual que otros seres humanos antes sucumbiría a ellos? -No es tan fácil resistirse a ellos cuando están tratando de seducirte a su lado.

-No veo por qué. Ahora que sé lo que son y cuál es su cometido, creo que han perdido ese poder mental sobre mí. No hay nada con lo que puedan seducirme a su lado-. Dijo Leila levantando su barbilla en un gesto decidido, lo que indicaba que estaba preparada para luchar.

-Créeme, van a encontrar algo que incluso tú no serás capaz de resistirlo. Van a buscar el tiempo suficiente para encontrar tu punto débil, encontrar algo que realmente quieras, y luego te prometerán que lo obtendrás si trabajas para ellos. Lo he visto antes.

Su último encargo había sucumbido. Los demonios sólo tenían que encontrar la motivación adecuada. Ellos encontrarían el de Leila también. Nadie puede ocultar sus deseos más profundos por mucho tiempo, y mucho menos un ser humano. Y últimamente se preguntaba si ni siquiera él como un Guardián Invisible podía ocultar sus deseos por más tiempo.

-No he llegado a donde estoy ahora por ser débil-, dijo Leila.

-No estoy sugiriendo eso-, le negó Aiden, tratando de mantener la calma.   -Simplemente estoy explicando cómo es su modus operandi. Ellos son muy ingeniosos. Y no se detendrán hasta que sepan que su sueño de poseer esta droga no se realizará.

-No puedes esperar que viva escondiéndome para siempre. No puedo hacer eso. Mis padres... mi trabajo, tengo que seguir adelante.

Aiden puso el plato casi vacío en la bandeja. -Eso es exactamente lo que tendrás que hacer si quieres vivir.

Sus ojos se entrecerraron. -Pero dijiste que los demonios no me quieren matar porque quieren lo que yo les pueda dar.

Él la miró fijamente, debatiéndose si debía explicárselo una vez más: si trabajaba para los demonios, él o uno de sus compañeros Guardianes Invisibles tendrían que eliminarla. Sin embargo, mirándola a los ojos ahora, se daba cuenta de que no sería capaz de hacerlo. ¿Iría tan lejos como para defenderla, incluso contra sus propios hermanos si trataban de hacerle daño?

De repente sus ojos se abrieron, y se quedó boquiabierta. -Oh, Dios mío, lo dices en serio, ¿no? Me matarías sin siquiera parpadear.

-Pero por lo que parece, él no lo disfrutaría.

Con el sonido de la familiar voz masculina en el cuarto, Aiden volvió rápidamente su mirada hacia la puerta, saltando de su silla al mismo tiempo.

¡Mierda!

El desconocido alto y robusto que había aparecido de la nada y ahora estaba cerca de la puerta, no era otro más que Hamish.

-Ustedes tienen que dejar de hacer esto. Sólo hay un límite de lo que puedo soportar-, espetó Leila y estrelló su plato contra en la mesa de café.

-Leila, ¡Ponte detrás de mí, ahora!- Ordenó Aiden.

Hamish se veía como siempre lo había hecho: el pelo castaño oscuro, con la raya en el medio, las mechas más largas colgando hasta sus ojos. Llevaba una barba de cuatro días, y sus cejas se elevaban como crestas cuando las fruncía como lo hacía ahora.

Mirando a su viejo amigo, Aiden sacó la antigua daga de su bota, listo para el combate.

Cuando Leila no se movió, repitió la orden. -¡Te dije, ahora!

Hamish levantó una mano, su postura estaba extrañamente relajada. -Eso no es necesario.

-¡Qué mierda, Hamish! Tienes el coraje para mostrarte aquí-. Aiden avanzó hacia él, aliviado y enojado al mismo tiempo. Aliviado de que su amigo no estuviera muerto, y enojado porque no podía decir de qué lado estaba.

-No tenía otra opción, pero no tengo tiempo para explicarlo ahora. Tenemos que irnos-. Hamish asintió con la cabeza a Leila. -Toma todas tus cosas. Aquí ya no es seguro.

-Ni lo pienses-. Aiden la miró. -No podemos confiar en él, Leila. Se corrompió. Él podría estar trabajando para los demonios ahora.

Con un grito, ella corrió a su lado. Aiden la recibió, apretando el brazo brevemente.

Hamish dejó escapar un suspiro audible. -Eso no es cierto. Y en tus adentros lo sabes. No estoy trabajando para ellos. Te lo explicaré todo, pero más tarde.

Aiden negó con la cabeza. No sabía qué creer. ¿Podría realmente confiar en sus instintos? ¿O las palabras de Hamish en ese caso? Indeciso, dejó que sus ojos se fijaran en el rostro de Hamish, centrándose en los ojos de él. Le devolvió la mirada, como siempre, claramente y sin pestañear, un suave marrón. Con ningún indicio de verde. ¿Pero sería suficiente prueba?

-Explícate ahora. Tenemos todo el tiempo del mundo. Y si no me gusta tu explicación, conocerás mi daga-. Era mejor dejar su posición clara inmediatamente. No admitiría ninguna mierda.

Hamish sacudió lentamente la cabeza. -Entiendo tus sentimientos, de verdad. Las circunstancias no me muestran bajo una luz favorable.

Aiden resopló. No, no lo hacían. Lo mostraban bajo una luz de mierda. Así que, ¿por qué había aparecido aquí?

-Pero tú habrías hecho lo mismo en mi situación.

Aiden gruñó bajo y oscuro. -Me abandonaste a mí y a mi protegida. Debido a ti, los demonios tuvieron control sobre ella. Por tu culpa, tuve que matarla.

Hamish lanzó una mirada nerviosa detrás de ellos hacia la ventana. El sol de la tarde brillaba en la habitación.

-Yo tenía cosas más importantes que hacer, y una vez que sepas toda la historia, estarás de acuerdo conmigo. Ahora empaca las cosas de tu encargo y salgamos de aquí antes de que vengan-, insistió Hamish.

¿Cosas más importantes que luchar contra los demonios y salvar a su protegida? A Aiden le costaba creer esa afirmación. -Nosotros no vamos a ninguna parte contigo. No puedes esperar que yo confíe en ti, después de todo lo que ha pasado. El consejo ya está pisando tus talones, pero, francamente, me alegro de estar frente a ti primero. Tenemos una cuenta que saldar-. Dijo Aiden y puso a Leila detrás de él, dando un paso hacia delante con los brazos extendidos a los costados, las caderas erguidas.

-Por mucho que me gustaría pelear por esto, no es el momento.

El ladrido de un perro se escuchó desde el exterior del edificio.

Hamish parpadeó. -Mierda, trajeron perros.

-¿Los demonios?-, preguntó Aiden.

-No, no son los demonios que se encuentran tras tu protegida, no en este instante de todos modos.

-¿Quién está detrás de mí?-, preguntó Leila detrás de él, su voz mezclada con pánico.

Hamish se encogió de hombros. -Cariño, me gustaría saberlo, pero sea quien sea, te acaban de encontrar.

Aiden escuchó los ladridos de los perros acercarse. Esto no era bueno. Sabía exactamente lo que la llegada de los perros podría significar.

-Pero, ¿cómo?- preguntó desesperada.

-Escoge: Manus, un espía en el consejo, una llamada telefónica desde aquí, no importa...

De repente, una fuerte explosión vino desde abajo. Al instante, voces excitadas resonaron en el edificio, las puertas se abrían y cerraban, y pasos apresurados llenaban los pasillos.

-¡Redada!-, alguien gritó.

Hamish corrió hacia la puerta y la abrió sólo unos centímetros, mirando hacia el pasillo. -Están haciendo que parezca una redada de la policía, pero vienen por Leila.

Él miró sobre su hombro. -Tú decides, Aiden. ¿Quieres salvar a tu encargo o no? Porque si tú no vienes conmigo ahora, van a estar aquí en treinta segundos y la matarán. Hay demasiados de ellos para luchar.

21

Aiden se dio cuenta de que sólo tenía segundos para tomar una decisión. Se enfrentaba a dos peligros inmediatos: caer en las manos de la gente que estaba allanando la casa de masaje tailandés, o ser llevado a una trampa por Hamish, el hombre que una vez llamó hermano. ¿Habría juzgado a su amigo con demasiada rapidez? ¿Podía realmente haber una razón legítima del por qué había desaparecido y no lo había respaldado en su última misión?

Junto a él, Leila temblaba. -¿Por qué perros? ¿Son perros de ataque?

Le tomó la mano y la apretó. -No. Quienquiera que viene, sabe que podemos hacernos invisibles, pero los perros aún serán capaces de rastrearnos porque pueden olerte.

-¡Oh, no!

Su expresión de pánico tomó la decisión por él. Tenían que escapar ahora mismo. Una vez que estuvieran fuera de este lío, él podría hacer frente a Hamish. Y esperaba por el bien de todos, que su viejo amigo tuviera una explicación que él pudiera creer. Porque no estaba dispuesto a perderlo. Habían pasado por mucho juntos.

-¿Hacia dónde?

Hamish asintió con la cabeza. -Sígueme.

Leila se liberó de su control y llegó hasta la cama donde tomó su bolso y lo colgó diagonalmente a través de su torso. Mientras le tomaba la mano nuevamente, ella asintió con la cabeza hacia él, lo que indicaba que estaba lista.

Aiden usó sus poderes para asegurarse de que él y Leila fueran invisibles para todos excepto para Hamish, mientras lo seguían hasta la puerta y el pasillo. Él le hizo una señal para que se quedaran en silencio poniendo un dedo en sus labios.

El corredor era un caos. Las masajistas medio vestidas y sus clientes se tropezaban hacia las salidas de emergencia. Acercando a Leila hacia él, corrió detrás de Hamish, de vez en cuando esquivaba a la gente que se disparaba hacia ellos que no se darían cuenta que se encontrarían con un obstáculo. Era una de las desventajas de ser invisible, una con la que trataría con todo gusto si los ayuda a salir en una sola pieza.

Mirando hacia un corredor mientras él lo pasaba, vio a hombres con trajes antidisturbios abrirse paso a través de los pasillos, abriendo puerta tras puerta, sus perros con correas, olfateaban cada habitación antes de pasar a la siguiente.

Agitados ladridos sonaron de repente. Cómo los perros podrían captar el aroma de Leila, no tenía idea, a menos que estas personas hubieran logrado salvar algo con su olor de su apartamento quemado o tal vez de su oficina.

Él no podía preocuparse de eso ahora mientras trataba de mantenerse a la par de Hamish, quien corría por el laberinto de pasillos y escaleras como si supiera exactamente a dónde iba.

A medida que avanzaban otro tramo de escaleras, Aiden agarró el hombro de Hamish y lo detuvo. -No hay manera de salir por allí arriba-, dijo en voz baja.

Hamish miró sobre su hombro y le dio una mirada seria. -Vas a tener que confiar en mí. Voy a sacarnos.

Aiden deseaba tener la misma confianza que alguna vez había tenido en su antiguo segundo, el saber que podía confiar en él con su vida. Por desgracia, sus dudas sobre las intenciones de Hamish no se habían disipado. -Desearía tener más que tu palabra.

-Mi palabra sigue siendo tan buena como siempre.

Leila se movió a su lado. -Mejor él que esos hombres y sus perros-, susurró.

El piso superior se había quedado más tranquilo, con todo el personal y sus clientes habiendo corrido hacia las salidas de emergencia. Finalmente, los intrusos llegarían a ellos y los perros se acercarían a los tres, sin importar si estuvieran camuflados o no.

Aiden asintió con la cabeza a Hamish, que dio la vuelta y se dirigió a un estrecho tramo de escaleras. *Acceso al techo*, decía un letrero en la pared.

Mientras Hamish tomaba la manija de la puerta, Aiden puso su mano sobre él y lo detuvo.

-¿Qué garantía tengo de que no hayan demonios que nos esperen en el techo?

Su compañero Guardián Invisible inclinó la cabeza hacia el letrero de neón verde sobre la puerta que decía: "Salida", el cual alumbraba a un ritmo constante.

Aiden suspiró aliviado. -Bueno. Vamos.

-¿Qué?-, preguntó Leila detrás de él. -Por favor, ¿qué está pasando?

Él se volvió hacia ella. -El aura de los demonios reacciona con dos gases: neón y mercurio, que se encuentran dentro de los tubos de luz fluorescentes y de neón. Si se acercan demasiado, la luz comenzará a parpadear, luego se quemará.

Ese hecho a menudo los había alertado de la presencia de los demonios y les había dado unos segundos de advertencia previa en momentos de necesidad. Al mismo tiempo este hecho confirmaba ahora, que no había demonios que los estuvieran esperando detrás de la puerta. Y también hacía otra cosa absolutamente cierta: quienquiera que fueran los intrusos, no eran demonios, de lo contrario los muchos letreros de neón en la casa de masaje tailandés habrían parpadeado y se quemarían al instante.

Pero para asegurarse de que no hubiera moros en la costa, se adelantó a Hamish.

-Ya vuelvo-, le susurró a Leila y le soltó la mano, luego pasó a través de la puerta cerrada.

Afuera, la luz de la tarde brillaba sobre el rostro de Aiden. Le tomó una fracción de segundo ajustar sus ojos, pero tan pronto como su vista se cercioró de la azotea vacía, estuvo satisfecho y se metió de nuevo en el interior del edificio.

-Todo despejado-, le aseguró a Leila y le tomó de la mano.

Una expresión de alivio cubrió su rostro, y parecía como si ella le apretara la mano más fuerte. Pero tal vez sólo lo estaba imaginando.

Aiden giró el picaporte de la puerta y la empujó, pero no pasó nada. Estaba cerrada con llave. La sacudió y arrojó a Hamish una mirada inquisitiva.

-¡Mierda!- Hamish maldijo entre dientes.

-¿Acaso no revisaste la puerta antes de decidirte a utilizarla como una vía de escape?- soltó Aiden.

-Estaba abierta la última vez que estuve aquí, además, no la necesito sin llave...- Miró a Leila.

-Aiden, ¿no podemos simplemente atravesarla de la manera en que tú lo acabas de hacer?- Leila le dirigió una mirada optimista.

-*Nosotros* podemos, pero *tú* no.

El poder de un Guardián Invisible de desmaterializar su cuerpo y re-materializarlo después de un objeto sólido no podía extenderse a un cuerpo humano.

-El cuerpo de un humano es demasiado frágil para sobrevivir a eso. Si tuviera que arrastrarte a través de un material conmigo, tus células no se volverían a unir correctamente del otro lado. Te haría...- Ni siquiera podía decirlo.

Y mirando la cara de Leila sabía que no tenía que hacerlo. Ella entendió muy bien.

Le soltó la mano y miró a Hamish. -Dime que trajiste herramientas.

Su compañero Guardián Invisible abrió el cierre de su chaqueta y metió la mano dentro, sacando tal variedad de herramientas de metal, que cualquier ladrón habría estado orgulloso. -¿Alguna cosa de aquí te apetece?

Aiden arrebató un cuchillo fino de su mano, luego se volvió hacia la cerradura. -Cúbreme.

Mientras procedía a forzar la cerradura, Leila se acercó a él. -¿Alguna vez has hecho esto antes?

-Más a menudo de lo que quieres saber-, mintió. Claro, él había aprendido cómo abrir una cerradura, pero rara vez necesitaba de dicha habilidad. En la mayoría de los casos, simplemente caminaba a través de una puerta cerrada, pero hoy era diferente, las ocasiones en que había tenido que romper una puerta para abrirla y hacer pasar a un protegido habían sido escasas últimamente. Estaba un poco fuera de práctica.

-Se están acercando-, susurró Hamish.

-Ya está casi listo-. Aiden torció el cuchillo dentro de la cerradura y lo giró hasta que oyó un chasquido. Al instante, apretó el mango y lo empujó. La puerta se abrió.

-¡Ahora!- Ordenó Hamish y empujó a él y a Leila a través de la puerta.

Leila se tropezó, y Aiden la atrapó mientras corrían hacia afuera, Hamish cerró la puerta detrás de ellos mientras fuertes voces y ladridos llegaban desde el interior.

-¡Mierda!- Maldijo Aiden. Los intrusos ya estaban pisándoles los talones.

Recorrió con la vista la azotea en busca de cualquier cosa para trancar la puerta, y encontró un pedazo de madera. Lo tomó y lo trabó entre la manija de la puerta y la argolla de hierro alineada junto a la puerta. Los retrasaría, aunque fuera sólo por unos minutos.

-¡Vamos!- Hamish ordenó, mientras sus supuestos atacantes golpeaban la puerta.

Recorriendo con los ojos la azotea una vez más, Aiden evaluó la situación: el techo era plano, y a excepción de algunas pocas cuerdas para extender la ropa y una antena parabólica, estaba vacío.

Cuando volvió a mirar a Leila, ella le lanzó una mirada asustada, sus hombros estaban tensos y su ceño fruncido. Odiaba verla así.

-Hacia el otro techo-, le gritó a Hamish, quien miró sobre su hombro, y luego señaló a la dirección opuesta, donde una azotea estaba en un piso más bajo que el de ellos.

Aiden estaba a punto de objetar y optar por el techo que estaba a la misma altura y que habría sido más fácil de seguir, cuando Hamish continuó, -Confía en mí.

Había hecho mucho de eso en los últimos minutos: confiar en su antiguo amigo que lo había traicionado. ¿Estaría mordiendo el anzuelo otra vez?

Pero algo en la mirada de Hamish hizo que Aiden siguiera la sugerencia de su amigo. O quizá simplemente *quería* creer en su amigo.

Tomando la mano de Leila una vez más, corrió hacia él. En el borde del techo, se giró hacia Leila.

-Hemos hecho esto antes. Estarás bien.

Ella asintió con la cabeza. -Sí.

Sin esperar a que se lo pidiera, ella echó sus brazos alrededor de él. Se sentía bien sentirla tan cerca y por un momento todo lo que quería era deleitarse con su contacto, pero no había tiempo que perder. El ruido de la puerta unos metros atrás de ellos, se hacía más insistente. Pronto se las arreglarían para abrirla.

Hamish saltó primero, y luego se volvió e instó a Aiden a seguirlo.

Saltó con Leila en sus brazos, cayendo de lleno sobre sus dos pies, haciendo que sus rodillas tomaran el impacto. Al instante, la soltó de sus brazos. Corrieron tras de Hamish que ya estaba doblando la improvisada estructura sobre el techo del vecino.

Al llegar al mismo lugar, Aiden se paró en seco. Hamish se había ido.

¡Mierda! Si se trataba de una trampa…

-¡Aiden, aquí!- Se oyó la voz de Hamish cerca de él.

Giró la cabeza hacia el sonido y vio asomarse a Hamish desde una ventana en el galpón destartalado. Levantando a Leila, Aiden rápidamente la lanzó a través de la apertura y la siguió.

Adentro estaba oscuro, pero su visión superior se ajustó y le permitió ver la escalera que conducía hacia abajo. Hamish ya la estaba bajando.

Sintió a Leila tratar de alcanzarlo. -No puedo ver nada.

-Yo seré tus ojos.

En la oscuridad, la guio hacia el piso de abajo, asegurándose de que no tropezara. Cuando llegaron a la parte de abajo, escucharon una música, junto con fuertes sonidos de ovación.

Hamish empujó una puerta en frente de ellos abriéndola. Una tenue luz iluminaba el pasillo en el que se encontraban. Una canción cursi de la década de los setenta, "Staying Alive" de los Bee Gees, se hacía más clara a medida que avanzaban.

Aiden se sorprendió cuando una puerta a su izquierda se abrió y un hombre joven apenas vestido, que llevaba cierto tipo de traje, pasó junto a él. Alcanzó a ver el cuarto detrás de él y levantó una ceja. Parecía que se trataba del vestuario de un teatro, aunque no se había dado cuenta de que esta parte de la ciudad tuviera algún teatro.

Todavía camuflado, se pegó contra la pared y le indicó a Leila que hiciera lo mismo, para que el hombre no tropezara con ellos. De reojo vio cómo Leila dejaba que su mirada se fijara en el cuerpo semidesnudo del hombre. Una punzada extraña de algo que no pudo identificar pasó a través de él: no le gustaba la forma en que ella miraba a esta ciertamente perfecta forma masculina. Maldición, él no quería que ella siquiera mirara a un hombre completamente vestido, y mucho menos a uno medio desnudo.

Por un momento, el hecho de que aún estuvieran tratando de escapar de sus enemigos, pasó a un segundo plano. Aiden tomó la mano de Leila hacia su pecho y la atrajo contra él. Su cadera se juntó con el muslo. Cuando levantó la cabeza para darle una mirada sorprendida, se dio cuenta que contuvo la respiración. Antes de que pudiera bajar los párpados para ocultar la expresión en ellos, le alzó la barbilla y la obligó a mirarlo.

Sus labios se separaron, y su aliento se cernía sobre su rostro. Sin pensarlo, bajó la cabeza.

-No hay tiempo que perder.

La orden severa de Hamish lo sacudió, haciéndolo liberarla de inmediato. Un rubor rosa tenue se apoderó de sus mejillas.

-¿Hacia dónde?-, preguntó Aiden, aclarándose la voz. Casi la había besado, allí mismo, delante de Hamish. Si eso no era meter la pata, entonces, ¿qué era?

Hamish hizo un gesto con la cabeza hacia una puerta que decía "*Escenario*". La abrió y se deslizó hacia dentro. Aiden hizo lo mismo, llevando a Leila con él.

Una cortina obstruía su visión, pero las luces destellaban detrás de ella, y la música sonaba por los grandes altavoces a su alrededor.

-*Staying Alive*-, se escuchaba a la audiencia cantar el estribillo.

-Tenemos que llegar al otro lado del escenario-, le susurró Hamish al oído. -Hay un portal más allá.

Aiden no estaba seguro de haber entendido bien por el ruido de la música, porque era seguro que tal portal no podría existir en ese lugar. Sólo los complejos habitacionales tenían portales. Él se encogió de hombros y siguió mientras Hamish movía la cortina y se deslizaba en el escenario.

Mientras caminaba detrás de la cortina y daba dos pasos en el escenario, Aiden sintió a Leila detenerse en seco. Un rápido vistazo le confirmó que se había quedado boquiabierta, mientras contemplaba el espectáculo.

Allí, en un escenario bañado de brillantes luces, cinco guapos semidesnudos bailaban un seductor striptease. Parecían Chippendales, aunque un poco menos elegantes, pavoneándose y exhibiendo sus cualidades como un grupo de perros en una exposición canina. Sólo un hilo pasaba por sus traseros, los cuales reflejaban las luces que rebotaban desde la bola de espejos de los ochenta que colgaba del techo.

Nada más que borlas cubrían sus preciosos tesoros, que se movían mientras los bailarines se desplazaban con la música.

El público, unas pocas mujeres y muchos más hombres, aplaudían cada vez que una borla revelaba la piel debajo. En ese momento, un espectador masculino se inclinó sobre el escenario, donde uno de los artistas se dejó caer más abajo, para permitir que el miembro de la audiencia pusiera un billete de veinte dólares en su hilo. Pero la mano del espectador rápidamente se desvió de su curso, robándose un toque. El artista le dio una palmada juguetona en la mano y simplemente se echó a reír, provocando carcajadas de la audiencia.

Aiden había visto suficiente. Tomó la mano de Leila y la arrastró por el escenario, evadiendo a los bailarines lo mejor que pudo. No muy gentilmente, le tiró de la mano, finalmente consiguiendo que Leila centrara su atención en él y no en los bailarines semidesnudos.

Al llegar al otro lado del escenario, Hamish estaba esperando con impaciencia.

-¿Por qué se tardaron tanto?

Aiden dirigió una mirada molesta a Leila. -Alguien estaba un poco fascinada con el espectáculo.

Leila resopló y apartó la mano de su agarre. -¡Eso no es cierto!

Hamish rodó los ojos. -Siento por cortar la pequeña fiesta.

-¿Hacia dónde vamos?-, preguntó Aiden.

-Hacia un portal.

-¿Qué?- Esta vez estaba seguro de que no había oído mal. -¿Aquí?

Hamish asintió con la cabeza.

-Eso no es posible. No hay portales fuera de los complejos habitacionales-. Todo Guardián Invisible sabía eso.

-Bueno, entonces prepárate para una sorpresa-. Él le hizo señas hacia una escalera que conducía abajo.

A regañadientes, Aiden lo siguió, Leila a su lado. Hamish tenía que estar loco si pensaba que había encontrado un portal fuera de los complejos. Algo era sospechoso. Su mano se deslizó hacia la daga que había puesto en la cintura de sus pantalones después de casi haber atacado a Hamish en la casa de masaje tailandés. Si tenía que usarla ahora, no lo dudaría.

En el sótano poco iluminado que estaba lleno de trajes antiguos, muebles de la época y cajas sobre cajas, su compañero Guardián Invisible se desplazó a la parte trasera del edificio hasta encontrarse con una hendidura apenas visible que cubría la pared polvorienta de piedra.

Hamish puso la palma de la mano contra la hendidura que se veía como si pudiera ser simplemente una imperfección en la piedra. Sin embargo, al inspeccionarlo más de cerca, mientras su amigo se sacudía el polvo fuera de él, Aiden lo reconoció como su símbolo secreto: una espada antigua.

-¡Oh, Dios mío! ¿Cómo puede haber un portal fuera de los complejos?

Aiden frotó las manos sobre el símbolo, y luego apretó la palma de la mano contra él. A medida que el calor de su piel inundaba el símbolo, comenzó a brillar bajo su mano. Un momento después, la pared se desintegró y un túnel oscuro apareció ante ellos.

El portal estaba abierto.

22

Leila se quedó mirando el agujero en la pared. Esto no podía estar sucediendo. Una especie de portal se había abierto justo en frente de ellos, sólo porque Aiden había puesto la mano en la pared. Ella al instante recordó lo que él le había dicho antes acerca de los portales.

-Yo creía que sólo los demonios tenían portales.

La confundía. ¿Por qué no le había contado acerca de esto?

-Los Guerreros Capa también los tienen. Sin embargo...- Aiden miró a Hamish -...yo creía que no existían fuera de los complejos habitacionales.

-Todos pensamos eso. Te lo explicaré más adelante. Ahora, será mejor irnos.

Entró en el túnel oscuro. Aiden le tomó la mano y la llevó con él. Ella no tuvo otra opción. Incluso si hubiera querido, no podría haberse quedado donde estaba. Al final, las personas que la perseguían la encontrarían si se quedaba.

-Soy claustrofóbica-, admitió.

-No llevará mucho tiempo-, prometió Aiden, acercándola más a él.

Un momento después, la tenue luz del sótano desapareció como si la puerta del túnel hubiera sido cerrada.

-¿A dónde?-, preguntó Aiden.

-Toma mi mano-, ordenó la voz de Hamish.

Sintió cómo Aiden la acercaba a él con un brazo por la cintura, la otra mano agarraba supuestamente la de Hamish. Entonces el aire se agitó a su alrededor, como si una tormenta se estuviera acercando.

El miedo se apoderó de ella, y empezó a temblar. Sentía como si su cuerpo se levantara en el aire, flotando sin peso y sin dirección. Ambos brazos abrazaban a Aiden, aferrándose desesperadamente. Tenía miedo de caerse, de caer en un pozo sin fondo en la oscuridad eterna a su alrededor.

-Shh-, susurró Aiden, con la boca en su oído.

Entonces él cambió de posición, y sus labios rozaron su mejilla, a continuación, lentamente y con cuidado, se acercó a sus labios. Ella podría haberse alejado de él, girar la cabeza para que no pudiera darle un beso, pero no lo hizo. En su lugar, permitió que sus labios se presionaran contra los de ella, su lengua se deslizó suavemente sobre ellos, para separarlos y hundirse en el interior.

En la oscuridad ella se sentía extrañamente segura con él. Con un suspiro, ella inclinó la cabeza, instándolo a un beso más profundo. Él lo hizo. Cuando su lengua acariciaba la de ella y sus labios se movían con firmeza sobre su boca, la tormenta a su alrededor se quedó a la distancia. Todo lo que ella sentía era su beso firme, su sabor terroso, y su cuerpo duro que se apretaba contra ella, sujetándola con firmeza y seguridad en sus brazos. Había quedado en el olvido el hecho de que le había mentido acerca de tener que tocarla para camuflarla.

Tal vez ella no hubiera reaccionado tan fuerte ante esa revelación, si no hubiera sido sorprendida por Manus en medio del acto. Había estado demasiado avergonzada como para pensar en otra cosa que la humillación que había sentido.

Pero ahora, todo eso no le importaba. El beso de Aiden era tan pecaminoso como lo había sido antes, y le hizo querer cosas más allá que un beso, más allá de un simple toque, incluso más allá de los toques íntimos que habían compartido en la casa de masaje. Mucho más allá de eso.

-Odio interrumpir-, dijo Hamish con ironía, -pero no podemos quedarnos aquí para siempre.

Leila abrió los ojos, el calor corría en sus mejillas una vez más. ¿Tenía siempre que sorprenderla haciendo algo... algo tan prohibido? Porque lo que estaba haciendo con Aiden tenía que estar mal: él estaba allí para protegerla, y más allá de eso, sabía que no podía confiar en él. Le había confirmado eso, hace tan solo poco tiempo antes, cuando le había confesado a Hamish que él había matado a su anterior encargo.

Con sensatez, evitó mirar a Aiden y se retiró de su abrazo. En su lugar, ella examinó sus alrededores. Estaban en una especie de cueva. Las filas de barriles de roble se alineaban en el vasto espacio, cada uno con un número y unas letras, marcando su contenido.

-¿Dónde estamos?-, preguntó Aiden.

-Aproximadamente a una hora al norte de San Francisco, en el país del vino-, respondió Hamish.

-Tienes que explicarme cómo es que hay un portal aquí cuando se supone que no hay ninguno fuera de los complejos-, exigió Aiden, con voz tensa.

Hamish asintió con la cabeza. -Lo haré, en el camino a nuestra casa de seguridad.

Se dirigió hacia la puerta, la desbloqueó, y la abrió. Luego miró afuera. -Todo despejado.

Curiosa, Leila lo siguió, sintiendo a Aiden detrás de ella. En el exterior, estaba soleado y claro. Miró de nuevo a la cueva y se dio cuenta de que había sido construida en la ladera de la colina, aprovechando la tierra fresca natural para mantener los barriles a temperatura constante. A lo lejos, vio varios edificios, uno que se parecía a un establo con grandes silos de acero inoxidable, otro que probablemente contenía una sala de catar y oficinas.

Nadie parecía estar cerca.

El camino de tierra por donde Hamish los llevó, terminó en una choza de madera. En el interior había un viejo coche Toyota destartalado, que parecía que había sido el perdedor de una carrera de demolición. Ella se fue en el asiento de atrás, dejando que Hamish y Aiden se sentaran adelante. Por lo que se veía, tenían mucho de qué hablar de todos modos.

Mientras que el auto retumbaba por la colina y a través de la viña, Hamish finalmente contestó la pregunta anterior que Aiden le había hecho.

-Tienes razón, no debería haber ningún portal fuera de los complejos habitacionales, así que puedes imaginarte mi sorpresa cuando me encontré con uno.

-¿Cómo lo encontraste?- Aiden quiso saberlo al instante.

-Bueno, eso me lleva a la cuestión más grande aquí. Tengo razones para creer que uno de los miembros del consejo está trabajando para los demonios. No puedo...

Desde el asiento trasero, Leila pudo ver cómo Aiden se sobresaltó por la noticia.

-¡Eso no puede ser!- Volvió su cabeza para fulminar con su mirada a su amigo. -Si piensas que puedes acusar a alguien para atenuar tus propias fallas...

-¡No son mis fallas!- Hamish replicó. -Si yo pudiera haberte ayudado, lo habría hecho. Pero me estaban persiguiendo. Si no hubiera desaparecido cuando lo hice, estaría muerto ahora.

~ ~ ~

Aiden tomó una bocanada de aire. Lo que su antiguo segundo estaba insinuando era indignante. Pero a menudo, la verdad era increíble. Y esperaba que Hamish estuviera diciendo la verdad.

-Quiero toda la historia-, exigió. -Y empieza diciendo cómo nos encontraste a Leila y a mí.

-Oh, te lo diré, pero no te va a gustar-, prometió Hamish, otorgándole una mirada siniestra.

De alguna manera esa mirada fue suficiente para que Aiden se diera cuenta de que lo que estaba a punto de escuchar, arrancaría de raíz toda su creencia en su raza. -Adelante.

-Bueno, buscarte fue fácil. He sido tu sombra por varios días. Tenía el presentimiento de que estabas en peligro. Supuse que si trataban de sacarme del camino, ¿qué les impediría hacer lo mismo contigo? Estaba pendiente de ti desde lejos, así que podría interferir si era necesario.

Hamish le dio una mirada de reojo. -De todos modos, para llegar a la verdadera historia, hace unas semanas, me di cuenta de extrañas coincidencias, los demonios aparecían cerca de casas de seguridad y en otros lugares donde se escondían los protegidos. Miré los registros de las ubicaciones y tracé los acontecimientos, contraponiéndolos con quién accedía a los archivos de localización, mientras esas misiones se llevaban a cabo. Me encontré con una firma de acceso codificada en cada una de estas incidencias. Esto nos lleva al consejo.

-Eso no tiene por qué significar nada. El consejo tiene derecho a acceder a esos archivos cuando lo deseen. Así es como pueden saber dónde estamos.

-¿Qué significa eso?-, preguntó Leila desde el asiento trasero. -¿Saben dónde estamos ahora?

Aiden volvió la cabeza hacia ella. -No. Yo tendría que firmar en el sistema para anunciar mi lugar.

-Lo que no vamos a hacer-, agregó Hamish rápidamente. -Nadie puede saber dónde estamos en este momento. No, hasta que sepamos quién es el traidor en el consejo.

Aiden odiaba dicha idea. -Debes estar equivocado. El consejo es irreprochable.

-No seas tan ingenuo. Ellos son como nosotros. Tienen deseos. Pero aparte de eso, mientras empezaba a investigar y trataba de descifrar la codificación, tuve la extraña sensación de ser perseguido. Varias veces. No puedo estar seguro, pero yo sabía que algo andaba mal. Durante nuestra última misión, me encontré con un problema.

Aiden sintió que su estómago se contraía ante la idea de cómo la misión anterior había terminado.

-Recibí un mensaje, que parecía que venía del comando central. Me enviaron a un lugar, lo que yo pensaba que era tu ubicación. No lo era. En su lugar, terminé en una trampa. Pero quienquiera que lo planeó me subestimó. Sólo había enviado dos demonios. Yo los maté, pero sabía que no serían los últimos que vendrían por mí.

Hamish le dio una mirada de reojo. -No querían que te ayudara a mantener segura a Sarah. La querían demasiado, así que quien sea del consejo que dio esa información a los demonios, no le importaba sacrificar a uno de los suyos por ella.

Con incredulidad, Aiden negó con la cabeza. -¿Alguien en el consejo haría que un Guardián Invisible muriera para ayudar a los demonios? Pero, ¿por qué?

Hamish se encogió de hombros. -No lo sé. Todavía no, de todos modos. Es por eso que tenía que desaparecer. La única manera de estar seguro de que no tuviera dispositivos de rastreo en mí, era dejar mi ropa y mi celular. No podía decirte. Te hubiera puesto en peligro. Eres mi mejor amigo. No podía hacerte eso.

Aiden asintió con la cabeza. Él entendía, y habría hecho lo mismo si hubiera estado en esa situación. -¿Hermanos?

-Siempre-, su mejor amigo le respondió. Quedaron mirándose por un momento, su confianza se había restaurado.

-¿Y ahora qué?

Hamish detuvo el coche en frente de una pequeña granja. -Entremos, así podremos seguir hablando.

23

Aiden se hundió en el cómodo sofá mientras Leila se excusaba para refrescarse en el baño. Personalmente, no quería lavarse del olor de ella. Todavía podía sentir su beso, uno que ella había tenido todas las oportunidades para negárselo, sin embargo, había participado abiertamente en ello. Sin embargo, por mucho que él quisiera fantasear con eso, había cosas más importantes en que pensar.

-¿Cómo pudiste encontrar ese portal?

Hamish, que estaba sentado frente a él, destapó la tapa de una botella de cerveza y bebió la mitad de ella antes de responder. -Por accidente. En una de esas ocasiones en las que pensé que me estaban siguiendo, terminé en ese club de striptease. Pensé que había visto a alguien desaparecer en el sótano, así que lo seguí. Pero no había nadie. En su lugar, me encontré con el portal. Habían limpiado el polvo donde el símbolo estaba, por eso me di cuenta.

-¿Así que crees que fue un Guardián Invisible el que te siguió y desapareció a través del portal?

-Por supuesto que sí. Hubiera sabido si era un demonio. Hay demasiados letreros de neón en el club para no darse cuenta de la presencia de un demonio.

Aiden tuvo que estar de acuerdo. Hubiera sido imposible que un demonio se escabullera de Hamish sin destruir todas las luces. Pero la idea de que alguien en el consejo estuviera ayudando a sus enemigos aún era un pensamiento demasiado perturbador.

-¿Sospechas de alguien en particular?- Por un momento, contuvo la respiración. Cuando se encontró con la mirada de su amigo, él ya sabía la respuesta.

-Nadie está fuera de toda sospecha-. Hamish hizo una pausa. -Ni siquiera tu padre.

Aiden se levantó y se dirigió a la cocina, tomando una cerveza del refrigerador.

-Siento ser tan directo, pero podría ser cualquiera. Y sólo porque él es tu padre, no lo hace inmune a las influencias de los demonios.

Aiden giró la tapa de la botella y la tiró a la basura antes de volverse hacia la zona de la sala de estar sin paredes. -Mi padre es un hombre de carácter fuerte. Él nunca permitiría que los demonios influyeran en él. Además, tiene todo lo que quiere. ¿Con qué podrían tentarlo?

La única cosa por la que cualquier persona en su familia podría ser tentada, era que Julia volviera, pero ni siquiera los demonios podían resucitar a los muertos.

Poco a poco, se acercó de nuevo al sofá y se sentó.

-Si supiera lo que pasa en la cabeza de cada miembro del concejo, te lo aseguro, no estaría aquí sentado pensando en ello, ya estaría encargándome del idiota. Sea quien sea, nos está traicionando a todos. Y nos está poniendo en peligro-, dijo Hamish

-¿Qué propones hacer al respecto, teniendo en cuenta que eres un hombre buscado en este momento?

Hamish sonrió. -Ahora es donde tú entras.

-¿Por qué tengo la sensación de que me están usando?

-¿Para qué son los amigos? ¿Además, no acabo de salvar tu culo y el de tu protegida? Y mira que es un culo hermoso.

Aiden lo fulminó con la mirada. -Déjala fuera de esto-. Él no estaba de humor para discutir los atractivos de Leila con él.

-Así que no me equivoqué entonces. Estás loco por un ser humano. Nunca dejas de sorprenderme.

-No es así. Y no lo vamos a discutir tampoco.

Sobre todo porque él no quería enfrentarse a los hechos: con cada minuto que pasaba con ella, la idea de tener que dañarla un día, lo enfermaba más y más. No podía mantenerse objetivo con respecto a ella y tratarla como había tratado a todos los protegidos antes. La indiferencia y el desapego emocional que le habían servido tan bien en el pasado, lo habían abandonado en esta misión. Si no tenía cuidado, formaría un vínculo con ella que tendría dificultad de romper después.

-¿Podemos cambiar de tema? Creo que estábamos hablando de cómo descubrir al traidor.

-Muy bien. Vamos a empezar con quién sabía que estaban en la casa de seguridad.

-Pero como ambos sabemos, el ataque en la casa de seguridad no fue llevado a cabo por los demonios-, explicó Aiden. -Ergo, esto no nos llevará hacia el traidor.

-No podemos saberlo con seguridad. Tal vez no querían matar a tu encargo, sino capturarla en su lugar. Yo sé quién es.

Aiden inhaló con rapidez. -¿Cuánto sabes?

-La mayor parte de ello: que ella es una investigadora con talento, y que su jefe acaba de ser asesinado y ella está involucrada de alguna manera-, admitió Hamish.

-Eso es sólo la mitad de ello-. Él se inclinó hacia adelante. Mientras ponía al corriente a Hamish de los detalles del por qué los demonios querían a Leila, escuchó el sonido de la ducha por el pasillo. Él bloqueó el pensamiento de ello, y se concentró en darle a Hamish toda la información que tenía.

Cuando se echó hacia atrás unos minutos más tarde, Hamish tomó otro sorbo de su cerveza y dejó la botella vacía sobre la mesa de café. -¡No me digas!

-Sí, eso es en pocas palabras.

-Así que estamos en contra de dos enemigos: los demonios que quieren su droga, y puesto que ya no existe copia de la misma, tienen que llegar a ella, y otra persona quiere eliminarla antes de que los demonios lleguen a ella.

Aiden giró la botella en sus manos. -Y puesto que las únicas personas que saben la amenaza que ella representa están sentados en el consejo, el que quiera eliminarla, también está en el consejo.

-Dos pájaros que tenemos que atrapar. Un traidor, y un, digamos, equivocado miembro del consejo que no le gusta el hecho de tener la mayoría de votos en contra y ahora está tomando el asunto en sus propias manos para garantizar el resultado deseado.

-Exactamente.

Hamish se frotó la nuca. -Hay otra persona que sabe qué clase de peligro Leila representa.

Aiden parpadeó. -Manus-. Él golpeó la mano en el cojín del sofá. -Era la única otra persona que sabía dónde estábamos. Él vino para cambiar los coches. Él incluso trajo a Leila un poco de chocolate por su cumpleaños, lo que demuestra que ha leído su expediente de principio a fin.

-Es una posibilidad. Pero no te olvides que, además de Manus, el consejo podría haber revisado en el registro de ubicación y haber encontrado dónde estaban.

Él negó con la cabeza. -No. Ellos no podrían haber sabido. Cuando pedí la casa de seguridad, la solicitud fue anónima, y yo aún no había reportado mi posición con el comando central todavía.

-Después de estar en la casa por cuánto, ¿al menos ocho horas?- Hamish le envió una mirada incrédula hacia él.

-Sé que es en contra del procedimiento, pero habían circunstancias que me impidieron...- Ah, demonios, ¿a quién engañaba? Se había olvidado de enviar su posición al mando central. Había estado demasiado absorto con Leila. Eso lo hacía un gran Guardián Invisible.

-Así que lo confirmas-, estuvo de acuerdo Hamish. -El único que sabía que estaban en la casa de masaje tailandés era Manus. Eso significa que él es el que envió a los perros detrás de ti.

-¡Mierda!- Maldijo Aiden.

-¡No!- Se oyó la voz de Leila desde el pasillo mientras entraba en la sala de estar. -No es culpa de Manus. Es mía.

~ ~ ~

Leila juntó todo su coraje y fijó su mirada más allá de Aiden, incapaz de mirarlo a los ojos en ese momento. Sin embargo, ella no podía guardar silencio acerca de eso y dejar que un inocente asumiera la culpa de lo que había hecho. Le había molestado desde que Hamish se había presentado en la casa de seguridad y había dicho que una llamada telefónica podría haber sido rastreada hacia el lugar.

-Lo siento, yo sólo quería... mis padres, yo no quería que se preocuparan cuando se enteraran de la noticia acerca de lo que me pasó. Tenía que decirles que estaba bien-. Se amarró el cinturón de la bata de baño que había encontrado en uno de los armarios, ajustándolo más en la cintura.

-¿Hiciste qué?- Aiden se levantó de un salto del sofá.

-Yo los llamé desde la casa de seguridad.

Aiden cerró los ojos por un momento y apretó los dientes. Se dio cuenta de cómo la mano se le enroscaba en un puño, como si quisiera golpear a alguien, presumiblemente, a ella.

Cuando abrió los ojos otra vez, ardía de ira. -¿Quieres morir? ¿Lo quieres? Porque estás haciendo tremendamente difícil para mí protegerte.

-Pero lo necesitaban saber. No podía...

-No podías, ¿qué? ¿Así que te pusiste a ti misma y a todos los demás en peligro a causa de qué? ¿Sentimientos? Me temo que no tienes ese lujo-. Se acercó hacia ella, sus pasos lentos como un tigre listo para atacar.

-¡Eso no es justo!- Le contestó a su vez. Tal vez él no tenía padres por los cuales preocuparse, pero ella sí.

-¿Justo?-, gritó. -¡La vida no es justa! ¡Estos demonios no son justos, y tampoco lo es ese Guardián Invisible que está detrás de ti para eliminarte!

-¿Qué?-...repitió ella. ¿Había oído bien? -¿Los Guardianes Invisibles quieren matarme?- Instintivamente, ella dio varios pasos hacia atrás y chocó contra la pared detrás de ella.

Aiden dio un puñetazo en la pared al lado de su cabeza, sacudiéndola. Ella nunca lo había visto tan enojado.

-Mierda, ¡sí! Todo el mundo está detrás de ti.

-¡Ya basta, Aiden!- Hamish se levantó de un salto y se fue a su lado.

Aiden lo ignoró. -No sólo los demonios están detrás de ti. El que trató de atacarte el día de hoy, o ayer por la noche para que lo sepas, fue uno de los nuestros. ¿Y te preocupa lo que piensan tus padres?

Leila se estremeció, sin entender por qué seguían echándole la culpa a su colega. -Lo siento, pero ya te dije que no fue culpa de Manus.

-¡Yo no estoy hablando de Manus!

Hamish puso una mano sobre el hombro de Aiden, y luego la miró fijamente.   -Parece que alguien en nuestro consejo de gobierno, preferiría verte muerta y que tu investigación desaparezca contigo, antes de arriesgarse a que caigas en manos de los demonios.

Se quedó boquiabierta y sintió su corazón latir en su garganta. -Pero esas son las mismas personas que te han enviado, ¿no?

Ambos asintieron.

Su voz temblaba, cuando ella continuó: -¿Entonces les dieron la orden para que me mataran ahora?

Aiden dejó escapar un suspiro, apareciendo un poco más tranquilo cuando continuó: -No. Quien te quiere muerta es un traidor y está trabajando en contra de las órdenes del consejo.

Leila se tragó el gusto amargo en su garganta. Sentía como toda su energía se disipaba. No estaba segura en ninguna parte, ni siquiera con él. -Así que no sólo tengo a los demonios tras de mí, sino que también tu propia gente quiere verme muerta.

-Sólo uno de ellos-, respondió Aiden.

-Tú no puedes saber eso. ¿Cuántos votaron a favor de eliminarme?

-No lo sabemos.

Hamish pasó la mano por su pelo. -Pero lo más probable es que sólo uno de ellos en realidad está haciendo algo al respecto. Y lo vamos a encontrar.

-Él va a usar cualquier cosa para llegar a ti, te puedo prometer eso-, agregó Aiden.

Con sus palabras, al instante se dio cuenta de dónde era más vulnerable. -Mis padres. Tienes que asegurarte de que están bien. Ellos tienen que ser protegidos. Si algo les pasa a ellos...- Ella nunca se perdonaría a sí misma.

-No tenemos los recursos humanos para proteger a tus padres. No cuando no sabemos en quién podemos confiar.

-Por favor-, rogó y dio un paso más cerca de Aiden, las lágrimas amenazaban con abrumarla. -Necesito saber que están bien. Por favor.

Miró a Aiden, y luego a Hamish, con la esperanza de que uno de ellos le diera el sí.

-¿No tienen padres? ¿No sabes lo mucho qué duele no saber si están bien?

-Bueno, iré-, cedió Hamish.

Al instante Aiden puso su palma en el brazo de su amigo. -No, yo iré-. Entonces él le devolvió la mirada. -Necesito un poco de aire.

Se apartó de ella, pero ella vio su mirada resignada de todas formas.

Ella no sabía lo que de repente le hizo querer saberlo, pero no pudo evitar que las palabras salieran de sus labios. -Si tú estuvieras en el consejo, ¿cómo habrías votado?

Vaciló, su voz temblaba ligeramente cuando él finalmente respondió: -Ya no estoy seguro sobre esa respuesta.

24

A Aiden le tomó una hora llegar a casa de sus padres. Hamish le había explicado que los portales fuera de los complejos habitacionales funcionaban del mismo modo que los de adentro: sólo tenía que concentrarse en su destino y el portal lo llevaría a la salida más cercana al lugar deseado. Tan simple como eso. La razón por la que ninguno que usaba los portales dentro de los complejos accidentalmente hubiera encontrado los portales que Hamish llamaba *portales perdidos*, era probablemente porque nadie había intentado concentrarse en un lugar distinto de los portales más conocidos. Sin embargo, él estaba desconcertado de cómo su existencia podría haber sido un secreto durante tanto tiempo.

Se alegró de haber tenido una excusa para salir. El enterarse de que las acciones de Leila la habían puesto en peligro otra vez, hizo que su cuerpo se estremeciera de miedo. Y lo había hecho actuar de manera irracional. Lo que había pasado no era la culpa de ella. Era la suya.

Debería haber tomado mejores precauciones y haberle explicado las reglas del juego. Esto podría haberse evitado si hubiera usado su cerebro en lugar de dejar que otra parte de su cuerpo informara sus acciones.

Y tal vez ni siquiera estaría tan molesto si no fuese por el hecho de estar tan involucrado emocionalmente. Ahí está, lo había admitido finalmente: ella le importaba. Cuando se apretó contra él cuando estaban en el portal y le permitió darle un beso, él había pensado por un momento que todo estaría bien entre ellos. Desafortunadamente él la había alejado otra vez con la forma en que le había gritado, cuando en realidad la furia con la que había reaccionado estaba dirigida hacia él mismo por no haberla protegida como corresponde.

Con un suspiro, examinó su entorno.

La casa era de estilo eduardiano de dos pisos con un gran patio adelante y un jardín aún más grande detrás. Hiedra crecía en su fachada, y los setos a los alrededores necesitaban ser cortados. Esta era la zona residencial, las de lujo. Sin duda, la familia tenía dinero.

La noche había caído ya, y las luces dentro de la casa estaban apagadas. Aiden pasó junto a la vieja camioneta que estaba estacionada en la entrada de vehículos delante del garaje para dos coches. ¿Los Cruickshanks tenían visitas?

Había una manera fácil de averiguarlo. Un hormigueo familiar atravesó su cuerpo entero, mientras se desmaterializaba y pasaba a través de la puerta principal, entrando a escondidas hacia el interior del acogedor hall de entrada un momento después. En estado invisible, caminó por el pasillo todo empapelado, con el sigilo que le habían enseñado.

La casa olía hogareña, el aroma de galletas recién horneadas llegaba a su nariz. Casi podía imaginarse a Leila como una niña, corriendo por las escaleras y dirigiéndose a la cocina a buscar su dulce. Era extraño que pensara en ella en términos mucho más suaves, cuando en los ambientes donde la había conocido primero... su laboratorio y luego en su departamento... dicha suavidad no había sido evidente. Tal vez simplemente se lo estaba imaginando.

Una voz femenina llegó de la parte posterior de la casa. Siguió el sonido y llegó a una puerta abierta. Deteniéndose, se asomó a la cocina. Era espaciosa, con una gran isla en el medio, y en un rincón estaba el comedor, cerca de uno de los grandes ventanales.

Una mujer de mediana edad, probablemente el ama de llaves, estaba parada junto a la isla y cortaba el pan en rodajas. En el rincón del comedor, una pareja de ancianos sentados, esperaban en silencio. La mujer tenía entre sesenta y setenta años, y el hombre, posiblemente, era de cinco a diez años mayor que ella. Ambos tenían que ser los padres de Leila. De hecho, ahora que él entraba en la cocina a echar un vistazo más de cerca, reconoció similitudes.

Su padre tenía los mismos ojos color azul mar de su hija, sin embargo, carecían de la chispa y la pasión que había visto en Leila. Había un lustre opaco por encima de ellos mientras miraba más allá de su esposa, casi como si él estuviera tan preocupado con sus pensamientos que en realidad no la veía. Bueno, tal vez después de estar casados desde hace varias décadas, eso era en lo que se convertían las relaciones, ya que su mujer no lo miraba tampoco. Ella jugaba con su servilleta, primero doblándola de una forma y luego de otra.

De alguna manera, la escena no se parecía al amigable silencio que ocasionalmente observaba con sus propios padres. Se sentía incómodo. ¿Se habrían peleado?

-La sopa está casi lista-, dijo el ama de llaves en un tono alegre, la misma que había oído desde el pasillo antes. -Mmm, les va a gustar. Hoy les hice sopa de calabaza fresca, con mucha crema, tal y como les gusta.

Aiden se volvió hacia la mujer, sorprendido por su tono de voz. Sonaba como si estuviera hablando con un niño. Salió de su camino y se trasladó al otro lado de la mesa mientras ella llevaba dos recipientes con humeante sopa caliente y los ponía delante de la pareja.

-Aquí está-, dijo. -¿Qué tal un poco de pan de romero fresco también?

La madre de Leila asintió con la cabeza. -Y mantequilla. No te olvides de la mantequilla. Siempre se te olvida la mantequilla.

Aiden sorprendió a la ama de llaves mientras ponía los ojos en blanco. -Nunca me olvido de la mantequilla, Ellie. ¿No te acuerdas cómo la puse extra gruesa esta mañana?

-Tú no me diste pan esta mañana-, protestó Ellie.

Su marido negó con la cabeza. -No recibí pan esta mañana, tampoco.

Ellie le lanzó una mirada para reprenderlo y le hizo señas a la ama de llaves para que se acercara. Con un susurro, ella le habló. -¿Tengo que comer siempre con él? Nancy, ¿por qué no se va a casa?

Nancy suspiró y se sentó en la silla vacía. -Pero, Ellie, es George. Conoces a George, ¿no? ¿Tu esposo?

Los ojos de Ellie viajaron hacia él, mirándolo de arriba hacia abajo. Luego se inclinó más cerca de la ama de llaves, una vez más. -No creo que ese sea mi esposo. Es viejo. Yo me casé con un apuesto hombre joven llamado George.

George sólo gruñó y empezó a comer la sopa.

Aiden observó el intercambio con sorpresa. Algo no estaba bien allí. ¿Había alguna posibilidad de que los demonios hubieran llegado ya a los padres de Leila y hubieran distorsionado de alguna manera su sentido de la realidad?

-Por qué no empiezas tu sopa, Ellie, y yo iré a traer tus medicamentos, ¿eh? Tal vez te sentirás mejor después.

Nancy se levantó de la silla y se acercó al mostrador de la cocina, donde una serie de frascos de medicamentos y envases abarcaban toda una esquina. Tomó dos largos contenedores de plástico, que estaban rotulados con los días de la semana y con los nombres de *Ellie y George*, y volvió a la mesa del comedor.

Aiden no la siguió. En cambio, se quedó mirando los frascos de medicamentos y leyó los rótulos. Puesto que él no era un médico, no sabía para qué eran ninguno de ellos, sin embargo, tenía que averiguarlo. Algo que no podía explicar le instó a hacerlo. Sacó su teléfono inteligente, lo encendió en modo silencioso, e ingresó el nombre del primer medicamento. Unos segundos más tarde, aparecieron los resultados de búsqueda. Hizo clic en el primero y lo leyó. Un nudo comenzó a formarse en su pecho.

Tecleó el siguiente, y más resultados se presentaron. Una vez más, leyó el primero, y otra vez, no podía creer lo que veía. Leyó los envases, dándose cuenta de que los padres de Leila tomaban medicamentos casi idénticos.

En estado de shock, Aiden salió de la cocina y se refugió en la parte delantera de la casa donde encontró la sala y se dejó caer sobre el sofá.

Los padres de Leila tomaban medicamentos para el tratamiento de la enfermedad de Alzheimer.

Ahora de repente todo tenía sentido: la determinación que Leila demostraba en su investigación, el único propósito se reflejaba en su vida privada o en la falta de ella, su devastación cuando había encontrado su investigación destruida. Ella hacía todo esto por sus padres. Quería salvarlos.

Ella no estaba buscando el reconocimiento de sus colegas y de la humanidad en general por convertirse en la primera persona en descubrir la droga de Alzheimer que detendría la enfermedad. Lo único que quería era curar a sus padres y revertir parte del daño que la enfermedad les había causado en sus mentes.

Aiden sintió la vergüenza irradiar a través de él. Cruelmente le había exigido que todas las copias de su investigación fueran destruidas, y las hubiera destruido él mismo si otra persona no lo hubiese hecho antes. Y todo el tiempo, sus sueños destruidos, sus esperanzas acabadas, Leila había mantenido oculto su verdadero dolor.

No era de extrañarse que lo odiara a él y a los de su clase. Era un milagro que no había tratado de darles más resistencia, o no había tratado de escapar por segunda vez. Ahora que sabía lo que estaba realmente en juego para ella, ni siquiera la culparía si lo intentara otra vez. ¿No haría él lo mismo? ¿No trataría de hacer todo lo posible para salvar a sus padres si tuviera los medios para hacerlo? ¿Le preocuparía que al hacerlo, pondría en peligro toda la raza humana?

¿Podría ser tan generosa al final de poner las necesidades de la humanidad antes de la suya propia? Si pudiera hacer eso, si pudiera mirar más allá de sus propios deseos, todo lo que podía hacer era admirarla por ello. Porque eso significaba que ella no era débil. Era fuerte, más fuerte que cualquier Guardián Invisible que hubiera conocido.

Una mujer con la que podría caer sobre sus rodillas y desear las cosas que anteriormente había creído imposible.

Si es que alguna vez lo perdonaba.

25

Leila aceptó la taza de té que Hamish le entregó cuando se unió a ella en el sofá de la sala de estar. Ella se había vestido de jeans y camiseta otra vez.

Hamish se recostó en un extremo del sofá y levantó en saludo su trago de whisky, el cual le dijo que era la bebida preferida entre los guardianes invisibles.

-¿Por qué el whisky?-, preguntó.

Se encogió de hombros. -Creo que es por nuestra herencia. Somos descendientes de una antigua tribu que vivía en Escocia, o más bien en una isla de Escocia. Hace frío allá. Y el whisky nos calienta.

-Aiden mencionó algo por el estilo, las Hébridas Exteriores, creo que dijo. Bueno, yo prefiero tomar té-. Por lo menos la haría mantener la cabeza clara.

Hamish sonrió y tomó un trago. Lo observó mientras saboreaba y su garganta se revestía con la bebida. Él era tan alto como Aiden, pero un poco más ancho en torno a los hombros y las caderas. Sus rasgos estaban un poco más desgastados, con líneas más marcadas que cruzaban su cara y con ojeras como si no hubiera dormido en días. Como si una gran preocupación lo hubiera mantenido despierto.

-Así que, ¿qué más te ha dicho de nosotros?

Leila dejó la taza en la mesa de café. -No mucho, sólo cuáles son sus poderes, que pueden camuflar a los seres humanos, y que caminan a través de las paredes. ¿Hay más?

Él arqueó una ceja. -Eso es todo.

-¿Cuántos hay de ustedes?

-No los suficientes-. Expulsó una amarga risa. -Y en este momento, ni siquiera estoy seguro en quienes de nuestra gente se pueda confiar. Es triste ver que, incluso entre los nuestros, existen aquellos que ponen su propio beneficio antes que el bien de la comunidad. Y no son inmunes a las tentaciones, como te habrás dado cuenta.

Sintió que se sonrojaba bajo su mirada sugerente, sabiendo muy bien a lo que se refería: al hecho de que ella y Aiden se habían besado apasionadamente cuando Hamish los había transportado a la tierra del vino. Ella sólo podía culpar a su miedo a los espacios oscuros, el que provocó ese beso. De lo contrario, estaba segura que ella no lo habría permitido, no después de todo lo que había ocurrido entre ella y Aiden anteriormente. Después de todo, él le había mentido... en repetidas ocasiones.

Y también tú.

Ella trató de aplastar la pequeña voz en su cabeza, que le recordó que no le había confesado que una copia de su investigación todavía existía. Instintivamente, su mano se fue a su collar que aún colgaba discretamente alrededor de su cuello.

-Y entonces-, se apresuró a buscar algo para decir, -¿cuánto tiempo llevan tú y Aiden de conocerse mutuamente?

-Casi doscientos años, hemos crecido...

-¿Doscientos años?- Sorprendida, se irguió en su asiento. -¿Tienes doscientos años?- Él no aparentaba más de treinta y cinco, y tampoco Aiden.

Una encantadora sonrisa se extendió sobre los labios de Hamish. -Sí, eso siempre provoca una reacción-. Le guiñó un ojo a ella. -Pero estamos apenas entrando a nuestro mejor momento. Por desgracia, el *Rasen* puede ser un dolor en el trasero.

Frunció el ceño con la confusión. -¿El *Rasen*? ¿Qué es eso?

-Época de apareamiento. Cuanto más nos acercamos a nuestro cumpleaños número 200, más nos urge encontrar una pareja. Es un poco como el reloj biológico de una mujer humana, sólo que mucho más intenso.

-Oh-. Ella no había querido en realidad hablar sobre las relaciones. Tal vez lo mejor era cambiar de tema. -Está bien, yo no estaba preguntando acerca de eso.

Sin embargo, Hamish no la dejó desviarse. -Tú querías saber más acerca de Aiden. Estoy dispuesto a hablar. Es mejor que tomes la oferta. Quién sabe si me voy a sentir tan generoso otra vez.

Ella tomó la taza, sintiendo la necesidad de estabilizar sus manos con algo para distraerse del hecho de que estaba nerviosa. -Obviamente él está enojado conmigo por haber llamado a mis padres. Lo lamento, pero tuve que hacerlo. No podía simplemente dejarles que crean...

Hamish levantó su mano. -Lo entiendo, pero estás malinterpretando a Aiden. Él no está enojado contigo. Por supuesto, él tiene sus razones por haber reaccionado en la forma en que lo hizo. Pero ya que no estás interesada en saber más, no las compartiré.

Leila le clavó la mirada. Ella comprendió exactamente lo que estaba haciendo: quería que tragara el anzuelo. Como si fuera tan fácil de manipular. Tomando un sorbo de su té, se dijo a sí misma que no le importaba las razones de los arrebatos de Aiden. No le importaban en absoluto.

Cuando levantó la vista, Hamish estaba sentado en silencio como si estuviera esperando para que ella hablara. Ella no lo haría. No quería oír excusas por su comportamiento.

-Me sorprendes-, dijo de pronto.

-¿De qué manera?

-El dominio de ti misma.

Cuando ella le dio una mirada confusa, continuó, -La mayoría de las mujeres saltarían ante la oportunidad de conseguir información interna sobre un tipo que les gusta, pero tú...

-¡A mí no me gusta él!- Le espetó ella.

-Bien, mi error.

Ella resopló y envolvió sus brazos alrededor de su torso.

-Crecimos juntos. Hemos sido mejores amigos desde que nos separamos de nuestra cuna por primera vez a los dos años. Si alguien lo conoce, ese soy yo.

-¡Muy bien! Adelante, dime lo que quieres decirme, y acaba de una vez. Obviamente, él te dijo que me calmaras y que dieras las excusas por su comportamiento-. Pero ella lo tomaría todo con pinzas.

-¿Aiden? Rompería mi cabeza si se enterara de ello. Es un hombre muy reservado. Ni siquiera me cuenta nada, pero sé lo que siente. Él no puede ocultarme las cosas.

Ella tenía que estar de acuerdo con él en esa declaración: Aiden no decía mucho. Por el contrario, a él le gustaba omitir cosas, las más importantes. Y no explicaba por qué tomaba ciertas decisiones tampoco. Por lo menos si supiera por qué tenía que pasar por ciertas cosas, ella podría tratar de aceptarlas. El científico en su interior podría aceptar eso. Pero tenía que haber razones convincentes. No podía justificar el comportamiento irracional.

Leila se acomodó en su rincón del sofá, y acomodó las piernas debajo de ella.

-Él tiene un corazón blando-, comenzó a decir Hamish, haciendo que ella se burlara de inmediato.

Él le dirigió una mirada enojada. -Lo esconde bien. Su hermana y él eran muy unidos. Mellizos. Hacían todo juntos, así que era natural que cuando Aiden decidió entrar en las trincheras y prepararse para los trabajos más peligrosos para luchar contra los demonios, Julia estuviera allí con él. Ella no tenía miedo.

Se estremeció sabiendo que incluso ella sería demasiado cobarde para hacer lo mismo.

-Y, por supuesto, cuando éramos jóvenes, todos pensábamos que éramos invencibles. Yo era igual, pensábamos que podríamos vencer cualquier obstáculo, derrotar a cualquier enemigo, salvar a cualquier ser humano-. Hizo una pausa. -No pudimos.

Leila se dio cuenta del dolor que de pronto era evidente en sus ojos. -¿Qué pasó?

Él continuó como si ni siquiera hubiera escuchado la pregunta. -Aiden no odiaba a los humanos. De hecho, era bastante curioso acerca de ellos. Le gustaba verlos hacer sus vidas, ajenos a los peligros que les rodeaban, y se sentía orgulloso de estar allí para protegerlos. Cada vez que salvaba un ser humano de las garras de los demonios, se podía ver el orgullo y la satisfacción en sus ojos. Le gustaba lo que estaba haciendo. A Julia también. Ellos estaban cortados por la misma tijera: valientes, leales y muy orgullosos de sus logros. Y convencidos de que no podían equivocarse.

Suspiró, y Leila contuvo la respiración, sintiendo que algo sí había salido mal después de todo.

-Aiden nunca había matado a un ser humano antes. Él nunca había tenido que hacerlo. Y creía firmemente que todo el mundo podía ser salvado, que incluso si los demonios se acercaban a ellos, aun podría rescatarlos y convertirlos al camino correcto-. Hamish dejó escapar una risa amarga.

-Qué equivocado estaba. Qué equivocados estábamos todos. Pero, por supuesto, no escuchamos a nuestros mayores, no escuchamos a la experiencia. Porque éramos jóvenes e invencibles, ¿recuerdas?

-Al igual que todos nosotros cuando somos jóvenes-, murmuró Leila. Había pensado lo mismo cuando ella inició su carrera profesional y tenía la esperanza de conquistar al mundo sólo para enfrentarse a la realidad, cuando sus padres habían sido diagnosticados con la enfermedad de Alzheimer.

-Sí, al igual que los seres humanos. Pero era peor, porque sabíamos que éramos inmortales. Bueno, tan inmortales como se puede ser: sólo hay un tipo de arma que puede matarnos, pero éramos demasiado arrogantes para creer que alguna vez nos afectaría. Habíamos entrenado para luchar contra los demonios, luchamos contra ellos regularmente, éramos buenos. Pero no éramos perfectos.

-Nadie puede ser perfecto.

Hamish la miró entonces, sus ojos estaban llenos de dolor por su pasado. -No, pero de seguro que lo intentamos. Y fracasamos. Todos pagamos el precio al final. Aiden y Julia estaban en una misión, pero las cosas se fueron para abajo. Ellos estaban protegiendo a un joven físico brillante, ambicioso y determinado. Él estaba al borde de un gran avance que hubiera dejado el trabajo de Stephen Hawking en la nada. Pero como es a menudo con la gente que quiere tener éxito, ningún precio es demasiado alto.

Sus palabras penetraron en lo profundo de ella, y sintió cómo resonaban. ¿Sería lo mismo para ella? ¿Estaría dispuesta a pagar cualquier precio sólo para tener éxito y alcanzar su meta? ¿Y a qué renunciaría por ello? ¿Su alma?

-Los demonios tomaron el control de él, pero Aiden pensaba que todavía podía salvarlo, a pesar de que ya era demasiado tarde para él. Ya les pertenecía. En la lucha que resultó, el ser humano controlado por los demonios clavó a Julia una hoja forjada en los Días Oscuros. Con la ira ciega, Aiden lo mató. Nunca había visto tanta sangre y violencia en toda mi vida. Pero Julia... ya era demasiado tarde para ella. Murió en los brazos de Aiden.

Leila se quedó sin aliento, las lágrimas amenazaban con brotar de sus ojos. -Oh, Dios mío-. Su corazón sangró por él.

-Hasta el presente se culpa a sí mismo. Y desprecia a los seres humanos por su debilidad, su falta de fuerza para resistirse a los demonios. Él todavía los protege, pero...

-Pero, ¿qué?- Lo instó a proseguir, ansiosa de escuchar más.

-Cuando él tuvo que matar a su protegida la semana pasada, sólo puedo imaginar cuánto los recuerdos de lo que le sucedió a Julia lo inundaron nuevamente. No lo había visto tan agitado desde su muerte. Él no dudará en volver a matar a un ser humano, si cree que los demonios se han apoderado de él.

Aturdida, asintió con la cabeza. -¿Cómo puede siquiera estar cerca de mí? Debe ver todas las semejanzas entre el asesino de Julia y yo. Él tiene que pensar que voy a sucumbir también.

Hamish le dio una suave sonrisa. -Y, sin embargo, trata de estar cerca de ti-. Vaciló. -Tal vez tú puedas ayudarlo a recuperar su fe en la humanidad. Tal vez si él ve que no todo ser humano es débil, finalmente se dará cuenta de que lo que sucedió fue una tragedia terrible, pero eso no significará que todos los seres humanos representan el mismo peligro.

-Pero, ¿cómo puedo hacer eso? ¿Te he dicho que soy una cobarde? Sentí claustrofobia cuando nos llevaste a través de ese portal. Estaba temblando como una hoja. Yo no soy fuerte-, protestó ella. Huía de cualquier tipo de peligro.

-Eres más fuerte de lo que crees.

-Sin embargo, Aiden... está tan enojado conmigo. Porque llamé a mis padres-. ¿Cómo iba a perdonarla, cuando había reaccionado como uno de los seres humanos débiles que despreciaba?

-Él no está enojado. Tiene miedo porque cree que ha fallado en protegerte.

-Me gustaría poder creer eso-. Ella suspiró y se detuvo por un momento. -Eh... ¿puedo preguntarte algo?

-Claro.

-Has dicho que desprecia a los seres humanos por su debilidad-. Ella buscó sus ojos para confirmarlo y lo hizo. -Me dijo que no toca a sus protegidos... que nunca...- Se interrumpió. Tal vez no debería ir por ese camino. -Olvídalo.

-Leila, he visto la manera en que te mira-, la ayudó Hamish.

El calor inundó sus mejillas mientras hacía otro intento para hacer su pregunta.

-¿Alguna vez se ha involucrado con algún ser humano?

-Hace unos días te hubiese dicho "no", pero hoy, al verlo contigo, tengo que revisar mi respuesta.

-Pero... ¿qué es lo que quiere de mí?

-¿Por qué no se lo preguntas tú misma?

El sonido de unos pasos aproximándose a la puerta de entrada le hizo levantar la vista. Aiden estaba parado en la puerta de la sala, sus ojos fijos en ella. Sus miradas se encontraron, y el mundo a su alrededor se desvaneció a un segundo plano. Lo único que vio fue el hombre y su corazón, vulnerable, desnudo y sin protección. Ahora comprendía lo que necesitaba.

<h1 style="text-align:center">26</h1>

Habían estado hablando de él, pero Aiden sólo había escuchado el último par de frases. Pero ahora ni siquiera le importaba lo que Hamish le hubiera estado diciendo a sus espaldas, porque lo único que podía hacer era mirar a Leila y perderse en la profundidad de sus ojos azules como el océano. Ojos que no lo evitaron, sino que lo miraban con la misma intensidad.

-¿Por qué no voy a la aldea por un poco de comida?- Las palabras de Hamish apenas se registraron, ni tampoco el hecho de que su amigo pasara junto a él y saliera de la casa.

De repente Aiden se paró frente a ella, la levantó del sofá, tomándola de sus hombros.

-Tus padres están a salvo.

Vio el alivio que pasó por ella, y luego continuó. -¿Por qué no me lo dijiste?

-¿Decirte qué?- Repitió, separando los labios de la manera más atractiva que hubiese visto nunca. Un brillo de humedad los cubría, haciéndolo desear deslizar su lengua sobre ellos y lamerlos.

-Que tus padres sufren de Alzheimer.

Sus ojos se abrieron como si hubiera sido sorprendida. Como si ella no hubiera querido que él supiera, cuando podría haber utilizado esa información para obtener su compasión.

-Yo... Yo no quería...

Él negó con la cabeza. -Lo siento. Ahora entiendo lo que todo esto significa para ti, lo que la pérdida de tu investigación significa-. Levantó la mano de su hombro y le acarició con sus nudillos la mejilla. -Lo siento mucho.

Ella contuvo el aliento, lanzando un suspiro silencioso, pero aun si hubiera querido responder, él no le dio la oportunidad. En su lugar, inclinó sus labios sobre su boca y la besó. Primero suavemente, sin ningún tipo de presión, dándole ocasión para retirarse si ella lo elegía. Pero ella no se apartó. Bajo sus labios, su boca se abrió ofreciendo su entrega. Él no dudó en reclamar lo que ella le presentaba tan abiertamente.

Su lengua barrió dentro de la dulce caverna de su boca, explorándola y conquistándola. Sin prisa, acarició en contra de su cuerpo receptivo, saboreando su esencia, presionándose con mayor firmeza contra ella, al mismo tiempo que la atraía contra su cuerpo. Un cuerpo que había estado caliente y con deseos, desde el instante en que había entrado a la casa y percibido su aroma.

Cuando sus brazos lo envolvieron, uno deslizándose a la parte baja de su espalda, la otra entrelazándose por su pelo, intensificó su beso haciéndose más exigente, más urgente a cada segundo. Tomándola de la parte posterior de la cabeza, la sostuvo contra él para que no pudiera escapar, no es que él pensara que fuera necesario, pero le encantaba acunarla de ese modo, de mantenerla cautiva en su abrazo.

Leila era dócil y flexible en sus brazos, moldeándose a él como si estuviera hecha para él. Como si no importara que tan sólo unas horas antes se hubieran peleado. Ese pensamiento lo despertó.

Apartó los labios de ella. -Me preguntaste cómo habría votado si fuera del consejo. Sé la respuesta ahora: te protegería. Y habría tratado de convencer a todos los demás que votaran de la misma manera. No quise decir todas esas cosas que te dije. Yo nunca te haría daño-. Entonces su boca estaba sobre ella de vuelta, devorándola una vez más como un salvaje incapaz de contenerse por más tiempo.

Su fresco aroma lo envolvía, el olor limpio de jabón y loción para el cuerpo. Esto lo concientizó que no se había duchado desde que comenzó a cuidarla.

-Debo tomar una ducha-, le susurró, tirando de su labio superior con los de él y mordisqueándolo.

-No, no te detengas, por favor-, insistió y deslizó su mano hasta su trasero, de repente presionándolo más cerca. Ella gimió en su boca. -Oh, Dios mío, estás duro. Te deseo. Ahora. No hay que esperar.

-No hay que esperar-, repitió, incapaz de detener una sonrisa formándose en sus labios. Pero se sentía sucio, y él no quería someterla a ello. Su primera vez sería perfecta y se aseguraría de ello.

Sin decir una palabra, él la levantó y la llevó hacia el cuarto de baño, empujando la puerta con el pie. Cuando se dio cuenta donde la llevaba, ella separó sus labios de los suyos.

-Pero yo no quiero esperar.

La forma en que puso mala cara, lo hizo ponerse aún más duro. El cierre de sus pantalones se presionaba dolorosamente contra su bulto excitado.

-No tienes que hacerlo, amor. Dúchate conmigo, y te prometo que no lo considerarás una espera.

Al ponerla de vuelta de pie y cerrar la puerta detrás de ellos, ella le quitó su camisa, tirando de ella por encima de su cabeza.

Él le sonrió. -Ahora tú.

Un ligero rubor subió a sus mejillas mientras le estiraba la camiseta fuera de los jeans. Cuando la levantó y expuso la suave piel bajo de ella, se recordó al instante que no llevaba sujetador. Cuando había escapado del incendio en su apartamento no había habido tiempo para que se pusiera uno.

-Eres hermosa-, murmuró animándola, mientras la liberaba de la camiseta y sus ojos se deleitaban con sus hermosos pechos. Sus manos inmediatamente se movilizaron para sentir su piel, encontrándose con una combinación perfecta de suavidad y firmeza. Redondos, del tamaño de pomelos, encajaban perfectamente en sus manos, sus pezones erguidos rozaban el interior de sus palmas mientras los tomaba.

-Cuando te vi esa noche en tu cama, yo tenía tantas ansias de tocarte-, le confesó.

Sus párpados se entrecerraron, tratando de ocultar el deseo en sus ojos, pero sin embargo, él lo vio. -¿Me observaste todo el tiempo?

Aiden bajó la cabeza y capturó un pezón entre sus labios, lamiéndolo lentamente, y luego soltándolo. -Sí, vi cada segundo de ello. Y todo el tiempo quise que se tratara de mis manos tocándote-. Cuando él besó el otro pezón, ella gimió, dejando caer la cabeza hacia atrás y arqueándose hacia su boca.

Los dedos de Leila se deslizaron sobre su torso, dejando rastros de fuego tan calientes como la lava a su paso. Él estaba ardiendo, y entraría en combustión cual bola de fuego si no hacía el amor con ella pronto.

-Desnúdame-, le ordenó mientras le desabrochaba el botón de sus jeans y le bajaba el cierre.

Ella siguió su orden e hizo lo mismo con él, pero cuando le bajó el cierre, su mano rozó su piel dura, y el contacto envió una llama de lujuria a través de todo su cuerpo.

Cerró los ojos y susurró una bocanada de aire. -¡Mierda, nena!

-¿Así?- Ronroneó.

Él la miró. ¿Desde cuándo se había convertido en una seductora? -Exactamente así.

Él la ayudó a quitarse los pantalones y los dejó caer al suelo. No llevaba ropa interior... no había tenido tiempo para buscar alguna en su apartamento en llamas. Mientras lanzaba los zapatos, Leila empujó los pantalones más abajo de sus caderas. Sus manos capturaron su bóxer, tirando de ellos hacia abajo también. El aire frío golpeó su pene, mientras sobresalía, duro y erguido, curvado hacia arriba por su rigidez.

Cuando estuvo desnudo frente a ella, la atrajo de nuevo entre sus brazos, el pene presionándose contra su estómago.

Sin querer perder ni un minuto, la levantó hacia la ducha con él y abrió la llave del agua. En un primer momento estaba fría, pero estaba contento por ello, con su cuerpo acalorado, agradeció el efecto de enfriamiento que el agua le proporcionaba.

Tomó el jabón líquido y empezó a espumar su mano cuando ella lo detuvo.

-Déjame hacer eso.

Nunca podría verse imaginado lo emocionante que sería ser tocado por las manos enjabonadas de una mujer, mientras los acariciaba por encima de su torso, enjabonando su piel con una espesa espuma, con las manos deslizándose suavemente sobre él. Cuando sus dedos atraparon sus tetillas, dejó escapar un gemido. No se había dado cuenta de que serían tan sensibles como él se imaginó que los de ella serían. Pero antes de que pudiera concentrarse en dicha sensación, sus manos se movieron hacia abajo.

-¡Oh, Dios, Leila!- Él dejó escapar.

~ ~ ~

Sus palabras gemidas le dieron el valor para continuar mientras ella metía las manos en el nido de rizos oscuros que rodeaban su erección. Nunca había visto a un hombre tan bien dotado. Y la idea de sentirlo dentro de ella pronto, la hizo botar todas sus inhibiciones al viento.

Su cuerpo era perfecto: su torso esculpido con duros músculos, una cicatriz aquí y allá, pero por lo demás, tan bello como una estatua de mármol. Y más abajo, donde sus manos cubiertas de jabón ahora recorrían, una perfección masculina la recibió. Su pene se encontraba erguido en medio de su vello oscuro, y por debajo, sus bolas se habían ceñido. Pasó una mano a lo largo de la piel venosa, sintió su suave piel, que cubría el pene duro como el hierro.

Aiden se inclinó hacia atrás, contra la pared de azulejos. -Leila, no tienes que...

Su voz se apagó mientras ella envolvía su mano alrededor de él y la deslizaba por todo el camino hasta la base. La idea de que este poderoso guardián, este inmortal, se volviera masilla en sus manos, la excitaba. La hacía sentirse fuerte y poderosa, como si se estuviera alimentando de su poder.

Con movimientos lentos lo siguió lavando, la otra mano alcanzó el saco de abajo. Mientras ella lo acunaba en la palma de su mano, sintió un escalofrío pasar por él.

Su voz ronca, le ordenó: -Tienes que detenerte, Leila.

-No quiero-. Tocarlo le daba más placer que haber tocado a cualquier otro hombre que haya tenido.

Tomándola con firmeza alrededor de su muñeca, detuvo su movimiento y la impidió deslizarse por su longitud una vez más.

-Creo que te prometí que disfrutarías de la ducha, pero no me estás dando una oportunidad-, dijo mientras inclinaba la cabeza hacia su cuello y le plantaba besos. -Quiero darte placer.

Él se volvió con ella hacia un lado, permitiendo que el agua corriera entre los dos, enjuagando el jabón de su cuerpo y quedando limpio. De repente se encontró a sí misma, presionada contra la pared de azulejos con su boca sobre sus pechos, sus manos rodeaban sus muñecas, manteniéndolas a sus costados.

Su firme agarre, tentaba sus sentidos. Sabía que no podría escapar de él ahora, aun si ella quisiera. ¿Se dio cuenta de ello? -¿Qué estás haciendo?

Miró hacia arriba por debajo de sus oscuras pestañas, riachuelos de agua, corrían desde el pelo sobre su cara y por su cuerpo. -Asegurarme de que me dejes darte placer. He esperado el tiempo suficiente, ¿no te parece?

Ella reconoció su tono juguetón y respondió lo mismo. -Y yo, ¿no he esperado el tiempo suficiente?

Él sonrió y negó con la cabeza. -Yo te vi primero. Estaba duro por ti mucho antes que esta noche. Ahora tomaré lo que necesito.

Ante sus posesivas palabras, un gemido se escapó de su pecho.

Su mirada se volvió aún más intensa, mientras le apretaba las caderas. -Sí, cariño, ahora me toca a mí disfrutar de tu placer.

Luego se dejó caer de rodillas, nivelando su cabeza con su sexo, confirmando el significado de sus palabras. Al levantar la pierna y colocarla sobre su hombro, para poder acercarse a su centro, levantó la vista para mirarla.

-Siento ser tan egoísta-, dijo, -pero necesito esto de ti ahora.

¿Egoísta? ¿Él se llamaba a sí mismo egoísta? Pero no pudo continuar con el hilo de su pensamiento, porque un segundo después, su boca estaba en ella, con la lengua emprendiendo una larga lamida sobre su sensible piel. La realidad desapareció, se tornó borrosa. Como si estuviera en un sueño, el amante a sus pies la arrasó con la sensual embestida de su lengua, con la suave presión de su boca, y con el toque urgente de sus dedos mientras separaba sus labios y la exploraba.

Su pulso se aceleró tratando de alcanzar su respiración, que había seguido el camino de caballos galopantes, sin que se diera cuenta. Si ya no hubiera estado mojada por la ducha, ella habría estallado en sudor, porque las llamas de calor que Aiden enviaba a través de ella, la estaban llevando hasta el punto de incineración.

Ella jadeó, dando a su cuerpo el oxígeno que necesitaba. Pero no era suficiente. Su contacto era más de lo que podía manejar. La textura de la lengua lamiendo sobre su clítoris hinchado, tenía un efecto explosivo en ella. Cada vez que se conectaba con ese pequeño bulto de piel, temblores pasaban por su cuerpo, se le hacía un nudo en el vientre, mientras disfrutaba de la dulce tortura que entregaba con tanta maestría.

Apretándose contra la pared a sus espaldas, trató de mantener el equilibrio, una tarea que se hacía más difícil a cada segundo. Ella se sujetó con una mano en el hombro y entrelazó la otra en su cabello, pero su cuerpo aún temblaba.

-Aiden-, dijo jadeando.

Como si quisiera responderle, un dedo tentó la entrada de su centro, y un momento después, se lanzó hacia el interior. Sus músculos se convulsionaron en torno a él, ansiosa por mantenerlo allí. Cuando lo movía, sintió deseos de gritar, pero después estaba de regreso, llevándolo más profundamente en ella. Su lengua continuó lamiendo su clítoris, ahora más fuerte y rápido y con el mismo ritmo, empujaba el dedo dentro y fuera de ella.

Su gemidos sordos rebotaban contra su piel excitada, solamente intensificando las sensaciones que desataba en ella, hasta que fue demasiado. Con un violento escalofrío, su cuerpo estalló en una sinfonía de olas que corrieron sobre el borde de una cascada gigante. El calor se extendió por todo su cuerpo, mientras Aiden la calmaba presionando suaves besos sobre su tembloroso cuerpo.

Sintiéndose como si estuviera flotando en una nube de algodón, apenas se dio cuenta que la sacó de la ducha y la envolvió en una toalla grande de baño, secándola centímetro a centímetro. Dejó caer su cara en el hueco de su cuello y se abrazó a él.

-Aiden-, fue todo lo que pudo murmurar antes de que él la levantara en sus fuertes brazos y la sacara del cuarto de baño.

27

Aiden llevó a Leila a uno de los dormitorios y la acostó en la cama Queen. Mientras que normalmente prefería una cama king-size, no le importaba esta vez en lo absoluto: estaba planeando permanecer muy cerca de ella toda la noche, y a decir verdad, una matrimonial hubiera bastado.

Saborear su esencia y sentir su cuerpo ceder a un orgasmo demoledor, lo había dejado aún más caliente que antes. Pensó que haberla visto tocándose a sí misma aquella noche había sido ardiente, pero poder darle ese placer él mismo, era aún mejor.

La cubrió con su cuerpo, apoyándose con sus brazos y piernas para mantener su peso lejos de ella. Mientras él apartaba un mechón de pelo húmedo de la mejilla, ella levantó sus pestañas y lo miró.

-Aiden, eso fue... maravilloso.

Sus ojos brillaban y no podía dejar de mirar la profundidad de ellos.

-Me encanta saborearte-, admitió él y sus labios se inclinaron sobre los de ella.

Mientras los presionaba suavemente, los labios se entreabrieron y su lengua apareció para reunirse con la suya. Él tomó la invitación y se adentró en ella, vertiendo todos sus deseos en este beso. Debajo de él, sus piernas se separaron, lo que le permitió deslizarse perfectamente en medio de ella, su pene ya tocaba su concha mojada.

Cuando él se movió hacia adelante, las manos de ella empujaron contra sus hombros y sus labios se separaron.

-Condón-, susurró.

Él negó con la cabeza. -Los inmortales no tienen ninguna enfermedad.

-Pero no estoy tomando la píldora.

Por extraño que pareciera, el hecho de que ella no estuviera usando un método anticonceptivo le gustaba, a pesar de que no importaba: sólo una vez unido a un ser humano, podría un Guardián Invisible engendrar hijos. Mientras tanto, su esperma se mantendría estéril.

-No quedarás embarazada-. Tan pronto como él lo dijo, una punzada de remordimiento se apoderó de él. ¿Por qué de repente quería que su semilla dejara algo duradero en ella, cuando él nunca había tenido antes ese deseo? Esto no podría ser nada más que una aventura, una aventura que no duraría más allá de su misión. Pensar en esto como algo más, sólo invitaría a más problemas. Sin embargo, al mismo tiempo, algo en él se rebelaba contra la idea de apartarse de ella.

-¿Estás seguro?

-Estoy seguro, Leila.

Mirando hacia el azul profundo de sus ojos, dio un empujón hacia adelante, su pene separó los labios exteriores, su calor húmedo revistiendo su bulbosa cabeza. Apretó los dientes por la rigidez de sus músculos y se deslizó más adentro.

Su ritmo cardíaco se aceleró y todo el aire abandonó sus pulmones. Entonces la sintió envolver sus piernas alrededor de sus caderas, los talones se hundían en su espalda. Sabiendo que no podría aguantar por más tiempo, se sumergió en el interior... en el éxtasis puro.

Como un guante de seda, ella lo envolvió en sus suaves y aterciopelados músculos interiores, sin embargo, apretándolo con firmeza, sus jugos le hicieron deslizarse dentro de ella como si fuera calor líquido. Todo su cuerpo se quemaba por la intensidad del contacto con Leila, su pulso latía violentamente bajo su piel. Mientras la sangre corría por sus venas, se movía dentro de ella, retirándose primero lentamente, y luego empujando con más determinación.

Debajo de él, ella respondía a sus movimientos, arqueando la espalda, ondulando sus caderas para instarlo a que se acercara más y entrara más profundo. Como si al igual que él, ella no pudiera satisfacerse de esta nueva conexión. Y se sentía como una conexión, no sólo una copulación sin sentido, sino una conexión de dos cuerpos que parecían ser el uno para el otro. Sus anteriores aventuras de una noche, habían sido como una frenética cogida sin sentir mucho, como meras acciones hacia la culminación. Esto era diferente. Su mirada se clavó en ella, la miró y reconoció el deseo y la pasión que ardía allí, la necesidad de que algo más surgiera. Él fue incapaz de apartarse de su vista y siguió deleitándose con su belleza interior, belleza que podía ver brillar por debajo de su hermoso exterior.

La fuerza que vio allí era lo que hacía esto aún más emocionante. Por primera vez, compartía intimidades con un ser humano cuya fuerza admiraba, cuya determinación entendía. Y mientras su cuerpo lo llevaba hacia su interior, confiaba en que no le haría daño, sintió que los muros que había construido a su alrededor, se desmoronaban. Al hacerlo, sintió que su cuerpo comenzó a brillar en una niebla plateada. Envolviendo a Leila con él.

En el momento en que pareció darse cuenta de este cambio en él, sus ojos se agrandaron. -¿Qué está pasando?- Jadeó.

Él rozó sus labios contra su boca. -Estoy haciéndote el amor de la forma que un Guardián Invisible lo haría-. Algo que nunca había hecho antes, nunca se sintió suficientemente seguro con nadie antes. -Espera, amor.

Permitió que su energía fluyera libremente, la niebla se intensificó, dando vueltas alrededor de ellos como una tormenta. La habitación pareció desaparecer y sólo quedaban sus cuerpos, flotando. Las chispas de energía se encendieron a su alrededor mientras seguía penetrándola, su empuje duro y profundo, aumentando la velocidad y la intensidad a medida que la niebla se espesaba.

Sellando los labios con un beso y entrelazando la lengua con la suya, la abrazó con fuerza, golpeando su pene contra su suave piel más fuerte que lo que cualquier mujer humana podría aguantar. Sin embargo, no le haría daño, porque mientras él le hacía el amor, compartía su energía y fuerza con ella, permitiéndole sentir la esencia de su poder para que pudiera saborear el éxtasis final.

La presión en sus bolas creció y se intensificó hasta el punto donde no se pudo contener por más tiempo. Mientras el orgasmo lo reclamaba, su semilla salió de su pene entrando hacia su cuerpo. Con él, un disparo de energía subió en ella, la *Virta* de un Guardián Invisible, haciendo que su cuerpo brillara en una luz dorada. En el mismo instante, ella gritó con su liberación, los músculos se contrajeron a su alrededor.

Poco a poco, flotaron hacia abajo, la niebla se desvaneció a su alrededor, y reaparecieron en la habitación.

Él la miró y sus ojos estaban atónitos.

-¡Oh, Dios mío!-, susurró, y luego miró sus brazos, inspeccionándolos. -Estoy brillando-. Ella lo miró, miles de preguntas se reflejaban en sus ojos.

-Sí, y brillarás así por unas pocas horas.

-¿Qué me has hecho?- No había ninguna acusación en su voz, sólo curiosidad.

-Cuando un Guardián Invisible hace el amor de la manera antigua, la energía fluye hacia su pareja. Permanecerá allí durante horas después de hacer el amor.

-¿Por qué?

-Por esto-. Él sonrió y cambió de posición, retirando su pene y luego sumergiéndolo de nuevo en su interior. Un jadeo fue su respuesta mientras sus párpados temblaban y un estremecimiento atravesaba su sensible cuerpo. -Mientras brilles, el mínimo contacto conmigo, te dará otro orgasmo. Un Guardián Invisible cuida de su mujer.

-Nunca sobreviviré a esto-, dijo con incredulidad.

Se echó a reír a carcajadas echando hacia atrás la cabeza. -Sí lo harás Leila, mientras brilles, eres casi tan fuerte como yo-. Hizo una pausa y le guiñó un ojo con picardía. -Y casi tan insaciable.

-Así que hay un motivo oculto a este brillante truco. Quieres asegurarte de que tus mujeres no se cansen del sexo.

-Bueno, te había mencionado antes que era egoísta, ¿no es cierto?

Ella le devolvió la sonrisa y se lamió los labios, su lengua rosada era tan tentadora, que sintió más sangre apresurándose hacia su pene. -¿Qué sucede cuando haces brillar a una mujer que para empezar ya es insaciable?

Su corazón dio un salto mortal ante tal comentario seductor. -Se convierte en una noche muy, muy salvaje. Sin dormir, sin descansar y sin arrepentirse.

Leila pestañeó mirándolo y deslizó la mano detrás de su cabeza, tirando de él hacia ella. -Entonces vamos a ver si soy realmente casi tan fuerte como tú.

Antes de que él supiera lo que pensaba hacer, ella lo había dado vuelta sobre su espalda y estaba encima de él.

Él sonrió. -Tal vez debería haberlo pensado dos veces antes de hacerte brillar.

Poco a poco comenzó a moverse, subiendo y bajando sobre su pene, sus músculos lo apretaban ahora, más fuerte que antes, un efecto del poder que había derramado en ella.

-O tal vez no-, reconoció y le acercó su cabeza hacia él para darle un beso. -Móntame, mi hermosa Leila.

~ ~ ~

Leila se sentía increíble, libre, poderosa y sobre todo sin miedo alguno. De repente, todo su miedo se había disipado, se había disuelto en la nada, en pensamientos sin sentido que no tenían cabida en su cuerpo, un cuerpo que ahora sentía revitalizado y elevado, levantándose de su vida ordinaria a algo tan diferente, que le costaba ponerlo en palabras.

Cuando Aiden había terminado dentro de ella y todo su cuerpo de repente comenzó a brillar, había sentido una oleada instantánea de energía, haciéndola sentir como si ella pudiera correr un maratón y ganarlo. Pero ni siquiera era la cosa más sorprendente de todo. Más importante aún, era que de pronto había alcanzado a ver su alma, el hombre vulnerable en su interior. Había sido tan fugaz que lo había desechado como imposible. Sin embargo, cuando le había explicado que había compartido su poder con ella, se dio cuenta de que debía de haber compartido más, incluso más de lo que se imaginaba.

Ese conocimiento borró su desconfianza en él. Y, al mismo tiempo, puso en evidencia la culpa por lo que todavía estaba escondiendo de él.

Incluso ahora, mientras estaba encima de él, con su duro pene adentro, el collar que contenía la última copia de los datos de sus investigaciones colgaba de su cuello. Se sentía como si quemara allí en contra de su piel, instándola a decirle la verdad. Para que confesara.

Pero al mismo tiempo, recordaba lo que le había dicho a ella antes, que todos sus datos debían ser destruidos. Por el bien de sus padres, ella no podía dejar que eso sucediera. Tenía que aferrarse a la esperanza de que quizá pronto lo entendería, que a lo mejor después de una noche en los brazos el uno del otro, se sentirían más cerca. Entonces podría pedirle que reconsiderara, y la ayudara a encontrar una manera de mantener viva su investigación.

Mañana, se prometió a sí misma, *mañana se lo diré.*

Esta noche sería para hacer el amor y nada más. Su cuerpo estaba preparado para él, su propio deseo por él, junto con su poder dentro de ella, hacían un cóctel embriagador de sensaciones. Sensaciones que ahora no podía ni quería negarse a sí misma. La lujuria que arrasaba dentro de ella era demasiado fuerte como para contener.

-¿Cómo lo quieres?- Susurró contra sus labios.

-Sorpréndeme.

Entonces Aiden llevó sus manos a las caderas de ella apretándolas. Con un movimiento enérgico, la golpeó contra él, conduciendo su pene dentro de ella hasta el fondo, enviándole una nueva ola de éxtasis a través de su cuerpo.

-Y hazlo pronto o yo me haré cargo-, le advirtió con los dientes apretados. -Porque cada vez que termines mientras estoy conectado a ti, me llevarás hasta el borde de la pasión.

Tomando sus manos por las muñecas, las quitó de sus caderas y las colocó al lado de su cabeza, inclinada sobre él, sus pechos colgaban cerca de su cara. Poco a poco, ella giró sus caderas, dejando que su pene se deslizara dentro y fuera.

-Si quieres acabar, entonces tendrás que hacer algo por ello-. Bajó los párpados para indicar sus pechos.

-No hay nada más fácil que eso-, él aceptó y levantó la cabeza, envolviendo sus labios alrededor de un pezón.

Mientras él lo chupaba en la boca y lo lamía con su lengua, olas de placer por todo su cuerpo se sacudieron una vez más. Por sí solas, sus caderas comenzaron a moverse en un ritmo ancestral, y ella lo montó de la forma en que las olas se lo dictaban. Como en una danza de apareamiento de África, dejó que su cuerpo asumiera el control, moviéndose en sincronía con el suyo, dando y tomando todo a la vez.

Ella oyó gemidos que llenaban la habitación, los suyos y los de él mientras escuchaba los sonidos de la piel chocándose. El olor del sexo impregnaba el aire a su alrededor, y la lámpara con luz tenue al lado de la cama creaba un cuadro de luces y sombras que bailaban sobre su piel.

Debajo de ella, Aiden chupaba con avidez sus pechos, lamiendo y torturando sus pezones, que hacía mucho tiempo se habían convertido en puntos duros tan sensibles que una ligera brisa podría encenderlos. Dentro de ella, una hoguera estaba en su apogeo sintiéndose más caliente que el mismo fuego del infierno.

Y mientras tanto, montaba en su pene duro como el mármol, llevándolo al borde de su liberación una y otra vez. Con cada uno de sus orgasmos, él gritaba de pura pasión, y empujaba más profundamente en ella.

-Ahora-, le exhortó, con su cuerpo bañado en sudor. -Dame todo.

El instinto que sólo podía provenir del poder de Aiden, la hizo poner su mano sobre su corazón mientras ella echaba atrás la cabeza y se concentró sólo en él y en lo mucho que quería sentir su liberación.

Un súbito calor la inundó y sintió que le recorría por la espalda hasta su brazo, en su codo y aún más abajo.

Antes de que pudiera llegar a la punta de sus dedos y conectarse con su piel, ella sintió su mano ser arrancada de su pecho. Giró la cabeza hacia Aiden, notando una expresión de asombro en su rostro.

Un segundo más tarde, sintió que él explotaba dentro de ella, más fuerte que la primera vez.

Ella se derrumbó sobre él y sintió que envolvía sus brazos alrededor de ella mientras su cuerpo temblaba con las secuelas de su orgasmo.

-¿Cómo lo sabías?-, le preguntó con su voz ronca.

Pero antes de que pudiera formar una palabra, la oscuridad la reclamó.

28

Aiden observaba el café gotear en la cafetera y se pasó una mano temblorosa por su alborotado pelo, recordando los acontecimientos de la noche anterior. Nunca había tenido un encuentro sexual más satisfactorio que el que había experimentado con Leila, sin embargo, eso no era el centro de su atención en esos momentos. Más bien, no podía sacarse de la cabeza cómo ella podría haber sabido el ritual de unión de los Guardianes Invisibles. Sólo los Guardianes Invisibles y sus parejas elegidas estaban al tanto de cómo funcionaba, que al juntar toda la *Virta* que él había derramado en ella y luego canalizarla de vuelta hacia su corazón, ella se estaría uniendo a él. Ni siquiera había sido escrito en sus libros de historia. Como una cuestión de protección, eso se había dejado fuera. Si sus libros de historia alguna vez cayeran en las manos equivocadas, por lo menos este secreto seguiría estando seguro.

Debido a que era un secreto que podría matar a un Guardián Invisible. Podría haberlo matado ayer por la noche, si no la hubiera detenido a tiempo. Un ritual de unión que se realizaba entre dos amantes que no compartían el amor verdadero sería fatal para ambos.

Casi le había sucedido a Hamish el año anterior. Él había estado enamorado de un ser humano. Y ella le había confesado su amor eterno. Pero todo había sido una mentira. Los demonios la habían influenciado, haciéndole creer que ella realmente amaba a Hamish cuando en realidad, no era así. Cuando Hamish lo había descubierto poco antes de su ritual de unión, había quedado devastado. Aiden había tratado de consolar a su amigo recordándole de que si lo hubiera hecho, habría muerto; sin embargo, Hamish sólo le había dado una mirada vacía, profesando que preferiría estar muerto que vivir sin ella.

Desde entonces, Hamish había permanecido alejado de las mujeres, y por lo que Aiden sabía, no había tocado a una mujer desde entonces. Había perdido a la mujer que él había creído que era su compañera, y nadie le podía ayudar a superar el dolor.

Tampoco se podían explicar cómo los demonios habían instigado el engaño, cómo podían saber todo sobre el ritual de apareamiento y lo que le haría a un Guardián Invisible si se apareaba con alguien que no lo amaba verdaderamente.

Al igual que Leila no podría estar consciente de ello. Él nunca le había mencionado nada acerca de los hábitos de apareamiento de los

Guardianes Invisibles. ¿Y por qué habría de hacerlo? Ella era su protegida, no su novia. ¿Novia? Por los Dioses, sonaba como un ser humano.

La noche con Leila claramente lo había sacudido. ¿Cómo se le había ocurrido hacer el amor con ella de la manera de los Guardianes Invisibles compartiendo la *Virta* con ella? Nunca había hecho eso. Estaba reservado sólo para sus parejas y no para ser compartido con amoríos ocasionales. Tal vez el *Rasen* lo estaba afectando. ¡Malditas hormonas! No le hacían fácil para él pensar con claridad.

Aiden alzó la cafetera y se sirvió una taza. Se sentó a la mesa de la cocina cuando entró Hamish, también vestido sólo con un par de jeans.

-Buenos días-, saludó a su amigo y le hizo señas hacia la cafetera. -Acabo de hacer café.

-Qué bueno. Lo necesito-. Hamish caminó hasta el mostrador y se sirvió una taza antes de unirse a él en la mesa de la cocina. -He tenido una noche agitada.

Aiden levantó una ceja inquisitiva. -Pensé que habías salido sólo por un poco de comida.

Su amigo negó con la cabeza y sonrió. -No tenía ganas de quedarme aquí, pensé que no necesitarías mi compañía.

-Teníamos cosas de que hablar-, admitió Aiden y miró hacia otro lado.

Hamish no lo regañó por su mentira descarada. En su lugar, tomó un sorbo de café antes de darle una mirada seria. -De todos modos, me fui hacia el este anoche para ver si podía averiguar algo más acerca de quién está detrás de Leila, además de los demonios, por supuesto.

-¿A dónde fuiste?

-Me metí en el complejo habitacional para ver lo que nuestros muchachos saben.

-No hiciste...

Hamish levantó la mano. -Por supuesto que no. Ellos ni siquiera sabían que estaba allí. Pero sólo para tu información, Manus está muy enojado contigo, porque no lo has llamado. Por los nombres con los que te está llamando, francamente, ni siquiera yo quiero repetirlos.

-Él puede chupármela-. Molestar a Manus era un bono que tomaría en cualquier momento. Sin embargo, ¿la molestia de Manus no probaría otra cosa? -¿Estás seguro de que no estaba jugando a estar molesto?

-Oh, estoy seguro. Él estaba furioso, y ya sabes que no puede mantener la boca cerrada cuando está enojado.

-Por una vez me alegro de que Manus sea tan irascible. Eso significa que definitivamente no está involucrado en delatar a nuestra casa de seguridad. Tuvo que haber sido la llamada telefónica lo que los llevó el rastro a la casa de masaje.

-De acuerdo. Menos mal, porque creo que necesitamos algo de ayuda. Hay cosas que no podemos hacer desde aquí. Sería bueno si pudiéramos poner de nuevo a trabajar a Manus y que él hiciera una pequeña investigación para nosotros.

Aiden contempló las palabras de Hamish y asintió. -Vamos a hacer eso.

-Excelente. Porque hay algo extraño que ha surgido.

-¿Extraño? ¿Desde cuándo las cosas con las que nos enfrentamos no son extrañas?

Su amigo se encogió de hombros. -Pasé por la policía ayer por la noche, rebusqué entre sus archivos sobre el asesinato del director general del Inter Pharma.

Aiden levantó la vista de su taza de café. -¿Qué pasó?

-Resulta que el accionista mayoritario de la compañía desapareció un par de noches antes.

Puso más atención. -¿Crees que los dos eventos están conectados?

-Demasiada coincidencia para mi gusto.

-Estoy de acuerdo-, dijo Aiden. -¿Tienen alguna pista?

-Nada. Lo único que sé es que este accionista, Zoltan, al parecer tuvo una reunión con el director general unos días antes de la muerte de Patten. Y ahora no está por ningún lado.

-¿Zoltan?-, interrumpió la voz de Leila.

Aiden desvió la mirada y observó mientras ella entraba en la cocina, vestida con jeans y una camiseta, su bonito collar alrededor de su cuello. Su cuerpo todavía brillaba como oro. Cuando sus miradas se conectaron, rápidamente desvió la mirada y trató de cubrir sus brazos expuestos, envolviéndolos alrededor de su cintura, pero no podía ocultar lo que había sucedido. Su rostro mostraba el mismo brillo. Ya debería haber desaparecido, pero parece que el haber compartido su poder con ella había sido más intenso de lo que él se había dado cuenta. Casi como si no hubiera sido capaz de controlarlo él mismo.

Junto a él, Hamish jadeó quedando boquiabierto. -Ella brilla-. Su amigo lo detuvo en seco con una mirada interrogante.

Sin que él dijera otra cosa, Aiden sabía lo que estaba pensando. Que él había ido demasiado lejos. Que había compartido algo con un protegido que estaba reservado sólo para la relación más importante.

La vergüenza de Leila era evidente. Bajo su brillo dorado, un rubor de color rojo intentó aparecer. Lo cual la hizo verse más embriagadora. Al instante, Aiden sintió ponerse duro. El saber que mientras siguiera siendo brillante podía desencadenar un orgasmo en ella con un simple toque, casi le hizo agua la boca.

Mientras caminaba hacia ellos, corrió sus ojos sobre ella, recordando cada centímetro de su delicioso cuerpo, cada curva, cada hendidura. Y cada gemido y suspiro que había cruzado por sus carnosos labios ayer por la noche. Cada movimiento temerario, cada toque pecaminoso.

-¿Escuché decir que el Sr. Zoltan había desaparecido?-, preguntó, dirigiéndose a Hamish.

Su amigo le lanzó una mirada curiosa. -¿Lo conoces?

-No, pero sé que él quería ver mi investigación.

Aiden corrió la silla al lado de él hacia atrás sorprendido por esta revelación. -Dinos todo lo que sabes acerca de él. Podría ser importante.

Se acercó a la encimera para servirse una taza de café. -Yo nunca lo conocí, pero no me gustaba-. Ella se sentó en la silla, teniendo cuidado de no acercarse demasiado a él. Estaba claro que no quería correr el riesgo de que la tocara y que tuviera un orgasmo frente a Hamish.

-¿Por qué?-, preguntó Hamish.

-Él fue a ver a Patten y le exigió que le mostrara mi investigación. Quería *supervisar todo de cerca*. Le dije a Patten que no estaba bien. Pero continuó diciendo que este hombre era un importante accionista y que tenía todo el derecho-. Ella tomó un sorbo de su café. Entonces le devolvió la mirada. -Fue entonces cuando borré el disco duro externo con mis datos en él. Sabía que Patten podía entrar en la caja de seguridad y sacarlo.

-Buenos instintos-, elogió Hamish.

Aiden la miró con admiración. Con su decisiva acción, había impedido que sus datos cayeran en manos equivocadas.

-Creo que era un demonio-, agregó.

-¿Por qué piensas eso?- Él sintió el impulso de tocar su mano temblorosa, pero se abstuvo de ello.

-Patten estaba desconcertado a cerca del hecho de que las luces se quemaran cuando el Sr. Zoltan llegó. Él se sintió bastante avergonzado al respecto. Cuando escapamos de la casa de masaje, me dijiste que las luces fluorescentes y de neón parpadeaban y luego se quemaban si los demonios estaban cerca. Bueno, las luces del techo en la oficina de Patten eran fluorescentes.

Aiden intercambió una mirada rápida con Hamish.

-Eso lo confirma. Los demonios llegaron a Patten-, dijo Hamish.

Aiden levantó la mano en objeción. -No, no lo hicieron. Es posible que hayan estado allí antes, pero la noche que encontramos el cuerpo de Patten, las luces estaban funcionando-. Volvió a mirar a Leila. -¿Asumo que Patten mandó a reparar las luces de su oficina antes de su muerte?

-Sí, por supuesto. Él hubiera llamado a la administración de servicios a la mañana siguiente para cambiar los tubos fluorescentes.

Luego, de pronto enderezó su espalda, como si recordara algo. Ella lo miró fijamente. -¿Recuerdas mi laboratorio y la oficina? Todas las luces fluorescentes estaban funcionando la noche en que encontramos la caja fuerte abierta.

Aiden asintió con la cabeza, admirando su mente perceptiva. -Entonces la persona que mató a Patten y trató de robar los datos no era un demonio. Él o ella, tenía que ser humano.

-O un Guardián Invisible-, agregó Hamish.

El pensamiento no se le había escapado a Aiden. ¿De qué otra forma el asesino hubiera conseguido pasar a través de la seguridad? -¿Hay alguna otra manera de que entrara en el edificio durante la noche, aparte de pasar por la guardia de seguridad? Piensa, Leila, ¿un ser humano podría haber llegado allí sin que el guardia de seguridad se diera cuenta?

Se mordió los labios, contemplando su pregunta. -No lo sé. Max hace sus rondas, pero la puerta hubiera estado bajo llave.

-¿Otro empleado con acceso a lo mejor?-, sugirió Hamish.

Leila sacudió la cabeza. -No. Nuestras tarjetas de acceso permiten el ingreso durante el día solamente. Después de las 21:00, no pueden abrir ninguna puerta. Max hubiera sido el único en permitir el acceso.

Aiden había esperado esa respuesta, pero no le gustaba. Hacía ver una traición por parte de un Guardián Invisible mucho más probable. Sin embargo, tenía que enfrentarse a los hechos. Hamish le había advertido.

-Bien, entonces tenemos que hacer dos cosas: encontrar a Zoltan. Él, obviamente, había recibido información acerca de Leila y estaba allí para vigilarla; él nos llevará al traidor en el consejo-, anunció Aiden.

-¿Y la segunda?-, preguntó Hamish.

-Encontrar a la persona en el consejo que intentó matar a Leila y que inició la redada en la casa de masaje.

-Pero, ¿cómo?- Interrumpió Leila.

-Manus nos ayudará con eso. Él ya está investigando a Jonathan, y ya sabe de la redada en la casa de masaje, por lo que está probablemente examinando cómo pudo haber pasado. Tendremos que avisarle que revise los registros telefónicos de tus padres y que vea si hay un rastro en su línea. Con las habilidades de informática de Pearce, deberíamos poder seguir el rastro para llevarnos a quien lo plantó.

-Parece que el consejo pronto tendrá dos vacantes-, pronosticó Hamish.

Y Aiden tenía la esperanza de que la vacante no fuera el cargo de Primus. -Me temo que tienes razón.

Cuando se levantó para tomar su teléfono en el mostrador para llamar a Manus, el parpadeo de la luz por debajo de los armarios colgantes le llamó la atención.

-¡Mierda!

-¡Demonios!- Dijo Hamish alertando al mismo tiempo que la puerta de entrada se abrió y tres hombres irrumpieron.

~ ~ ~

Leila se quedó inmóvil por el susto, mientras que los intrusos avanzaban. Hamish y Aiden al instante se levantaron de sus asientos y atacaron, moviéndose más rápido de lo que nunca había visto a nadie moverse. De la nada, habían sacado armas y al instante se tiraron contra los tres demonios.

Ella se tambaleó en su silla y se alejó, tratando de mantenerse al margen de la pelea, el miedo sofocándola. Lo único que podía hacer era mirar la lucha.

Los demonios parecían enteramente humanos, así como Aiden le había dicho. No había ninguna señal externa que habría indicado que se estaban enfrentando a un ser de otro mundo. Excepto... ¿dijo que sus ojos brillaban de un raro color verde brillante? Ella se quedó mirando a uno de ellos, que en ese momento luchaba con Aiden, cuando el intruso de repente fijó la vista en ella.

Soltó a Aiden que continuó luchando contra su segundo oponente, y se precipitó hacia ella.

Presa del pánico, gritó, con las manos frenéticamente buscando algún arma en el mostrador de la cocina. No había nada para agarrar.

-¡Leila!-, gritó Aiden, pero un rápido vistazo le dijo que tanto él como Hamish necesitaban todas sus fuerzas para luchar contra los dos demonios intercambiando golpe tras golpe.

Él no podía superar al demonio con el que estaba luchando para ayudarla. Ella estaba sola.

El enorme demonio que de repente se alzaba sobre ella, llevaba un uniforme de combate y una camiseta color caqui; líquido verde salía de varios cortes en los brazos y el pecho. Sin embargo, las lesiones no parecían ser graves porque desplegó una sonrisa desagradable hacia ella.

-¡Te tengo!

Su voz la hizo temblar, mientras se deslizaba a través de ella como un cuchillo afilado.

Entonces, su mano salió disparada para agarrarla. Ella lo desvió deslizándose de costado a lo largo de la encimera de la cocina, sorprendiéndose a sí misma con su velocidad y agilidad. Cuando él fue tras ella y la alcanzó, le dio un puñetazo, y sintió una fuerza en su cuerpo que parecía ajena a ella. ¿Era esta una secuela debido a que Aiden había derramado su poder en ella?

-Ven a Zoltan-, siseó el demonio.

¡Oh, Dios, era él! ¿Cómo la había encontrado aquí? Ella retrocedió chocando en la esquina, la cafetera en la espalda, y no había vía de escape abierta para ella.

Zoltan estaba cerca de ella un segundo más tarde.

Detrás de él, oyó los gruñidos de los hombres y el choque de las dagas, pero ya no podía verlos, el cuerpo masivo de Zoltan bloqueaba su vista.

Cuando estuvo a pocos metros de ella acercándose más, ella se dio la vuelta y agarró la cafetera, golpeándole la cabeza con ella. La cafetera se rompió y derramó el líquido caliente. Cubrió la mayor parte de su rostro, pero también su propia mano, y a pesar del calor, apenas lo sintió. Tampoco al parecer Zoltan.

Sin embargo, se veía enojado ahora.

-Veremos qué más hay dentro de esa cabecita-. Llegó a su cuello, ahogándola.

Emitiendo sonidos roncos, agitó las manos, tratando de encontrar un arma, pero no había ninguna.

Su cabeza se acercaba, los dientes centelleaban, sus ojos verdes se iluminaban más ahora, como un semáforo. Por primera vez se dio cuenta de la belleza de sus facciones, tan diferente a lo que un demonio debería verse. Una nariz recta, una mandíbula cuadrada, una tez suave. Labios carnosos y dientes derechos y blancos, completaban el cuadro que parecía de alguna manera cautivarla. Como si la estuviera atrayéndola, acercándola más a él. Mostrándole que él no era una bestia fea. De repente, sintió que sus pensamientos invadían su mente.

Dámela, dame lo que quiero, escuchó su urgencia. *Te daré todo lo que siempre has soñado. Tus padres, te amarán de nuevo.*

¡Oh Dios, conocía su deseo más profundo! Y estaba tentándola con él. ¡Estaba tratando de seducirla!

Leila luchó contra él, tratando de expulsarlo de su mente. Ella no podía sucumbir, no, no lo podía permitir. Aiden confiaba en que ella fuese fuerte. Lo que él le había dado la noche anterior lo demostraba. No podía defraudarlo.

Con el último aliento, levantó la rodilla y le dio una patada en las bolas.

Maldijo violentamente, y luego detrás de él oyó gritos.

-¡Lleva esto al infierno!-, exclamó triunfalmente Aiden, mientras un cuerpo hacía un fuerte golpe contra el suelo.

La mano de Zoltan se deslizó de su cuello y atrapó su collar. La cadena se rompió, enredándose en los dedos de Zoltan, mientras se volvía y echaba un vistazo sobre su hombro.

Leila vio a Aiden corriendo hacia ellos, pero antes de que él los alcanzara, Zoltan saltó fuera del camino y se catapultó a través de la ventana de la cocina como si fuera un gimnasta chino.

Horrorizada se tocó la garganta desnuda.

-Leila, ¿estás bien?- Aiden la tomó en sus brazos, pero ella lo empujó al instante, cortando las olas de placer que comenzaban a llegar a través de ella con su tacto.

Detrás de él apareció Hamish, una herida sangrienta en el pecho, pero ileso.

-Mi collar... Zoltan, tomó mi collar-, ella balbuceó. Sus datos, la última copia de sus datos estaban ahora en posesión del demonio. La devastación retorcía su estómago.

-No te preocupes por eso. A los demonios les encantan los objetos brillantes para comerciarlos. Puede ser reemplazado-, Hamish la tranquilizó.

Ella sacudió la cabeza y levantó los ojos, las lágrimas juntándose. -No. No puede ser. No puede...

-Leila, dulzura, por favor, estás en estado de shock-. Aiden levantó su mano para llegar a su cabello, pero ella retrocedió.

Con el miedo en su corazón, ella volvió la mirada hacia él. -Hay una unidad USB en su interior.

Los ojos de Aiden se agrandaron, su cuerpo se tensó visiblemente.

-Contiene una copia de los datos de mi investigación. La última copia-, confesó.

Él no dijo una sola palabra, sólo la miró, la incredulidad se propagó por sus ojos, mientras asimilaba su significado.

-Ellos no saben lo que hay en él. Nadie lo sabe. Es difícil de abrir si no sabes cómo hacerlo-, balbuceó ella.

Aiden apretó la mandíbula, y un silbido bajo se le escapó mientras la miraba, la decepción en su mirada. -Yo confié en ti.

29

Después de quemar los dos cuerpos de los demonios hicieron las maletas y salieron de la casa para volverse en el coche hasta al portal. Aiden apenas podía mirar a Leila. Nunca había estado tan decepcionado con otra persona antes. Le había mentido todo este tiempo, mientras sabía lo que podría suceder. Ella había mantenido deliberadamente la existencia de la última copia de sus datos de la investigación a escondidas de él. Dioses, le había mentido en la cara. Había sido un tonto al confiar en ella, incluso al admirarla por la fuerza que había mostrado cuando él había pensado que había perdido todo.

Y pensar que había hecho el amor y había vertido su poder en ella, en su corazón, en su alma. Y se había llevado todo y lo había tirado a los perros. Como si eso no significara nada para ella.

Él la miró cuando entraron en la bodega. Su resplandor se había disipado. Era probablemente, la única cosa que la había salvado y la había hecho mantener alejado a Zoltan tanto tiempo como pudo. El demonio con el que Aiden había luchado había sido más fuerte que otros con los que se había encontrado antes, y le había tomado más tiempo matarlo de lo que esperaba. Hamish había tenido las mismas dificultades para hacerlo, y no había sido capaz de ayudar a Leila tampoco.

Pero de alguna manera Aiden no pudo encontrar la satisfacción en su última matanza, ni en el hecho de que Leila hubiese luchado tan valientemente. En cualquier otro momento, la habría admirado por ello. Lo único en lo que podía pensar en este momento era en que ella lo había traicionado. Finalmente ahora entendía cómo Hamish se debe haber sentido cuando descubrió que su amante lo había engañado acerca de sus sentimientos. Cómo su corazón se debe haber roto en mil pedazos al saber que se había abierto a alguien que no merecía su confianza.

Ya parados frente al portal, no buscó la mano de Leila, en su lugar dejó que Hamish la guiara en el viaje. Sintió que temblaba y reconoció que su claustrofobia estaba invadiéndola de nuevo, pero no pudo ser capaz atraerla en sus brazos. Demasiada furia y rabia corrían por sus venas, demasiado dolor sentía en su corazón.

El transporte a través del portal tomó unos pocos segundos. Cuando salieron del mismo, Aiden sintió los olores familiares del hogar. Sin esperar por Hamish o Leila, se dirigió hacia la puerta y corrió por las escaleras, dejando detrás el sótano. Ellos lo siguieron, pero él no se volvió. A partir de ahora, ella sería simplemente un encargo. Nunca debería haber deseado más. Era un error dejar que sus emociones gobernaran su ser. Lo único a lo que lo había llevado era al dolor. Cuanto antes esta misión se termine, mejor.

Cuando entraron en la cocina, de inmediato vio a Manus y a Enya, quienes estaban sentados a la mesa de la cocina comiendo. Su segundo bajó su sándwich cuando lo vio y se bajó de la banqueta de bar. Enya tenía la boca llena y tragó rápidamente.

-¿Dónde mierdas has estado?- Manus lo fulminó con la mirada. -¿Se te ocurrió que todos podríamos estar buscándote?

-Hubo una allanada...

-Sé que hubo una allanada de mierda. ¿Por qué crees que te estaba dejando mensajes? Y ni siquiera te molestaste en contestar ni una palabra que estás bien. ¡Maldito cabrón!

Aiden no había visto ningún mensaje en su celular. -¿De qué estás hablando? ¡Nunca dejaste un mensaje!

Los ojos de Enya se abrieron como platos. -¿Hamish?- Ella saltó de su silla y corrió hacia la puerta. -¡Hamish!

Aiden se volvió para ver cómo Enya volaba con los brazos extendidos hacia Hamish. -Hola pequeña.

-Yo no soy pequeña-, protestó ella y lo abrazó antes de separarse.

Su expresión cambió de inmediato cuando vio a Leila, quien estaba a unos pasos atrás, claramente incómoda.

-¿Qué mierda?- Silbó Enya, lanzando miradas entre Aiden y Hamish. -¿Han traído un ser humano aquí?

-¿Están locos de remate?-, agregó Manus. -Tu protegida, ¿trajiste tu protegida al complejo? ¿Has perdido la cabeza?

-Créeme, no teníamos otra opción-, dijo Aiden. Él sabía que esto iba a pasar. Sin embargo, no le gustaban las miradas hostiles con las que ambos Guardianes Invisibles evaluaban a Leila. La necesidad de protegerla creció en él de la nada. Nadie tenía el derecho de dañarla.

-Siempre hay una elección-. Enya le frunció el ceño. -Has puesto en peligro a todos nosotros.

-Pero primero a lo primero-, dijo Manus con calma y señaló a Hamish. -¿Qué te pasó? Sin ánimo de ofender, pero algunos de nosotros aquí asumimos que te habías pasado para el lado del mal. Algunos incluso, te delataron con el Consejo.

Hamish sonrió y lanzó una mirada de reojo a Aiden, quien no pudo evitar de sentir vergüenza. Debería haber tenido más fe en su mejor amigo.

-Eso he oído. Lamento decepcionarlos muchachos, pero tendrán que seguir aguantándome. No me voy a ninguna parte, menos hacia lado del mal, nunca me gustó ese estilo.

-Entonces ¿por qué desapareciste?-, preguntó Enya, las cejas juntándose, la boca frunciéndose.

Hamish alborotó su pelo ganándose un gruñido impaciente de ella. Él siempre la había tratado como a una hermana menor, y ella normalmente le seguía la corriente, pero al parecer estaba al borde de sus nervios, y se hizo saber. -¡Hamish!

-Bueno, es una historia muy larga, y tiene mucho que ver con la razón por la que estamos todos aquí. Y por qué tuvimos que traer la protegida de Aiden.

-Estoy escuchando-, anunció Manus y cruzó los brazos sobre el pecho.

-Hay un traidor en el consejo, trabajando para los demonios.

Ambos compañeros Guardianes Invisibles se quedaron sin aliento.

Aiden levantó la mano. Él no había terminado con la mala noticia todavía. -Y los demonios tienen ahora la fórmula para la droga.

-¡Estás jodiendo!- Manus los miró incrédulo.

La protesta de Enya siguió. -¡Eso no puede ser verdad! ¡Dinos que no es cierto!

Aiden interrumpió. -Es cierto, pero antes de contar la historia dos veces, ¿dónde están todos?

-Pearce está en la sala de mando, Logan se encuentra en su cuarto. Sean y Jay están fuera en una misión.

-Voy por Pearce y Logan-, se ofreció Enya. Mientras caminaba hacia la puerta, Leila dio un paso hacia ella.

-Disculpa, ¿podrías mostrarme el cuarto de baño?

Enya frunció el ceño, pero luego cedió. -Ven conmigo. Y será mejor que no te vayas a ninguna otra parte que el cuarto de baño, o estaré sobre ti como una abeja en la miel-. Para enfatizar su amenaza, ella puso su mano sobre la empuñadura de su daga.

Leila asintió con la cabeza rápidamente y la siguió fuera de la habitación. Aiden la vio desaparecer, y luego volvió a mirar a Manus.

-Dijiste que me habías dejado mensajes. No había ninguno.

-Eso no es posible-, protestó Manus. -Sólo admite que no querías que yo supiera dónde estabas porque estabas demasiado ocupado conviviendo con tu encargo.

Aiden apretó los dientes. -No recibí ningún mensaje de mierda de ti.

Manus entrecerró los ojos. -Si eso es cierto, entonces será mejor que hagamos que Pearce revise tu teléfono celular. Porque te lo juro, te he dejado tres mensajes en las últimas veinticuatro horas.

Sabía que su amigo no estaba mintiendo. Lo cual sólo podía significar una cosa. -Alguien debe de haber manipulado mi teléfono.

Hamish le lanzó una mirada. -¿Crees que es así como los demonios nos han encontrado en Sonoma, por medio de tu móvil?

-Estaba apagado durante todo el tiempo. Y ya había desactivado el dispositivo de localización GPS incluso antes de que nos fuéramos a la casa de masaje tailandés.

-Alguien podría haberlo reactivado-, advirtió Hamish.

-Vamos a pedírselo a Pearce-, sugirió Manus.

La puerta se abrió. -Vamos a pedir a Pearce, ¿el qué?- El hombre en cuestión respondió. Hizo un gesto con la cabeza hacia Hamish. -Me alegro de verte de nuevo en una sola pieza.

-Es bueno estar de vuelta.

-Entonces, ¿qué necesitan saber?

Aiden sacó su teléfono celular. -Manus dice que me dejó tres mensajes. Yo nunca los recibí. Lo cual me hace pensar que alguien le hizo algo a mi teléfono. ¿Puedes echarle un vistazo?

Pearce aceptó el teléfono. -¿Puedes ser un poco más específico con lo que estás buscando?

-Fuimos atacados por los demonios esta mañana. No había manera de que nos pudieran haber rastreado a nuestro lugar seguro. Mi móvil estaba apagado, y mi GPS desactivado. ¿Hay alguna forma de que alguien lo pudiera haber reactivado?

-Mmm, déjame revisar todo el software que tienes en él y ver si hay algo sospechoso.

-¿Cuánto tiempo?

-Unas pocas horas, a lo sumo.

-Gracias-. Suspiró Aiden aliviado. Ellos necesitarían un par de horas de todos modos para elaborar un plan y lograr que todos estén de acuerdo.

-Ah, y mientras estás en ello, ¿podrías ver quién puso un micrófono en la línea telefónica de los padres de Leila? Ella llamó a sus padres desde la casa de masaje tailandés, y creemos que es por eso que llegaron a nosotros.

-Ah, mierda, ¿despúes de todo lo que le dijimos?- Maldijo Manus.

Aiden sintió el impulso inexplicable de defenderla. Era culpa suya tanto como de ella. Pero su ira sobre sus mentiras se impuso. Hizo caso omiso a su amigo y le dio unas palmaditas en el hombro a Pearce. -¿Puedes hacerlo?

-Pan comido.

-Gracias, hombre.

Un momento después, la puerta se abrió y entraron Enya y Logan.

Hamish se aclaró la voz. -Bueno, ya que estamos todos aquí, vamos a ponerlos al día.

~ ~ ~

Zoltan presionó el teléfono celular en la oreja y miró a su alrededor antes de contestar. Él ya sabía quién lo estaba llamando... muy pocos tenían ese número.

-¿Sí?

-¿Lo conseguiste?- Se oyó la voz del Guardián Invisible a través de la línea.

Sintió la furia crecer en su estómago. Su última misión había sido un fiasco. Y él sabía exactamente a quién culpar.

-Se te olvidó decirme que tenía ayuda. Por tu inútil información perdimos a dos hombres-. Dos hombres que eran totalmente prescindibles, y ni siquiera se hubiera inmutado por dicha pérdida si hubiera obtenido su premio.

-¿Aiden te venció?

-¿No escuchaste la maldita mierda que te dije?- Le gritó en el teléfono, enojado por tener que lidiar con este tipo imbécil. -Había un segundo Guardián Invisible ayudándolo. Y el ser humano era fuerte, tenía la *Virta* en ella. Tú no mencionaste eso tampoco.

-No lo sabía, te lo juro-, balbuceó el hombre.

Zoltan podía sentir con facilidad el miedo en él, y sólo sirvió para alimentar más su ira. Dejó escapar un gruñido, sin importarle que su voz sonara como una bestia salvaje. Lo mejor era que el Guardián Invisible supiera lo disgustado que estaba.

-Quiero resultados, no excusas-, dijo entre dientes. -Ahora, regresa y consígueme más información con la que pueda trabajar. ¿Entiendes?

-Sí. Me aseguraré de ello. Y una vez que tengas lo que quieres, ¿mantendrás tu parte del trato?

Zoltan evitó que una sonrisa se escapara, escuchando la respiración nerviosa del hombre en la otra línea.

-Teníamos un acuerdo.

-Sí, tenemos un acuerdo-, confirmó Zoltan. No significaba que tuviera que mantener su palabra. No a un Guardián Invisible traidor que vendía a su propia raza para ganar poder y dominación del mundo.

El Guardián Invisible continuó: -Te recompensaré bien por ello luego, cuando sea tu líder. Cuando hayamos derrocado al Grande juntos y haya tomado el trono de los Demonios del Miedo. Tú serás mi mano derecha en ese momento. Juntos vamos a ejercer el poder verdadero. Conmigo a la cabeza, el mundo verá finalmente lo que significa ser gobernado por un líder poderoso. Ellos se postrarán delante de mí.

-Como dices, este mundo tendrá un nuevo líder muy pronto.
Pero no sería un Guardián Invisible. Y Zoltan se aseguraría de *ello*.

30

Le tomó casi una hora a Hamish y a Aiden transmitir todo lo que sabían a sus compañeros Guardianes Invisibles y responder a sus muchas preguntas.

-¿Y ahora qué?-, preguntó Manus.

-Nuestra máxima prioridad es encontrar a Zoltan y recuperar el pendiente. Está bien disfrazado como un collar normal. Ni siquiera yo sospeché lo contrario. Y Leila dijo que no es fácil de abrirlo y descubrir lo que hay dentro, así que tal vez no sepan siquiera lo que tienen en sus manos-, anunció Aiden, con la esperanza de que tuviera razón.

-Pearce, ya sabes qué hacer. El que intervino el teléfono de los padres de Leila, ha mandado a los perros tras nosotros en la casa de masaje tailandés, y si alguien manipuló mi teléfono, nos debería llevar al traidor en el consejo. El traidor es nuestra primera prioridad. Él nos llevará a Zoltan.

Pearce se levantó y caminó hacia la puerta. -Me encargaré de eso de inmediato.

-¿Y estás seguro que estamos buscando a dos personas distintas?- Enya se adelantó en su asiento.

Hamish contestó en lugar de Aiden. -Sí. No tiene ningún sentido que los demonios quieran su muerte y, evidentemente, alguien ha atentado contra su vida...

-Lo que me recuerda-, interrumpió Aiden, volviéndose hacia Manus. -¿Han encontrado algo sobre el vecino que entregó la bomba?

-¿Jonathan? Bueno, me temo que es un callejón sin salida. Intercambié unas palabras con él, si sabes a lo qué me refiero. Él casi se meó en sus pantalones-. Manus dejó escapar una risa amarga. -Resulta que una mujer se le acercó y le pidió que le diera el regalo a Leila.

-¿Perdón?-, preguntó Enya. -¿Qué tipo de tonto no vería a través de ese velo?

Manus se encogió de hombros. -Al parecer, Jonathan es susceptible a historias tristes. Ella le dijo que era una vieja amiga de Leila, y que habían peleado por algún tipo. Y que ella quería hacer las paces, pero Leila nunca tomaría el presente si ella sabía que provenía de ella. Bla, bla, bla. El tipo se lo comió como un pastel de crema de plátano.

-¡Idiota!- Aiden maldijo. -¿Pudo por lo menos describirla?

-Altura media, contextura media...

-...se veía normal-. Aiden sabía el tema. Podría haber sido cualquiera, probablemente sólo un ser humano que había sido contratado por un Guardián Invisible. Había un montón de ellos a su servicio. -Así que eso no nos llevará a los culpables. ¿Algo más?

-Todavía estoy en la búsqueda de conseguir el cuerpo correcto para organizar la muerte de Leila-, respondió Manus.

-Déjalo a un lado por ahora-, le indicó, formándose una idea en su cabeza. -Una vez que Pearce tenga algunos datos para nosotros, nos reagruparemos. Y creo que no tengo que decir esto, pero nadie fuera de estas cuatro paredes puede saber que Hamish y yo estamos de regreso. ¿Está claro?

-¡No somos tontos!- Enya rodó sus ojos.

A continuación, Aiden de repente miró alrededor de la habitación. Mierda, por haberse concentrado en lograr que sus amigos se pusieran al tanto, le había hecho olvidarse de una cosa. -¿Dónde diablos está Leila?

Enya se levantó. -Creo que ella vomitó en el baño. Salió blanca como una sábana. Así que la puse en tu habitación para que se recostara.

Aiden se disparó desde su sillón. -¿Qué?

-La encerré en...

-Sin escuchar el resto se lanzó hacia la puerta y salió corriendo al pasillo.

~ ~ ~

Leila se secó la cara con una toalla que olía a Aiden. No hizo que se sintiera mejor. Al menos, su ataque de náuseas había pasado: el terrible ataque de los demonios y luego el viaje claustrofóbico a través del portal le habían causado eso. La primera vez que había utilizado el portal no se había sentido tan enferma, pero entonces Aiden la había besado cuando se había percatado de lo asustada que estaba por el espacio oscuro.

Esta vez, sin embargo, la había rechazado. Ni siquiera podía culparlo. Todo lo que le había dicho era verdad: ella le había mentido, había mantenido oculta la existencia de los datos de él. Pero él no entendía por qué lo había hecho. Él nunca podría comprenderlo: no era el que estaba al punto de perder a sus padres. Ella estaría sola. Le llevaría años reconstruir la fórmula para el fármaco de memoria. Para entonces, sus padres estarían demasiado perdidos para que su droga pudiera ser de alguna utilidad.

Salió del baño y regresó a la habitación. No había ninguna duda acerca de a quién pertenecía este conjunto de habitaciones. No sólo estaba la fragancia masculina de Aiden impregnada en la cama en donde había descansado por un rato, sino que también había fotos de él y su familia. Y una especie de santuario, un lugar especial sobre la chimenea, donde la imagen de una bella mujer de pelo oscuro estaba en un cuadro. Lirios blancos secos rodeaban el marco. Ella no tenía que ser una neurocirujana para darse cuenta de quién se trataba. Claramente, él había adorado a Julia y se recordaba a sí mismo todos los días de su muerte. Casi como si quisiera mantener el dolor vivo.

Extendió la mano hacia el cuadro, obligada a tocar los bellos rasgos de la mujer; tan parecidos a los de Aiden, sin embargo, mucho más delicados, de ojos pícaros y una sonrisa en su rostro.

-No deberías estar aquí.

Sorprendida, Leila giró sobre sus talones y se enfrentó a Aiden. Ella no había escuchado la puerta, pero de todas maneras, probablemente nunca utilizaba una puerta.

-Enya...me trajo...

-¡Ella no tenía ningún derecho!- Aiden la fulminó con su mirada, sus ojos se desviaron hacia la imagen de Julia detrás de ella.

-No tenía la intención de invadir tu privacidad. Mejor me voy-. Hizo un par de pasos, pero él le bloqueó la salida poniéndose en su camino, su cuerpo a sólo a unos pasos de distancia de ella.

-¿Y a dónde crees que vas?

-Fuera de tu camino hasta que te hayas calmado.

-¿Calmado?- Él entrecerró los ojos y se acercó más. -Estoy tranquilo, estoy muy tranquilo en este momento.

Leila se tragó el nudo en la garganta. Será mejor hacerle frente ahora. No había necesidad de arrastrar esto por más tiempo. -Adelante, pues. Dime lo que piensas de mí: ¡dime lo mucho que me odias por lo que he hecho! No tengo más nada que perder. ¡Nunca recuperaré a mis padres! ¿Estás contento ahora?

Aiden la agarró por los hombros. Instintivamente, ella retrocedió unos pasos, pero él no la soltó. En su lugar, la apretó contra la pared más cercana. -¿Contento? ¡Ojalá nunca te hubiera conocido! Ojalá nunca hubiera sabido lo que se siente ser traicionado de esta manera.

-¿Qué esperabas que hiciera?-, gritó ella. -¿Entregarte la última copia de mis datos para que pudieras destruirla? ¿Así podrías aplastar todos mis sueños de salvar a mis padres? ¿De preservar a mi familia? Tú de entre todas las personas, deberías haber entendido que no podía hacer eso. Sabes lo que es perder a alguien.

Su cabeza se volvió a la imagen de Julia sobre la repisa, luego, hacia ella. -¡Hamish!-, maldijo. -¡No tenía ningún derecho a contártelo!

-Me alegro de que lo hiciera.

-Julia no está en discusión aquí. No voy a dejar que un ser humano...

-Así que eso es de lo que se trata: que me odias porque soy un ser humano, porque no soy tan fuerte como ella.

La apretó con más fuerza contra la pared, sus dedos hundiéndose dolorosamente en su piel.

-Te dije que mantuvieras a Julia fuera de esto. Esto se trata de tu engaño.

Ella estaba más allá del miedo ahora. Hiciera lo que hiciera con ella, ya no importaba, pero no se iría sin una pelea. -¿Crees que ella estaría feliz de saber lo que te estás haciendo a ti mismo? ¿Cómo te sigues culpando día tras día?

Un destello de dolor brilló en sus ojos, pero un segundo después, estuvo bajo control de nuevo.

-¡Tú no sabes nada de mí!

Leila sacudió la cabeza, recordando que pudo vislumbrar su alma la noche en que habían hecho el amor. Ella lo entendía a él mejor de lo que él pensaba. -Desearía que no. ¿Sabes por qué? Porque entonces yo podría irme y no me importaría. Pero me has mostrado demasiado de ti mismo. No puedo fingir que no siento tu dolor. No puedo fingir que no quiero ayudarte.

-¿Ayudarme?- Él la miró con incredulidad. -¡Tú eres la que necesita de ayuda, no yo! Yo no soy al que persiguen los demonios, yo no soy el que tiene un precio sobre su cabeza. ¿Y quieres ayudarme a mí? ¡Sé realista Dra. Cruickshank!

-Lo siento mucho-, susurró ella, incapaz de gritar por más tiempo. -Me gustaría poder hacer que todo se deshiciera, la muerte de Julia, tu odio hacia los seres humanos, que nos conociéramos...- Ella cerró los ojos. ¿Realmente quería borrar de su mente todo recuerdo de su tiempo con Aiden si pudiera? Al cabo de sólo un segundo, su corazón encontró la respuesta. -No. Retiro lo dicho. Que nos conociéramos, no desharía eso.

Cuando abrió los ojos, ella chocó con su mirada caliente.

-¡Maldita sea!- Él maldijo y hundió sus labios en los suyos.

Ella sintió su ira por la forma en que la besó, bruscamente, con fuerza, como si quisiera castigarla por lo que había dicho.

Sus manos se soltaron de sus hombros, y luego bajaron a sus jeans. Hundió sus manos en la cintura, pero en lugar de simplemente abrir el botón y bajar el cierre, desgarró la tela, rompiéndola como si fuera de papel, haciéndole saber que podría hacer pedazos su cuerpo con la misma facilidad si lo deseaba.

Ella jadeó en su boca, ambos sorprendidos y emocionados al mismo tiempo. Sintió el aire frío sobre su piel desnuda antes de que su mano caliente llegara entre sus piernas, deslizándose sobre su sexo, cuando su boca se apartó de la suya.

-Yo te diré cómo puedes ayudarme. Abriendo tus piernas para mí.

Sus ojos todavía tenían algo de ira en ellos que había visto antes, pero ahora estaban vidriosos de lujuria y deseo, y ella sabía instintivamente que no le haría daño.

Sin pensarlo mucho, le desabrochó el pantalón, bajó el cierre de sus jeans y lo bajó hasta los muslos. Antes de que pudiera hacer algo más, la levantó, abriéndole las piernas.

Sin decir una palabra, se sumergió en ella, su pene estaba más duro que nunca.

~ ~ ~

Mientras se metía en su húmedo calor, Aiden sabía que lo que necesitaba ahora era demostrarle que no podía jugar con él. Tenía que dejarle claro que sería castigada si alguna vez lo lastimaba de nuevo.

Cuando él miró hacia su rostro, vio cómo había apoyado la cabeza contra la pared, la boca entreabierta, sus ojos medio cerrados.

-Más-, jadeó Leila.

Ella no mostró ningún signo de malestar a pesar de su trato brusco. Por el contrario. Sus piernas se envolvían alrededor de su cintura, animándolo a cogerla más, más profundamente, para tomar más de ella.

Incapaz de resistirse, tomo sus labios nuevamente, esta vez con más pasión y menos ira. Por los dioses, ella sabía bien... tan bien que no podía imaginarse algún día renunciar a esto, alguna vez renunciar a ella. A pesar de todo, a pesar del hecho de que ella era un ser humano, ella se defendió cuando se enfrentó con su furia. No se echó hacia atrás, al igual que no se inmutaba ahora cuando se introducía aún más fuerte en ella.

-Te necesito-, murmuró contra sus labios antes de que su lengua se adentrara de nuevo en ella, metiéndola en el mismo ritmo que su pene.

Él no estaba mintiendo en esta ocasión: la necesitaba. Ella le daba la fuerza no sólo para enfrentarse a los demonios que estaban tras ella, sino a sus propios demonios personales, los que le habían estado persiguiéndolo desde la muerte de Julia.

Respirando con dificultad, Aiden liberó sus labios y le dio cálidos besos a lo largo de su cuello.

-Te quiero, Aiden, te quiero mucho-, dejó salir, y sonaba como un sollozo.

Volvió a mirarla a los ojos y vio una multitud de emociones acumuladas allí. -Me tienes, amor-, le susurró y capturó sus labios suavemente, acariciando su lengua sobre ellos.

Cuando ella suspiró con satisfacción, todo su cuerpo se llenó de un nuevo sentido de fuerza. Sus bolas se endurecieron al mismo momento, y sintió que su orgasmo lo abrumaba. Incapaz de contenerse, llevó su mano entre ellos y la frotó contra su clítoris mientras se adentraba una última vez. Mientras sus rodillas casi se doblaban, olas de placer chocaron contra él, sin estar seguro de dónde su orgasmo terminaba y dónde comenzaba el de ella.

Respirando con dificultad, con el corazón acelerado, apoyó la frente contra la suya.   -No más mentiras. Necesito la verdad ahora.

Él sintió que su cabeza se movía. -No fue mi intención hacerte daño.

-Dime por qué lo hiciste. Dime por qué me traicionaste, después de todo lo que hemos compartido.

-Amo a mis padres, los amo tanto. Como tú amabas a Julia-. Ella buscó sus ojos, y pareciera como si pudiera ver a través de ellos, en la profundidad de su alma, donde no podía ocultarse más.

-Julia era mi hermana gemela. Ella era parte de mí. Cuando la perdí, sentí como que perdí una parte de mí mismo.

Leila presionó la mano contra su corazón. -No puedo siquiera imaginar lo que has pasado. Yo nunca tuve una hermana. Nunca tuve a nadie más que a mis padres. Me siento responsable de ellos. Es mi deber cuidarlos, recuperarlos. Cuando te conocí... cuando me dijiste lo que estaba en juego...

-No me creíste entonces, ¿verdad?

Ella sacudió la cabeza, con evidente lamento en su rostro. -No. No te creí. Yo dudé de tus palabras. Pero cuanto más lo veía, cuanto más ocurría... Empecé a dudar de mí misma, mis propias convicciones. Cuando dijiste que destruirías mi investigación, vi cómo mi sueño se desvanecía.

De alguna manera, él le entendía. -No todos los sueños se hacen realidad.

-Ahora lo sé. Me di cuenta de eso la noche en la granja. Quería decírtelo, pero tenía miedo de cómo ibas a reaccionar. Quería una noche contigo, incluso si nunca fueras a tocarme otra vez después de eso. Así que por una vez, quise hacer algo egoísta, algo que fuera sólo para mí, sin tener que pensar en el deber hacia mis padres.

Ella levantó los párpados y lo miró, abierta, vulnerable. No estaba escondiendo nada más de él.

Y él estaba tan desnudo delante de ella.

-¿Qué vas a hacer ahora?- Preguntó Leila.

Levantó la cabeza y le sonrió, dejando que sus ojos se deslizaran hacia abajo, a su cuerpo semidesnudo. -Para empezar, tendré que darte una bata de baño.

Luego la soltó. Un minuto más tarde, la había envuelto en una bata de baño de gran tamaño. Pero no estaba listo para romper su contacto con ella, así que la levantó en sus brazos y se sentó en el sofá, manteniéndola en su regazo.

Su mano se deslizó bajo el túnel de la bata, acariciando sus muslos cálidos.

-Quise decirte sobre el collar esta mañana en la casa, pero nunca tuve la oportunidad-. Sus dedos acariciaron sus labios entreabiertos.

-¿A pesar de saber que quería destruir los datos?

-Tenía la esperanza de convencerte que no lo hicieras, pero ahora sé que estaba equivocada.

-¿Cómo es eso?

-Zoltan. Cuando atacó, sentí sus pensamientos en mi cabeza. Él estaba tratando de seducirme hacia su lado, para darle lo que quería. Nunca renunciará. Y tarde o temprano me va a encontrar.

-Me aseguraré de que no lo haga.

-Ya lo sé.

Él le dirigió una mirada sorprendido. -¿Cómo es que confías en mí ahora?

-Cuando me hiciste el amor la noche anterior, te sentí.

Su ritmo cardíaco se aceleró. -¿Me sentiste?

-Sí, vi un destello de tu alma.

¿Se habría abierto tanto en realidad sin darse cuenta? -Eso es imposible.

Leila rozó los labios contra los suyos en un suave beso. -Yo te sentí. Sentí algo tan bueno y puro dentro de ti, que hizo que me sintiera mal por mentirte.

Aiden deslizó la mano en su cabello, tomando su nuca, su pulgar acariciando su cuello. -Y yo estaba aprovechándome de ti cuando nos conocimos. Pero por mucho que quiera arrepentirme, no puedo. Si el incendio no se hubiera iniciado en tu apartamento, yo habría estado en tu cama, mi boca en tu concha. Créeme cuando te digo que nunca he tocado a ninguno de mis encargos, pero contigo, fue diferente desde el principio. Cuando te vi por primera vez, todo lo que podía pensar era en tocarte cuando sabía que debía permanecer lejos de ti.

-¿Porque algún día tendrías que matarme?

Él se estremeció. ¿Cómo podría hacer eso ahora, cuando el perderla rompería su corazón?

-Me dijiste eso más de una vez-, insistió, su mirada fija y sin acusación, como si hubiera aceptado su destino.

-No te puedo matar. Sé que lo dije. Sé que eso es lo que se espera de mí si alguna vez...- Ni siquiera podía decir las palabras.

-... si los demonios llegan a mí-, terminó ella la frase.

-No puedo, Leila.

-Pero tienes que hacerlo. Prométeme que si llegan a mí, me matarás.

-¡NO!- La besó con fuerza. -¿Cómo puedo hacerte daño después de esto? ¿Después de anoche? Nunca he compartido mi *Virta* con nadie.

-¿*Virta*?-, preguntó.

-Mi fuerza, mi energía. Nunca me he sentido tan completo en mi vida. No puedo dejarte ir. ¿No lo entiendes?

Plantó besos suaves en su mejilla, luego en sus ojos. -Pero los demonios... si me atrapan, no seré la misma...

-No voy a dejar que te atrapen. Nunca. ¿Me oyes? Nunca-. Él sintió su corazón latir con fuerza.

Una expresión seria apareció en sus ojos. -No siempre podrás protegerme. Tengo una vida a la que tengo que volver al final.

-Tu vida está conmigo-. Las palabras simplemente se escaparon antes de que él supiera lo que estaba diciendo.

-¿Contigo? Tú eres inmortal Aiden. ¿Lo has olvidado? Nuestras vidas son tan diferentes.

Un golpe impaciente en la puerta le impidió contestar.

-¡Aiden!-, se oyó la voz insistente de Pearce.

Su amigo llegaba justo en un mal momento. -¡Dame un momento!- Gritó.

Liberando a Leila, le dio un tierno beso en los labios. -Hablaremos de ello más tarde-. Él acarició su mejilla con los nudillos. -¿Por qué no tomas una ducha mientras yo hablo con Pearce? Me encargaré de conseguirte unos nuevos jeans para ti más tarde.

Ella asintió con la cabeza.

-Te prometo, todo va a salir bien-. Su decisión estaba tomada. Había sido tomada por él desde el primer momento en que la había visto. Comprendía eso ahora. Nunca había tenido una oportunidad en contra de las fuerzas que los habían juntado. Y se alegró por ello. Él ya no lucharía contra ello.

Mientras Leila entraba al baño y cerraba la puerta detrás de ella, gritó: -¡Entra, Pearce!

Un segundo más tarde, vio a su compañero Guardián Invisible pasar a través de la puerta y aparecer en su habitación. Pearce inspeccionó la sala brevemente, sus ojos notaron algo detrás de Aiden.

-¿Y tu huésped está bien?-, preguntó.

-¿Por qué no iba a estarlo?

Pearce hizo un gesto con la cabeza, hacia un lugar en el suelo. Aiden se volvió y se dio cuenta de lo que estaba mirando: los jeans destrozados de Leila.

-Ella está perfectamente bien-, insistió y volvió la mirada hacia su visitante, incapaz de sentir siquiera vergüenza por lo que había hecho.

-Bien, bien. De todos modos, no te habría molestado, pero tengo un par de noticias.

Aiden escuchó con atención. -No me obligues a sacarlas por tu nariz.

-Acerca de Zoltan. La noticia acaba de llegar, que el cuerpo de un tal Sr. Zoltan ha sido encontrado. Él ha estado muerto durante días. El canal de noticias mostró su imagen, pero Hamish dijo que no fue el demonio que los atacó en la granja.

Aiden frotó la parte posterior de su cuello, considerando las noticias. -Debe haber matado al Zoltan real y luego haber tomado su identidad para infiltrarse en el Inter Pharma.

-Estoy de acuerdo. No sería la primera vez que un demonio se hace pasar por una persona real para conseguir lo que quiere. De todos modos, por desgracia, eso no nos acercará más a él.

-Tienes razón. ¿Hay algo sobre mi teléfono?

-Sí. Alguien ha subido un pequeño programa que ha permitido operar de forma remota el GPS, para prenderlo y apagarlo cada vez que quisiera.

-¡Mierda! ¿Cómo?

-Te ahorraré los detalles técnicos, pero la única manera de haber hecho eso sería haber estado físicamente en posesión de tu teléfono. Lo he desactivado ahora-. Pearce se rascó la cabeza.

Aiden frunció el ceño. -Pero, ¿quién podría haberse apoderado de mi teléfono?

-Exactamente. La única vez que lo dejas por ahí es aquí en el complejo.

-¿Quieres decir que alguien aquí podría haber hecho eso?- Se sacudió dicha idea. No, eso no podía ser. Si ese fuera el caso, él y Leila no estaban a salvo aquí.

-Quiero decir, a menos que lo hayas dejado en otro lugar para que alguien pudiera acceder a él, pero no puedo ver cómo un miembro del consejo...

-Eso es. Yo sé cómo lo hicieron. -¿Por qué no había pensado en eso antes?

-¿Cómo?

Él ignoró la pregunta. No era el momento, porque acababa de descubrir la manera de atrapar al traidor en el consejo. -¿Se puede replicar el programa y subirlo a otros celulares?

-Claro, pero, ¿vas a decirme a los teléfonos de quién?

-Te lo diré cuando lleguemos allí.

-¿A dónde?

-A lo de mi padre.

31

Después de presentarle su plan a Hamish y a los otros, Aiden estaba convencido de que podían descubrir al traidor y, a su vez encontrar a Zoltan y al collar.

-Y cuando consigan al collar, ¿entonces qué?- Le preguntó Leila, ahora vestida con ropas que Enya le había prestado.

Pasó los nudillos por su mejilla. -Cruzaremos ese puente cuando lleguemos a él-. Entonces le dio un beso rápido en los labios, sin importarle si sus amigos estaban viendo. Ellos se acostumbrarían a ella. -Confía en mí, amor.

Ella asintió con la cabeza rápidamente. -Confío en ti.

-Estaré de vuelta en unas pocas horas.

Al lado de Pearce se hizo camino hasta el sótano.

-¿Cuál es tu plan?

Aiden le dio a su amigo una mirada de reojo. -Ya dije cuál era mi plan. ¿No estabas escuchando?

Pearce hizo un movimiento desdeñoso con la mano. -No sobre el traidor, acerca de tu protegida.

No podía responderle a eso, no porque él no supiera la respuesta, sino debido a que la persona que lo escucharía primero debería ser Leila. Cuando regresaran, hablaría con ella sobre eso. Y esperaba que sintiera lo mismo. -No hay nada que contar.

-Eso me sorprende, teniendo en cuenta que compartiste tu *Virta* con ella.

Aiden giró la cabeza hacia él y dejó escapar un suspiro de frustración. -¿Podría alguien en este grupo mantener un secreto?

Su amigo hizo una mueca cómica. -Debe haber sorprendido a Hamish hasta la mierda, de lo contrario no lo hubiera mencionado. Entonces, ¿qué pasa al respecto?

-Como ya he dicho, no hay nada que contar-. *Todavía.*

La próxima vez que Leila y él hicieran el amor sería como la primera vez de nuevo. Pero lo que no le había dicho era que siempre sería así entre ellos a partir de ahora. Y ahora que lo pensaba, su pecho se le ensanchó de orgullo al saber que haría eso con ella, sabiendo lo que le haría a ambos. Incluso ahora, mientras entraba en el portal con Pearce a su lado, sintió una emoción correr a través de su ingle, y estaba ansioso de tenerla de vuelta en sus brazos. Él sabía que estaría por mucho tiempo con Leila, y el saberlo lo hacía morirse de miedo.

Se alegró de tener que concentrarse en su lugar de destino y empujó todos los pensamientos acerca de Leila fuera de su mente.

Momentos después, ya habían llegado.

El lugar se veía igual como había estado en los casi 200 años que lo había conocido, y por lo que su padre y los veteranos de su especie decían, nada había cambiado en más de mil años. Las Hébridas Exteriores seguían al margen de la civilización, como siempre. La niebla incesante cubría de manera misteriosa esta isla en particular, en donde ningún ser humano había puesto un pie en un milenio.

El portal del cual habían salido estaba a la intemperie, se parecía a una versión mucho más pequeña de Stonehenge. Rodeada de densos arbustos y envuelta en niebla, era casi imperceptible, a menos que supieran lo que se buscaba.

Tras el pequeño sendero que conducía hacia abajo, absorbió los familiares olores del hogar. Sólo sus padres y unas pocas otras familias seguían viviendo aquí. La mayoría de los otros de su especie habían optado por vivir más cerca de la civilización. Él estaba agradecido por la lejanía que tenía la isla. Hablar con su padre sin ser visto por los otros miembros del consejo era de suma importancia.

-No he estado aquí en años-, murmuró Pearce junto a él, frotándose los brazos para protegerse de la niebla. -Hace mucho frío aquí.

-¿Te estás volviendo débil en tu vejez?

-Para ti es fácil decirlo. Acabas de levantarte de entre los muslos cálidos de una mujer. No es de extrañarse que no tengas frío.

-Cierra la boca, Pearce, y no seas entrometido. Tengo derecho a un poco de privacidad, así que mantente al margen de esto.

Su amigo se quejó, pero no dijo nada más.

A lo lejos, una mansión quedó a la vista. Al acercarse, vio la luz que brillaba desde las ventanas y el humo que salía de la chimenea. Sus pies se movieron más rápido al cruzar la distancia restante.

Sin abrir la puerta de roble macizo con su manija de hierro fundido, pasó a través de ella, Pearce detrás de él.

-¿Madre? ¿Padre?

Unos momentos de silencio pasaron. Luego desde el piso de arriba oyó pasos apresurados.

-¿Aiden?- Lo llamó la voz de su madre desde la parte superior de las escaleras.

-Sí, madre.

-¡Dios mío!-, le oyó murmurar antes de que ella bajara corriendo las escaleras, vestida sólo con una bata larga cubriéndola desde el cuello hasta los pies, y el pelo largo suelto y despeinado. Pero incluso la bata larga no podría cubrir lo que parecía querer esconder de él cuando llegó al pie de las escaleras: tenía un color dorado radiante.

-Aiden, es tan bueno verte-. Ella lo abrazó con entusiasmo, evitándole tener que mirarla con vergüenza. Ningún hijo quería saber que sus padres acababan de tener sexo.

-Debiste habernos dicho que vendrías de visita-, dijo su padre mientras bajaba por las escaleras, vestido con pantalones de jogging y nada más.

Liberando a su madre y dando un paso atrás, asintió hacia su padre, reconociendo la leve amonestación. Desde que había salido de casa para residir en uno de los complejos, sus padres habían visto su casa como su pequeño nido de amor privado. Tendría que haber pensado en eso. Su padre era viril todavía, a pesar de su edad, y seguiría siéndolo durante toda su vida. Curiosamente, a pesar de las miradas vergonzosas que intercambiaban entre los cuatro, la idea de que una pareja podía mantener su vida sexual excitante… y por lo visto… muy satisfactoria después de tanto tiempo, le hizo añorar a Leila. ¿Podría tener algo como esto con ella?

-Sentimos inmiscuirnos-, se disculpó Pearce, aclarándose la voz mientras evitaba mirar a la madre de Aiden.

-No hubiéramos venido sin previo aviso si no fuera algo urgente-. Aiden miró a su padre, quien le respondió con una tímida sonrisa.

-Bueno, por suerte no llegaron más temprano.

-¡Barclay!-, reprendió su esposa, el rubor en sus mejillas manchando el brillo dorado.

Hizo un guiño a su esposa antes de mirar nuevamente a Aiden y Pearce. -Vengan, ¿qué tal un poco de whisky delante de la chimenea?

-Vamos a necesitarlo-, estuvo de acuerdo Aiden.

Siguieron a su padre y a su madre mientras entraban en la sala de estar, una gran sala con techos abovedados, paredes de piedra y una enorme chimenea, que podría albergar un asador para asar un cerdo entero.

Una vez que todos estuvieron sentados con los vasos de whisky en la mano, su padre le dio una mirada expectante. -Teniendo en cuenta el hecho de que deberías estar en tu misión en este momento, supongo que tu visita no es del todo personal.

Aiden se enderezó, girando el vaso en la mano. -Mi protegida está en el complejo habitacional en estos momentos, por lo que...

Su padre se levantó de un tirón. -¿En el complejo? ¿Qué diablos se te ha metido? ¡Va en contra de nuestras reglas! ¡Más te vale tener una muy buena explicación para ello!

-La tengo. En realidad más de una.

-Bueno, no me hagas esperar.

-Siéntate, padre, esto llevará un tiempo.

Cuando él se sentó de nuevo, Aiden bebió de su vaso. -Hubo varios atentados contra la vida de Leila, y tenemos razones para creer que un miembro del consejo que no estaba contento con el resultado de la votación está detrás de ello.

Tanto su madre como su padre se quedaron sin aliento con la acusación.

-¡Nunca lo harían!-, dijo su padre con indignación.

-Sí lo harían, y lo hicieron. Pero eso no es lo peor de todo. Hay más. Tenemos un traidor en el consejo. Un traidor que está pasando información a los demonios.

El rostro de su padre se volvió pálido en estado de shock. Intercambió una mirada sorprendida con su esposa.

-Cuéntame todo.

Aiden asintió con la cabeza, contándoles a su padre y a su madre lo que había ocurrido hasta ese día. Con cada palabra, la expresión de su padre parecía más sombría. Al final, sus padres se quedaron sentados allí, mirándose en shock.

-No era de extrañarse que Hamish desapareciera. El muchacho tiene buenos instintos. Siempre lo supe-. Su padre asintió con la cabeza como si hablara para sí mismo. Entonces él le devolvió la mirada a Aiden y a Pearce. -Asumo que tienes un plan.

-Necesito saber cómo votaron los del Consejo en el caso de Leila.

-Los votos son secretos. Sabes que no te puedo decir eso-, su padre se opuso, indignación coloreaba su voz.

-Me temo que tendrás que romper algunas reglas en esta ocasión. No tenemos idea de quién en el Consejo es responsable. Tenemos que reducir el campo. El que votó a favor de eliminar a Leila es un sospechoso en los atentados contra su vida. Y alguien que votó a favor de su protección, tiene que estar trabajando...

-...para los demonios-, concluyó Pearce.

-Explica tu razonamiento-, pidió su padre.

-La primera es fácil: la persona que votó para eliminar a Leila quería asegurarse de que ni ella ni su investigación cayeran en manos de los demonios. Él o ella trataron de robar los datos de la investigación, mataron al jefe de Leila y limpiaron los datos de su computadora portátil en el proceso. Esa misma persona es la responsable de enviar a los perros a donde estábamos en nuestra casa de seguridad-. Aiden sabía que su razonamiento era sólido.

-¿Y el traidor? ¿Por qué él tiene que ser alguien que votó para protegerla?

-Porque la droga de Leila está en sus etapas finales. Todavía se necesita de ella para perfeccionarla. Es en beneficio de los demonios que quieren mantenerla con vida, si no desean terminar con un medicamento que no podría funcionar al final. Ellos tenían que mantenerla con vida.

-¿Y crees que alguien en el consejo fue el responsable de enviar a ese tal Zoltan y sus matones a Sonoma?

Aiden asintió con la cabeza. -Sí. Para entonces se habían dado cuenta de que todas las copias conocidas de los datos fueron destruidas, y ahora no tenían más remedio que raptar a Leila si querían la droga. Nadie sabía que estábamos allí. Sólo Hamish, Leila y yo.

-¿Y confías en Hamish?-, preguntó su padre.

¿Estaba su padre dudando de su amigo? -Implícitamente. Él nos ayudó a escapar de la casa de seguridad, y él fue el que encontró los portales perdidos.

-Bueno. Debes confiar en tu instinto más a menudo.

-Entonces, ¿nos ayudarás?

Sus padres se miraron. Entonces su madre le dio una suave sonrisa. -Por supuesto, él te ayudará.

-Entonces, ¿quién votó a favor de protegerla?

Ansiosamente, Aiden se inclinó hacia delante. Uno de los nombres que recibiría sería del traidor que trabajaba para los demonios.

-Yo fui uno-, le confesó su padre. -Pero eso, tú ya lo sabías. Aparte de mí, lo hizo Cinead, Riona, Finlay y Norton. Los demás votaron a favor de eliminarla.

-Gracias.

-¿Cómo atraparás al culpable?

-Tendrás que llamar a una reunión de emergencia del consejo.

-¿Qué quieres que ponga en la agenda, hijo?

-Tienes que decirle a los miembros del consejo dónde Leila y yo nos escondemos.

Aturdido, su padre lo miró fijamente. -¿Quieres ponerte a ti y a tu encargo como anzuelo?

-No hay otra manera.

32

Barclay observó como el último miembro del consejo finalmente tomaba asiento en la cámara, antes de que él dejara caer el martillo sobre la mesa para pedir silencio. Sabía que tendría que ir lentamente con el fin de darles a Pearce y a Aiden tiempo suficiente para cargar el software de rastreo en los teléfonos celulares de todos los miembros del consejo. Más allá de las puertas cerradas de la Cámara del Consejo, los dos ya estaban trabajando en los teléfonos celulares, Barclay se había asegurado de que el asistente del Consejo fuera llamado lejos de su puesto en la puerta, para que ambos pudieran trabajar sin ser vistos.

El saber que había violado las normas del Consejo al contarle cómo los miembros habían votado le hizo sentirse incómodo, pero, como su hijo había insistido, era la única manera.

Echó un vistazo a Cinead, se le hizo un nudo en el estómago ante la idea de que podría ser el traidor. El escocés era su amigo más antiguo, sus opiniones eran valoradas por todos, su carácter estaba más allá del reproche. Mientras miraba alrededor del círculo, el pensar que cualquiera de los otros resultaría ser un traidor, no le parecía bien tampoco. Todos los miembros del consejo eran honorables hombres y mujeres, elegidos por ser líderes.

Sin embargo, Barclay confiaba en su hijo, aunque algo en él había sido diferente cuando lo había visitado. Parecía menos enojado que de costumbre, a pesar de la gravedad de los asuntos en cuestión. Casi como si algo o alguien tuviera una influencia calmante sobre él.

-He convocado esta reunión especial para ponerlos al día sobre el caso de la Dra. Cruickshank.

Murmullos se escucharon por la habitación. Era bastante inusual discutir los casos individuales una vez que el voto hubiera sido tomado y asignado un protegido a un Guardián Invisible. Tendría que tener cuidado de no levantar ninguna sospecha en cuanto a su verdadera intención: poner una trampa para el traidor.

-Ha habido algunos contratiempos. Me temo que después de un ataque en su casa de seguridad, Aiden y su encargo tuvieron que huir.

-¿Están sanos y salvos?-, preguntó Riona.

-Por ahora, sí. Sin embargo, me sorprende la decisión de Aiden de cómo seguir adelante.

Cinead levantó una ceja. -¿Tu propio hijo? ¿No eras tú el que nos convenciste de que él era perfecto para el trabajo?

Barclay inclinó la cabeza. -No siempre estoy de acuerdo con sus ideas. Sin embargo, puede que haya algún mérito en su decisión. Ha decidido llevarla nuevamente a su último escondite, pensando que sería el último lugar donde los demonios los buscarían-. Con cautela, miró a su alrededor, en busca de señales reveladoras en los ojos de sus compañeros miembros del consejo. ¿Podría alguien morder el anzuelo?

-Eso está en contra del protocolo-, dijo Geoffrey. -Una vez que una casa de seguridad se ve comprometida, nunca se volverá a utilizarla.

Barclay levantó la mano para tranquilizar a su viejo amigo. -Entiendo, sin embargo, Aiden ha optado por mantener silencio de radio, y ya que ha seleccionado las casas de seguridad de forma anónima, no tengo ninguna manera de contactarlo. Estamos en la oscuridad.

-¿Qué hay de Manus, su segundo?-, preguntó Finlay. -Él sabría dónde está la casa de seguridad.

-Me temo que ya hemos comprobado esa salida. Aiden cortó el contacto con Manus antes de reclamar la casa de seguridad. Manus nunca supo dónde Aiden la había llevado-, mintió Barclay.

-Eso es muy irregular-, dijo Finlay. -¿Estás seguro que tu hijo no se ha convertido en corrupto al igual que su amigo Hamish? ¿Y si ha secuestrado a su encargo y ahora la usa como un peón?

Barclay sintió que le hervía la sangre de rabia por la acusación de Finlay. -Mi hijo está haciendo lo mejor para todos nosotros.

-Primus, tu hijo nos está poniendo en peligro-, espetó Deirdre. -Sin su segundo o ninguna ayuda nuestra, ¿cómo espera poder derrotar a los demonios cuando ataquen?

-No lo encontrarán. Al usar su anterior escondite, les ganará en astucia. Nunca volverán donde ya lo han encontrado antes.

Wade se levantó de su asiento. -Estoy de acuerdo con Deirdre. Creo que debemos retirar a Aiden de esta misión. No podemos arriesgarnos a que su comportamiento errático nos ponga en peligro a todos.

Barclay miró a Wade. -Aiden se quedará en esta misión. Tal vez no siempre esté de acuerdo con mi hijo, pero él es un Guardián Invisible capaz y puede cuidar a su protegida sin nuestra ayuda.

-Estás cometiendo un gran error-. Deirdre se levantó y lo miró. -¿Has olvidado lo que puede suceder cuando nuestros guerreros no cumplen con las reglas?

-¿Qué estás insinuando?- Le preguntó Barclay. -¿Estás cuestionando la capacidad de Aiden?

-¿Qué pasa si lo estoy?- Ella levantó la barbilla en abierto desafío. -¿No nos ha costado eso muy caro una vez antes?

Barclay abrió la boca, sorprendido por lo que estaba insinuando. -Es mejor dejar que el pasado se quede en donde pertenece, Deirdre.

-Sabes tan bien como yo que no puedo hacer eso. Yo era la madrina de Julia, la amaba como a una hija. Yo...

Barclay se disparó de su asiento. -¡No sigas! ¡Te lo advierto!

-No deberías advertírmelo a mí, deberías advertirle a tu hijo. Está poniendo a todos en peligro. Siendo irracional, tal como lo fue en ese entonces-, continuó Deirdre con los dientes apretados.

-Mi hijo es un buen guardián.

-Sin embargo, no tienes ninguna influencia sobre él-, Finlay de pronto intervino, -al igual que no puedes controlar nada, ni siquiera como Primus. Triste, realmente, el tener tal posición de poder en nuestra sociedad, y sin embargo ser tan impotente.

Barclay desvió su atención hacia el miembro del consejo. -¿Hay algo más que tengas que agregar sobre los poderes de este consejo? ¿O ya terminaste?

-Puesto que estás preguntando-, dijo Finlay entre dientes, -sí, hay más. Todo lo que hacemos es sentarnos, debatir y votar. Pero no tomamos ninguna acción decisiva. Dejamos a los Guardianes danzar en nuestras narices. Ni siquiera puedes controlar a tu hijo. ¿Cómo podemos esperar que guíes a nuestra gente?

Las palabras le sorprendieron. Nunca se había dado cuenta de que Finlay albergaba tanto descontento.

-Tal vez te gustaría convertirte en Primus en mi lugar.

Finlay se burló. -No tengo tal ambición.

-¿Hay alguna otra persona que no le guste la forma en que el Consejo funciona?- Él miró a la ronda.

Oleadas de murmullos se escucharon a través de la cámara.

~ ~ ~

Aiden estaba parado mirando por encima del hombro a Pearce, mientras su amigo se fijaba en los diferentes puntos de colores que se movían en el mapa digital del monitor, en la sala de comando.

-¿Todo está hecho?

Pearce asintió con la cabeza. -Ya están localizados. Es hora de moverse. Te enviaré un mensaje tan pronto alguien haga un movimiento-. Señaló los puntos. -Parece que la reunión del Consejo acaba de terminar.

-¿Están Enya y Logan en su lugar?

-Sí, ellos están esperando. Es hora de que tú, Hamish y Manus se vayan.

Se abrió una puerta detrás de ellos. Aiden se volvió para ver a Leila entrar seguida por Hamish. Cuando la vio, sintió que su cuerpo se llenaba de calor. Ella le sonrió y caminó hacia él. Sin dudarlo, puso su brazo alrededor de ella y la atrajo a su lado.

-Has vuelto-, susurró.

Le dio un inocente beso en la frente. -No por mucho tiempo. Tenemos que irnos ahora. Pearce será el único que se quedará. Él te protegerá mientras estoy fuera.

-¿No puedo ir contigo?

-No. Estarás más segura aquí. Te quiero lo más lejos posible de los demonios.

Ella se acercó a él, y su gesto de confianza lo fortaleció. Todo estaría bien. Él lo sabía en su interior.

-¡Vamos!- Ordenó Hamish.

Con una última mirada a Leila siguió a Hamish por la puerta. Fuera del portal, Manus ya los estaba esperando, con las armas en la mano.

Los tres se irían a la vieja casa de campo en el que habían sido atacados por los demonios antes, pero esta vez, estarían preparados para ellos.

Pearce registraría los movimientos de los miembros del consejo y los alertaría de sus posiciones.

33

Leila se estremeció y se cubrió con sus brazos alrededor de su torso, mientras miraba a Pearce en la consola.

Lanzó una mirada por encima del hombro. -Lo siento, debe hacer frío aquí debido a las computadoras. ¿Por qué no te traes una chaqueta de la habitación de Aiden?

-Creo que lo haré-. Ella caminó hacia la puerta, cuando escuchó a Pearce raspar la silla en el suelo.

-Pero regresa enseguida. Le prometí a Aiden que te cuidaría.

Ella dudó, preguntándose si debería hacerle la pregunta que le preocupaba. La curiosidad se impuso. -Cuando llegué aquí, Enya dijo que yo no debería estar aquí. Pero, ¿no es este el lugar más seguro para ocultar a sus protegidos de los demonios?

Se dio la vuelta a medias y vio cómo él la miraba. -Lo es. Pero no se permite a ningún ser humano aquí porque nos pueden traicionar con los demonios. Y si alguna vez encuentran la ubicación de nuestros portales nos podrían destruir. Fue insensato que Aiden te haya traído hasta aquí, no voy a negar que...

Leila sintió una duda en él. -Hay un "pero", ¿verdad?

-Siempre hay un "pero". El resto de nosotros aquí en el complejo hablamos de esto mientras estabas en su cuarto con él. Sabemos que Aiden dudará en matarte si estuvieras bajo la influencia de los demonios, pero quiero dejarlo perfectamente claro para ti: el resto de nosotros no.

Su respiración se aceleró ante la evidente amenaza. No debería sorprenderle, sin embargo, ella no había sentido ninguna hostilidad por parte de Pearce antes.

-No me malinterpretes, todos queremos ver feliz a Aiden y tú pareces ser una mujer lo suficientemente agradable, pero si traicionas a nuestra raza, sólo nos quedará esa salida.

Ella asintió con la cabeza, sus cuerdas vocales estaban heladas. Tal vez sea una cobarde, pero no traicionaría a Aiden de nuevo. Después de la confianza que le había mostrado, sabía que preferiría morir antes que hacer cualquier cosa para hacerle daño.

-Entiendo, pero no traicionaré a ninguno de ustedes.

-Bien.

Pearce volvió a su consola, y Leila salió de la habitación. Mientras caminaba por los silenciosos pasillos que estaban adornados con símbolos y obras de arte extrañas, suprimió la sensación de temor que se deslizaba por su espalda. Estaba preocupada por Aiden. ¿Y si ese tal Zoltan regresaba con algo más que otros dos demonios para acabar con ellos? Ya la primera vez que los había atacado habían sido más fuertes que Hamish y Aiden, quienes apenas habían sido capaces de derrotarlos.

Mordiéndose las uñas, entró en la habitación de Aiden. En su armario se encontró con una chaqueta de piloto. Se la puso e inhaló. Un leve olor a Aiden flotaba en el aire, ayudándola a calmar sus nervios. Cuando cerró el armario, sus ojos se posaron en su bolso, que estaba sobre el aparador donde lo había dejado horas antes. Era todo lo que tenía ahora. Incluso la ropa que llevaba puesta no era de ella.

Enya le había prestado un par de jeans con tantos botones de metal y cierres, que en realidad no eran de su gusto. Pero, pensó, el pobre no puede elegir. Al menos se alegró de que la medida de la ropa de Enya fuera idéntica a la suya, por lo que los jeans se sentían como una segunda piel. Había estado sorprendida de que la Guardián Invisible mujer le prestara algo, teniendo en cuenta la hostilidad con que había tratado a Leila. Mientras que los hombres en el complejo habían sido lo suficientemente corteses, Enya no había hecho un secreto de que la quería fuera.

Leila abrió el bolso y miró dentro. Se dio cuenta inmediatamente de que su móvil había desaparecido. Su billetera estaba allí, junto con un par de gafas de sol, un cuaderno, y su lata de gas pimienta. Ella lo tomó, recordando la noche que había conocido a Aiden y cómo le había dicho en el bar irlandés, que cualquiera que supiera lo que estaba haciendo podría sacarle fácilmente la lata de sus manos. Él le había demostrado que podía. Ella suspiró. Habían pasado tantas cosas desde entonces. Las cosas a las que había temido entonces se habían alejado y ahora eran insignificantes. Habían mayores peligros en este mundo que unos cuantos ladrones que quisieran su dinero.

Y pensar que nunca podría haber salido con un policía o un tipo militar por el peligro con el que se enfrentaban todos los días. Era curioso cómo ahora consideraba esas opciones más seguras que perder su corazón con un Guardián Invisible que luchaba contra los demonios diariamente. Y estaba en peligro de perder su corazón con Aiden, a pesar de que sabía que no podía haber ningún futuro para ellos. Él era un ser inmortal. Ella no lo era. Fin de la historia.

Leila puso la lata de gas pimienta en su bolsillo de la chaqueta, sin saber realmente por qué. Estúpidamente, la hacía sentirse más segura ante la ausencia de Aiden, aunque sabía que la lata no podría derrotar a un demonio. Ella había sentido la fuerza de Zoltan, y si en ese momento no hubiera tenido el poder de Aiden en ella, él la habría matado.

Ella se estremeció al recordar la cara de Zoltan tan cerca de la suya, de sus ojos verdes mirándola, las manos en su garganta, y sus pensamientos en su cabeza. Instintivamente, llevó la mano a su cuello, frotándolo, tratando de borrar el espantoso recuerdo.

Como no quería quedarse sola por más tiempo, se dirigió a la salida y se apresuró a regresar hacia el corredor. Mientras daba vuelta en una esquina, miró hacia la puerta de la sala de mando. Estaba entreabierta.

Entonces todo quedó a oscuras.

-¡Mierda!- Escuchó la maldición de Pearce.

El miedo le dio alas, empujándola hacia el cuarto. -¡Pearce!- Gritó.

-Apagón. ¡Leila! ¡Ven aquí, ahora!

Corrió, entonces se tropezó, sus manos agitándose agarraron algo.

~ ~ ~

Enya trató de ver a través de las cortinas, mirando la calle de abajo, donde las prostitutas ejercían su oficio. Detrás de ella en el cuarto oscuro, Logan estaba recostado en una de las cómodas sillas, sus largas piernas descansaban sobre la mesa de café.

-¿Ves algo?-, le preguntó, aburrido.

-Todo tranquilo hasta ahora. No es que crea que nuestro sospechoso llegará sin ocultarse-. Se giró hacia él. -Podría haber apostado que a estas alturas uno de los miembros del Consejo estaría en movimiento. ¿Estás seguro que tu teléfono celular tiene recepción?

Miró el teléfono en sus manos, luego hizo un gesto hacia ella. -Sí. Todavía no hay mensaje de Pearce.

Le molestaba. Sus instintos nunca estaban equivocados. Y ella sabía que el plan de Aiden era sólido. El miembro del Consejo que había intentado matar a Leila asumiría que su último escondite era la casa de masaje tailandés... ignorando la casa de campo en California... y por lo tanto, volverían allí para capturar a Leila.

Dando la espalda a la ventana, se agachó y le acarició la cabeza al perro que yacía junto a la silla de Logan. El pastor alemán la miró. -Buen perro-, murmuró.

La habitación estaba sumida en la oscuridad. En la mesita de noche junto a la cama yacía el móvil de Leila. Enya lo había tomado de su bolso, pensando que si su sospechoso tenía una manera de averiguar dónde estaba, lo mejor sería llevarlo a la casa de masaje. Pearce había dicho que el teléfono estaba limpio de ningún micrófono oculto, pero de todas maneras lo había traído, e incluso lo había prendido.

-¿Qué piensas de ella?- Logan preguntó de repente.

-¿De quién?

-Del humano, por supuesto. No me digas que no te has formado una opinión sobre ella todavía.

En la oscuridad, vio cómo uno de los lados de la boca de Logan se torció en una sonrisa burlona.

-¿Qué te importa a *ti*?

-Sólo preguntaba. ¿No te molesta ya no ser la única mujer en el complejo habitacional?-, se burló.

-Ella no se quedará-. Era una mera intrusa, un ser humano. Ella no pertenecía allí.

-¿Estás tan segura de eso?

-Conozco a Aiden. ¿De verdad crees que podría estar con un ser humano después de lo que ocurrió a su hermana?- Aiden no era del tipo que perdonaba. Podía guardar rencor mucho más tiempo que nadie que conocía.

-Su pequeño amigo no parece pensar así-, se rio Logan entre dientes.

-Su pequeño, ¿qué?- Entonces ella se dio cuenta de lo que quería decir. -¡Oh, eres tan asqueroso, Logan!

-No hay nada asqueroso sobre el sexo-. Parecía disfrutar de su incomodidad.

Pero ella no le daría la satisfacción de echarse hacia atrás ahora. -El hecho de que haya puesto su pene en ella, no quiere decir que se quede con ella. Sé cómo ustedes funcionan. ¿O por qué crees que no tengo ninguna intención de alguna vez abrir mis piernas para ninguno de ustedes?- Ahí estaba, él podía masticar eso.

-Hablas como una mujer realmente insatisfecha.

-¡No lo estoy!- Dijo enojada Enya.

-Confía en mí, necesitas *tanto* tener sexo.

-Oh, por favor, como si todo se tratara de...

El suave gruñido del perro la interrumpió. El animal se paró sobre sus patas, las orejas se levantaron, su hocico giró en dirección de la puerta.

Saltando, Logan se quedó mirando el teléfono, y luego negó con la cabeza "no", indicando que no había recibido ningún mensaje de Pearce.

Enya contuvo el aliento y se camufló a sí misma, dándose cuenta de que Logan hacía lo mismo. Esperó, mirando al perro. Estaba entrenado para guardar silencio, pero su lenguaje corporal le indicaba que alguien acababa de entrar en la habitación.

El suave susurro de un vestido o un abrigo, perturbó el silencio.

-¡Ataca!- Enya ordenó al perro.

Un fuerte grito provino del intruso, mientras los dientes del perro se hundían en la persona invisible, quién cayó al suelo con un golpe que retumbó. En el mismo instante, Enya se lanzó sobre el intruso, revelándose a sí misma en medio del movimiento. Logan apareció de forma simultánea a su izquierda.

Su mano se conectó con un brazo. Ella lo agarró y lo tiró. Enya podía ver que el perro seguía tirando de algo, hincando más profundo los dientes en el sospechoso.

Otro grito llenó la habitación.

-Descúbrete, o dejaré que el perro te muerda la maldita pierna.

Un instante después, una figura vestida con una larga capa y una capucha en la cabeza se manifestó.

-Díganle al perro que se detenga-, gritó ella. ¡Una voz de mujer!

Logan agarró a la mujer y la ayudó a levantarse.

-Rex, suéltala-. El perro soltó la pierna de la mujer. -Buen perro-, elogió Enya y dio unas palmaditas en su cabeza.

-¿A quién tenemos aquí?-, preguntó Logan con calma.

Enya le arrebató la capucha y se la quitó de la cabeza de la mujer. Rizos rubios cayeron hacia abajo.

-¡Deirdre!- Ella conocía a la testaruda miembro del consejo. La admiraba. -Qué decepción.

Deirdre sabía que estaba atrapada. Su expresión facial lo decía. -Tenía que hacerlo. Fue una tontería que el consejo la dejara vivir.

-Ellos votaron-, dijo Logan. -No te corresponde a ti cambiar el resultado.

-Traté de hacer lo mejor para nuestra sociedad.

Enya negó con la cabeza. -No puedes cambiar las reglas sólo porque no te conviene.

-¡No creas que eres mejor que yo! Si tuvieras la información que el Consejo tiene habrías hecho lo mismo-, susurró Deirdre.

-Todos los miembros del Consejo tenían la misma información que tú. Perdiste la votación-, dijo Enya.

-Vamos. Estoy segura que el Consejo estará interesado en saber quién ha estado actuando en contra de sus órdenes-, comentó Logan. Luego sonrió. -Creo que el Consejo pronto podría tener una vacante a llenar.

Deirdre la miraba con los ojos muy abiertos. -¡No pueden hacer eso!

Enya se inclinó hacia ella, moviendo la boca al oído de la mujer. -Ellos pueden, y lo harán. Esperamos que disfrutes de tu prisión de plomo.

Dio un paso, cuando su pie golpeó algo en el suelo. Ella se agachó y lo recogió. Era un teléfono celular. -¿Es tuyo?-, preguntó con curiosidad a Deirdre.

-Sí.

Intercambiaron una mirada rápida con Logan. -Si ella tenía su teléfono con ella, ¿por qué Pearce no nos advirtió?

-Llámalo. Ahora-. Sonó la voz tensa de Logan.

Enya marcó el número del complejo habitacional y lo dejó sonar. Nadie contestó. Presa del pánico, lo desconectó.

-Su móvil-, instó Logan.

Ella usó la tecla de llamada rápida para el celular de Pearce, pero después de tres tonos se fue a contestador automático. Apretó el botón para desconectarse.

Su pulso se aceleró. -Tenemos que llegar al complejo habitacional.

-Primero tenemos que llevar a Deirdre al Consejo. Llama a Aiden-, ordenó Logan y por primera vez a Enya no le importó su tono de mando.

34

Leila no podía ver el rostro del hombre que le puso un puñal en la garganta, el otro brazo deteniéndola en un férreo control. La fría hoja que se prensaba contra su piel era lo suficientemente convincente para que no girara la cabeza.

-Ahora escucha con mucha atención, o marcaré tu bonito cuello-, le susurró al oído.

Sus cuerdas vocales reprimidas, no se atrevió a asentir, sin embargo, su atacante pareció tomar su silencio como un acuerdo.

-Bien. Vamos a la sala de mando, ahora. Muévete.

Él empujó contra su espalda, haciéndola avanzar con pasos vacilantes, siempre consciente de que el cuchillo se mantenía en su garganta, mientras con su otra mano libre, sostenía sus brazos en la espalda.

-¿Leila? ¿Dónde estás?- Se oyó la voz de Pearce en el cuarto oscuro.

Su captor los catapultó en el interior, mientras las luces de encima parpadearon y de repente se iluminó la habitación.

-Por fin, el generador de reserva se activó-, reconoció Pearce con alivio en su voz y se volvió en su silla.

Su expresión se convirtió en horror cuando él la vio.

-¡Mierda!- Maldijo Pearce.

-No podría haberlo dicho mejor-, dijeron los hombres detrás de ella.

-Miembro del Consejo Finlay-, Pearce lo saludó con una voz fría, con los ojos lanzándose por toda la habitación como si buscara algo.

¿La ayudaría? ¿Sería capaz de derrotar a su atacante?

-Así que eres tú.

-Así es-, reconoció Finlay. -Pero ustedes muchachos inmaduros, pensaron que era estúpido y me tragaría sus pequeños trucos. He vivido más que ustedes, ¿y piensan que podrían poner un simple rastreador en mi móvil?

-Lo has encontrado entonces-. Pearce parecía estar en calma ahora.

¿No haría nada para ayudarla? Leila le dio una mirada suplicante, pero se concentró en Finlay en su lugar.

-Por supuesto que sí. Es por eso que mi teléfono está todavía en el edificio del consejo.

Pearce levantó la barbilla. -¿Qué quieres?

-¿No es obvio?-, se rio, el frío sonido la hizo temblar a pesar de la chaqueta que llevaba. -Quiero a la doctora Cruickshank.

-¿Para matarla?

-Para intercambiarla. Pero basta ya de eso. No tenemos mucho tiempo. Tus amigos te llamarán pronto y se darán cuenta que no estás respondiendo. Y quiero estar lejos de aquí para entonces.

-Nunca te saldrás con la tuya. El consejo se enterará de esto.

Finlay se echó a reír. -¿El consejo? ¡No me importa un carajo el consejo! No tienen poder.

Pearce se quedó boquiabierto. -Ellos sabrán que eres tú.

-Y, ¿qué? No me pueden detener ahora. Ni tampoco tú. El verdadero poder está con los demonios.

-¿Cómo nos puedes traicionar de esa manera? Ellos son malos.

-¿Malos? Eso es sólo una cuestión de percepción. ¿Crees que eres mucho mejor que los demonios? Todos tenemos nuestras agendas. Y los Guardianes Invisibles, no me convienen más. Están ahogando mis ambiciones.

Tiró de los brazos de Leila llevándola hacia atrás.

Pearce dio un paso adelante.

-¡No hagas un paso más!-, advirtió Finlay. -O la mataré.

Para demostrar su intención, apretó el cuchillo más fuerte sobre su piel. Ella dio un grito ahogado.

-No la matarás. Los demonios la quieren-, adivinó Pearce. -Un cadáver no les hará ningún bien.

Finlay gruñó. -Un pequeño corte no la matará, pero estoy seguro que le dolerá-. Movió la boca a su oído. -¿No es así, querida?

-Nunca ayudaré a los demonios-, declaró. Ella nunca traicionaría a Aiden de esa manera. Se lo había prometido.

-Oh, créeme. Lo harás. Tienen formas de hacer que te sometas a ellos.

A medida que movía lentamente el cuchillo hacia abajo, el miedo y el dolor se enfrentaron. Sintió una sensación de ardor, y luego de un líquido corriendo por su piel. Él la había cortado.

-¡No!- Suplicó.

-¡Detente!- Ordenó Pearce.

-Bueno, entonces estamos todos de acuerdo, ¿no?

El tono indiferente de Finlay pareció enfurecer a Pearce.

-No, no estamos de acuerdo, miembro del consejo. Eres un traidor, y *pagarás* por esto.

Su atacante simplemente se rio por la advertencia de Pearce. -Despierta.

Con la idea evidente de ganar tiempo, Pearce hizo otro intento de hacer participar a Finlay. -¿Qué te prometieron los demonios? ¿Qué es lo que no tienes ya como miembro del consejo?

-Poder.

Leila no podía ver los ojos de Finlay, pero se imaginó cómo se iluminaban ahora.

-Sí, poder. Poder real. El consejo no tiene poder verdadero. Lo único que hacen es hablar y votar y discutir hasta el cansancio. Estoy harto de que nunca nadie tome medidas reales. Podríamos habernos apoderado del mundo hace mucho tiempo, hacer que los seres humanos trabajen para nosotros en vez de hacerlo al revés. ¿Qué somos? ¿Sirvientes? ¿Por qué deberíamos dedicar nuestras vidas a esta raza ingrata?

Leila tragó saliva, el nudo en la garganta casi la ahogó. Sintió una oleada de odio saliendo de él, la frustración que debió haber acumulado durante años, si no es que siglos. Y ahora estaba a su merced.

-¿Por qué yo?- Susurró ella, con cuidado de no mover el cuello para evitar que cortase de nuevo.

Tiró de sus brazos, haciéndola inclinar la cabeza hacia atrás.

-Porque tú eres la clave para dominar el mundo. Cuando yo te entregue, seré su líder. ¡Nadie será más poderoso que yo!

Un intenso escalofrío le recorrió la espalda, helándole hasta la médula. Estaba loco. Consumido por delirios de grandeza.

-Finlay, no hagas esto-, advirtió Pearce.

-Hemos perdido bastante tiempo-, dijo de pronto e hizo un gesto hacia Pearce. -La celda de plomo es para ti.

Los ojos de Pearce brillaron en pánico.

Una sonrisa entre dientes fue la respuesta de Finlay. -No pensaste que te dejaría aquí para que alertes a tus amigos, ¿verdad?- Entonces él movió el cuchillo en un gesto inequívoco. -Ahora, plomo, o la voy a descuartizar.

-¿Qué es una celda de plomo?- Preguntó Leila.

-¿Se lo explico yo o lo harás tú?-, respondió Finlay.

Pearce le dirigió una mirada de resignación. -Es una habitación revestida de plomo. Si un Guardián Invisible está encerrado allí, se drenan todos sus poderes, por lo que es imposible para él caminar a través de las paredes o hacerse invisible. Si se queda allí durante mucho tiempo, la pérdida del poder es irreversible.

Ella se quedó sin aliento. La gente saldría lastimada por culpa de ella. No podía permitir esto.

-No lo hagas, Pearce. Que me maten.

-¿Así que de repente eres la heroína?- Dijo Finlay en su oído. -Y yo pensaba que eras una cobarde. O tal vez sólo estás mintiendo. Yo sé un par de cosas acerca de eso. Créeme, una vez que estás en manos de los demonios, ya no serás tan valiente. Cuando estés cara a cara frente a la muerte, tú...

La voz de Finlay se detuvo mientras Pearce inesperadamente se abalanzaba contra él. En el mismo instante, Leila sintió el brazo de Finlay empujarla lejos de él con tal fuerza que perdió el equilibrio y se estrelló contra la pared. Mientras intentaba levantarse, dolor irradiaba de su costado, Pearce y Finlay ya estaban luchando. Se dio cuenta con horror que era una lucha desigual, porque Pearce no tenía arma.

Sin embargo, eso no parecía detener al joven Guardián Invisible para luchar tan ferozmente como si estuviera armado hasta los dientes. Con astucia entregó patadas y golpes de karate, y pudo mantener la daga de Finlay a raya. Pero el traidor era fuerte y ágil. Evadiendo otra patada, giró hacia un lado, llegando a cortar los bíceps de Pearce con su daga.

Leila fue testigo de cómo la sangre salía a borbotones de la herida, pero Pearce no se detuvo ni siquiera una fracción de segundo, y lanzó otro golpe a su oponente. Enojados gruñidos y gemidos acompañaban cada golpe y patada, cada puñetazo y cada ataque.

Leila quería correr y pedir ayuda, pero los dos luchaban muy cerca de la puerta, por lo que su huida era imposible. El corazón le latía frenéticamente, no tenía más remedio que mirar la pelea.

De repente, Pearce pareció ganar la mano, golpeando con una patada a Finlay. Pero incluso ya en el suelo, Finlay no se dio por vencido. Mientras Pearce se movía para acabar con él, la mano del miembro del consejo lo atacó con el puñal a la velocidad de la luz.

El grito de Pearce llenó la habitación.

Confundida, Leila vio como él luchaba para mantener el equilibrio, pero perdió la lucha y cayó al suelo. Cuando sus manos se fueron hacia su pie, por fin vio lo que había sucedido: Finlay había cortado a través del tendón de Aquiles de Pearce. La sangre salía a borbotones de la herida.

Triunfante, Finlay se levantó de un salto.

-Mal movimiento, muchacho. Espero que disfrutes de tu celda de plomo.

Leila se estremeció y echó una triste mirada al Guardián Invisible herido. Ahora, otra persona resultaba herida a causa de ella. -Lo siento-, susurró.

Pearce hizo un gesto con la cabeza hacia Finlay, su rostro era una máscara de dolor.   -No es culpa tuya, es suya.

Una lágrima salió de sus ojos y rodó por su mejilla. -Dile a Aiden que nunca lo traicionaré. Por favor.

Finlay dejó escapar una malvada risa. -Oh, tú lo traicionarás. Créeme.

El odio que salía como chispas por sus ojos la heló hasta los huesos.

35

-Pearce no responde-. Aiden sintió que su corazón se detenía al escuchar las palabras de Enya a través del teléfono.

-¿Qué quieres decir?

-Hemos intentado comunicarnos con el complejo habitacional y su celda. Él no responde. Y nunca nos advirtió sobre el acercamiento de Deirdre. Algo está mal.

Aiden echó un rápido vistazo a Hamish y Manus, cuyas miradas preocupadas le dijeron que habían escuchado las palabras de Enya.

-Nos vamos para allá ahora mismo-. Él presionó el botón para desconectarse y metió el teléfono de vuelta en el bolsillo.

-Podría haber todo tipo de razones por las que no está contestando-, trató Hamish de calmarlo, pero no sirvió de nada.

-Sí, y no me gusta ninguna de esas razones. Tengo que asegurarme de que Leila está segura-. Ella era su primera prioridad. Nada más importaba, ni siquiera el hecho de que al dejar la casa en Sonoma ahora significaba que tendría que crear otra trampa para el traidor más tarde.

-No podemos salir de aquí. Esta es nuestra mejor oportunidad para atrapar a los demonios-, protestó Hamish.

Aiden buscó la mirada de su amigo. -¿Te parecería lo mismo si se tratara de la mujer que alguna vez amaste?

Los ojos de Hamish se quedaron fijos. Aiden se dio cuenta de las venas abultándose en su cuello, traicionando la feroz lucha en su interior. Segundos pasaron hasta que su amigo finalmente asintió con la cabeza. -Está bien, tú ganas.

Se dirigieron hacia la puerta en la cálida noche de septiembre y corrieron hacia el coche. El trayecto hasta el portal se extendió por demasiado tiempo... tiempo suficiente para que la mente de Aiden evocara un escenario terrible tras otro de lo que podría haber sucedido en el complejo.

Él nunca debería haberla dejado allí. Fue un error. Habría estado más segura con él.

Con su corazón acelerado, Aiden corrió hacia el portal en el momento en que el coche se detuvo. Sus amigos corrieron tras él. En el instante en que él estaba en el portal, se concentró en el lugar del complejo y se transportó sin esperar siquiera a sus compañeros Guardianes Invisibles. Estarían a sólo unos segundos detrás de él.

Cuando él salió del portal en el complejo, corrió por las escaleras y por el largo pasillo hacia el centro de mando. La puerta estaba abierta de par en par, las luces estaban encendidas, pero la silla delante de la consola estaba vacía, al igual que toda la habitación.

-¡Leila! ¡Pearce!- Gritó.

Detrás de él, se acercaron unos pasos. Se dio la vuelta sólo para encontrarse con Hamish y a Manus. Al mismo tiempo, sus ojos se posaron en un punto en el suelo donde algo se había salpicado. Su corazón se detuvo.

-Oh, Dios, ¡no!- Inspiró tembloroso, inhalando el olor metálico de la sangre. Su corazón se apretó dolorosamente. ¿Qué había sucedido? ¿Era esta la sangre de Leila? ¿Dónde estaba Leila? Nunca debió haberla dejado a un lado.

-¡Mierda!- Maldijo Hamish. -Debe haber habido una pelea.

Manus giró la cabeza hacia fuera de la habitación, luego se volvió. -Hay huellas que conducen por el pasillo.

-Tenemos que encontrarlos-, dijo Aiden y salió corriendo de la habitación, siguiendo el rastro de sangre que parecía como si alguien hubiese sido arrastrado. Trató de no pensar en lo peor, y en su lugar continuó corriendo hasta que las huellas acabaron en frente de la celda de plomo.

Cada complejo habitacional tenía una celda con el fin de encerrar a los Guardianes Invisibles que habían infringido sus leyes. La de ellos nunca había sido usada antes.

Aiden abrió con llave la pesada puerta y la empujó. -¡Leila! ¡Pearce!- Él miró en la oscuridad.

-Aiden, aquí-, dijo la voz de Pearce.

-¡Pearce!- Aiden entró a la celda y se encontró con Pearce encogido en el suelo.   -¿Dónde está? ¿Dónde está Leila?

-Lo siento, Aiden. Tenía un cuchillo en la garganta. Traté de luchar contra él, pero yo estaba desarmado-. Pearce señaló hacia su pierna. -Me cortó el tendón de Aquiles.

Aiden sintió que el aire dejaba sus pulmones, casi ahogándolo. -¡No!- Él se quedó mirando la lesión de Pearce, sabiendo de que su amigo había hecho lo que pudo, pero sin la capacidad de moverse con sus pies, no podía haber hecho más.

Manus y Hamish entraron detrás de él y ayudaron a su amigo a levantarse.

-Finlay es el traidor. Él se la llevó.

-¿Le ha hecho daño?- La idea de que Leila tuviese dolor, hizo que la bilis se disparara desde sus entrañas.

-No-, Pearce alivió su preocupación.

Aiden respiró hondo, tratando de recuperar el juicio. Tenía que recuperarla, de alguna manera. Y sólo podía hacerlo si podía pensar con claridad, algo que parecía ser imposible en esos momentos.

-¿Qué pasó?

Pearce dejó escapar un largo suspiro. -Finlay de alguna manera nos encontró. Él sabía que teníamos un rastreador en su teléfono. Lo dejó en el edificio del consejo, por eso no sabíamos que estaba en movimiento. Se transportó y cortó el suministro eléctrico. En el momento en que el generador de emergencia se encendió, él ya había llegado a Leila y la tenía amenazada.

-Eso explica por qué Logan y Enya no fueron advertidos cuando Deirdre se presentó en la casa de masaje-, intervino Hamish mientras él y Manus, ayudaban a Pearce a salir de la celda.

Aiden cerró la puerta detrás de ellos.

Pearce miró a Hamish. -¿Deirdre? Mierda, nunca habría pensado que iría tan lejos. ¿Así que ella fue la que trató de matar a Leila?

Hamish asintió con la cabeza.

-Vamos a tratar con Deirdre más tarde-, reconoció Aiden con impaciencia. Ella será castigada… y severamente, si me preguntan. Pero ahora, era más importante encontrar a Leila. -¿Qué quiere Finlay con ella?

Pearce se quedó petrificado. -Intercambiarla con los demonios. Está loco, Aiden-. Sacudió la cabeza como si no lo pudiera creer él mismo. -Cree que los demonios lo coronarán como su líder si les lleva este premio. Quiere poder.

-Yo no lo permitiré. ¡Vamos a traerla de vuelta!- Aiden sintió la ira aumentar. Nadie tomaría a Leila y la alejaría de él. La rescataría, aunque tuviera que seguir a los demonios hasta su guarida y arrancarla de sus garras. -¡Es mía!

Tres pares de ojos quedaron mirándolo.

-Bien-, dijo Manus inexpresivamente -eso lo aclara. Te extiendo mis felicitaciones, pero teniendo en cuenta que la novia está ausente, lo pospondré.

Aiden dio una furiosa mirada a Manus por su frívolo comentario.

Manus de inmediato levantó su brazo libre en señal de rendición. -Sin ánimo de ofenderte. Será mejor que nos pongamos a trabajar para encontrar a tu pareja.

La última palabra de Manus se hundió profundamente en el pecho de Aiden. A pesar de que nunca había usado dicha palabra cuando pensaba en Leila, él sabía que era la verdad. Nada se había sentido tan bien. No podía negar que el *Rasen* finalmente lo había alcanzado y entregado a la única mujer que alguna vez podría ser suya. Ahora todo lo que tenía que hacer era conseguir recuperarla.

Él asintió con la cabeza. -Tenemos que averiguar donde se la llevó Finlay.

Pearce hizo un gesto hacia las escaleras, sus brazos alrededor de Manus y en los hombros de Hamish para apoyarse. -Vamos al centro de mando. Tu padre puede darnos acceso a su archivo para ver dónde tiene propiedades, a quién conoce, a dónde va. Si alguien me puede traer su teléfono celular, podría rastrear dónde ha estado antes. Tal vez podamos encontrar el lugar donde se reúne con los demonios de esa manera.

Mientras Aiden hizo ademán de seguir a sus amigos que ayudaban a Pearce a bajar las escaleras, oyó un sonido proveniente del pasillo que conducía al portal.

Se volvió y vio a Logan y a Enya venir hacia ellos. Los esperó.

-Dejamos a Deirdre con los guardias del consejo y llegamos tan rápido como pudimos-, anunció Logan.

Aiden le dio a ambos una grave mirada. -Leila se ha ido. Finlay se la llevó, él es el traidor.

-¡Mierda!-, exclamó Logan.

-Bueno, vamos a seguirlos y preparar una emboscada-, dijo Enya y se dirigió hacia las escaleras.

Aiden sintió la desesperanza de la situación estrellarse contra él una vez más. -No tenemos ninguna manera de localizar a Finlay. Ha dejado atrás su celular.

Para su sorpresa, Enya sonrió.

-¿Qué es lo que...?

-Menos mal que yo le presté mis jeans.

La confusión lo atravesó, pero antes de que pudiera expresar algo, Enya puso una mano sobre el antebrazo.

-Sin ánimo de ofender, pero yo no confiaba en ella, así que puse un rastreador en uno de los botones de metal de los jeans. Si ella todavía los lleva puesto, la encontraremos.

Primero no creyó lo que escuchaba, pero cuando finalmente captó las palabras, no podía dejar de abrazar a su compañera hasta que ésta lo empujó para que la dejara en libertad.

-¡Puedes soltarme ahora!

Él la soltó y tomó aire para calmarse. -No sé cómo darte las gracias.

Enya se quejó en voz baja. -No lo harás manoseándome, eso es seguro. Intenta de nuevo, y encontrarás mi daga en tu estómago.

En cualquier otro momento Aiden hubiera empezado una pelea con ella, sobre lo que era considerado un abraso amistoso o un manoseo, pero en este momento a él le daba lo mismo. Sus pensamientos estaban con Leila, la única mujer que quería tocar por el resto de su vida.

36

El sol ya se había puesto cuando Finlay la había secuestrado del complejo, pero luego de atravesar a toda velocidad el portal y emerger en el otro extremo, Leila vio el resplandor del sol de la tarde. Significaba que estaban en algún lugar de la Costa Oeste. El portal detrás de ellos estaba escondido en una ladera, la densa vegetación disfrazaba su ubicación. Mirando hacia abajo de la colina, Leila se dio cuenta de los árboles que los rodeaban: árboles de pino en su mayoría, mezclados con otras variedades que no reconoció. Tomó aire, inhalando aire seco. A pesar de que todavía hacía calor, no estaba húmedo, otra indicación de que su captor la había transportado a la Costa Oeste en lugar del Sur o del Este. California, si tuviera que adivinar.

-Vamos, no hay tiempo para hacer turismo-, ordenó Finlay con brusquedad y sujetó su mano con más fuerza alrededor de su brazo.

-¿A dónde vamos?

-A conocer a tu nuevo amo-, gruñó y tiró de su brazo, llevándola por un camino de tierra.

-Por favor, ¿por qué haces esto?

-¡Nunca lo entenderías! Los seres humanos son tan cerrados cuando se trata de cosas importantes en la vida. Sus cerebros no pueden comprender las grandes cosas que estoy planeando para este mundo.

Leila resopló. -¿Grandes cosas? Estás pensando en destruir a la humanidad. No hay nada de grande en eso.

Tiró de su brazo acercándola hacia él. -No tienes idea de lo que estoy planeando. Este será un nuevo mundo con un orden que toma acción, no con sus pequeñas democracias estúpidas que luchan entre sí. Con sus partidos políticos idiotas, que no pueden ponerse de acuerdo en nada. ¡No! Mi nuevo orden hará bien las cosas.

-Te refieres a la tiranía.

-Llámalo como quieras, pero sólo un gobernante fuerte con el poder absoluto, puede hacer una diferencia. Tienes el cerebro demasiado lavado para ver eso.

-Nunca funcionará-, le espetó ella.

Le dio una cachetada con el dorso de su mano, azotando su cabeza hacia un lado.

-Basta ya. No eres más que un ser humano. Te dije que no lo entenderías.

Luego se volvió y se la llevó con él.

A medida que bajaban por la montaña y el bosque que los rodeaba, Leila no podía evitar de pensar en los errores que había cometido. Si no le hubiese mentido a Aiden acerca de los datos en el collar, esto nunca hubiese sucedido. Él no habría tenido ninguna razón para perseguir a los demonios para recuperarlo y en su lugar, se habría quedado en el complejo para protegerla.

Pero no servía de nada llorar sobre la leche derramada. El daño ya estaba hecho, y ahora lo único que podía hacer era poner fin a esa situación. No había ayuda que se avecinara. Para el momento en que Aiden notara su desaparición, ella ya estaría en las garras de los demonios. ¿Por cuánto tiempo sería capaz de luchar contra su influencia mental? ¿O la torturarían físicamente esta vez para conseguir lo que querían? ¿Sentiría tal sufrimiento, que les revelaría el secreto en el collar sólo para detenerlos?

Ella se estremeció ante la idea. Se había prometido a sí misma y a Aiden, que no lo engañaría, pero que en realidad ¿podría cumplir esa promesa? ¿Era lo suficientemente fuerte?

Cuanto más tiempo caminaban por el bosque, más sombrío su estado de ánimo se volvía. Tenía que hacerle frente a los hechos: era una cobarde cuando se trataba de dolor físico y mental, y los demonios aplicarían ambos para conseguir lo que querían de ella. No aguantaría. Era sólo cuestión de tiempo.

Un sollozo silencioso se hizo camino desde su estómago hasta su garganta. Apretó la boca para que no pudiese salir. Tenía que ser valiente.

La caminata por el bosque tomó más de una hora. Cuando lo pasaron, llegaron a lo que parecía un estacionamiento abandonado, si podía confiar en sus ojos. El sol se había puesto durante su marcha, y ahora estaba oscuro como boca de lobo. Afuera en el campo, no había luces de calle y solamente las estrellas ofrecían una mínima iluminación en la noche sin luna.

Sin inmutarse, Finlay la empujó hacia adelante donde un tipo de choza resaltaba contra la oscuridad. Una luz tenue iluminaba en su exterior una placa. Mientras su captor la arrastraba al pasar, rápidamente trató de leer el aviso. Todo lo que pudo alcanzar a ver era "Cavernas Mercer" y una lista de horarios y precios. Frenéticamente, ella buscó en su memoria. En algún lugar había oído ese nombre antes. Sabía que nunca había estado ahí, pero al mismo tiempo, el nombre le sonaba familiar.

Pero no tenía tiempo para pensar más en ello, con los pies ya muy cansados a estas alturas, tropezaba más que caminaba mientras Finlay la llevó más allá de lo que parecía una entrada, entonces pasó entre dos arbustos y tiró de ella con él. Las ramas de un árbol se enredaron en ella, quedando atrapadas en su chaqueta. Se oyó un sonido que rasgaba, mientras la estiraba hacia la espesura sin detenerse. A continuación, una rama le rozó la cara, haciéndola llorar, su extremo enredándose en su pelo. Ella se sacudió hacia atrás.

-¡No te detengas!- Le ordenó y la arrastró con él.

Sintió mechones de pelo arrancarse de su cuero cabelludo, dejándola con lágrimas en sus ojos. Pero no se atrevió a gritar de nuevo.

Un momento después, lo que sonó como una vieja puerta de madera destartalada se abrió, y la empujó adentro. Detrás de ella, Finlay puso un cerrojo. Un fuerte olor a humedad la recibió, y el poco calor que quedaba aún adentro ya había desaparecido. Hacía mucho más frío allí, casi como si hubiera entrado en un refrigerador. Ante ella había un oscuro vacío... donde la luz no penetraba.

Cuando escuchó algunos sonidos y luego un fósforo se encendió, ella se volvió y vio a Finlay encender una antorcha. Mientras la llama crecía, se iluminó el espacio oscuro por delante. Si ella hubiera venido aquí en otras circunstancias, se habría quedado en admiración absoluta, pero como estaba, su entorno sólo añadía inquietud.

Delante de ella había una escalera que bajaba hacia una cueva, pero la luz llegaba lo suficientemente lejos para que pudiera ver lo que se venía: hermosas formaciones de estalactitas y estalagmitas, reflejando hacia ella una multitud de colores y formas brillantes, que incluso ahora producía más capas sobre sus magníficas formas. Había visto un programa de televisión acerca de estas cavernas una vez. Era por eso que el nombre le había resultado tan familiar. Ella lo recordaba muy bien ahora porque había estado tan fascinada por esa pequeña maravilla, de cómo la naturaleza había sido capaz de crear esas hermosas cuevas.

-¡Camina!- Ordenó Finlay.

Había un solo camino, y ella sabía por el programa de televisión que no había salida por allí. Trató de recordar la distribución de las cavernas y pareció recordar que había tres túneles que iban hacia abajo. Al parecer, Finlay había decidido no tomar la entrada de la cueva que los turistas frecuentaban, sino una entrada lateral más antigua que ya no estaba en uso. Al final, dos de los túneles se encontrarían a gran profundidad. No es que esto le ayudara en absoluto. Mientras que ella no podía escapar de regreso por donde habían entrado, las posibilidades de salir en el segundo túnel una vez que llegaran, era de igual manera poco realista. Finlay era un Guardián Invisible, y después de ver a Hamish y a Aiden luchar, ella sabía lo rápido que su clase podía ser. Su velocidad era sobrenatural. Nunca sería capaz de correr más rápido que él. O que los demonios.

Cuando las escaleras se acabaron, pasadizos tallados aparecieron; pasaron formaciones tras formaciones, cada una más bella que la anterior. A medida que la ruta de acceso se ensanchaba, la cueva se dividió, y entraron en el túnel a la derecha. La luz de la antorcha de Finlay se reflejaba en las paredes y pintaba sombras danzantes sobre la misma creando diferentes colores.

-Por allá-, exigió, y señaló con su mano hacia el otro camino oscuro, más allá de la cueva. Se sentía como en un túnel mientras entraba en el mismo, y su claustrofobia aumentó con la idea de que ese lugar pudiera colapsar mientras ella estuviera allí. Su ritmo cardíaco se aceleró, y su respiración se volvió irregular. Sus palmas se recubrieron con humedad, y sus rodillas comenzaron a temblar.

-No puedo-, susurró.

-¡Vamos!- Le gritó desde atrás de ella, con la mano empujándola hacia adelante, sin suavidad.

Ella no tuvo más remedio que continuar. Sus manos la guiaban a lo largo de la pared, caminó hacia delante, un pie delante del otro, mientras trataba de respirar con normalidad, con la esperanza de ahuyentar el miedo que se apoderaba de ella. Parecía que fue una eternidad hasta que finalmente llegaron al extremo del túnel y se metió hacia otra bifurcación de la cueva. Ella se detuvo, con la esperanza de descansar, pero Finlay la empujó, llevándola más lejos en el túnel.

¿Acaso nunca terminaría todo esto?

Llegaron a una enorme cueva del tamaño de un gimnasio, el techo de al menos dos pisos de altura. Desde arriba, estalactitas descendían en diferentes formas, tamaños y colores, y por debajo, un abismo hacia el centro de la cueva, estalagmitas apuntaban hacia arriba, con picos afilados como espadas. Instintivamente, se apartó de la orilla. Si alguien caía allí, los picos lo empalarían como un cerdo en un asador.

-¡Siéntate!

Leila se dirigió a Finlay y lo vio apuntando a un lugar junto a una formación redondeada. Vacilante, se fue allí y cumplió su orden. Ella lo vio caminar hasta un espacio en una de las paredes de la cueva y colocó su antorcha en él. Tan pronto como tocó el pequeño agujero, la llama viajó hacia el exterior de ambos lados, corriendo un anillo alrededor de toda la cueva. Mirando más de cerca, vio la cresta que estaba tallada en la piedra y recorría todo alrededor del enorme espacio. Supuso que estaba lleno con aceite o algún otro líquido inflamable.

El lugar estaba bañado de repente en una luz tenue.

-¿Qué pasa ahora?

Finlay la miró, sus ojos empezaron a brillar en una luz verde oscura.
-Estamos esperando que los demonios lleguen.

Sólo podía suponer que la iluminación del fuego había alertado a los demonios de su presencia.

37

La señal del rastreador de Leila los había llevado al norte de California, un destino turístico denominado "Cavernas Mercer", un conjunto de cuevas ubicadas a gran profundidad, llenas de formaciones rocosas creadas por la naturaleza durante millones de años atrás, gracias a las rocas ricas en minerales y agua fluyente subterránea.

Al amparo de la oscuridad, Aiden dirigió a sus colegas hacia la entrada principal, examinando el mecanismo de cerradura. Estaba intacto.

-Él debe haber metido a Leila de otra manera-, dijo a nadie en particular.

Detrás de él, Hamish gruñó. -No importa. Una vez que la tengamos, pensaremos en la forma de sacarla. Si es necesario, Logan siempre puede romper la puerta para abrirla más tarde.

-Cierto-, confirmó Logan.

Aiden se volvió hacia ellos. Además de Logan y Hamish, Manus y Enya estaban con ellos. Pearce tuvo que permanecer en el recinto, incapaz de moverse. Además, tenía que mantenerlos al tanto constantemente de la posición de Leila en caso de que se trasladara nuevamente. Mientras tanto, Pearce había alertado también al padre de Aiden que se encontraba en su camino. Jay, uno de sus compañeros de otro complejo habitacional, había sido retirado de su misión y se reuniría con Barclay, luego se unirían a Aiden y a los demás en las Cavernas Mercer para proporcionar mayores recursos.

-Vamos-, ordenó Aiden.

-Debemos esperar a los demás-, advirtió Enya. -Tú no sabes con cuántos demonios Finlay se reunirá. Podríamos estar en inferioridad numérica.

-No podemos arriesgarnos a seguir esperando. Los demonios pueden aparecer en cualquier momento, si es que no lo han hecho ya. Y si se la llevan al inframundo, ni siquiera el rastreador nos ayudará-. Aiden nunca lo permitiría. Estaba tan cerca de conseguir recuperarla, no había manera de que dejaría que esta oportunidad se le escapara de las manos, sólo porque podrían estar en inferioridad de número contra los demonios.

-Está bien-, coincidió Hamish.

-Entonces entremos.

Uno tras otro, pasaron a través de la entrada y penetraron hacia el oscuro interior. Aiden percibió el aire húmedo, el moho, mientras sus ojos se acostumbraban a la oscuridad. Sin darle ninguna atención a la belleza natural de las cavernas mientras se movían hacia abajo en el vientre de la tierra, mantuvo sus sentidos agudos y alertas, listo para camuflarse a sí mismo de los ojos de todos, incluso de sus compañeros Guardianes Invisibles detrás de él, si acaso encontraban algún demonio o al traidor.

Su mano se dirigió a sus armas, asegurándose de que todavía estuvieran donde las había escondido: una daga en cada bota, dos en su cinturón, y una espada en su mano derecha.

El descenso fue largo y sinuoso. Tan pronto como llegaron a la primera bifurcación de la cueva, escanearon sus alrededores. Estaba vacía. Poco a poco, se fueron adentrando a lo largo del camino tallado que les llevó a través del laberinto. Nadie habló sabiendo que sus voces harían eco y los delataría.

Aiden sintió que su corazón latía más rápido con cada paso. No le gustaba el silencio. ¿Qué pasaría si eso quería decir que era ya demasiado tarde? Trató de bloquear el pensamiento aterrador de su mente. No, él la salvaría. Ella estaba ahí en alguna parte.

Una mano en el hombro detuvo su camino. Entonces sintió la boca de Hamish en su oreja y vio su mano extenderse más allá de él.

-Ahí. Luz.

Aiden asintió y avanzó un poco hacia la siguiente caverna, levantando la mano a sus amigos para indicarles que debían esperar. Entonces hizo uso de su poder y se camufló a sí mismo.

En su estado invisible, se acercó y llegó a la orilla del pasadizo, donde se abría a un espacio grande. Era mucho más grande que el anterior y estaba iluminado por un anillo de fuego que ardía a lo largo de la pared. Sus ojos de inmediato enfocaron sobre las dos figuras cerca de una pared. Leila estaba sentada apoyada contra una formación rocosa, mientras que Finlay estaba a pocos metros de ella, mirando detenidamente su entorno, claramente esperando a alguien: a los demonios.

Aiden dejó que sus ojos se fijaran en el cuerpo de Leila. Cuando levantó la cabeza en ese momento, se dio cuenta de un moretón rojo en un lado del cuello. Sus manos se cerraron en puños, con ganas de moler a palos a Finlay por haberle hecho daño. Pero se abstuvo de seguir su impulso. Satisfecho de que Leila estuviera de otra manera ilesa, él se volvió de nuevo en silencio.

Se descubrió cuando llegó a sus amigos. Se juntaron todos a su alrededor.

-Finlay está allí con Leila. Ambos se encuentran en la pared de la derecha, dos en punto. Vamos a ir camuflados. Los rodearemos. Es una habitación circular. Enya, Manus, utilicen la vía de la izquierda, hagan una curva; Logan permanece en la entrada para bloquearle el escape. Hamish, tú y yo tomaremos el camino de la derecha. Una vez que esté lo suficientemente cerca como para tocar a Leila, te daré una señal, nos sacaremos el camuflaje, y luego atacaremos a Finlay.

-No-, susurró Hamish en respuesta.

Aiden le dio una mirada penetrante.

-Tenemos que esperar a los demonios. Si atacas ahora, los demonios pueden oler gato encerrado y no se mostrarán-, continuó Hamish.

-¡No me importa!- Aiden contestó entre dientes. Siempre podían atacar a los demonios luego. Su primera prioridad era llevar a Leila a un lugar seguro.

-Piensa en ello, Aiden. Vienen por ella. Es nuestra mejor oportunidad de llegar lo suficientemente cerca como para que podamos secuestrarlos. Son nuestro boleto al inframundo. Llegaremos a uno de ellos y podremos entrar y encontrar el colgante.

Aiden contempló la idea de Hamish. Había pensado lo mismo al principio, pero al ver a Leila sentada allí en la cueva húmeda, no podía evitar el desear que todo esto terminara rápido.

-Hamish está en lo cierto-, dijo Logan en voz baja. -Nunca tendremos esta gran oportunidad de nuevo.

Aiden cerró los ojos por un momento. ¿Podría tomar este riesgo? ¿Tenía derecho a utilizar a Leila como cebo para llegar a los demonios? Su corazón gritaba "no" con la voz más fuerte, pero la lógica le dictaba lo contrario. Él sabía que esta sería la mejor oportunidad que alguna vez tendrían para atrapar a los demonios por sorpresa.

Lentamente, a regañadientes, asintió con la cabeza. -Pero todavía entraremos camuflados y los esperaremos.

-De acuerdo.

-¿Posiciones?-, preguntó Enya.

-Quédense en un círculo cerca de las paredes de la caverna. Logan a las 6, a las 9 Enya, Manus a las 11 y a las 12 Hamish. Yo me posicionaré a las 4 en punto. Es lo más cercano que podemos llegar a Finlay y Leila, de lo contrario Finlay podría sentirnos a pesar de estar camuflados. Nadie atacará hasta que escuchen mi orden. ¿Entendido?

Todos asintieron, y luego se alinearon en el pasadizo, a una distancia segura entre ellos.

-Camúflense ahora-, les ordenó y sus amigos desaparecieron delante de sus ojos.

~ ~ ~

La espera parecía extenderse hacia el infinito a pesar de que el reloj de Aiden indicaba que sólo habían pasado unos pocos minutos, antes de que finalmente escuchara un ruido. Vio que las orejas de Finlay también prestaron atención.

Aliviado de que la espera hubiera terminado, Aiden apretó su espada con mayor fuerza y se fijó en el espacio donde los demonios aparecerían.

Sin darse cuenta, una onda de choque lo empujó hacia atrás, golpeándolo contra una formación de piedra caliza. La negra niebla que se alzaba ante él bloqueaba la línea de visión directa en donde Leila estaba sentada.

¡Mierda! Se dio cuenta al instante que los demonios habían arrojado un vórtice justo delante de él, y quedó fuera del mismo, aislado de poder llegar a Leila. El pánico se apoderó de él. No podía pasar a través del portal de los demonios, sabiendo que podía precipitarse a los infiernos si lo hacía. Mientras que ese era el plan final para obtener los datos de la investigación de Leila, sólo lo haría una vez que ella estuviera a salvo.

Frenético, se abrió paso entre los bordes del torbellino, tratando desesperadamente de no tocarlo mientras se deslizaba a lo largo de la pared. Su mano se resbaló sobre la piedra húmeda que estaba agarrando, y su cuerpo se sacudió hacia adelante. Su brazo y su hombro se hundieron en la negra niebla, el frio le congeló hasta la médula.

Un conjunto de voces le asaltaron. Sin embargo, no fueron sus oídos los que lo percibieron, sino su mente: escuchó los pensamientos de los demonios, mientras atravesaban el portal en el otro lado.

...esta noche habrá una buena matanza.

...nuevo líder, mi culo...

Y entonces oyó los pensamientos que sólo podían proceder de un demonio. *Finlay es un tonto si piensa que el Grande lo hará nuestro líder. Yo soy su próximo líder. Una vez que le lleve al científico me hará su heredero.*

Eran los pensamientos de Zoltan, sin duda. Y esto confirmaba otra cosa: Finlay no tendría el poder que tanto ansiaba.

Con todas sus fuerzas, Aiden salió del vórtice. Él no tenía ni idea que una conexión con el mismo lo pondría al tanto de los pensamientos de los demonios. Pero por mucho que esto fuera una gran noticia, tuvo que preguntarse si podría ser contraproducente. ¿Habrían escuchado sus pensamientos también?

Mientras dejaba atrás el vórtice y llegaba a la posición en la que Logan se suponía que estuviera, al fin pudo captar toda la situación: varios demonios habían salido del torbellino y ahora se juntaban alrededor de Leila y Finlay. Contó nueve, quizás diez, reconociendo a Zoltan fácilmente de espalda. Él era un poco más alto que los otros, más corpulento, y su entera figura irradiaba poder y dominación. Y, obviamente, había sido lo suficientemente listo como para rodearse de un pequeño ejército en esta ocasión y no sólo con dos demonios como lo había hecho en la ocasión anterior.

Las voces de los demonios se hacían eco a través de la caverna rebotando en las paredes, aumentando el sonido.

-Nos encontramos de nuevo-, dijo Zoltan calmadamente.

-La traje tal como me lo pediste-, dijo Finlay.

-Así parece-. Zoltan hizo un movimiento hacia sus seguidores. -Mis compañeros te darán lo que se te debe.

Los demonios reunidos esbozaron risas entre dientes. Aiden sintió el temor erizar los vellos en los brazos. Él sabía lo que las palabras de Zoltan significaban, pero Finlay aun así sonrió. Qué tonto, por cierto.

-Vamos-, ordenó Zoltan y agarró del brazo a Leila.

Con horror, Aiden observó mientras la arrastraba hacia el vórtice, mientras trataba de cavar los talones en el suelo.

-¡Espera!- Lo llamó Finlay. -¿No se te ha olvidado algo?

Zoltan se volvió hacia el traidor. -¿Olvidado? ¡Ah, cierto!- Entonces él se echó a reír. -¡Encárgate de él!-, ordenó a un demonio a su lado y se volvió.

Aiden no podía esperar por más tiempo. Sólo contaba con que sus colegas hubieran sido capaces de acercarse a los demonios con sigilo y estuvieran lo suficientemente cerca como para atacar, antes de que Zoltan tuviera la oportunidad de escapar.

-¡Salgan del camuflaje ahora!-, gritó, su voz llenó la caverna.

La cabeza de Zoltan se volteó justo mientras Aiden se descubría ante él.

Sin embargo, Aiden no miró los furiosos ojos verdes del demonio, en lugar de ello su mirada se fijó en el collar de diamantes incrustados que colgaba alrededor de su cuello.

38

Una fracción de segundo después de que la voz de Aiden inundara la cueva, una voz que Leila estaba más que encantada de escuchar, el caos se desató. La multitud de demonios a su alrededor irrumpieron contra los Guardianes Invisibles que se materializaron de la nada. Espadas chocaban y dagas salían volando. Gritos y gruñidos se hacían eco en la caverna, haciéndolo sonar como si un ejército entero hubiera caído sobre ellos.

Sin embargo, Leila no podía concentrarse en la lucha revolviendo a su alrededor. Todo en lo que podía pensar ahora era cómo recuperar el colgante alrededor del cuello de Zoltan. Con los demonios a su alrededor metidos en la lucha, finalmente tenía una oportunidad, aunque sólo sea poco probable.

Ella nunca había pensado que lo llevaría puesto, pero tal vez Hamish había estado en lo cierto después de todo: a los demonios les gustaba lo reluciente, y la joya era algo más que reluciente, era brillante. En el momento en que había visto a Zoltan salir del torbellino, lo había notado. Su mente había comenzado a bosquejar una idea, tratando de hacer un plan para arrebatarle sus datos de nuevo y destruirlos antes de que la arrastrara al infierno con él. Ahora, la oportunidad se presentaba.

Desesperadamente, lanzó una mirada alrededor de la cueva, tratando de evaluar las posibilidades que tenían los Guardianes Invisibles de derrotar a los demonios. Los Guardianes Invisibles eran inferior en número, algunos de ellos no tenían que luchar contra un oponente sino con dos. Sin embargo, su agilidad parecía ayudarlos en su lucha, al igual que sus otras habilidades.

Leila vio como Hamish de repente desapareció, luego reapareció detrás de un demonio un segundo más tarde, la vil criatura lo buscaba presa del pánico, antes de que la espada de Hamish le cortara la cabeza. Sangre verde brotó hacia el Guardián Invisible y las formaciones rocosas a su alrededor. Sus amigos utilizaban los mismos métodos para hacer frente a sus oponentes volviéndose invisibles cada vez que estaban en un aprieto, a continuación, volvían a aparecer un instante más tarde, en un lugar diferente.

Enya luchaba tan valientemente como sus colegas masculinos. Su largo pelo rubio estaba ajustadamente trenzado alrededor de su cabeza, para que los mechones no se metieran en medio, mientras ella golpeaba con su espada como un samurái y giraba su cuerpo con tanta gracia como una bailarina, pero de manera rápida y furiosa como un ninja. Leila nunca había visto a una mujer pelear así. Parecía sin miedo ante los demonios, balanceando la mano con la espada con precisión y astucia y con más fuerza del que su cuerpo debería haber sido capaz de tener.

Con un gruñido triunfal, Enya golpeó el brazo del demonio. Aulló en respuesta, pero Enya no se detuvo en su movimiento, incluso mientras él saltaba sobre ella. Ni siquiera se inmutó cuando apuntó su daga hacia ella. A medio movimiento, se detuvo, y luego bajó la mirada. Leila siguió su mirada y vio que Enya había insertado un puñal en su estómago. Con una sonrisa de satisfacción entonces movió la daga más arriba, abriendo a su oponente como si fuera un carnicero con experiencia, y el demonio simplemente un toro muerto.

Zoltan vio la misma escena, observando cómo cada vez más de sus demonios estaban siendo sacrificados, a pesar de que superaban en número a los Guardianes Invisibles. Era evidente que su capacidad de volverse invisibles y luego de volver a aparecer donde los demonios no sospechaban les había ayudado en gran medida.

Sin embargo, en lugar de ayudar a sus compañeros demonios, Zoltan no se movió, ni soltó su brazo. Sus dedos aún se hundían dolorosamente en su piel, casi como las garras de una bestia, su fuerza era innegable.

-Vamos-, gruñó y tiró de ella hacia el vórtice.

Al parecer, estaba dispuesto a dejar que sus seguidores murieran sin mover un dedo, siempre y cuando se saliera con lo que él quería: ella.

-¡Tienes que llevarme contigo!-, se quejó Finlay detrás de ellos. -¡Me lo prometiste!

Zoltan hizo girar su cabeza hacia donde estaba el traidor. -¡Yo no te prometí nada! ¿De verdad crees que queremos un líder que está dispuesto a traicionar a su propia raza? No son cualidades que valoremos.

Finlay dio unos pasos vacilantes hacia ellos. -Pero tienes que ayudarme. Hice esto para tu raza. Así podrían ser más fuertes. Me lo debes-. Sus ojos se desviaron nerviosamente hacia el Guardián Invisible que parecía tener el control ahora. -Tienes que ayudarme. Me matarán si llegan a mí.

-¿Ayudarte?-, preguntó Zoltan, inclinando la cabeza.

Leila observó cómo su expresión cambió, una tenue sonrisa jugando alrededor de los labios, haciéndole lucir más humano. Pero la frialdad de sus ojos traicionó su amable sonrisa.

-Yo te ayudaré. Me aseguraré de que no te maten…

Una expresión de alivio en el rostro de Finley se extendió mientras daba un paso más cerca. Pero un momento después, Zoltan sacó su daga y sacudió su muñeca apuntándola hacia el traidor. Golpeándolo entre los ojos.

-...matándote yo primero-, terminó su oración.

Leila sintió a su captor aflojar el agarre de su brazo al mismo tiempo que el shock del asesinato a sangre fría pasaba a través de su cuerpo. Le dio el coraje que necesitaba. Si no actuaba ahora tiraría de ella hacia el vórtice.

Mientras Zoltan observaba la caída del cadáver de Finlay hacia el suelo, Leila empujó la mano en el bolsillo de la chaqueta y sacó la lata de gas pimienta. Lo puso frente a su captor y presionó el botón, liberando el gas irritante. Dejó escapar un rugido, pero su mano soltó su brazo y ella se liberó. Mientras sus manos se iban a su rostro para cubrirse los ojos, gritos de dolor salían de su garganta, ella alcanzó el collar y lo arrancó de su cuello.

Sus manos se dirigieron a ella, una de ellas golpeó contra su hombro. Pero se aferró al colgante, aun cuando Zoltan ciegamente tiró los puños en dirección a ella.

-¡Aiden!-, ella gritó y giró la cabeza hacia los Guardianes Invisibles que luchaban.

Ella captó la mirada de Aiden mientras luchaba con un demonio en el centro de la caverna.

-¡El collar!-, gritó ella y lo tiró hacia su dirección, observando cuando adentraba su puñal en el demonio, y luego lo arrojó a un lado, alcanzando el collar.

En el mismo instante, Zoltan, que parecía haber recuperado algo de su visión perdida, le arrebató la muñeca. Ella fue testigo de cómo sus ojos se dirigieron a Aiden que en ese momento tomaba el collar en sus manos, escondiéndolo en el bolsillo del pantalón.

El entendimiento se extendió sobre el rostro del demonio. -La droga. ¿Estaba allí?- Él le azotó una mirada furiosa.

-¡Nunca lo conseguirás!- Le dijo, el alivio de que su investigación ya no estaba en las manos de Zoltan la inundó.

-¡Todavía te tengo a ti!- Siseó.

-¡No, no es así!-, respondió la voz furiosa de Aiden.

Leila sintió el corazón latir en su garganta mientras presenciaba el salto que Aiden hizo hacia Zoltan, espada en mano. Zoltan inmediatamente la soltó y la echó con tal fuerza, que perdió el equilibrio, cayó y se deslizó hasta el borde del vórtice, llegando a sólo unos centímetros cerca del torbellino de niebla y aire.

Ella se apresuró a alejarse de su fuerza que la atraía, con las manos buscó algo a lo que agarrarse mientras sus pies eran atraídos hacia la oscuridad. Ella vio cómo Aiden miraba su situación con horror, pero en ese momento Zoltan lo atrapó con un arma que había sacado por detrás de su espalda.

Intercambiaron golpes, el sonido de las espadas chocando rebotaban en las paredes. Zoltan era más alto que Aiden, más corpulento. Parecía más fuerte y más masivo, sin embargo, Aiden luchaba con pasión y determinación. De repente, la figura de Aiden parpadeó brevemente y desapareció para reaparecer detrás de Zoltan, una fracción de segundo más tarde. Sin embargo, el demonio parecía haber anticipado su movimiento y ya se había girado defendiéndose del siguiente golpe.

Leila quitó los ojos de la pelea, luchando por encontrar un apoyo en la piedra caliza resbaladiza. Su mano encontró un relieve y se apoderó de él. Poco a poco, se empujó, moviendo su cuerpo unos centímetros más lejos del enorme agujero. Le dio suficiente fuerza como para mover la otra mano hacia el mismo lugar. Encontró seguridad con su segunda mano. Pero la fuerza del vórtice aumentaba, haciendo imposible que se pudiera mover. Lo único que podía hacer era mantener su posición, las piernas en el vórtice hasta las rodillas, su cuerpo extendido sobre su estómago.

Cuando un grito de dolor resonó en la cueva, giró la cabeza y vio cómo la mano de Aiden llegaba hacia su hombro, cubriendo una gran herida.

-¡Los tengo!- Oyó gritar a Hamish un instante después, haciéndola girar la cabeza en su dirección.

Hamish acababa de derrotar a su rival y estaba libre para encargarse de otro.

-¡Hamish! ¡Ayuda a Aiden! -, ella gritó y le llamó la atención.

Su cabeza se giró en dirección a ella, y se precipitó hacia Aiden y Zoltan. El demonio notó que se acercaba al instante, sus ojos evaluaron rápidamente la lucha en la cueva. Sólo otros tres demonios estaban aún con vida, y pronto también estarían muertos, teniendo en cuenta lo bien que los Guardianes Invisibles luchaban.

Evidentemente consciente de la desesperanza de la situación, Zoltan asestó otro golpe a Aiden, a continuación se alejó y se abalanzó sobre el portal.

¡Oh, Dios mío, no, él la tendría después de todo!

El pánico la carcomió, y cerró los ojos, las manos húmedas agarrándose por el relieve, sus dedos se desprendían.

Ven conmigo. Te daré todo lo que deseas, oyó su voz en su mente. *Tus padres. Te daré de vuelta a tus padres. ¿No es eso lo que más deseas?*

Un sollozo se le escapó.

-¡NOOO!

El gritó de Aiden fue seguido por varias manos aferrándose a sus brazos, tirando de ella. Sentía como si la estuvieran estirando sobre un potro de torturas, su cuerpo separándose en dos direcciones opuestas. Entonces, de repente, fue catapultada hacia adelante, la fuerza del vórtice cesó al instante, el agarre en el tobillo se había ido.

Respirando con dificultad, ella abrió los ojos.

Aiden la tomó en sus brazos. Hamish junto a él, dejó escapar un suspiro de alivio.

-Oh, nena, pensé que te había perdido.

Ella no tuvo la oportunidad de responder porque los labios de Aiden se encontraban sobre los suyos un instante después. Su beso fue breve, pero abrasador. Cuando soltó sus labios, giró la cabeza hacia atrás a la lucha. Ella siguió su mirada y vio cómo Hamish saltaba de vuelta hacia el tumulto, cortándole la cabeza al oponente de Manus.

Luego ambos corrieron hacia Enya y Logan, ayudándolos a matar a los demonios con los que luchaban. Con el último demonio muerto, la quietud se apoderó de la cueva.

-Viniste por mí-, le susurró a Aiden.

Él la miró a los ojos. -Yo habría ido hasta el inframundo para traerte de vuelta-. La apretó contra él.

Mientras miraba por encima del hombro, de repente vio a dos hombres que no conocía entrar en la cueva. Ella se puso rígida.

-¿Qué nos perdimos?-, preguntó el mayor de los dos.

Aiden la soltó y se volvió. -Una pelea muy buena.

-Ah, eso apesta-, comentó el más joven.

El mayor sonrió y Leila en un instante vio la similitud entre él y Aiden.

-Bueno, conociendo a tu madre, estoy seguro de que está contenta de que me lo haya perdido. A pesar de que...- Miró los cadáveres de los demonios. -...no me habría importado un poco de acción matando demonios yo mismo.

Aiden asintió con la cabeza. -No te preocupes, padre, hay más de donde vinieron. No hemos visto el último de ellos.

Leila se estremeció. -Zoltan volverá, ¿no?

Apartó un mechón de cabello de la mejilla. -Y yo siempre estaré contigo para protegerte.

39

Ningún ser humano había puesto un pie en la Cámara del Consejo; sin embargo, en esta reunión de emergencia del Consejo de los Nueve, donde sólo siete miembros se sentaban en sus asientos designados, Leila estaba presente de pie al lado de Aiden mientras sostenía su mano en la suya.

-¿Qué van a hacer?- Le susurró ella.

Volvió la cabeza, dándole una sonrisa tranquilizadora, inhalando de su esencia al mismo tiempo. No habían estado solos por más de unos minutos desde el enfrentamiento con los demonios en la cueva, y no quería nada más que estar a solas con ella y dejar al resto del mundo fuera.

-Todo va a estar bien.

Oyó el golpe del martillo y se enderezó, volviendo su atención de nuevo al Consejo. A su otro lado, Hamish estaba relajado. Ellos intercambiaron una mirada rápida.

-El Consejo de los Nueve se ha reunido-, dijo su padre y se levantó. -Los motivos de hoy traen una gran tristeza para todos nosotros. Nuestro hermano Finlay sucumbió ante la atracción de los demonios y pagó el precio final. Fue insensato el que se alejara de nosotros y sucumbiera a las tentaciones que lo destruyeron.

Miró al círculo antes de continuar. -Todos tenemos que luchar contra las tentaciones, pero nuestra fuerza colectiva nos ayudará a no sucumbir. Que la *Virta* esté con todos nosotros.

-Sí-, respondió Cinead.

Primus asintió con la cabeza. -Cinead pidió antes para hacer una solicitud. Por favor, habla.

El escocés se levantó, mirando un largo rato hacia los miembros del consejo, a continuación, dirigió los ojos hacia Hamish. -Me complace saber que Hamish ha regresado y fue de hecho crucial en descubrir al traidor. Creo que tal iniciativa debe ser recompensada. El asiento de Finlay en el consejo se encuentra vacante. Propongo que se le ofrezca dicho lugar a Hamish. Necesitamos hombres como él.

Aiden sintió a su amigo moverse junto a él, pero antes de que Hamish pudiera decir algo, otro miembro del consejo tomó la palabra.

-Yo secundo la nominación-, dijo Wade.

-Llamemos a votación entonces-, determinó Primus.

-Oh, Primus-. Hamish tomó un paso adelante, acercándose a la mesa en forma de u.

-¿Sí?

-Me siento honrado por el nombramiento y su confianza hacia mí, sin embargo, con todo respeto, no puedo aceptar un puesto en el Consejo.

Jadeos se escucharon entre los reunidos. Ser ofrecido un asiento en el Consejo, sobre todo para alguien tan joven como Hamish, era el mayor honor que puede ser otorgado a un Guardián Invisible. Rechazarlo era casi una blasfemia.

Hamish levantó la mano. -¿Puedo aclarar mi razonamiento?

Primus asintió con la cabeza. -Muy bien.

-Los demonios están allí afuera, día a día poniéndose más fuertes. Por lo que Aiden pudo investigar sobre Zoltan, él es una estrella en ascenso en el mundo de los demonios. Él será su próximo líder, y creo que es más inteligente que todos ellos. Se trata de un nuevo líder. Él tratará de luchar contra nosotros, no sólo con músculos, sino con cerebro. Y si bien entiendo la necesidad del consejo para tomar decisiones y gobernar nuestra raza, sé que mi lugar es como un Guardián allá afuera en el campo. Es el lugar donde puedo tener el mayor impacto. Prefiero estar allí, luchando codo a codo con mis hermanos que sentarme en el Consejo. Sin ánimo de ofender.

Aiden sintió que las palabras de Hamish le llenaron de alegría. Él ya había sospechado que el Consejo le ofrecería a su amigo un asiento. Su padre se lo había insinuado cuando Aiden le había hablado poco antes de la reunión. Se alegró de que Hamish no estuviera dispuesto a aceptar la oferta. Él sabía que su amigo serviría mejor a su raza permaneciendo donde estaba: en el complejo habitacional, luchando contra los demonios y protegiendo a los seres humanos.

-¿Estás seguro de ello?-, preguntó Cinead.

Hamish asintió con la cabeza.

-Lamento escuchar eso, Hamish, sin embargo, a tu edad yo quería exactamente lo mismo. No puedo culparte por tu elección.

-Gracias-. Él se inclinó y regresó de vuelta junto a Aiden.

-El Consejo acepta tu decisión-, dijo Primus, luego hizo un gesto a los dos guardias del consejo que estaban cerca de la puerta. -Traigan al prisionero.

Cuando Deirdre fue llevada un momento más tarde, se escucharon murmullos a través de las Cámaras del Consejo. Aiden instintivamente apretó más estrechamente la mano de Leila. Esa Guardián Invisible mujer había intentado matarla. No sólo una, sino varias veces. Si fuera por él, le daría el castigo más duro.

Aiden la observó mientras pasaba al lado de ellos para ponerse delante del consejo. Su cabeza se giró un poco, brindándole una rápida mirada. No había nada en sus ojos que le indicara que ella se arrepintiera de sus acciones.

-Has sido traída ante nosotros para asumir la responsabilidad de tus actos. Se te acusa de actuar en contra de la voluntad expresa del consejo. ¿Tienes algo que decir en tu defensa?- Primus se dirigió a ella.

Deirdre alzó la barbilla, cada centímetro de ella todavía emanaba su puesto de miembro del consejo ejerciendo poder. -Hice lo correcto para nuestra comunidad.

-Hemos votado a favor de lo contrario-, Primus no estaba de acuerdo.

-Porque no podían ver lo que estaba justo en frente de ustedes-. Ella se giró para señalar con el dedo a Leila. -Ella estaba poniendo en peligro a todos nosotros y a toda la raza humana. Tenía que ser detenida. Te equivocaste al protegerla. Los demonios la seguirán persiguiendo, ¿no? ¿Qué te hace pensar que no se quedarán con ella después de todo? Sigo diciendo que la eliminen.

Aiden sintió la rabia crecer, su pecho moviéndose mientras expulsaba un aliento enojado. Junto a él, Leila puso una mano sobre su brazo, calmándolo. Cuando él la miró, ella negó con la cabeza en silencio, indicándole que no debía interferir en el interrogatorio.

-No tenías derecho a tomar esa decisión por tu cuenta. Tuviste tu voto, al igual que el resto de nosotros lo tuvimos. No podemos simplemente tomar el asunto en nuestras propias manos, cuando no nos gusta cómo el Consejo decide.

La mirada de Deirdre se suavizó. -Primus, yo hice esto para que no perdiéramos a los nuestros una vez más. Lo hice para mantenernos a salvo, de la misma forma que hubiera dado cualquier cosa para mantener a Julia segura. ¿No puedes ver eso? Yo no odio a este ser humano, pero el peligro que representa si alguna vez cayera en manos de los demonios es demasiado grande. ¿Cuántos de nuestros hijos morirán a causa de ello?

Los ojos de Primus se quedaron en ella por un momento, y Aiden vio la lucha que en sus adentros su padre experimentaba. Era cierto, Deirdre había amado a Julia como la hija que nunca tuvo, y había quedado devastada por su muerte. Pero, ¿qué le daba el derecho a condenar unilateralmente a otro ser humano a morir? Extrañamente, Aiden había pensado lo mismo, pero él entendía ahora que no podía culpar a un ser humano por las obras de otro.

Primus hizo un gesto lento. -Veremos que no suceda. Sin embargo, lamentablemente, ya no será más una de tus preocupaciones. Has violado nuestras leyes. Por lo tanto, mi sugerencia para el Consejo es que te encarcelen en una celda de plomo por el período de un año y un día, después del cual se te liberará en el mundo de los humanos para no volver jamás con nosotros. Consejo, ¿cómo votan?

Deirdre se quedó sin aliento. -¡No puedes hacer eso! ¡Mis poderes... no puedes hacerme esto a mí!

Aiden escuchó la desesperación en la voz de Deirdre y sintió cuando Leila se acercó susurrándole al oído. -¿Qué quiere decir? Un año no es un tiempo muy largo por intento de asesinato.

-No es la cantidad de tiempo, sino lo que la celda de plomo le hará.

Oyó a los miembros del consejo uno a uno dando su voto en el castigo.

Leila le dio una mirada inquisitiva, por lo que continuó con su explicación. -Un año en una celda de plomo significa que todos los poderes de Deirdre serán extraídos de su cuerpo. El cambio será permanente. Nunca volverá a ser capaz de hacerse invisible otra vez; ella no caminará a través de las paredes de nuevo; y su fuerza sobrenatural, sus sentidos superiores, habrán desaparecido para no volver jamás. Ella será como un ser humano, no un Guardián Invisible.

Era un duro castigo, uno que nadie quería dar. La pérdida de uno de los suyos en un momento en que cada Guardián Invisible se necesitaba desesperadamente era dolorosa.

-¡No!

Aiden se sacudió repentinamente al escuchar a Leila exclamar su desacuerdo con el consejo. Tiró de su mano tratando de detenerla, pero la torció para alejarse de él y se acercó a la mesa.

-Por favor, no le hagan esto a ella.

Las cejas de su padre se levantaron con total sorpresa.

-Tú no tienes derecho a interrumpir la reunión del Consejo-, Geoffrey reprendió.

Primus levantó la mano. -Déjala hablar-. Dándole a Leila una mirada expectativa. -Tengo curiosidad de saber por qué debería querer defenderla, doctora Cruickshank. Después de todo, era a usted a quien quería matar.

-Entiendo, pero también puedo ver su lado. He cometido muchos errores porque no creí en Aiden en un primer momento. Le mentí acerca de la existencia de otra copia de los datos de mi investigación. Podría fácilmente haber terminado en las manos de los demonios. Y si hubiera sucedido así, en retrospectiva, ¿no hubiesen querido que Deirdre hubiera tenido éxito? -Se detuvo un momento y luego volvió la cabeza para mirar hacia atrás a Aiden.

-Incluso tú querías verme muerta en algún momento.

Su declaración atravesó su corazón. -No, yo...

-Por favor, no lo niegues. No te culpo-. Ella se volvió de nuevo al Consejo. -Yo no culpo a ninguno de ustedes por lo que pasó. Todo el mundo hizo lo que pensaban que era lo mejor. No quiero ser la razón por la que pierdan a otro de su raza. ¿No fue la muerte de Finlay suficiente? No estoy interesada en la venganza.

Con cada palabra que Leila decía, el corazón de Aiden se ensanchaba. Tenía tanta generosidad en sí misma, y la entregaba con gracia. Él la admiraba por la fortaleza que mostraba, porque se necesitaba fuerza para vencer sus propios sentimientos sobre un tema y tomar una decisión que beneficiara a todos. En muchos sentidos, le recordaba a Julia, y en otros sentidos era tan diferente de ella. Y él la amaba por ambas cosas.

-Esto aún no deja el hecho de que ella actuó en contra de las órdenes del consejo-, admitió Primus.

Leila dio una rápida inclinación de cabeza. -Lo entiendo, y yo no quiero interferir con sus leyes, pero seguramente habrá un castigo menos severo que puedan elegir, que no sea el destruir sus poderes.

-¿Quieres decir como una palmada en la muñeca?

-Algo por el estilo. Tal vez una ubicación diferente, otro proyecto, servicio comunitario por así decirlo.

-Muy bien-. Primus indicó que volviera al lado de Aiden. -Consejo, una palabra en privado-. Él se puso de pie y los demás hicieron lo mismo, reuniéndose en torno a él, hablando en voz baja.

Mientras Leila volvía a él, Aiden le dio un beso rápido en la mejilla, con la esperanza que ninguno de los miembros del consejo lo viera. -Estoy orgulloso de ti.

-Es lo que hay que hacer. Cuando Zoltan regrese necesitarán hasta el último Guardián Invisible que tengan.

Captó la mirada de Hamish. -Leila tiene la razón. Zoltan regresará. Nunca he visto a nadie tan decidido. Tú mismo has dicho que él será un líder nuevo, más fuerte, más inteligente y más letal. Tendremos que estar preparados.

Aiden no podía estar más de acuerdo. -Él no va a renunciar.

-El Consejo ha llegado a una decisión-, la voz de su padre de repente sonó en la cámara.

Aiden estrechó la mano de Leila y luego fijó su atención en la decisión.

-Deirdre, tu castigo será doble: prepararás la muerte de la Dra. Cruikshank de tal manera que los demonios crean que es real. Te dejo los detalles.

Leila tomó el aliento con rapidez, por lo que Aiden deslizó su brazo alrededor de su cintura sosteniéndola. Esta medida era necesaria, de lo contrario los demonios nunca dejarían de perseguirla.

-Tu asiento en el Consejo se ha perdido definitivamente para ti. ¿Aceptas tu castigo?

Deirdre asintió con la cabeza. -Sí, Primus. Gracias, no te arrepentirás.

Antes de que ella se volviera hacia la puerta, Primus continuó: -Y asegúrate de que los demonios se lo crean. Si no lo hacen, no te molestes en volver jamás.

-Pueden confiar en mí. Lo juro por la memoria de tu hija.

Un momento después, salió de las cámaras, con la cabeza bien alta.

-Una cosa más-. Su padre lo miró a él y a Leila. -Los datos. Los destruiremos ahora-. Él levantó el collar y se lo mostró a todo el mundo en la habitación.

-Permítame-, dijo Leila y caminó hacia él. Cuando llegó a su lado, él le entregó la joya.

Aiden se acercó, viendo cómo los dedos ágiles de Leila, abrían el collar de diamantes incrustados y retiraba una unidad USB de su interior.

-¿Puedo quedarme con el collar?-, preguntó, levantando los ojos para mirar a Primus.

-Puedes.

Aiden tomó la unidad USB. -La destruiré por ti.

Ella le sonrió. -No, voy a tener que hacerlo yo misma. Verás, es el momento de abandonar mi sueño. Soy la única que puede hacer esto.

Sintió una punzada en el corazón ante el evidente dolor en su voz. -Eres fuerte-, susurró.

Cuando levantó la vista, su padre señaló a la gran roca plana a un lado de la cámara. Sobre ella había un martillo. -Allí.

Los miembros del consejo se levantaron para seguirla, mientras ella ponía el dispositivo electrónico que contenía los datos sobre la superficie plana. Aiden se fijó cómo la mano le temblaba un poco cuando ella tomó el martillo, cerrando la palma a su alrededor.

-Estoy orgulloso de ti-, murmuró, conectando por un momento la mirada con la suya.

Luego golpeó el martillo sobre la unidad USB, una, dos, tres veces, hasta que se rompió en cientos de pedazos pequeños, una lágrima solitaria escapó de sus ojos y corrió por su mejilla. Mientras las partículas pequeñas se esparcían por la roca, Aiden la miró y vio la tristeza en sus ojos mientras observaba sus sueños desvanecerse.

Mientras que el Consejo se dispersaba, Aiden sintió la mano de su padre en el hombro y se volvió hacia él.

-Todavía hay un tema que sigue sin aclarar. El Consejo me ha dejado a mí para que lo maneje-, dijo su padre amenazadoramente. -Discúlpanos por un momento-, dijo a Leila y lo llevó a unos cuantos pasos de distancia.

-¿Y qué es?

-Has llevado un ser humano al complejo habitacional. Como tú sabes, está en contra de las reglas.

Los latidos del corazón de Aiden se aceleraron. -Sabes que no tenía otra opción. Era el único lugar seguro.

Su padre le dio unas palmaditas en el hombro. -Lo entiendo, pero eso no cambia las reglas. Sólo hay un conjunto de circunstancias en las que un ser humano sería permitido en un complejo. Y el consejo me ha pedido que te pregunte acerca de tus intenciones con respecto a esta circunstancia en particular.

Aiden sintió la certeza sobre sus intenciones inundar su corazón. -Dile al Consejo, que la respuesta es sí.

Su padre lo abrazó. -Estoy muy feliz de escuchar eso, hijo. Muy feliz.

40

Después de casi una semana en el complejo habitacional durante la cual Aiden rara vez se había alejado de su lado, llegó la hora de que Leila saliera de su lugar seguro.

-Es hora de ver a tus padres-, dijo Aiden.

Leila dio una sonrisa agridulce. Esta sería la última vez que la vieran... si es que la reconocían en esta ocasión.

-Puedes hacer esto.

Conteniendo las lágrimas, esbozó otra sonrisa en sus labios. -Yo puedo hacer esto.

Las cosas que había pasado desde aquella fatídica noche cuando ella había conocido a Aiden le habían demostrado que era más fuerte de lo que ella creía. Había sobrevivido a varios ataques de los demonios y dos intentos de asesinato por un Guardián Invisible. De alguna manera iba a sobrevivir a esto también, tanto como le rompería el corazón. Pero ella entendía la importancia de esto y sabía que por el bien de todos... de todo el mundo... tenía que hacer este sacrificio. El bienestar de miles de millones de seres humanos estaba en juego, y si la oportunidad de luchar para resistirse a la influencia de los demonios significaba que tenía que dar ese paso, entonces lo haría. No tenía derecho a ser egoísta.

En el momento en que se detuvo delante de la casa de sus padres en el coche de Aiden, ella y Aiden habían repasado todo lo que iba a suceder ese día. Tomó la manija de la puerta cuando él le puso la mano sobre la suya.

Ella se volvió para mirarlo.

-Eres la mujer más fuerte que he conocido.

Leila sonrió, su admisión le dio calidez a su corazón. -Porque tú me haces fuerte.

Mientras se bajaban del coche y se acercaban de la mano camino hacia la entrada, sintió una sensación de hormigueo en la espalda y se puso tensa.

-No des la vuelta-, murmuró en voz baja.

-¿Nos están mirando?

-Sí. ¿Tienes miedo?

-Sí-, respondió ella. No había ninguna necesidad de mentir. El miedo era bueno, Aiden le había dicho. La mantendría con los pies en la tierra y segura en última instancia.

Cuando llegó a la puerta, ella no tuvo la oportunidad de tocar siquiera el timbre. La puerta se abrió, y Nancy la saludó con entusiasmo.

-¡Leila! ¡Querida! Estábamos todos tan preocupados por lo que vimos en la televisión. ¿Te encuentras bien?

Leila forzó una sonrisa encantadora y le dio al ama de llaves un abrazo rápido antes de pasar más allá de ella dentro de la casa.

-No te preocupes, Nancy. Todo fue un gran malentendido. Estoy segura de que las noticias informarán en unas pocas horas que no tuve nada que ver con lo que sucedió en Inter Pharma.

-¡Ah, eso es un alivio!-, dijo Nancy mientras miraba a Aiden, quien ahora cerraba la puerta de entrada y se quedaba en el pasillo.

-Oh, lo siento, este es mi novio, Aiden. Aiden, ella es Nancy, la cuidadora de mis padres-. Ella sabía que la mitad de la presentación no era necesaria. Aiden ya sabía todo lo que tenía que saber sobre Nancy.

Estrechó la mano de Nancy, mostrando una sonrisa de niño. -Encantado de conocerte. Leila habla de ti todo el tiempo. Proporcionas muy buen cuidado de sus padres.

Nancy se sonrojó e hizo un movimiento desdeñoso de la mano. -Oh, es tan fácil trabajar para ellos.

-¿Dónde están?- Leila miró por el pasillo, escuchando sus voces.

-En el cuarto de estar. Tu papá está leyendo el periódico, y tu madre está viendo la televisión.

El camino por el pasillo se sintió más largo que nunca. ¿La reconocerían ahora? Su padre tal vez. A menudo parecía más lúcido que su madre. ¿Sabrían que hoy su hija se encontraba de visita, o sería como lo fue cuando ella llamó desde la casa de masaje? Leila oraba para que éste fuera un buen día para los dos.

-Voy a hacer un poco de té-, dijo Nancy y se dirigió a la cocina.

-No podemos quedarnos mucho tiempo-, le dijo Leila a la cuidadora.

-Tus padres deben tomar el té de todos modos. No es ninguna molestia-. Entonces ella se fue a la cocina.

Aiden le apretó la mano consolándola. Asintió con la cabeza hacia él, luego lentamente entró en la sala de estar. Su madre estaba sentada en el sofá, mirando la televisión, una novela sonaba a todo volumen. Su padre estaba sentado en su sillón preferido, doblando el periódico y poniéndolo en una mesa al costado. Levantó su vista directo hacia a ella.

Por un momento se quedó helada en su lugar, esperando. Buscó en los ojos azules de su padre una señal de reconocimiento.

-¿Leila?-, dijo de repente y se levantó vacilante.

Corrió hacia él y le echó los brazos a su alrededor. Él la abrazó.

-Gracias, gracias-, susurró. -¡Oh, papá, es tan bueno verte!- Ella levantó la cabeza para mirarlo.

-No nos has visitado en mucho tiempo-, sentenció.

Ella decidió no decirle que había pasado la mitad de un día con él y su madre sólo dos semanas antes. -Lo sé, papá. Lo siento.

-Bueno, al menos estás aquí ahora-. Entonces miró hacia atrás de ella, liberándola de su abrazo. -¿Trajiste a un amigo?

Leila se volvió. -Así es papá, él es Aiden.

Su padre asintió con la cabeza. -Hola.

-Señor, es un placer conocerlo.

-¿Cómo está mamá?- Le preguntó Leila y echó un vistazo a su madre, quien seguía mirando la televisión como si ni siquiera hubiese escuchado la conversación que estaba ocurriendo a menos de un par de metros de distancia de ella.

Su padre se encogió de hombros. -Está bien, supongo.

Leila dio unos pasos tentativos hacia el sofá, luego se agachó frente a ella.

-Hola, mamá.

Su madre la miró fijamente, luego se hizo a un lado para seguir viendo la televisión.

-Mamá, soy Leila, estoy aquí para visitarte.

Ella le dio a Leila una mirada inquisitiva, antes de volver sus ojos de nuevo a su programa de televisión. Leila tomó su mano y la apretó, tratando de contener las lágrimas que comenzaron a juntarse en sus ojos.

-Ellos dijeron que Leila había desaparecido-, su madre dijo de pronto. -La televisión lo dijo.

Leila dejó escapar un suspiro de alivio y de dolor. Por lo menos las palabras de su madre significaban que ella todavía entendía algo. -Leila está aquí, mamá, he vuelto. El televisor estaba equivocado.

Su madre volvió la cabeza completamente hacia ella. -¿Leila está de vuelta?

Reprimiendo sus lágrimas, ella respondió: -Sí, mamá, Leila está de vuelta, y ella te quiere mucho.

-¿Por qué no viene a visitarnos, entonces?- Los ojos de su madre la miraban directo a ella, pero aún no la reconocía.

-Ella lo hará, mamá, ella misma vendrá pronto. Tu hija te ama. Ella quiere que lo sepas.

-Yo también la amo.

Leila le soltó las manos y se levantó, dándole la espalda con el fin de no mostrar sus lágrimas. Aiden puso una mano en su antebrazo para reconfortarla.

-Tal vez ella no sepa quién eres, pero sabe que la amas. ¿No es eso lo más importante?-, preguntó.

Asintió con la cabeza. -Sí. Tendrá que ser suficiente.

Cuando se volvió hacia su padre, estaba sentado en su silla, leyendo el periódico.

-¿Papá?

Él no levantó la vista esta vez, casi como si estuviera en su propio mundo, demasiado absorto para escuchar cualquier otra cosa.

-Me tengo que ir-, susurró, sabiendo que ni siquiera la oyó.

Al salir de la casa pocos minutos más tarde, después de haberse despedido de Nancy, Aiden la tomó del brazo y la condujo de nuevo al coche. Ella bajó la ventana por completo y saludó con la mano a la cuidadora desde el interior del vehículo, asegurándose de que Nancy reconociera el Ferrari de lujo.

Leila tomó el cinturón de seguridad por costumbre, pero la mano de Aiden la detuvo.

-Tal vez sea mejor así-, reflexionó, mirando a Aiden que ponía el coche en marcha y se alejó. -Tal vez nunca se dará cuenta que morí ahora.

En la siguiente intersección, el semáforo estaba en rojo.

-Es hora de irnos, amor-, instruyó Aiden. -Hamish te está esperando en la acera. Te camuflará todo el camino.

Ella asintió con la cabeza y se lanzó a sí misma fuera de la ventanilla del coche como lo había practicado toda la semana. Luego le dio Aiden otra mirada. -Ten cuidado.

Cuando la luz cambió a verde, salió disparado como un cohete. No había tráfico. Los Guardianes Invisibles se habían asegurado de ello. Vio como el coche de Aiden pasaba una luz roja en la siguiente intersección.

El accidente se pudo oír en todo el vecindario. Momentos más tarde, fue seguido por una explosión. El coche de Aiden se había estrellado contra un camión de gas que había llegado desde la derecha. Todo había estallado en llamas, el gas desde el camión se derramaba por todos lados, extendiendo el fuego para envolver toda la intersección, incinerando el coche deportivo de Aiden.

-Ten cuidado-, susurró. -Por favor, ponte a salvo.

-Él no puede morir por el fuego-, murmuró Hamish detrás de ella.

-¿Dónde está? No puedo verlo-. El nerviosismo se deslizó por su espalda. ¿Qué pasaría si Hamish estaba equivocado? ¿Qué pasaría si una explosión podría matar a un Guardián Invisible después de todo?

-Él se hubiera desmaterializado en el impacto y hubiera aparecido detrás del camión de gas-, trató de calmarla Hamish. -En el peor de los casos, se hubiera quemado un poco.

-Pero si...

Unos brazos desnudos se cerraron alrededor de ella, acercándola a los duros músculos de un hombre desnudo que ella reconocería en cualquier parte. Desnudo, porque el fuego había quemado la ropa de su cuerpo, pero lo dejó intacto.

-Aquí estoy, amor.

41

Deirdre había organizado todo a la perfección. Nadie se había hecho daño. Los Guardianes Invisibles se habían asegurado que no hubieran personas inocentes lo suficientemente cerca del accidente para hacerse daño. Sin embargo, los demonios que habían seguido a Aiden y a Leila de la casa de sus padres habían visto lo que tenían que ver: Aiden y Leila estrellándose contra el camión cisterna de gas y quemarse.

Un cuerpo que, gracias a los registros dentales, sería identificado como el de Leila, se encontraría en los restos del accidente. Deirdre se había asegurado de que también hubiera un cuerpo al volante del camión. Lo había manejado ella misma, pero salió de la misma manera que Aiden había escapado de las llamas. Para garantizar que las investigaciones de las autoridades llegaran a un callejón sin salida, los Guardianes Invisibles habían transportado a un hombre recientemente fallecido de una zona de guerra del Medio Oriente a través del portal, garantizando que no hubiera posibilidad de que el cuerpo carbonizado pudiera ser identificado en los EE.UU. Lo habían colocado en el camión de gas robado y manipulado para que explotara cuando el Ferrari de Aiden lo chocara.

No había ningún cuerpo de Aiden. No importaba lo que la policía pensara de esa inconsistencia, pero los demonios, que sabían que los Guardianes Invisibles no podían morir a causa del fuego quedarían satisfechos. Añadiendo el relato de un testigo como Nancy, que los vio entrar en el coche deportivo muy visible, y las observaciones de los propios demonios, la muerte de Leila sería creíble.

Por primera vez en días, Aiden sentía que su cuerpo se relajaba, la tensión se desprendía como piel muerta. Sólo había una cosa ahora que todavía estaba en su mente. Y él se haría cargo de eso ahora.

Puso una mano en la cintura de Leila, haciéndola darse vuelta de sus compañeros del complejo que conversaban en la sala grande. Ella le sonrió.

-Ven-, murmuró sólo para que ella lo oyera.

Sus ojos brillaron con interés. -¿A dónde?

Pero sin esperar su respuesta, aceptó su mano y lo siguió fuera de la habitación. Él la llevó a lo largo del pasillo que conducía a su habitación.

-¿Te acuerdas que mi padre me llevó aparte después de la reunión del consejo?

-Sí...

-Me dijo que el consejo sabía que yo te había traído al complejo. Y no se permiten los seres humanos aquí.

Él sintió que ella suspiraba. -¿Te castigarán?- Ella le dio una mirada de preocupación.

-Lo harán a menos que resuelva mi situación-. Después de haber llegado a su habitación, abrió la puerta.

Vacilante, ella entró y él cerró la puerta detrás de ellos. Se dio cuenta de la preocupación en su rostro.

-Ha llegado el momento de hacerlo ahora.

Ella asintió con la cabeza, bajando los párpados para ocultar la tristeza que se había deslizado en sus ojos. -¿Tengo que irme entonces?- Giró para no verlo. -Entiendo. De verdad. Yo sabía que no podría ser así para siempre-. Su voz se quebró.

-No te he pedido que te vayas. Te estoy pidiendo que te quedes-. Él se acercó detrás de ella y la tomó de los hombros.

Volvió el rostro hacia él. -Pero acabas de decir que tengo que irme.

Él sonrió. -Te dije que tenía que rectificar mi situación. Pero eso no significa que tengas que irte. Quiero que te quedes. Como mi pareja, como mi esposa.

Leila se quedó boquiabierta, y sus ojos se agrandaron. -Tú... deseas...

Él acarició con los nudillos su mejilla. -Sí, lo deseo. Lo deseo mucho-. Le dio un beso en los labios. -Los únicos seres humanos que se permiten en cualquiera de nuestros complejos, son las parejas de los Guardianes Invisibles. El consejo me dio tiempo para decidir. Yo realmente no necesitaba todo ese tiempo para saber, pero quería darte tiempo para que te acostumbraras a mí, para que vieras cómo sería tu vida conmigo. Lo que la vida en el complejo sería, antes de pedírtelo. Leila, te amo. ¿Quieres ser mi compañera, mi esposa, mía para siempre?

Sus ojos buscaron los suyos, la sorpresa y la duda aun brillando a través de ellos.

-Pero...- Ella se mordió el labio.

Su corazón se apretó. ¿No sentía lo mismo por él? ¿Habría malinterpretado sus miradas afectuosas, su toque cariñoso o el brillo en sus ojos cuando ella lo miraba? Bajó la vista, su rechazo lo hería más que cualquier otra cosa. Cada vez que habían hecho el amor desde que habían derrotado a los demonios en la cueva, su amor se había vuelto más intenso, más profundo, más conectado. Él le había dado su *Virta* tantas veces, que sus compañeros del complejo habían comenzado a darle miradas desaprobatorias. Incluso Hamish lo había apartado a un lado un día y le había dicho que le diera un respiro a Leila.

-Pero-, continuó entonces, -tú eres inmortal. Moriré dentro de cincuenta años o algo así. Envejeceré a tu lado mientras tú te mantendrás joven. No me amarás entonces. Nunca funcionaría.

Levantó la cabeza, el alivio corría a través de sus venas. -¿Esa es tu única objeción?

-¿Única? ¿No es esa suficiente?

-Dime que me amas.

Ella dudó.

-Leila, si me amas, por favor dímelo ahora. Si verdaderamente me amas, necesito saberlo.

-Te amo, pero...

Cortó sus siguientes palabras, deslizando sus labios sobre los de ella y haciendo arder su boca con un beso apasionado. Ella lo amaba. La confirmación de lo que había esperado todo este tiempo se extendió en su cuerpo, haciéndolo zumbar de placer.

Lentamente liberó sus labios. -¿Estás segura? ¿Absolutamente segura?

Ella asintió con la cabeza, sus ojos de repente se llenaron de lágrimas no derramadas.

-Bueno, porque si no lo estás, el ritual de unión nos matará a ambos.

Leila se sacudió. -¿Qué estás diciendo?

Aiden apartó un mechón de cabello de su cara. -¿Recuerdas la primera vez que te hice el amor a la manera Guardián Invisible?

Cuando ella asintió con la cabeza, continuó, -Juntaste la *Virta* que derramé en ti, y lo concentraste en mí cuando pusiste tu mano sobre mi corazón. Estaba fluyendo a través de tu brazo. Si hubiera llegado a mi corazón, hubiéramos estado unidos. Y cuando esto sucede entre una pareja que no se ama verdaderamente, los mata a ambos. No inmediatamente, pero sí en cuestión de semanas o meses, para que tengan tiempo de lamentar sus acciones.

-¡Oh, Dios mío!- Jadeó.

-Sí, pero si nuestro amor es verdadero, te alimentarás de mi inmortalidad, seguirás siendo joven conmigo y sólo envejecerás ligeramente del mismo modo que me ocurre a mí.

-Pero eso no puede ser. La ciencia... -susurró, claramente fascinada.

-Está dentro de nuestros poderes, para que podamos elegir a nuestros compañeros libremente entre ambas especies. Sin embargo, todavía no entiendo cómo pudiste haber sabido sobre el ritual de unión. Es un secreto.

-Yo no lo sabía. Te lo juro-. Entonces ella negó con la cabeza. -Pero esa noche, vi dentro de ti. Vi un poco de tu alma.

Él no creía que fuera posible. -Sólo las parejas que se han unido en matrimonio pueden sentir las almas el uno del otro.

-Pero yo lo vi-, insistió. -¿Qué quiere decir?

Atrajo su cabeza más cerca de él, buscando en la profundidad de sus ojos azules océano, para ver su amor reflejado en ellos. -Creo que significa que siempre estuvimos destinados el uno para el otro.

-¿Pero y si nos equivocamos? ¿Qué pasa si esto no es amor? Sólo nos hemos conocido por un tiempo muy corto. La gente no se puede enamorar tan rápido.

Aiden la miró en la profundidad de sus ojos. -Estoy dispuesto a correr ese riesgo, porque incluso unas pocas semanas o meses contigo, serían infinitamente mejores que vivir toda una eternidad sin ti.

-¿Estás dispuesto a arriesgar tu inmortalidad por mí?

Sólo había una respuesta posible a su pregunta. -Sí. Pero no puedo tomar esta decisión solo. Tu vida está en juego también. Así que si tienes alguna duda acerca de tus sentimientos por mí, tienes que negarte ahora.

Su mano se acercó para acariciar con sus dedos la cicatriz sobre la frente, luego hacia abajo a lo largo de la mejilla y la barbilla, su toque suave como una pluma, dejando un rastro de fuego en su piel.

Entonces ella le sonrió. -Ya morí una vez hoy. ¿Cuáles son las probabilidades de que muera otra vez?

Él sonrió. -Si lo pones de esa manera...

Aiden inclinó su boca sobre la de ella, capturando sus labios. Bajo la suave presión, los separó, permitiéndole adentrarse en el interior de su deliciosa caverna, mientras que sus manos se dedicaban a despojarla de su ropa. No fue difícil, porque ella estaba más que dispuesta a ayudarle en su tarea.

-¿Ansiosa?-, susurró entre besos.

Las manos de Leila se fueron a la cintura de sus pantalones, abriendo el botón superior, y luego bajando el cierre. Cuando sus manos se encontraron con su erección y se envolvieron a su alrededor, dejó escapar un gemido. Sus labios se curvaron en una sonrisa.

-Dudo que pueda estar más ansiosa que tú.

Empujó contra sus manos. Ella tenía razón, él estaba a punto de estallar por el deseo de tomarla, el conocimiento de que esta vez su amor culminaría en un ritual de unión, hacía que su cuerpo se desbordara de expectativa. Nunca se había sentido más feliz en toda su vida.

En el momento en que se despojaron de sus últimas prendas de ropa, él la levantó en sus brazos y la llevó hasta la cama, acostándola sobre las sábanas limpias y almidonadas. Ella se veía perfecta allí, porque era donde pertenecía: en su cama, en su vida, en su corazón. Recorrió con la mirada sus curvas, saboreando el momento en que sus ojos recorrieron sus pechos jadeantes hasta las piernas largas y torneadas, los potentes muslos que lo habían abrasado noche tras noche, mientras había penetrado en ella. La felicidad pura que había encontrado en sus brazos todas las noches lo hacía marearse, incluso ahora.

-Sabes que no me gusta esperar-, ronroneó Leila y le indicó con su dedo que se acercara.

-Tomé nota de eso cuando me lo dijiste allá en la granja-. Se deslizó dentro de ella, llevando su fuerte erección hasta su centro, los muslos abriéndose para él, sin necesidad de instarla a ello. Tan natural y tan emocionante. Estaba tan hecha para él.

Aiden se sumergió en su resbaladizo calor, ajustándose con un solo golpe. Todos los pensamientos se desvanecieron de su mente, mientras la sensación de estar conectado a ella lo inundaba. Ella se retorció contra él, su cuerpo le daba la bienvenida.

Sin reservas, permitió que su energía fluyera. El aire se agitaba en la habitación, la tierra temblaba bajo ellos, moviéndose en el mismo ritmo en que sus cuerpos se movían. El vapor empañaba las luces de la habitación, por lo que el resplandor de las lámparas de noche reflejaba un suave color naranja.

Los muslos de Leila se tensaron en torno a él, instándolo a sumergirse más profundo y más fuerte, su respiración irregular, su piel cubierta con un brillo fino de sudor, sus ojos brillaban de deseo y amor. Nunca había visto una criatura más hermosa, ninguna mujer más deseable que ella. Se sentía honrado de que ella le hubiera abierto su corazón, que confiara en él su vida, como él confiaba en ella la suya.

Te amo, ella dijo.

-Para siempre mía-, murmuró en respuesta. Del mismo modo que él sería para siempre suya.

En medio del remolino de aire y el vapor que los rodeaba... el poder que los envolvía... redujo sus golpes, con la idea de prolongar esta experiencia. Sus músculos lo apretaban con fuerza, sus manos lo exploraban con tanto entusiasmo, como si ella nunca lo hubiera tocado antes. Cada toque de sus dedos, cada beso de sus labios, parecía nuevo y más tentador que nunca. Él estaba ardiendo, y por primera vez en su vida comprendía el significado cuando la gente decía que no podía vivir sin alguien. Porque él no podría vivir sin Leila. Ella *era* su vida.

Sin ella, estaba incompleto, era sólo un cascarón vacío.

Sin poder ser capaz de esperar más, Aiden permitió que su *Virta* fluyera en ella. Desde cada punto en que sus cuerpos estaban conectados, su poder se filtraba en ella, impregnando sus células. Mientras lo compartía con ella, su cuerpo comenzó a brillar, la visión llevándolo al éxtasis.

Sus movimientos se convirtieron en más fuertes y rápidos, y Leila lo siguió con el mismo ritmo, con los brazos y las piernas, de repente agarrándolo con más fuerza. Ella era consciente de su poder ahora, los ojos brillaban mientras lo miraba.

Y con cada movimiento, sentía los pequeños orgasmos que pasaban a través de su cuerpo, haciéndole nublar sus ojos y contener su respiración. Podría haber terminado con ella allí mismo, pero la vista era demasiado hermosa para detenerse. Así que retiró su pene y empujó de vuelta hacia el interior, provocando otro orgasmo de su brillante cuerpo. Así de adictivo era la visión y la sensación de sus músculos apretándose alrededor de él, que continuó hasta que sus testículos se apretaron.

Sin embargo se contuvo, queriendo más, queriendo todo lo que tenía que dar. Él rodó sobre su espalda, trayéndola encima de él sin apartar su pene de su estrecho canal.

-Ahora, Leila-, le instó.

Sus miradas se encontraron. En la profundidad de sus ojos azules, vio llamas iluminándose, y de repente todo su cuerpo se tensó, la energía viajaba a través de sus venas. Puso la palma de la mano contra su pecho, justo por encima de su corazón que latía más rápido que nunca. Sintió el acercamiento de la *Virta* que había vertido en ella, pero ahora era diferente. Se había mezclado con la propia esencia de Leila, con su alma, su poder, su amor.

En el momento en que llegó a sus manos y se descargó en contra de su piel, el mundo que lo rodeaba se detuvo. Pero sólo era la calma antes de la tormenta que se desató una fracción de segundo más tarde: al igual que una espada forjándose en fuego puro, le atravesó el corazón y se alojó allí, labrando un lugar para sí mismo. El dolor fue tan fugaz como un pinchazo, sin embargo, dejó una huella tan permanente, que nada podría quitarla.

Ella lo había reclamado, y ahora estaba irrevocablemente ligada a ella. Con ese reconocimiento, su cuerpo se disolvió en oleadas de placer, su pene explotando dentro de ella así mismo como el orgasmo de Leila llegaba y se lo llevaba. Flotando en un mar de amor, sin peso, sin tiempo, atrajo su cara cerca de la suya y capturó sus labios bebiendo su esencia.

Y como un ciclo sin fin, compartió más *Virta,* mientras ella continuaba devolviéndola hacia su corazón, sus cuerpos fundidos en la pasión, su amor confirmado; una vida juntos por delante de ellos.

-Mía para siempre-, murmuró contra sus labios.

-Para toda la eternidad.

A continuación, otro orgasmo la reclamó y lo llevó con ella. Sabía que su capacidad de hablar o pensar no volvería durante horas. Pero, ¿quién necesitaba pensar y hablar cuando él podía sentir en su lugar?

EPÍLOGO

Zoltan hizo una reverencia forzada ante el Grande. Antes de que pudiera enderezarse, el líder de los Demonios del Miedo se puso de pie y dio un paso hacia él.

-¡Has fallado!- Tronó, el sonido de su voz resonando en la cueva inmensa y profunda donde estaba la corte.

Zoltan apretó la mandíbula, la ira corría a través de él. Había tenido la droga en sus manos sin saberlo. Ese conocimiento le corroía. Había estado tan cerca. Y ahora, todo estaba perdido: la científica estaba muerta. Lo había visto con sus propios ojos. Más tarde, el médico forense confirmó que se trataba de su cuerpo el que se había quemado en los restos. El cuerpo del Guardián Invisible no había sido encontrado. No le sorprendía. Él habría sido capaz de escapar del infierno.

Las puntas afiladas de sus garras salieron de sus manos, evidenciando que la rabia que hervía en su interior estaba creciendo cada vez más y no sería tan fácil controlarlo hoy. Él no estaba de humor para que le recordaran su fracaso, y menos aun sabiendo que diez de los guardias del Grande estaban viendo su humillación.

-Un accidente-, soltó Zoltan por fin, a pesar de que tenía sus dudas al respecto. ¿Y si los Guardianes Invisibles habían decidido al final matar a la científica, dándose cuenta de que era más seguro para ellos de esa manera?

-¡Los accidentes no existen!

Zoltan levantó la mirada. -No, no existen.

Sin embargo, su líder no había terminado de reprenderlo. -Yo creí en tus capacidades. Me aseguraste que esta mujer sería una presa fácil, que la droga sería nuestra. Y ahora, Drago, ¿qué tienes que decir por ti mismo?

Zoltan escuchó su nombre de nacimiento, pero no le gustaba escucharlo más. Él había cambiado. No se acobardaría por más tiempo. Se veía como el nuevo líder. Y el nombre que había elegido para sí mismo, el nombre de un empresario exitoso que él había tenido que matar después de que había resistido a su influencia, le sentaba muy bien. De hecho, había admirado al hombre por su fuerza. Sí, su nuevo nombre Zoltan reflejaba fuerza.

-Mi nombre es Zoltan ahora.

El Grande avanzó, quedando a un metro el uno del otro. -Yo decido cuál es tu nombre, muchacho. Soy tu líder. Y tus posibilidades de convertirte en mi heredero, murieron con esa mujer. ¿Me entiendes?

-Sí, lo entiendo completamente-, dijo Zoltan y sacó su daga, adentrándola en el estómago de su líder.

El entendimiento brilló en los ojos del demonio, mientras Zoltan levantó el puñal, abriéndolo. Sangre verde y tripas se derramaron, y borboteos escaparon por la boca de su líder moribundo.

-Ya no necesito que me declares como tu heredero. Voy a tomar lo que es mío, anciano.

Entonces él le dio una patada hacia atrás, quitando el puñal de su vientre. Con una velocidad sobrenatural, se volvió hacia los guardias que lo miraban fijamente en estado de shock, listos para atacar.

Zoltan enderezó su postura. -¿Están dispuestos a morir por su líder muerto, o prefieren vivir y servir al nuevo Grande?

Esperó, sintiendo el poder subir en él, sin apartar los ojos de sus oponentes. Ellos intercambiaron una mirada.

-¡Entonces, inclínense ante mí!

Uno por uno, los guardias demoníacos bajaron sus espadas y cayeron sobre sus rodillas. Con satisfacción, Zoltan se volvió hacia el trono y lo tomó, moldeando su amplia espalda contra la piedra fría.

-Las cosas están a punto de cambiar. Los Guardianes Invisibles sentirán mi ira-. Él miró a los demonios que ahora estaban bajo su mando y sonrió para sus adentros.

-Pronto, muy pronto-, murmuró en voz baja.

SOBRE EL AUTOR

Tina Folsom es miembro de los Escritores de Romance de América y escribe principalmente romance paranormal y erótico. Ella vive con su esposo en el norte de California, donde disfruta de buena comida, el clima cambiante, y tolera los terremotos ocasionales.

Las ideas para sus libros vienen de sus muchas carreras diferentes: CPA / Contadora, Corredora de Bienes Raíces, Chef, Secretaria, Au-pair, entre otros, así como los muchos países diferentes en los que ha vivido y la gente que ha conocido con el pasar de los años. ¿Y los vampiros? Bueno, atribúyanle eso a su tan activa imaginación.

Para más información sobre Tina Folsom, por favor visite su sitio Web:

http://facebook.com/TinaFolsomFans
Twitter: @Tina_Folsom
www.tinawritesromance.com